AF210069

Kate S. Stark

HERZ DER JÄGERIN

Grey's Halfway House – Band 5

Bibliografische Information der Deutschen
Nationalbibliothek:
Die Deutsche Nationalbibliothek verzeichnet diese
Publikation in der Deutschen Nationalbibliografie; detaillierte
bibliografische Daten sind im Internet über
http://dnb.dnb.de abrufbar.

© 2025 Kate S. Stark, Würzburg
www.katesstark.com

Alle Rechte, einschließlich die des vollständigen oder
teilweisen Nachdrucks in jeglicher Form, sind vorbehalten.

Coverdesign unter Verwendung von Unsplash
Verlag: BoD · Books on Demand GmbH,
In de Tarpen 42, 22848 Norderstedt, bod@bod.de
Druck: Libri Plureos GmbH, Friedensallee 273,
22763 Hamburg
ISBN: 978-3-7693-5046-3

Für diejenigen,
die ihre gebrochenen Herzen noch heilen müssen.

TRIGGERWARNUNG

dieses Buch enthält Szenen, die möglicherweise negative
Gefühle, Erinnerungen oder Flashbacks triggern könnten.
Eine Auflistung findet ihr am Ende der Seite. Achtung, diese
enthält Spoiler für das gesamte Buch!
Berücksichtigt das bitte bei eurer Entscheidung, ob ihr dieses
Buch lesen möchtet oder nicht. Ich habe vollstes Verständnis
dafür und wünsche mir für alle meine Leserinnen und Leser
ein positives Leseerlebnis.

EURE KATE

seelische und körperliche Gewalt, Beleidigung, Fesseln,
Gefangenschaft

PROLOG
WEGGABELUNG

DALE

Endlich ist die Sonne untergegangen!, denke ich, als ich durch die breiten Glasfenster im Erdgeschoss des alten Gasthauses schaue und beobachte, wie die letzten gefährlichen Strahlen verschwinden. Als die Dämmerung in ein dunkles Nachtblau übergeht, wage ich den ersten Schritt hinaus. Den ganzen Tag im Halfway House eingesperrt zu sein, lässt mich allmählich durchdrehen. Selbst die frische Nachtluft hilft mittlerweile kaum dabei, meine Gedanken zu klären.

»Hey, Dale! Kommst du mit zu den Flohfängern?«, ruft mir Lex zu, der mit einer ganzen Schar Ex-Rogues den verlassenen Speisesaal durchquert und zu mir an die Terrassentür tritt. »Die kleine Cassie wird sich sicher freuen.«

Lex zwinkert mir zu, während die anderen leise lachen. Es ist kein Geheimnis, dass die jüngere Schwester des Werwolf-Alphas von uns Vampiren fasziniert ist. Sehr zum Ärgernis ihres Bruders.

Schnell schüttle ich den Kopf. »Lieber nicht, sonst reißt mir Markos noch eigenhändig die Fangzähne aus.«

»Wo du recht hast«, sagt Lex lachend und klopft mir im Vorbeigehen auf die Schulter. »Du weißt ja, wo du uns findest, wenn du es dir anders überlegst.«

Ich nicke und folge ihm über die Terrasse, schlage dann aber einen anderen Weg ein. Er führt mich quer über die Wiese, bis ich einen lichten Birkenhain erreiche. In einiger Entfernung sehe ich schon mein Ziel: die Grundstücksgrenze.

Wie ein eingesperrtes Tier laufe ich Nacht für Nacht an ihr entlang, manchmal sogar mehrere Runden, und doch ist es mir nicht erlaubt, sie zu überqueren. Und das, obwohl mir langsam wirklich die Decke auf den Kopf fällt. Nirgends hat man mehr seine Ruhe. Zu jeder Tages- und Nachtzeit ist etwas los im Halfway House, sodass ich kaum zum Nachdenken komme. Aber genau das müsste ich, nachdem mein Leben vor einigen Wochen eine so drastische Wende genommen hat.

»Die blöde Vampirtussi hat echt alles auf den Kopf gestellt«, brumme ich und kicke einen Stein beiseite. Krachend schlägt er in einen Baumstamm ein und hinterlässt ein tiefes Loch.

»Verdammter Mist!«, fluche ich, weil ich meine Kräfte als frisch gewandelter Vampir noch immer nicht einschätzen, geschweige denn sie kontrollieren kann. Aber das muss ich, unbedingt, sonst macht mich der Rat der Vampire wirklich einen Kopf kürzer, wie Earl es uns schon angedroht hat.

Ich schnaube leise und schüttle den Kopf. Dass mein Leben so schnell enden könnte, hätte ich nun wirklich nicht gedacht. Als ich noch ich war und kein verrückter Blutsauger, dachte ich, ich werde höchstens sechzig. So wie Dad. Das Leben in der Gang ist hart und gefährlich. Aber jetzt stehe ich an einer Weggabelung. An einem Ende wartet der baldige Tod auf mich, am anderen die Unsterblichkeit.

Ich seufze leise. *Was soll ich denn mit all der Zeit anfangen?*

Vor dem Angriff auf unseren Trailerpark wusste ich, was mir bevorsteht. Das Leben in der Gang als Dads rechte Hand, später vielleicht sogar als der Boss selbst. Earls Mutter hat mir das genommen, wofür ich ihr insgeheim fast dankbar bin.

Aber was soll ich jetzt machen? Wie verbringt man denn bitte die Ewigkeit, ohne durchzudrehen?

Meine Schwester scheint die Antwort längst gefunden zu haben. Kitty ist glücklich hier mit ihrem schnöseligen Earl und all den staubigen Büchern in seiner Bibliothek. Für sie ist das Halfway House das Paradies auf Erden. Ein Ort, an dem sie endlich ungestört und ohne Angst ihrer größten Leidenschaft nachgehen kann: dem Lesen.

Und was macht man, wenn man seine Leidenschaft überhaupt nicht kennt? Frustriert steige ich über einen bemoosten Baumstumpf und setze meinen Weg zur Backsteinmauer an der Grenze fort.

Kitty hat einen Neuanfang gewagt und ihr Glück gefunden. So sehr ich mir wünsche, mir ein Beispiel an ihr nehmen zu können, gibt es doch so vieles, was mich noch zurückhält. Meine Schuldgefühle, vor allem Mom gegenüber, die ich nie wieder gutmachen kann. Oder die Tatsache, dass wir uns innerhalb weniger Minuten zu Staub verwandeln, wenn wir ins Sonnenlicht treten.

Ich seufze tief und schüttle den Kopf. So schnell geht es zwar nicht, aber ausprobieren möchte ich es nun auch wieder nicht. Lex und ich haben an einem unserer ersten Tage in Freiheit genau das getan. Die Hand in pures Sonnenlicht gehalten. Mehr als einige Sekunden haben wir es aber nicht ausgehalten.

Die Erinnerung daran lässt mich das Gesicht verziehen. Mit dem Daumen reibe ich über meinen Handrücken, wo erst ein starker Sonnenbrand erschienen ist, ehe sich die Haut in Fetzen abgelöst hat. Jetzt ist nichts mehr davon zu sehen, aber das allein hat mich gelehrt, das Sonnenlicht zu fürchten.

»Wenn das doch das einzige Übel in der Welt der Vampire wäre ...«, murmele ich und halte kurz an der Backsteinmauer inne, um zu entscheiden, wohin ich gehen soll. Wenn ich mich nach rechts wende, werde ich irgendwann erst den kleinen Friedhof der Greys erreichen, auf dem wir vor einer Weile Opa Bocharov beerdigt haben. Einen knappen Kilometer dahinter liegt die Siedlung der Werwölfe am entferntesten Zipfel der Ländereien. Selbst von hier aus sehe ich die Rauchsäulen der Lagerfeuer, die sich kringelnd und wabernd in den Nachthimmel erheben. Wenn ich mich anstrenge, höre ich sogar ihre Stimmen, wenn auch undeutlich.

Heute Nacht ist mir jedoch nicht nach Gesellschaft. Und die Geister hier im Halfway House ... Mit denen möchte ich eigentlich auch keine Begegnung riskieren, nach allem was ich von Rose über das Leben nach dem Tod erfahren habe.

»Dann eben nach links«, sage ich mit einem tiefen Seufzen und folge der mit Efeu und Moos überwachsenen Mauer. Dabei passiere ich mehrere Durchbrüche in den Backsteinen, aber auch einige kleinere Gartentore, bis ich schließlich vor dem großen schmiedeeisernen Tor stehe, das die Einfahrt der Greys mit der Außenwelt verbindet.

Seit Tagen habe ich es von meinem Zimmer im zweiten Stock im Blick, aus Angst, dass jeden Moment das geschehen könnte, worauf Earl uns schon seit Tagen vorbereitet. Dass ein Mitglied des Vampirrats hier auftaucht und endlich über unser Schicksal entscheidet.

Earl hat mir und den anderen Rogues erklärt, dass er nicht viel ausrichten kann, sobald die Ratsmitglieder eine finale Entscheidung getroffen haben. Seinem Gesicht nach zu urteilen, erwartet er keine positiven Nachrichten.

»Warum halte ich mich dann überhaupt noch an ihre blöden Regeln?«, wispere ich und zucke ertappt zusammen, als das Tor leise im schwachen Nachtwind quietscht. »Was macht schon eine Nacht da draußen?«

Ich schlucke hart und strecke die Hand nach dem goldenen Griff aus. Nur ein paar Schritte, dann könnte ich all das hinter mir lassen. Dann könnte ich eine Nacht lang so tun, als wäre alles wie immer. Als wäre ich noch immer ich: Dale Jones, Mitglied der *Spitting Vipers*. Und nicht Dale Jones, Ex-Rogue und todgeweihter Gefangener des Vampirrats.

Jede Nacht stehe ich hier, während die Versuchung in mir wächst. Wer weiß, wie viele Chancen mir noch bleiben, bis der Rat entschieden hat, was er mit uns tun soll? Wer weiß, ob ich jemals wieder die Gelegenheit haben werde, ein kühles Bier zu genießen? Oder den Körper einer Frau unter mir zu spüren ...

Der Apfel fällt nicht weit vom Stamm, schallt plötzlich eine hämische Stimme durch meinen Kopf. Sie weckt Erinnerungen in mir. Erinnerungen an Dad in seinem Suff oder, schlimmer noch, seinem Drogenrausch. An Moms und Kittys verängstigte Gesichter, wenn er auf sie losgegangen ist.

Plötzlich sehe ich unsere Mutter so deutlich vor mir, als wäre sie noch am Leben. Als müsste ich nur die Hand nach ihr ausstrecken, um ihr beruhigend über die Wange zu streichen. Um sie an mich zu ziehen und sie vor Dad zu beschützen.

Als ob das jemals geklappt hätte, wispert die Stimme in mir, gefolgt von Dads irrem Lachen. Wie ein Echo hallt es durch meine Gedanken und lähmt mich.

Moms Gesicht wandelt sich von Angst in Enttäuschung. So wie immer, wenn ich im Morgengrauen nach Hause gestolpert bin. Mit einem blauen Auge oder einer aufgeplatzten Lippe und dem Gestank von Alkohol und Zigaretten in den Klamotten.

Sieh es ein, Dale. Sie hat schon immer gewusst, dass du nach Dad kommst, wispert die Stimme und lässt mich wütend die Hand zur Faust ballen. Ich kann gerade noch verhindern, dass ich der Frustration freien Lauf lasse. Dass ich all die Wut, die Trauer und den Schmerz aus mir herausschreie, wie ich es schon seit meinem Erwachen in den Stallungen der Greys tun will. In den ersten Tagen, nachdem die Effekte des Totenblutes langsam abgeebbt sind, war dieser Drang besonders stark. Aber ein Blick in Kittys besorgtes Gesicht hat genügt, um mich davon abzuhalten. Ich wollte nicht, dass sie mich mit derselben Enttäuschung ansieht wie Mom. Ich wollte mich ändern.

»Alte Gewohnheiten legt man nur schwer ab ...«, murmele ich und muss all meine Willenskraft zusammennehmen, um dem Tor den Rücken zuzudrehen. Zu mehr fehlt mir die Kraft.

Das Tor verhöhnt mich, indem es nun lauter quietscht, als wolle es, dass ich mich zu ihm umdrehe. Dass ich doch die Klinke drücke und die Grundstücksgrenze überschreite.

Fest balle ich die Hände zu Fäusten und presse die Kiefer aufeinander, spüre, wie sich meine Fangzähne ausbilden, wie immer, wenn ich kaum noch Kontrolle über mich habe.

Ich werde mich nicht umdrehen. Ich bin nicht wie er. Ich werde nicht nachgeben, wiederhole ich wieder und wieder in Gedanken. Doch diese Vorsätze lösen sich sofort in Luft auf, als ich leise Schritte hinter mir höre. Überrascht drehe ich mich nun doch wieder um.

Im ersten Moment halte ich die Frau, die durch das Tor tritt, für Einbildung. Für ein Trugbild meiner Fantasie, um mich doch dazu zu verleiten, das Grundstück zu verlassen. Dafür ist sie einfach zu schön. Ihre Haut schimmert blass im Mondlicht. Lange dunkelbraune Haare fallen ihr in sanften Locken über die Schultern. Und dann ihre Lippen ... Rot wie Blut und so voll, dass ich den Blick nicht mehr abwenden kann.

»Na los, spuck ihn schon aus«, sagt die Frau mit rauchiger Stimme, dass mir eiskalte Schauder den Rücken hinabrinnen.

»Ausspucken? Äh ... Was denn?«, stammele ich und will mich am liebsten ohrfeigen, weil ich mich gerade wie der letzte Depp anhöre.

»Den Anmachspruch, der dir auf der Zunge liegt«, sagt die fremde Schönheit und stemmt mit herausforderndem Blick die Hände in die Hüften.

»Hm?«, mache ich bloß, weil ich mit so viel Direktheit nicht gerechnet habe. Wäre ich immer noch ich, menschlich und ohne Wissen über die magische Welt, hätte ich keine Sekunde gezögert. Da hätte ich mich auch gar nicht erst mit meinem Gestammel zum Trottel gemacht. Aber irgendetwas an der Fremden führt dazu, dass sich mir die Nackenhaare aufstellen, und zwar nicht vor Erregung, sondern vor ...

»Vampir! Du bist ein Vampir!«, platzt es plötzlich aus mir hervor, als ich begreife, was dieses ungute Gefühl in meiner Magengegend zu bedeuten hat. Das ist keine Anziehung, sondern Gefahr, die von ihr ausgeht.

»Da ist wohl jemand von der ganz schlauen Sorte«, murmelt die Fremde mehr zu sich selbst, ehe sie seufzt und die Schultern strafft.

»Mein Name ist Cora Harrow. Ich bin hier, um mit Earl Grey zu sprechen«, sagt sie mit ernster Miene, was den Klumpen in meinem Magen nur noch schwerer werden lässt. »Der Rat der Vampire schickt mich.«

KAPITEL 1
CORALIE HARROW, JÄGERIN IM DIENST DES RATS

CORA

Wochen sind seit meiner Jagd nach Celeste Coulter und ihrer verpatzten Festnahme vergangen. Die Bisse und Kratzer sind zwar verheilt und doch habe ich mein Zimmer kaum verlassen. Celestes Gift hat wahre Arbeit geleistet und mich mehrere Tage so stark gelähmt, dass mir selbst das Atmen schwergefallen ist.

Aber das ist jetzt vorbei, sage ich mir mit einem Blick auf die Sauerstoffflasche und all die anderen medizinischen Gerätschaften. Felton hat sie aus dem Krankenhaus von Arcania herschaffen lassen.

Er hat es nur gut gemeint, Cora, denke ich, aber mir wäre es lieber gewesen, mein Ziehvater hätte mich einfach in Ruhe gelassen, anstatt extra einen Arzt und medizinisches Personal im Harrow-Anwesen einzuquartieren.

»So schnell stirbt man nicht, Cora«, murmele ich und kann doch nicht leugnen, dass es dieses Mal knapp gewesen ist. Ohne meine telekinetischen Fähigkeiten hätte ich Celeste nicht stellen können. Hätte ich diese Gabe nicht im letzten Moment eingesetzt, um ihr die Handschellen anzulegen, wäre ich jetzt ein matschiger Aschehaufen irgendwo in den *Old Barracks* von Arcania. Dann wäre Coralie Harrow, Jägerin im Dienst des Rats, Geschichte.

Schnell schüttle ich den Kopf und verdränge diesen Gedanken. Was bringt es schon sich mit Szenarien aufzuhalten, die sowieso nicht eintreten werden? Celeste ist hinter Gittern und wird so schnell nicht mehr herauskommen.

»Trotzdem ... Das Verbrechen schläft nicht«, sage ich mit fester Stimme und nicke meinem Spiegelbild entschlossen zu. Die Frau mir gegenüber ist bleich, viel blasser als sonst, mit dunklen Schatten unter den roten Augen und glasigem Blick. Sie sieht so aus wie die Frau, die ich vor Jahrzehnten hinter mir gelassen habe. Die schwache Cora. Die gebrochene Cora.

Ich bin es leid, sie wieder im Spiegel zu sehen, und wende mich der Kommode gegenüber von meinem Bett zu. Dort liegt meine Jäger-Ausrüstung bereit: mehrere Dolche, magische Handschellen und zwei Pfähle. Letztere darf ich jedoch nur im absoluten Notfall anwenden, etwa wenn ich einem Rogue, einem wildgewordenen Vampir, gegenüberstehe.

Sorgsam streiche ich über die Waffen und vergewissere mich, dass sie fest an ihrem Platz in meinem Gürtel stecken, ehe ich ihn mir umlege. Gerade will ich mir die Haare zu einem Zopf flechten, damit ich sie bei der Arbeit aus dem Gesicht habe, da klopft es leise gegen meine Zimmertür. Drei kurze Klopftöne, eine Pause, dann zwei. Selbst ohne dieses vertraute Zeichen hätte ich gewusst, wer da vor der Tür steht.

»Felton«, begrüße ich ihn, als er in mein Schlafzimmer tritt, ein Tablett voller Tassen und Pillendosen in der Hand.

»Cora, es wird Zeit für ...«, sagt er und dreht sich zu mir um, nachdem er die Tür geschlossen hat. »O nein, das lässt du schön bleiben, Fräulein!«

Wütend stellt er das Tablett auf einem der Bücherregale ab und baut sich vor der Tür auf, wie um mir den Weg zu versperren. Die Hände hat er in die Hüften gestemmt und mustert mich finster. »Es ist noch viel zu früh, um wieder in den Dienst zurückzukehren, Coralie.«

»Cora«, verbessere ich ihn, wie immer, wenn mich jemand mit meinem vollen Namen anspricht. Den kann ich einfach nicht leiden. Er klingt so weich und niedlich. Sehr unpassend für meinen Job als Vampirjägerin.

Felton seufzt, bewegt sich aber keinen Millimeter von der Tür weg. Dass mich das nicht aufhalten kann, wissen wir beide. Zur Not gibt es ja noch die Fenster.

Felton muss meinen Gedanken erraten haben, denn plötzlich steht er vor mir und packt mich fest am Arm. »Ein Sprung aus dem Fenster ist in deinem Zustand keine gute Idee.«

»Ach was, das mache ich mit links«, entgegne ich, obwohl ich fürchte, dass er recht haben könnte. Celestes Gift ist noch lange nicht aus meinem Körper geschieden. Es macht meine Bewegungen langsamer und schwächt meine Sinne, mal abgesehen davon, dass meine Selbstheilungskräfte aktuell denen einer Sterblichen entsprechen und nicht der einer Vampirin.

»Du hast gehört, was Doktor Benning bei seinem Besuch gesagt hat. Es ist noch lange nicht ausgestanden, Coralie«, knurrt Felton und sein Griff um meinen Arm wird fester, fast schon schmerzhaft. »Wenn du glaubst, dass ich dich so Verbrecher jagen lasse, hast du dich getäuscht, meine Liebe.«

Wütend reiße ich mich los, doch wird mir dabei schwarz vor Augen. Ich ignoriere es und wende Felton den Rücken zu.

»Nur einen Verbrecher ...«, murmele ich und sehe wieder die Leiche vor mir, die ich bei meiner Jagd nach Celeste gefunden habe. Während in El Rojos Club die Razzia des Instituts in vollem Gange war, habe ich sie in einem der Hinterzimmer entdeckt. Ein blutleerer Mensch, auf dessen Haut ein Brandzeichen zu sehen war, das mir nach so vielen Jahren der Jagd mehr als vertraut ist. Zwei sich überlappende Cs, durchstoßen von einem langen Kreuz.

»Cain Cross.«

Felton schnaubt. »Du wirst nicht einmal in die Nähe von Cross kommen, so schwach, wie du im Moment bist.«

»Ich bin nicht schwach!«, fauche ich und fahre zu meinem Ziehvater herum. Wieder wird mir schwarz vor Augen, weil ich mich zu schnell bewegt habe. Diesmal kann ich es nicht vor ihm verbergen, kann nicht verhindern, dass ich schwanke und mich an der Kommode festhalten muss, um nicht umzukippen.

»Das weiß ich doch, Coralie«, sagt Felton und stützt mich vorsichtig. »Ich weiß, dass du *ihn* rächen willst, aber nicht so. Nicht, wenn der Preis dein eigenes Leben ist.«

Tief sauge ich die Luft ein und blinzele gegen die Tränen an. In schwachen Momenten schleichen sie sich in meine Augen, wann immer jemand Robb und das, was Cross ihm angetan hat, auch nur erwähnt.

»Was ist mein Leben denn noch wert ohne ihn?«

»Alles, Coralie«, wispert Felton und zieht mich fest in seine Arme. Es fühlt sich ungewohnt an, und steif. Ich kann mich gar nicht mehr erinnern, wann er mich zuletzt umarmt hat. Oder besser gesagt, ich will es nicht. Diese Erinnerungen sind auch zwanzig Jahre später noch zu schmerzhaft. Es sind die Erinnerungen der Frau, die ich hinter mir gelassen habe.

Coralies Erinnerungen, nicht Coras.

»Ich wünschte, du würdest endlich sehen, wie viel dir das Leben noch zu bieten hat«, sagt Felton so leise, dass ich mir nicht sicher bin, ob ich es mir nicht bloß einbilde. Es ist nicht das erste Mal, dass er so etwas sagt. »Ich wünschte, du würdest dich nicht mehr hinter der Arbeit verstecken und endlich le...«

»Sag das ja nicht!«, zische ich und reiße mich von ihm los. Diesmal ignoriere ich den Schwindel und die Schwärze vor meinen Augen und erreiche mit einiger Anstrengung die Tür. »Du weißt genauso gut wie ich, dass ich das erst kann, wenn Cross hinter Gittern sitzt oder sein zerstückelter Körper lichterloh brennt, bis nichts mehr von ihm übrig ist.«

»Deine Rachegedanken werden dir eines Tages noch den Tod bringen«, ruft Felton und rauft sich die dunkelbraunen Haare. »Celeste hätte es fast geschafft.«

»Betonung auf *fast*«, entgegne ich und strecke die Hand nach der Klinke aus, um dieser endlosen Diskussion endlich zu entkommen.

Felton ist schneller und umklammert meine Hände mit eisernem Griff. »Siehst du denn nicht, dass dich dein Wahn unvorsichtig werden lässt?«

Aus weit aufgerissenen Augen blickt er mich an. »Ginge es nicht um Cross, wärst du nie allein losgezogen, um Celeste zu stellen.«

»So ein Quatsch!«, murre ich, auch wenn er damit recht hat. Unter den Jägern des Rats ist es eine feste Regel, immer zu zweit aufzubrechen. Vampire in Bedrängnis sind ein harter Gegner, sodass man allein oft kaum eine Chance hat.

»Was ist nur in dich gefahren, Cora? Sonst hältst du dich doch auch immer strikt an die Regeln«, murmelt Felton und schüttelt mit einem leisen Seufzen den Kopf.

»Hätte ich es nicht getan, wäre Celeste uns entwischt. Wer weiß, wie viel Chaos sie dann noch angerichtet hätte?«, entgegne ich und versuche, mich von Felton loszumachen. Ich bin jedoch zu schwach, weil mein Körper noch immer gegen das Gift ankämpft.

»Ohne die anderen bin ich sowieso besser dran«, murmele ich leise. »So muss ich mir um ihre Sicherheit keine Sorgen machen. Und im Weg steht mir auch niemand.«

»Aber dafür deine Torheit, Coralie«, knurrt Felton und schüttelt den Kopf. Die Enttäuschung ist ihm deutlich anzusehen, so wie er mich mit geschürzten Lippen mustert.

»Es wird Zeit, dass du aufhörst, dich abzuschotten«, fügt er hinzu, was mich genervt die Augen verdrehen lässt.

Es ist immer wieder dieselbe alte Leier.

Lass die Nähe anderer zu, Coralie.

Allein wirst du nicht glücklich, Coralie.

Das ist doch kein Leben, Coralie!

Mittlerweile kann ich es wirklich nicht mehr hören und will Felton gerade zum Schweigen bringen, als er etwas sagt, dass ich nach diesem Gespräch nun wirklich nicht von ihm erwartet habe: »Aber ich verstehe auch, dass du nicht ewig untätig herumsitzen kannst, also habe ich eine neue Mission für dich.«

Ungläubig starre ich meinen Ziehvater an und meine erst, mich verhört zu haben. Wollte er mich eben nicht noch davon abhalten, in den aktiven Dienst zurückzukehren?

»Wenn du unbedingt wieder arbeiten willst, dann besuche das Gasthaus der Grey-Hexer«, sagt Felton. »Es wird Zeit, dass jemand Celestes Rogues unter die Lupe nimmt und überprüft, ob dieser Halbling die Wahrheit sagt.«

»Rogues?«, frage ich verwundert, bis mir wieder einfällt, dass Earl Grey Celestes Bande wildgewordener Vampire entgegen der Gesetze der Nachtwelt nicht getötet hat.

Ich schnaube und schüttle den Kopf wie damals, als Felton mir von diesem Verrückten erzählt hat. Er muss nicht mehr klar bei Verstand sein.

»Ist das dein Ernst?«, frage ich und hebe abwehrend die Hände. »Das kann doch auch einer der anderen Jäger übernehmen. Ich muss zu Celeste und sie zu Cr...«

»Du musst gar nichts, außer das, was ich dir befehle. Oder hast du vergessen, dass sämtliche Jäger den Mitgliedern des Rats untergeordnet sind?«, fragt Felton mit scharfer Stimme und zieht eine Augenbraue nach oben.

Das war schon immer sein Totschlagargument, wenn er mit einer meiner Entscheidungen nicht zufrieden gewesen ist. Er ist Mitglied des Rats und ich muss ihm gehorchen, ob es mir passt oder nicht.

Heute geht es mir besonders gegen den Strich.

»Wenn wir jetzt nicht handeln, werden wir Cross nie finden und ...«, setze ich an, doch bringt mich Felton mit einem Blick zum Schweigen.

»Um Celestes Befragung kümmert sich schon jemand.«

»Wer?«, frage ich, kann mir aber schon denken, welcher Jäger mir diesen Fall weggeschnappt hat.

»Chester Nettleham«, sagt Felton leise, weil er genau weiß, wie sehr ich diesen Kollegen verabscheue. Mit den anderen Jägern komme ich gut aus, aber Chester ...

»Aufgeblasener, selbstherrlicher Pfau-Arsch«, zische ich und balle die Hände zu Fäusten.

»Auch deine Beleidigungen waren schon mal besser«, bemerkt Felton mit einem schwachen Lächeln.

»Und wenn schon«, brumme ich und wende mich von ihm ab. »Warum muss ausgerechnet ich Babysitter für Celestes Horde spielen?«

»Gutachter, nicht Babysitter«, berichtigt mich Felton und seufzt leise. »Weil ich niemandem so sehr vertraue wie dir.«

»Wenn die Greys sagen, dass sie geheilt sind, wird das schon stimmen«, entgegne ich, auch wenn ich es fast nicht glauben kann. Rogues galten immer als extrem gefährlich und nicht zu bändigen. Deswegen haben wir sie sofort getötet, um ein Massaker, wie es Celestes Bande in den letzten Monaten mehrmals angerichtet hat, zu verhindern.

Wie hat Mister Grey es bloß geschafft, sie zu besänftigen?

»Ich glaube ihm kein Wort. Der kleine Halbling ist immer noch Celestes Sohn. Der Apfel fällt nicht weit vom Stamm«, grummelt Felton.

»Wenn es unbedingt sein muss ...«, murre ich und gebe mich geschlagen. Mir die Rogues anzugucken, wird sicher nicht lange dauern. Sobald ich mich vergewissert habe, dass der Bericht der Greys stimmt, werde ich zu den anderen Jägern zurückkehren und Chester von seinen Pflichten ablösen. Ich war immerhin diejenige, die Celeste unter dem Einsatz meines Lebens gefangen genommen hat.

»Mit einem kurzen Besuch dort ist es nicht getan, Cora«, ruft Felton mir hinterher, als ich die Tür aufgezogen und auf den Gang getreten bin. »Ich erwarte einen ausführlichen Bericht, nicht nur zum Zustand der Rogues, sondern auch dazu, wie Celeste sie gewandelt hat und wozu. Vielleicht haben sie ja etwas mitbekommen.«

»Wie Sie es befehlen, Ratsmitglied Harrow«, sage ich und verbeuge mich vor ihm.

»Spar dir deinen Sarkasmus für Chester«, knurrt Felton und folgt mir auf den Gang. »Aber ich meine es ernst, Coralie. Wir müssen wissen, wie Celeste das angestellt hat. Und woher sie überhaupt wusste, wie man Rogues erschafft. Ich meine, das ist ... das ist ...«

Ich nicke. »Völlig unmöglich.«

»Selbst nach all den Jahren schafft diese Furie es doch immer wieder, mich zu überraschen«, knurrt Felton.

»Und was mache ich, wenn einer von ihnen ... *auffällig* wird?«, frage ich ihn, als wir die Treppen erreichen. Als Jägerin muss ich doch auf sämtliche Eventualitäten vorbereitet sein.

»Das, was wir immer mit den Rogues gemacht haben«, entgegnet Felton und deutet auf die beiden Pfähle an meinem Gürtel. »Sie töten natürlich.«

KAPITEL 2
EX-ROGUE

DALE

»Der ... Der Rat der Vampire?«, frage ich erschrocken und mache einen Satz rückwärts, bloß weg von dieser Fremden.

»Sagte ich doch«, murrt sie und stemmt die Hände in die schlanken Hüften. »Also? Wo finde ich Mister Grey?«

»Mister Grey ...« Fast hätte ich gelacht, weil ich dabei an *Shades of Grey* denken muss. Vor allem Earl, aber auch seine beiden Brüder kann man mit diesem Scherz ziemlich ärgern. In diesem Moment bleibt mir das Lachen aber im Hals stecken. Denn diese Vampirin, so schön sie auch ist, ist gekommen, um über mich und die anderen Ex-Rogues zu richten. Von ihr hängt unser Überleben, unser ganzes Schicksal ab.

»Dann suche ich ihn eben selbst«, höre ich sie murmeln, weil ich vor Schreck kein Wort herausbringe. Normal ist das nicht für mich. Meine Zunge ist sonst lockerer, als gut für mich ist. Heute hüte ich mich aber davor, Sprüche zu klopfen. Vor allem als ich die Pfähle am Gürtel unseres Gasts sehe.

Die durchs Herz und dann den Kopf ab ...

Das wäre mein Ende und diesmal könnte ich nichts dagegen tun. Ältere Vampire sind stärker als ich, das hat zumindest Earl gesagt, als er erklärt hat, was es bedeutet, ein Vampir zu sein.

Wenigstens einmal in deinem Leben musst du dich benehmen, Dale Jones, rede ich mir ein und eile der Vampirin hinterher. »Warten Sie!«

»Dafür habe ich keine Zeit«, entgegnet sie, ohne langsamer zu werden, aber sie nutzt nicht ihre Vampirgeschwindigkeit, um das Haus zu erreichen, obwohl sie so in Eile zu sein scheint.

Moment mal ... So wie sie schwankt, sieht es fast so aus, als könne sie jeden Moment zusammenklappen. *Ist das normal, wenn man über die Grundstücksgrenze tritt?*

Kitty hat mir von dem magischen Portal nach Arcania erzählt. Sie meinte, dass sie jedes Mal fast kotzen muss, wenn Earl und sie es benutzen, um die Hauptstadt der magischen Welt zu erreichen. Vielleicht ist es mit dem Zauber, der auf der Grundstücksgrenze liegt, ja ähnlich?

»Geht es Ihnen gut, Miss? Soll ich Ihnen vielleicht ... ähm ... helfen?«, frage ich, als ich sie eingeholt habe.

Böser Fehler, denn plötzlich trifft mich ihr finsterer Blick mit solcher Intensität, dass ich sofort die Hände hochhebe.

»Ich wollte nur nett sein.«

»Spar dir das«, knurrt sie und setzt ihren Weg fort. Obwohl sie noch immer schwankt, sogar fast über ihre eigenen Füße stolpert, hält sie eisern auf das Halfway House zu.

Selbst um diese Uhrzeit ist das alte Gasthaus noch hell erleuchtet. Kein Wunder, wenn die meisten Bewohner Vampire ohne Sonnenring sind und das Grundstück nicht verlassen dürfen. Die meisten schlafen tagsüber oder ruhen zumindest. Viel Schlaf brauchen wir Vampire ja nicht.

»Sind Sie sich sicher, dass alles in ...?«, setze ich an, als die Vampirin kurz innehält. Ächzend stützt sie sich am Treppengeländer vor den Stufen des Eingangsportals ab.

»Ja, verdammt«, faucht sie und blickt zu mir auf. Sie ist kreidebleich im Gesicht und Schweiß steht ihr auf der Stirn.

»Wirklich, weil Sie ...?«, setze ich an, schlucke den Rest des Satzes aber lieber runter. Auch wenn die Vampirin ziemlich fertig aussieht, würde sie sicher nicht zögern, die Sammlung an Waffen an ihrem Gürtel einzusetzen.

Sie stößt ein Knurren aus und rollt mit den Augen, ehe sie sich daran macht, die Stufen hinaufzusteigen. So wie sie keucht und stöhnt, hört es sich eher so an, als würde sie einen steilen Berg besteigen.

Wie ein Vampir in Topform sieht sie nicht aus. Eher wie einer, der seit einer ganzen Weile kein Blut mehr abbekommen hat. Nach allem, was Earl uns über den Rat der Vampire erzählt hat, hatte ich mit jemandem weit gefährlicheren gerechnet. Kitty meinte jedenfalls, dass ein paar dieser Ratsmitglieder gruseliger wären als die Vampire aus sämtlichen Horrorfilmen, die wir uns als Kinder heimlich angeschaut haben.

»Lassen Sie mich das machen«, sage ich, als die Fremde die Tür erreicht hat und sie gerade aufdrücken will. »Die klemmt manchmal ganz schön.«

»Ich kann das auch allein«, knurrt die Fremde und stemmt sich gegen die Tür, die nach einem protestierenden Knarren aufschwingt.

»Meine Güte! Jede andere Frau hätte sich darüber gefreut, aber du ...«, murre ich und checke zu spät, dass ich das gerade laut gesagt habe.

»Ich bin aber nicht jede andere Frau«, erwidert sie und tritt in das düstere Foyer jenseits der Tür.

»Ja, das ist mir auch schon aufgefallen«, murmele ich und folge ihr hinein, auch wenn ich das stickige Halfway House allmählich leid bin. Unseren Gast alleinzulassen, halte ich aber für keine gute Idee. Am Ende bricht sie mir noch zusammen, bevor sie Earl findet.

»Oh, ein Gast!«, ruft Kitty, die gerade die Treppe herunterkommt. Leise Schritte hinter ihr verraten, dass sie nicht allein ist. Das ist sie selten, seit ich nach Celestes Angriff auf unseren Trailerpark wieder auf sie getroffen bin. Earl ist fast immer bei ihr. Fast schon peinlich, wie unzertrennlich die beiden sind.

»Ein Ga...?«, erklingt Earls Stimme, bricht aber ab, als er wie angewurzelt auf dem Treppenabsatz stehenbleibt. »Coralie Harrow ...«

»Cora«, verbessert ihn die Vampirin und durchquert den Eingangsbereich des Gasthauses. »Und ich nehme an, Sie sind Earl Grey?«

»In der Tat«, presst er hervor und wirft erst Kitty, dann mir einen Blick zu, den ich nicht zuordnen kann. Ist das Angst?

Na, ganz toll. Wenn der schon so reagiert, haben wir längst verschissen.

»Sie wissen sicher, weshalb ich hier bin«, sagt diese Coralie-Cora Harrow und bleibt ein paar Meter von der Treppe entfernt stehen. Sie schwankt kurz, kippt aber nicht um.

»Natürlich. Ihr Vater hat mich informiert, dass er jemanden schicken würde«, entgegnet Earl und steigt auch die restlichen Stufen herunter. »Ich hatte nur nicht mit Ihnen gerechnet und erst recht nicht heute. Er sagte etwas von morgen und ...«

»Je eher wir diese Situation aufklären, desto besser. Der Rat hat Ihnen schon genug Zeit eingeräumt«, erwidert sie kalt und stemmt die Hände in die Hüften. »Also?«

»Haben Sie Harrow gesagt?«, fragt Kitty leise und selbst auf die gut zehn Meter Entfernung höre ich, wie sie schluckt und sich ihr Herzschlag beschleunigt. »Wie Felton Harrow?«

»Miss Harrow ist seine Tochter, ja«, sagt Earl nickend und legt ihr eine Hand auf die Schulter.

Harrow ... Harrow ... Wo habe ich diesen Namen schon mal gehört? Nach der ganzen Rogue-Geschichte ist mein Hirn noch immer recht matschig. An die ersten Tage im Halfway

House kann ich mich kaum erinnern, erst recht nicht an meine Zeit bei Celeste, aber langsam wird es besser. Zum Glück!

»Ich wüsste nicht, was das zur Sache tut«, meldet sich unser Gast zu Wort und verschränkt die Arme vor der Brust. »Man hat mir gesagt, dass Sie zu meiner Ankunft einen Bericht über die Genesung der Rogues vorlegen werden, Mister Grey. Den würde ich gerne lesen, sofort.«

Meine Güte, wie kann man denn nur so unhöflich sein?

»Jetzt? Sind Sie sich Sicher, Miss Harrow?«, fragt Earl und mustert sie mit gerunzelter Stirn. Ihm muss auch aufgefallen sein, wie kraftlos sie wirkt. »Sie sehen nicht besonders ...«

»Ich weiß, wie ich aussehe«, raunzt die Vampirin und macht einen Satz auf ihn zu. Keine gute Idee, denn diesmal verliert sie ihr Gleichgewicht und kippt tatsächlich nach vorn um.

Bevor ich weiß, was ich tue, stehe ich schon neben ihr und fange sie auf, damit sie sich nicht verletzt. Sicher würde das ihre Laune nur noch mehr verschlechtern.

»Loslassen!«, faucht sie mich an, doch denke ich nicht daran. Sie zittert in meinen Armen. Ihr Körper fühlt sich ungewöhnlich warm an, vor allem für eine Vampirin. Und jetzt, da ich ihr so nahe bin, stelle ich auch fest, dass sie komisch riecht. Es ist kein so penetranter Gestank wie das Blut eines Toten, das mich in einen Rogue verwandelt hat, aber es ist definitiv kein angenehmer Geruch.

»Earl?« Fragend blicke ich zu Kittys Freund herüber. Er ist normalerweise immer der Erste, der sich kümmert, wenn es jemandem im Halfway House schlecht geht. Von allen Greys hat er das meiste Wissen über Heilkunde.

Sofort ist er bei uns und beugt sich mit besorgter Miene über unseren Gast. Earl braucht sie gar nicht zu untersuchen, um zu wissen, was los ist.

»Was ist nur mit Ihnen passiert, dass so viel Gift in Ihrem Organismus gelandet ist, Miss Harrow?«, fragt er mit weit aufgerissenen Augen. »Haben Sie auf dem Weg hierher etwa eine Vampirarmee bekämpfen müssen?«

Miss Harrow schnaubt und versucht, sich von mir loszumachen, ist aber zu schwach dafür. »Keine Armee ... Nur Ihre Mutter, Mister Grey.«

»Meine Mutt...?«, fragt Earl überrascht und fast hätte ich Miss Harrow fallen gelassen. Wann immer jemand hier Celeste Coulter erwähnt, schlägt die Stimmung abrupt um. Meistens in Angst, bei einigen aber auch in Wut, wegen all der furchtbaren Dinge, die sie uns angetan hat.

»Gift?«, fragt Kitty und tritt neben Earl, um ebenfalls einen Blick auf unseren angeschlagenen Gast werfen zu können.

»Sie waren es!«, ruft Earl plötzlich aus und kniet sich neben die geschwächte Vampirin. Aus der Hosentasche zieht er ein Stofftaschentuch hervor und tupft ihr damit vorsichtig über die Stirn. »Sie waren die Jägerin, die sie gestellt hat, nicht wahr?«

»Was?«, frage ich überrascht und starre die Frau in meinen Armen an. Sie wirkt nicht gerade so, als könnte sie groß etwas gegen fiese Vampire wie Celeste ausrichten. »Ganz allein?«

»Ja, ganz allein«, murrt sie und verzieht das Gesicht. »Sonst wäre ich jetzt nicht hier.«

»Stimmt, das war sehr unvernünftig von ...«, setzt Earl an, verstummt jedoch, als Kitty ihm einen Klaps verpasst.

»Das ist doch völlig egal. Sie braucht jetzt ein Zimmer, Ruhe und medizinische Versorgung«, sagt meine Schwester und dreht sich zur Rezeption des Gasthauses um.

Als Earl mich als einer der ersten Ex-Rogues ins Haus geholt hat, hingen da noch viele Schlüssel. Jetzt ist nur noch ein Bund an dem Brett hinter der Rezeptionstheke übrig. Der Generalschlüssel. Alle Zimmer des Gasthauses sind belegt, entweder von uns Ex-Rogues oder von den Greys selbst.

»So ein Mist!«, flucht Kitty, als auch ihr das klar wird. »Aber sie ins Labor zu bringen, ist auf Dauer auch keine Lösung.«

»Und wegschicken können wir sie nicht«, murmelt Earl und reibt sich übers Kinn wie immer, wenn er nachdenkt.

»*Sie* hat auch einen Namen und ist genau hier«, murrt Miss Harrow in meinen Armen, doch sind Kitty und Earl zu sehr mit Nachdenken beschäftigt.

»Sie kann mein Zimmer haben«, höre ich mich zu meiner eigenen Überraschung sagen.

Was machst du denn, Idiot? Sie ist doch der Feind!, schelte ich mich innerlich, kann es jetzt aber schlecht wieder zurücknehmen, vor allem als Kitty und Earl nicken und sich auf den Weg machen.

»Kannst du sie hochtragen, Dale?«, fragt Earl und steuert auf die Kellertreppe zu.

»Was? Ich?«

»Ich kann das auch allein«, beharrt Miss Harrow, schafft es aber kaum, sich hochzustemmen.

»Ja, das haben wir ja alle gesehen«, entgegne ich und hebe sie mit einem Seufzen hoch. Fast kommt es mir so vor, als wöge sie nichts. Das liegt sicher an meiner neuen vampirischen Stärke, an die ich mich erst noch gewöhnen muss.

»Geh du mit ihnen, Kitty, und sorg dafür, dass sie viel trinkt. Ich komme gleich nach«, ruft Earl meiner Schwester über die Schulter zu, dann ist er im Keller verschwunden und sicher schon auf halbem Weg zum Tränkelabor.

»Na, dann mal hoch mit Ihnen, Miss«, murmele ich, als ich mit ihr auf die Treppe zusteuere. »Ich hoffe, Sie vergessen Ihren Helfer in Not nicht, wenn Sie Ihr Urteil über uns fällen.«

»Ich bin nicht in Not und ... Wie bitte?«, fragt die Vampirin und starrt mich aus weit aufgerissenen Augen an. Erst jetzt fällt mir auf, dass sie blutrot sind.

»Sie sind ein Rogue?«

»Ex-Rogue«, verbessere ich sie. Keiner von uns fühlt sich wohl mit dieser Bezeichnung. Einen besseren Namen für das, was wir seit unserer Genesung sind, haben wir allerdings noch nicht gefunden.

»Lassen Sie mich sofort runter, Sie ... Sie ...!«, fordert die Vampirin und stößt mir die Faust gegen die Brust, aber nicht kräftig genug, um etwas auszurichten. Sie müsste schon im Vollbesitz ihrer Kräfte sein, um mir ernsthaft zu schaden.

»Ich tue Ihnen schon nichts«, sage ich und kann nicht verhindern, dass mir ihre Reaktion einen kleinen Stich versetzt. Miss Harrow guckt mich an, als wäre ich ein Monster, aber das bin ich nicht. Nicht mehr.

Selbst als Rogue ... Wir wollten nie jemanden verletzen, nur diesen furchtbaren Blutdurst stillen. Das Totenblut hat uns jedoch vergessen lassen, wie mächtig wir sind. Wie leicht es ist, Knochen zu brechen oder ganze Gliedmaßen auszureißen.

Schnell schüttle ich den Kopf und verdränge die wirren Erinnerungen an die ersten Wochen nach meiner Wandlung. Recht viel Sinn machen die vielen Fragmente sowieso nicht.

»Das will ich lieber nicht herausfinden«, faucht die Vampirin und windet sich so heftig in meinen Armen, dass sie mir fast heruntergefallen wäre.

Um sie an Ort und Stelle zu halten, drücke ich sie fester an mich, bis ihr Gesicht an meinem Hals zum Ruhen kommt. Falls sie hört, dass mein Herz schneller schlägt, sagt sie nichts, protestiert aber auch nicht länger. Eher wirkt sie starr vor Schreck. *Hat sie wirklich so viel Angst vor uns?*

Dieser Gedanke beunruhigt mich, denn mit Angst und Unverständnis kommt oft auch Hass. Genau deswegen hat man in der Nachtwelt Rogues bisher immer getötet, ohne auch nur zu versuchen, ihnen zu helfen. Aus Angst vor ihrer Wildheit und dem Mangel an Kontrolle.

Und so, wie mich Miss Harrow angesehen hat, fürchte ich, dass es genau darauf hinauslaufen wird, sollten wir sie nicht umstimmen können: auf unseren Tod.

KAPITEL 3
PERFEKTER ERSTER
EINDRUCK

CORA

Noch bevor ich das Harrow-Anwesen verlassen habe, war mir klar, dass das keine gute Idee gewesen ist. Auf dem Weg durch den gepflegten Garten hatte ich mehrere Schweißausbrüche und Herzrasen, als hätte ich einen rekordverdächtigen Sprint hingelegt. Ein Zurück gibt es aber nicht, sonst müsste ich vor Felton eingestehen, dass ich noch lange nicht für den aktiven Dienst bereit bin.

Das hast du davon, du Dickschädel!

Dass ich keine Viertelstunde später in einem der Betten des Gasthauses liegen und drei besorgte Vampire um mich herumstehen würden, habe ich bei meinem Aufbruch aber nicht für möglich gehalten.

»Es muss ein erbitterter Kampf gewesen sein«, höre ich einen von ihnen sagen, sicher Earl Grey.

Ich wage es nicht, meine Augen zu öffnen. Dafür ist mir die ganze Situation viel zu peinlich.

Ich hätte auf dem Weg zum Gasthaus langsamer machen sollen, dann wäre ich nicht wie ein erbärmlicher Schwächling vor ihren Augen zusammengebrochen. Aber das wollte ich nicht, wegen diesem nervtötenden Typen, der mich jenseits des Tors erwartet hat.

Mit den ganzen Tattoos, zerrissenen Jeans und der Lederjacke hätte er besser in eine der düsteren Gassen von Arcania gepasst, durch die ich Celeste vor einigen Wochen gejagt habe. Da wundert es mich auch nicht, dass er zu den Rogues gehört, die ich beurteilen soll. Nur sein Verhalten passt überhaupt nicht zu dem eines wildgewordenen Vampirs. Die hätten mir wohl eher sämtliche Gliedmaßen ausgerissen, statt mich aufzufangen. Hätte er es nicht selbst gesagt, wäre ich nie auch nur auf die Idee gekommen, dass er einer von ihnen ist.

»Celeste war sicher verzweifelt, nachdem sie uns nicht mehr hatte, um die Drecksarbeit zu erledigen«, stimmt eine zweite männliche Stimme zu. Sie klingt angenehm tief und rauchig, ganz anders als ich es von einem Rogue erwartet hätte. Er ist nicht der Erste seiner Art, der mir über den Weg läuft, aber der Erste, der sich so normal, so kontrolliert verhält. »Da kämpft man mit allen Mitteln, auch mit den Zähnen.«

Klingt fast so, als wüsste er, wovon er spricht ...

»In diesem Fall hatte das noch einen ganz anderen Grund«, murmelt Mister Grey und ich höre, wie er etwas umrührt, vermutlich Kräutertee oder einen Heiltrank.

»Was meinst du damit?«, fragt die Frau, die Mister Grey vorhin Kitty genannt hat. Wenn ich mich recht erinnere, war sie die Vampirin, die nach dem Angriff auf den Trailerpark unplanmäßig gewandelt wurde. *Katherine Jones.*

»Unser Speichel ist giftig für andere Vampire. Deswegen die vielen Bisse«, murmelt Mister Grey und jemand, vermutlich er, lässt sich auf die Bettkante nieder. »In kleinen Mengen dämpft es nur unsere Sinne und macht uns langsamer, aber bei Miss

Harrow ... Celeste wurde vor einigen Wochen geschnappt, aber Miss Harrow hat sich noch lange nicht erholt. In ihrem Zustand hätte sie eigentlich gar nicht herkommen sollen.«

»Ich kann aber auch nicht die ganze Zeit im Bett liegen, verdammt«, knurre ich und schlage nun doch die Augen auf. Viel erkenne ich nicht, weil das Zimmer so duster ist, und das Gift tatsächlich meine Sinne beeinflusst.

»Verständlich«, höre ich den Rogue sehr zu meiner Überraschung murmeln, doch als ich zu ihm aufblicke, wendet er sich von mir ab.

Ist wahrscheinlich beleidigt wegen meiner Reaktion auf ihn. Aber wer kann es mir verübeln?

All die Jahre, die ich nun schon unter den Vampiren verbracht habe, wurde mir eingebläut, wie gefährlich Rogues sind. Dass sie auch die erfahrensten Jäger töten können, wenn sie nicht aufpassen.

»Hier, Miss Harrow, trinken Sie das«, weist mich Mister Grey an und hält mir eine Tasse an die Lippen. Der bittere Geruch von Kräutern steigt mir in die Nase und doch bin ich nicht dazu in der Lage, zu erraten, welche es sind. Selbst mein Geruchssinn hat durch Celestes Gift gelitten.

»Was ist da drin?«, frage ich misstrauisch.

»Baldrian, Schafgarbe, Brennnessel und einige weitere entgiftende Kräuter«, entgegnet Mister Grey sachlich und rührt das Gebräu mit dem Löffel um.

»Hätten wir sie töten wollen, bräuchten wir das Zeug gar nicht«, brummt der Rogue und erhält von der Vampirin neben ihm sofort einen Klaps auf den Hinterkopf.

»Dale! Halt einfach die Klappe«, zischt sie ihm zu, ehe sie sich mit einem freundlichen Lächeln mir zuwendet. »Trinken Sie ruhig. Das wird Ihnen helfen.«

»Das hat Doktor Benning auch gesagt und es war trotzdem für die Katz«, murre ich und drehe mich von ihnen weg. Am liebsten wäre es mir, sie würden mich einfach in meinem Elend allein lassen, aber das hier ist das Halfway House der Greys. Nach allem, was ich über diese Familie gehört habe, können sie sich nicht nicht einmischen. Felton hat oft genug über Kieran Grey gewettert, der überall in der Nachtwelt Arcanias seine Finger im Spiel hat.

»Ian Benning?«, fragt Mister Grey überrascht und rückt auf der Bettkante herum.

»Hmpf«, mache ich bloß und ziehe die Decke höher, weil mir so furchtbar kalt ist, etwas das Vampiren eigentlich nichts ausmachen sollte.

»O je, da haben wir uns wohl noch so einen wortkargen Gast wie Aldyr eingehandelt«, höre ich die Frau sagen.

Jemand schnaubt. »Al ist mir tausendmal lieber, Sis. Der will mich wenigstens nicht umbringen.«

»Mann, Dale! Deine Sprüche machen es auch nicht besser«, mahnt Kitty.

»Vertrauen Sie mir, Miss Harrow. Ians Heilkünste übersteigen meine zwar bei Weitem, aber es ist das Mindeste, was ich für Sie tun kann«, sagt Mister Grey und stellt die Tasse auf einen der zwei Nachttische neben dem Bett ab.

»Kommt, geben wir Miss Harrow ein paar Minuten, um sich wieder zu sammeln«, fügt er an die anderen gewandt hinzu.

Wurde aber auch Zeit!

Kaum, dass ich höre, wie sich die Zimmertür schließt, stoße ich erleichtert die Luft aus. Am liebsten wäre ich gerade im Erdboden versunken, weil das absolut den falschen Eindruck bei den Greys hinterlassen wird. Besonders kompetent lässt mich dieser Schwächeanfall jedenfalls nicht wirken.

»Besser hier als beim Rat …«, murmele ich und verberge das Gesicht in meinen Händen.

Für Chester wäre es ein wahres Fest, mich so zu sehen. Er war schon immer mein größter Konkurrent. *Und ein noch viel größeres Arschloch!*

Wütend kralle ich meine Finger in die Decke, ringe mich jedoch dazu durch, Mister Greys Tee zu trinken. Er ist bitter und lässt mich würgen, aber ich leere die Tasse bis auf den letzten Tropfen. Wenn er meine Genesung nur ein bisschen verschnellert, muss ich es einfach tun, sonst liege ich nochmal drei Wochen im Bett herum. Mindestens.

Dieser Gedanke bringt die Erinnerungen an mein Erwachen kurz nach dem Kampf mit sich. Da war ich noch im Krankenhaus von Arcania, unfähig mich zu bewegen. An viel erinnere ich mich nicht. Nur an grelles Licht und eine ganze Horde Ärzte in weißen Kitteln. In den ersten Tagen haben sie mich gefühlt jede Stunde untersucht, von den Scharen an Krankenhauspersonal ganz zu schweigen. Dorthin will ich nie mehr zurück.

So viel dazu, dass du auf dem Weg der Besserung bist, denke ich verdrossen und ziehe mir die Decke über den Kopf.

Meinen Besuch im Halfway House habe ich mir anders vorgestellt. Sicher nicht so, dass ich gleich im ungemachten Bett eines fremden Mannes, noch dazu eines Rogues, landen und vor Erschöpfung fast einschlafen würde.

Perfekter erster Eindruck, den du da hinterlassen hast! Der Rat wäre stolz auf dich, Cora.

KAPITEL 4
ALS BESORGTER
VATER

DALE

»Und was machen wir jetzt mit ihr?«, frage ich Earl, nachdem wir uns ein Stück von meinem Zimmer entfernt haben. Dass Miss Harrow ihre Ruhe braucht, ist mehr als offensichtlich, aber warum ausgerechnet hier? Und warum ausgerechnet in meinem Zimmer?

Weil dein Mund wieder schneller war als dein Hirn, Idiot. Deswegen, schelte ich mich innerlich und wünschte, ich hätte das vorhin nicht angeboten. Mein Zimmer war bisher mein Rückzugsort, wenn mir die Nähe der anderen Ex-Rogues und sonstigen Gasthausbewohner zu viel geworden ist. Jetzt bleibt mir nicht einmal mehr das.

»Was können wir schon tun? Sie muss sich einfach ausruhen. Stimmt's, Earl?«, sagt Kitty und blickt zu ihm auf.

Earl sagt keinen Ton, kratzt sich nur immer wieder am Kinn. Sein Blick geht ins Leere, als wäre er in Gedanken versunken.

»Hallo? Jemand zuhause?«, frage ich und wedele mit der Hand vor seinem Gesicht herum, was mir prompt wieder einen Stoß von Kitty einbringt.

»Mann, lass das endlich!«, fauche ich und weiche sicherheitshalber ein Stück von ihr zurück. »Das ist total peinlich.«

»Du bist peinlich«, entgegnet sie und verschränkt verärgert die Arme vor der Brust. »Denkst du eigentlich jemals nach, bevor du was sagst? Oder ist dir egal, dass diese Frau über dein Schicksal bestimmen wird, hm?«

»Natürlich nicht«, erwidere ich und will noch etwas hinzufügen, nur fällt mir diesmal keine gute Ausrede ein. Ich weiß ja, dass ich meine Klappe halten sollte, aber das ist leichter gesagt, als getan.

»Was macht ihr drei denn für Gesichter?«, fragt jemand am anderen Ende des Gangs.

Leichtfüßige Schritte nähern sich uns, als Sel angetänzelt kommt. Auf halbem Weg bleibt sie stehen, vermutlich weil sie als Sukkubus die Emotionen erschnuppert hat, die gerade in der Luft liegen. Bei mir jede Menge Ärger, bei Earl und Kitty Besorgnis, wenn ich ihre Gesichter richtig deute.

»Ist etwas passiert?«, fragt Selena, als wir ihr nicht sofort antworten. Sie kommt auf uns zu und hält Earl einen Umschlag hin. Er bemerkt ihn nicht einmal, weil er noch immer mit Nachdenken beschäftigt ist. Mir an seiner Stelle täte da längst das Hirn weh.

»Wir haben einen neuen Gast«, sagt Kitty und deutet auf die Tür zu meinem Gästezimmer.

Überrascht reißt Sel ihre dunkelblauen Augen auf. »Was? Aber wir haben doch gar kein Bett mehr frei.«

»Dale war so freundlich und hat ihr seines angeboten«, sagt Kitty mit einem Grinsen, das mir überhaupt nicht gefällt. Denkt sie etwa, ich hätte es getan, weil ich diese Vampirtusse attraktiv finde?

Von wegen!

»Aha«, macht Selena bloß und mustert mich von oben bis unten. Dabei schnüffelt sie an mir und verzieht die vollen Lippen zu einem ähnlichen Grinsen wie Kitty. »Interessant.«

»Finde ich auch«, stimmt meine Schwester ihr kichernd zu.

»Was mich viel mehr interessiert, ist, wieso sie überhaupt hier ist. Wieso hat der Rat sie hergeschickt, wenn es ihr so schlecht geht?«, frage ich, in der Hoffnung, endlich das Thema wechseln zu können. Je mehr sie über Miss Harrow sprechen und mir diese komischen Blicke zuwerfen, umso mehr spüre ich die Wärme in meinen Wangen aufsteigen. Dass das bei uns Vampiren überhaupt möglich ist, war mir gar nicht bewusst.

Wie peinlich ist das denn?

»Nicht so peinlich, wie zusammenzubrechen, wenn man einen offiziellen Auftrag hat«, murmele ich leise und bereue es gleich wieder, als ich Selenas und Kittys Lachen höre.

»Das sind zwei wirklich gute Fragen, Dale«, meldet sich Earl zu Wort und lässt die beiden verstummen. »Es wundert mich, dass Miss Harrow so weit gekommen ist. Die Bisse, die man sehen konnte, waren sicher nicht die Einzigen.«

Er seufzt leise und kratzt sich am Kopf, was seinen ordentlichen Seitenscheitel sehr durcheinanderbringt. Ein deutliches Zeichen dafür, dass etwas ganz und gar nicht in Ordnung ist.

»Vielleicht hilft der weiter. Lag plötzlich auf dem Küchentisch. 'Ne Tasche war auch dabei, aber die hab' ich nur ins Foyer gebracht. War ziemlich schwer ...«, sagt Selena und wedelt mit dem Umschlag. »Von einem F. Harrow, falls dir das was sagt.«

»Harrow?«, frage ich und stelle mich neben Earl, um einen Blick auf den Brief werfen zu können.

»Das wäre dann wohl ihr Vater«, murmelt Earl, als er den Umschlag öffnet und den Brief darin auseinanderfaltet.

»Dann ist sie also eine geborene Vampirin wie du?«, fragt Kitty. Sie wirft schnell einen Blick über die Schulter, wie um sich zu vergewissern, dass unser Gast noch immer in meinem Zimmer ist, während wir hier über sie sprechen.

»Nein, ich glaube nicht«, sagt Earl. »Soweit ich weiß, hat er sie adoptiert.«

Mit einem Räuspern wendet er sich von uns ab, um Felton Harrows Brief zu lesen.

»Und? Was schreibt er?«, frage ich ihn, während sich der Klumpen in meinem Magen wieder zu Wort meldet. Was ist, wenn er befiehlt, uns doch zu töten, Genesung hin oder her?

»Na, das ist ja mal was ganz was Neues«, brummt Earl, nachdem er den Brief überflogen und sich wieder zu uns umgedreht hat. »Er bittet um unsere Hilfe.«

»Unsere Hilfe? Und du bist dir sicher, dass der Brief von Felton Harrow kommt?«, fragt Kitty überrascht und schüttelt den Kopf. »So wie er sich die letzten paar Mal aufgeführt hat, als wir beim Rat antanzen mussten ... Ich dachte, er hasst uns aus tiefster Seele.«

»Wenn er überhaupt eine hat«, murre ich, schließlich weiß ich, wie diese Ratsmitglieder ticken. Die hätten uns am liebsten gleich abgeschlachtet, als Earl ihnen von uns erzählt hat.

»*Ich schreibe Ihnen nicht als Mitglied des Rats, Mister Grey. Ich schreibe Ihnen als besorgter Vater*«, liest Earl eine Zeile aus dem Brief vor.

»Was ist denn jetzt mit ihr?«, fragt Selena, die noch immer keine Ahnung hat, wen ich da in mein Bett gelassen habe.

»Sie ist eine Abgesandte des Rats«, sagt Earl und zuckt mit den Schultern. »Und die Jägerin, die Celeste gestellt hat. Ihr Vater schreibt, dass Miss Harrow dabei schwer von ihr verletzt wurde und sich noch schonen müsste.«

»Und was macht sie dann hier?«, fragt nun auch Sel, klingt aber anders als ich besorgt.

»Offenbar ist sie sehr dickköpfig und Harrow konnte sie nicht länger im Haus halten.« Earl zuckt mit den Schultern und faltet den Brief zusammen. »Er dachte wohl, sie zu uns zu schicken, wäre noch das kleinere Übel.«

»Heißt das, er will, dass sie bleibt?«, frage ich entgeistert und der Klumpen in meinem Magen wird schwerer.

Earl nickt. »Zumindest für ein paar Tage.«

»Na, wenn es ihr so schlecht geht, können wir sie doch unmöglich zurückschicken«, sagt Selena und stemmt die Hände in die Hüften. »Gibt es irgendwas, was ich für sie tun kann?«

»Ist das euer Ernst?«, frage ich, während die drei offenbar schon überlegen, wie sie Miss Harrow helfen können. »Habt ihr vergessen, dass sie meinen Tod befehlen könnte?«

»Dann benimm dich einfach, wenn dir dein Leben lieb ist«, sagt Selena und piekst mir in die Brust.

Kitty ist leider nicht die Einzige, die mich ständig zurechtweist. Vor Selena habe ich aber weit mehr Angst, weil sie am liebsten ihre Bratpfanne verwendet, um mir zu drohen. Und sie zögert auch nicht, sie einzusetzen, wie es Lex neulich zu spüren bekommen hat. *Armer Kerl ...*

»Ich halte es für das Beste, wenn Miss Harrow vorerst bei uns bleibt. Dann wird es nicht öffentlich bekannt, wie sehr sie gelitten hat«, sagt Earl mit entschuldigendem Blick.

»Und wenn schon. Sie ist doch selber schul...«, murre ich, doch bekomme ich diesmal nicht nur Kittys Ellenbogen zu spüren, sondern auch Selenas.

»Untersteh dich, Dale«, zischt der Sukkubus mir mit blitzenden blauen Augen zu. »Oder ich saug dir die Lebenskräfte aus, dass du dich gleich neben sie legen kannst. Verstanden?«

Ich schlucke und presse die Lippen aufeinander. »Mhmm.«

»So wie sie vorhin reagiert hat, scheint es auch nur in Miss Harrows Interesse zu sein, ihren Zustand nicht an die große

Glocke zu hängen«, fährt Earl fort und nickt mit dem Kinn in Richtung meines Zimmers.

»Dass sie sich dafür schämt, kann ich bis hierhin riechen«, stimmt Selena mit einem energischen Nicken zu. »Sie kann einem echt leidtun.«

»Klar«, murre ich und verdrehe die Augen. Mit der Jägerin des Rats hat sie Mitleid, aber mir ständig eins überziehen wollen, wenn ich einmal eine blöde Bemerkung mache. »Sie hätte doch einfach nur weiter im Bett bleiben und sich erholen müssen.«

»Als ob das je bei dir funktioniert hätte«, erwidert Kitty und zieht eine Augenbraue hoch. »Du bist doch genauso dickschädelig.«

»Vergleich mich ja nicht mit der«, rufe ich und werfe meiner Schwester einen vernichtenden Blick zu.

»Dickschädel oder nicht, jemand muss bei ihr bleiben, für den Fall, dass es ihr schlechter geht«, sagt Earl und guckt ausgerechnet mich so auffordernd an.

»Nie im Leben!«, rufe ich und hebe abwehrend die Hände. »Ich spiel' doch nicht Babysitter für die Frau, die mich hinrichten könnte.«

»Wieso nicht? Du lebst doch sonst so gern gefährlich, oder nicht?«, merkt Kitty an und verschränkt die Arme vor der Brust. »Das bringt dir bestimmt auch ein paar Pluspunkte ein. Die kannst du nach deinen Sprüchen vorhin gut gebrauchen.«

»Das ist auch die perfekte Ausrede, um dich vor der Gartenarbeit zu drücken«, wirft Sel ein und zwinkert mir zu. Sie weiß, wie sehr ich es hasse, all die Eimer voller Schnittgut durch den Garten zu schleppen oder Unkraut zu zupfen. Alles unter den strengen Blicken von Rose Grey, Earls kleiner Schwester, die erst vor Kurzem wieder von den Toten auferstanden ist. Das war ein Spektakel, das mir heute noch Gänsehaut bereitet.

»Wenn es unbedingt sein muss ...«, murre ich und rümpfe die Nase. »Aber wenn sie mir blöd kommt, dann ...«

»Dann hältst du trotzdem schön deine Klappe, Bruderherz. Es geht hier nicht nur um dich, sondern auch um die anderen Ex-Rogues«, erinnert mich Kitty und erstickt meinen Protest damit im Keim. Daran habe ich vor lauter Ärger noch gar nicht gedacht, aber sie hat recht. Um mich mache ich mir keine Sorgen, aber die anderen ... Die haben ihre Freiheit verdient. Sie waren weit länger in Celestes Gefangenschaft als ich.

»Kitty, wir sprechen erstmal mit Ian. Als ihr behandelnder Arzt weiß er sicher am besten, wie wir ihr helfen können«, sagt Earl und deutet auf das Treppenhaus einige Meter weiter.

»Und ich koche einen großen Topf Hühnersuppe. Das hilft mir immer, wenn es mir nicht gut geht«, sagt Selena und eilt bereits in Richtung Küche davon. Bevor sie die Treppen erreicht, dreht sie sich noch einmal zu uns um. »Nur das mit dem Blut müsste jemand von euch übernehmen.«

»Machen wir«, sagt Earl und wendet sich mir zu. »Wenn es ihr schlechter geht, sag Bescheid. Ich fürchte, durch die Reise hierher hat sich das Gift stärker in ihrem Körper verbreitet.«

»Spar dir den Kommentar«, mahnt mich Kitty, als ich den Mund öffnen will.

Ich seufze und nicke. »Okay, okay ...«

Trotzdem braucht es etwas innerliche Überredung, bis ich mich wieder meiner Zimmertür zuwende. Ich klopfe und warte auf eine Antwort, bis mir wieder einfällt, dass es mein Zimmer ist, und mein verdammtes Bett, in dem die fremde Vampirin liegt. Und dieser Gedanke löst, nun da ich allein auf dem Gang stehe, noch ganz andere Gefühle in mir aus als blanke Wut.

»Denk nichtmal dran, Idiot«, knurre ich. Selbst wenn sie gesund und munter wäre, würde das nie passieren.

Nie, nie, niemals!

KAPITEL 5
GUTEN MORGEN,
BABYGIRL

CORA

Als ich mit einem herzhaften Gähnen erwache, fühle ich mich um Welten besser als noch während der letzten Tage. Sogar der Bezug meiner Decke fühlt sich angenehm weich auf meiner Haut an, nicht so kratzig und rau wie sonst. Und dann dieser Duft nach ... *Moment mal! Ist das ... Ist das etwa Aftershave?*

Erschrocken richte ich mich in dem Bett auf und bereue es sofort wieder. Nicht nur, weil es ein lautes Quietschen von sich gibt, sondern vor allem, weil mein Kopf zu dröhnen beginnt. Es fühlt sich so an, als hätte ich ihn direkt vor die Lautstärker in El Rojos Club gehalten.

Das alles erinnert mich an genau den Moment, den ich nur zu gern für immer aus meinem Gedächtnis verbannt hätte. An eine Nacht, ein paar Jahre nachdem ich meine Stelle bei den Jägern angetreten habe. Es war die letzte, in der ich Alkohol getrunken habe, und davon leider sogar für eine Vampirin viel zu viel.

Und was ich dann gemacht habe ...

Dieser Fehler holt mich jedes Mal wieder ein, wenn ich Chester gegenübertrete. Diesen aufgeblasenen Arsch, der sich für den besten Jäger aller Zeiten hält und damit wahrscheinlich gar nicht so unrecht hat.

Ich stöhne und bete inständig zum Schicksal, dass das nicht wieder ein Chester-Moment ist. Dass ich nicht plötzlich neben ihm oder irgendeinem anderen wildfremden Mann aufwache und mich nur noch mehr in Grund und Boden schämen muss.

Zaghaft öffne ich die Augen und runzele verwirrt die Stirn. Das hier ist nicht mein Zimmer in Feltons Anwesen. Und die Kammern, die man den Jägern beim Rat zum Ausruhen zur Verfügung stellt, sind viel spartanischer eingerichtet. Dieser Raum sieht aus wie ein Hotelzimmer. Auf der Kommode neben der Tür steht ein Wasserkocher, zwei Tassen und ein Schild, das ich auf die Entfernung nicht entziffern kann. Das Rauchverbot-Schild über dem Lichtschalter ist dafür aber deutlich zu erkennen.

Was hast du jetzt wieder angestellt, Cora?

Kurz schließe ich die Augen und versuche, mich an die gestrige Nacht zu erinnern. Das führt allerdings nur dazu, dass das Dröhnen in meinem Kopf zunimmt, bis ich das Gefühl habe, er müsste platzen. Immerhin bin ich noch angezogen, aber das muss ja nicht viel heißen.

Ich schlucke und lasse mich langsam auf die andere Seite rollen, um nachzusehen, ob ich allein bin, oder ...

»Guten Morgen, Babygirl«, begrüßt mich eine tiefe Stimme, die sofort ein aufgeregtes Prickeln in mir weckt. »Ich dachte schon, du wachst nie mehr auf.«

Als ich eines der Kissen beiseiteschiebe, um den Sprecher unter die Lupe zu nehmen, stoße ich einen entsetzten Schrei aus. Sofort ziehe ich mir die Decke wieder über den Kopf. Nicht nur weil ein splitterfasernackter Fremder neben mir auf dem

Bett liegt, sondern weil plötzlich auch all die Erinnerungen zu mir zurückkehren.

Das hier ist nicht bloß irgendein Hotel.

Es ist das Halfway House der Grey-Hexer.

Und der Typ neben mir ist ...

Ein Rogue, schießt es mir durch den Kopf, was meinen Körper sofort in Alarmbereitschaft versetzt. Blitzschnell fahren meine Hände zu meinem Hosenbund, doch der Gürtel mit meinen Waffen ist verschwunden.

»Falls du deine Spielzeuge suchst ... Die habe ich dir vorgestern sicherheitshalber abgenommen«, sagt der Rogue mit einem leisen Lachen. »Nicht, dass du dich im Schlaf damit verletzt. Oder auf mich losgehst.«

Den letzten Satz sagt er leise, nicht mehr amüsiert, sondern ernst. Als erwarte er wirklich, dass ich ihn jeden Moment töten könnte. Gerade würde ich das auch am liebsten, nicht wegen meiner Befehle, sondern weil das alles einfach so furchtbar peinlich ist.

Tief durchatmen, Cora, sage ich mir, doch hat das eher den gegenteiligen Effekt. Dadurch steigt mir dieser betörende Duft in die Nase. Sein Duft. Wie eine Mischung aus Tannennadeln, Sandelholz und ... Zimt?

Mach dich nicht lächerlich, Cora! Was interessiert dich das? Schnell schüttle ich den Kopf und besinne mich auf meine aktuelle Situation. Und darauf, mit möglichst viel Würde aus der ganzen Sache herauszukommen.

Wenn das überhaupt noch möglich ist ...

Langsam richte ich mich auf und zwinge mich dazu, dem Rogue direkt in die Augen zu sehen. Normalerweise schüchtert das meinen Gegenüber immer ein, aber in diesem Fall ist es eher anders herum. Ich muss mich wirklich beherrschen, um den Blick nicht tiefer wandern zu lassen. So ungern ich es zugebe, neugierig bin ich schon, aber die Blöße will ich mir nun wirklich nicht vor ihm geben.

»Nur gucken, nicht anfassen«, sagt der Rogue und wackelt grinsend mit den Augenbrauen.

Am liebsten würde ich ihm eine verpassen, aber das ist nicht sonderlich würdevoll und gehört sich auch nicht für eine Jägerin im Dienst des Rats. Also ignoriere ich seine Bemerkung.

»Vorgestern? Aber ich ... Was ist ... seit meiner Ankunft passiert?«, frage ich und muss mich zwischendrin räuspern, weil mir die Worte kaum über die Lippen kommen wollen.

Der Typ verzieht seinen Mund zu einem breiten Grinsen und streicht doch ernsthaft mit der Hand über seinen tätowierten Oberkörper, bis hinab zu ...

Sofort richte ich meine Aufmerksamkeit wieder auf seine sommersprossige Stirn, um auch ja nicht in Versuchung zu kommen, egal wie lange es her ist. Die Chester-Situation werde ich nicht noch einmal wiederholen, erst recht nicht mit einem Vampir, über den ich richten soll.

»Komm ja nicht auf falsche Gedanken, Babygirl«, sagt der Typ, nachdem er sich ausgiebig gestreckt hat und sein Grinsen erstirbt. »Eher lasse ich mich auf einem stumpfen Stock aufpfählen, als mit dir in die Kiste zu steigen.«

»Gleichfalls, auch wenn wir, technisch gesehen, schon drin sind«, murmele ich. Im Geiste stelle ich mir nur zu gern vor, wie es aussehen würde, wenn ich tatsächlich einen Pfahl durch sein Herz triebe mitten hinein in das geöffnete Maul seines Viperntattoos.

Ich räuspere mich und richte den Blick fest auf die Zimmerdecke, statt dem gewundenen Schwanz der Schlange zu folgen, der sich über den Brustkorb des Rogues zieht.

»Und warum dann dieser ... Aufzug?«, frage ich ihn, und zupfe an einem Faden der Bettdecke herum.

»Ich schlafe so einfach besser«, sagt der Rogue und zuckt lässig mit den Schultern. »Vor allem, wenn ich nicht allein bin in *meinem* Bett.«

»Vampire schlafen nicht«, murmele ich und ziehe weiter an dem Faden, bis ich ihn mit einem leisen Ratschen abreiße.

»Ausnahmen bestätigen die Regel, Babygirl«, entgegnet der Rogue und lässt mich überrascht vor ihm zurückweichen, weil er mir doch ernsthaft auf die Nasenspitze getippt hat.

Diese kleine Geste ist mir so vertraut, dass sie augenblicklich mein Herz zum Rasen bringt. Uralte Erinnerungen fluten meinen Geist. Felton ist nicht der Einzige, der mich so besänftigen wollte. Auch Robb hat das immer gemacht, wenn er mir widersprochen hat, ohne einen Streit provozieren zu wollen. Es ist eine meiner liebsten Erinnerungen an ihn, und leider auch eine, die am meisten schmerzt. Denn sie führt unweigerlich zu dem Moment, als ich ihn zum letzten Mal gesehen habe.

Zumindest seinen abgetrennten Kopf.

»Ähm, sorry, ich weiß auch nicht, was das gerade war ...«, murmelt der Rogue und streicht sich verlegen durch die roten Haare. Er räuspert sich und deutet dann auf den Nachttisch neben mir. »Das sollst du trinken. Earl hat es für dich gebraut. Das Rezept hat er wohl von Doktor Benning.«

Weil ich nicht weiß, was ich sagen soll, greife ich nach der Tasse auf dem gehäkelten Untersetzer. Meine Hände zittern dabei so heftig, dass ich fast den Tee auf dem Bett verschütte.

»Einen ganzen Tag geschlafen und dir geht es noch immer nicht besser?«, kommentiert der Rogue das Zittern, doch irrt er sich. Es hat nichts mit meinem angeschlagenen Zustand zu tun, sondern vielmehr mit der Trauer und dem Schmerz, die seine Geste ausgelöst haben. Sie branden wie eine Flutwelle durch mich hindurch und pressen mein armes Herz so fest zusammen, dass ich es mir am liebsten aus der Brust gerissen hätte, um es nicht mehr fühlen zu müssen.

Über zwanzig Jahre ist es her. Und zwanzig Jahre lang hat mir jeder einreden wollen, dass es besser werden würde, würde ich Robb nur endlich loslassen. Aber wie kann ich das, nachdem Cross ihn auf so grausame Weise ermordet hat? Wie kann ich glücklich sein und mein Leben leben, wenn Robb nie die Chance dazu hatte?

»Hey, du? Alles okay?«, fragt der Rogue und berührt mich an der Schulter. Ganz sanft nur, aber ich weiche trotzdem bis an die Bettkante zurück.

»Fassen Sie mich bloß nicht an«, zische ich und schließe die Augen, weil mir gerade alles zu viel wird.

Neben mir raschelt das Bett. Es quietscht, als der Rogue aufsteht und zu mir auf die andere Seite kommt. Als ich kurz durch meine halbgeöffneten Lider linse, kniet er vor mir und hält mir eine Thermokanne hin. »Vielleicht solltest du damit starten. Earls Tränke sind nicht gut auf leerem Magen und es ist schon 'ne Weile her, dass du getrunken oder gegessen hast.«

Mit einem aufmunternden Lächeln schraubt er den Deckel ab und hält mir die Kanne hin. Erst, als der Edelstahl meine Lippen berührt, steigt mir der Duft nach frischem Blut in die Nase und lässt sofort meine Fangzähne erscheinen.

Wortlos nehme ich ein paar tiefe Schlucke. Durch das blöde Gift habe ich leider auch einen gesteigerten Durst.

»Langsam, Babygirl, sonst verschluckst du dich noch«, sagt der Rogue mit sanfter Stimme, als redete er mit einem Kind.

Von dir lasse ich mir nichts sagen, denke ich, doch hat er recht. Und wie er recht hat! Schon nach ein paar Schlucken wird mir schlecht.

»Verdammte Scheiße!«, keuche ich und springe aus dem Bett. Mit der Hand vor den Mund gepresst steuere ich auf die zweite Tür zu, hinter der ich das Bad vermute, und schaffe es gerade noch rechtzeitig zum Klo, bevor ...

Zusammen mit bitterer Galle landet das frische Blut in der Kloschüssel. Mein Magen ist aber noch lange nicht fertig.

»Hier, lass mich«, höre ich den Rogue direkt hinter mir. Sanft streicht er mir die langen dunklen Haare aus dem Gesicht und hält sie hoch, genau in dem Moment als ich erneut würgen und mich erbrechen muss.

Kalter Schweiß läuft mir über die Stirn, während ich auch das letzte bisschen Inhalt aus meinem Magen hochwürge. Danach breche ich erschöpft auf dem Fliesenboden des kleinen Badezimmers zusammen. Ich presse die Lider aufeinander, weil sich alles um mich dreht.

»Trink das«, sagt der Rogue und hebt meinen Kopf an.

Etwas Kaltes berührt meine Lippen, doch weigere ich mich mit einem Stöhnen. Ich will mich nicht noch einmal übergeben müssen. Eigentlich dachte ich, dass ich das in meinem menschlichen Leben hinter mir gelassen habe.

»Nur Wasser. Zum Ausspülen«, fügt er hinzu und drückt das Glas wieder gegen meinen Mund.

Diesmal protestiere ich nicht und lasse mir sogar von ihm aufhelfen, um den Rest ins Waschbecken zu spucken.

»Am besten legst du dich wieder hin und ich hole …«, setzt er an und will mich schon zum Bett tragen, doch hebe ich abwehrend die Hände. Die Situation ist peinlich genug.

»Ich kann das auch allein«, presse ich hervor und schleppe mich mit letzter Kraft zurück zum Bett. So schwach habe ich mich schon lange nicht mehr gefühlt, selbst nach Robbs Tod nicht. Und dass mich jetzt noch jemand so sieht, noch dazu einer der Rogues, macht es nur schlimmer.

»Wie du meinst«, sagt der Rogue mit einem Schulterzucken und lehnt sich lässig gegen den Türrahmen, um mich dabei zu beobachten. Und ja, er ist leider immer noch nackt.

»Vielleicht sollten Sie sich etwas anziehen und aufhören, uns andere damit zu belästigen«, sage ich und mache eine ausladende Geste, als ich mich mit geschlossenen Augen zurück in die Kissen fallen lasse.

»Und vielleicht solltest du dich lieber mal bedanken, anstatt mir ständig Befehle zu erteilen«, entgegnet der Rogue.

»Ich habe nicht um Hilfe gebeten«, murmele ich und drehe mich zur Seite, weil mir das langsam wirklich zu viel wird.

»Aber ohne meine Hilfe, würdest du jetzt mit vollgekotzten Haaren auf dem Boden liegen. Wenn dir das lieber ist, merke ich mir das fürs nächste Mal«, knurrt er und stapft durch den Raum. Stoff Raschelt, dann ist ein Ratschen zu hören wie von einem Reißverschluss. Als ich aufschaue, hat er sich eine Jeans angezogen und zur Tür umgedreht.

»Wo gehen Sie hin?«, frage ich.

»Weg von hier. Das ist ja echt nicht mehr auszuhalten«, entgegnet er mit finsterer Miene. Zwei Sekunden später knallt er die Tür so fest hinter sich zu, dass Staub von der Decke rieselt.

Das sieht mir schon mehr nach einem Rogue aus, denke ich und ziehe mir die Decke über den Kopf. Aber das, was im Bad passiert ist, passt überhaupt nicht zu meiner Vorstellung von den wildgewordenen Vampiren.

Ganz und gar nicht.

Es ist schon lange her, dass sich jemand so um mich gekümmert hat. Genau das ist es, was mir nicht nur Herzrasen, sondern auch eine gehörige Portion Sorge bereitet. Denn als Jägerin ist es wichtig, objektiv zu bleiben. Was passiert, sobald man die Dinge persönlich nimmt, hat mein Kampf mit Celeste bewiesen. Und ich kann es nicht ertragen, noch ein weiteres Mal das Herz gebrochen zu bekommen.

Kurz nachdem der Rogue mich allein gelassen hat, dämmere ich wieder weg, bis die Tür erneut geöffnet wird. Die Schritte, die sich mir nun nähern, hören sich anders an, langsamer und viel bedachter. Als wolle die Person mich nicht wecken.

»Miss Harrow?«, erklingt Mister Greys Stimme und lässt mich blinzelnd die Augen aufschlagen.

»Hmpf.«

»Dale hat mir erzählt, dass Sie endlich wach sind«, sagt der Gasthausbesitzer und nimmt am Fußende Platz. »Und dass es Ihnen nicht viel besser geht. Vielleicht hätten wir Ihnen lieber verdünntes Blut geben, oder es warmmachen sollen.«

»Schon okay ...«, presse ich hervor und rücke umständlich auf dem Bett umher, bis ich mich in eine sitzende Position gebracht habe. »War nicht das erste Mal in den letzten Wochen.«

»Ich weiß. Ich habe gestern schon mit Doktor Benning gesprochen«, sagt Mister Grey und seufzt. »Sie hätten wirklich etwas warten sollen, bis Sie so weite Reisen unternehmen. Kein Wunder, dass Sie so lange geschlafen haben.«

Ich rolle mit den Augen. Nicht noch jemand, der mir eine Standpauke halten will! Dass ich ganz schön Mist gebaut habe, weiß ich selbst am besten.

»Aber«, sagt Mister Grey betont laut und hebt beschwichtigend die Hand. »Ich kann Sie auch verstehen. Und wir sind froh, dass Sie hier sind. Es wird Zeit, dass geklärt wird, was mit den Ex-Rogues geschieht.«

»Geben Sie mir noch ein oder zwei Stunden, dann können wir anfangen«, sage ich, obwohl ich mich nach diesem beschissenen Morgen alles andere als bereit fühle.

»So schnell muss es nun auch wieder nicht gehen, Miss. Gönnen Sie sich mindestens noch einen Tag zum Ausruhen«, sagt Mister Grey. »Das ist auch im Sinne Ihres Vaters.«

»Sie haben mit ihm gesprochen?«, frage ich ungläubig.

Felton kann die Greys, ganz besonders Earl Grey, nicht ausstehen. Nach dem letzten Treffen zwischen dem Gasthausbesitzer, dieser Kitty und dem Rat, hat Felton geschworen, sich lieber die Fangzähne auszureißen, als jemals noch einmal mit einem von Kieran Greys Söhnen sprechen zu müssen.

Dann muss er jetzt wirklich besorgt sein.

»Gesprochen nicht, aber er hat einen Brief geschickt. Und eine Tasche mit Ihren Sachen«, entgegnet er und deutet auf eine lederne Reisetasche, die neben meinem Bett steht.

»Er ist ebenfalls der Meinung, dass es besser für Sie ist, sich abseits des Rats und der Öffentlichkeit auszukurieren«, fügt er nach kurzem Räuspern hinzu und zieht einen gefalteten Zettel aus der Brusttasche seines Hemds. »Sie können es nachlesen, falls Sie mir nicht glauben.«

Ich schüttle den Kopf und ziehe leise seufzend die Knie an. »Das ist wieder typisch für ihn!«

»Bitte was?«, fragt Mister Grey und blinzelt verwirrt.

»Nichts«, murre ich und mache eine wegwerfende Geste. »Ich hätte wissen müssen, dass die Sache noch ein Nachspiel haben wird, als er so schnell nachgegeben hat.«

»Das ist mit Vätern meistens so«, murmelt Mister Grey und stößt langsam den Atem aus. »In diesem Punkt scheinen wir eine Gemeinsamkeit zu haben.«

»Darauf könnte ich wirklich verzichten.«

»Worauf? Dass sich Ihr Vater Sorgen um Sie macht?«, fragt Mister Grey und verzieht das Gesicht. »Besser, als keinen Vater mehr zu haben ...«

»Wie bitte?«, frage ich verwirrt und überlege, ob ich nicht mitbekommen habe, dass der große Kieran Grey gestorben ist. *Nein, das hätte ich ganz sicher gehört.* Felton hätte sofort eine Flasche seines besten Champagners geöffnet oder gleich eine riesige Party ausgerichtet.

»Nichts, nichts«, sagt Mister Grey und erhebt sich. »Wenn es Ihnen nicht passt, können Sie natürlich versuchen, nach Hause zurückzukehren, aber so, wie ich das Gasthaus kenne, wird es sie nicht lassen.«

Neben der Tür zum Gang hält er inne und klopft fast schon zärtlich gegen die Wand. »Es hat schon immer ein Eigenleben geführt.«

»Ein Eigenleben? Und was soll das heißen, dass es mich nicht gehen lassen wird?«, frage ich verwirrt und mit einem gewissen Maß an Panik in der Stimme. Ich hasse es, zu lange an einem Ort festzusitzen. Das war doch erst der Grund, weshalb ich hergekommen bin: um meinem Zimmer im Harrow-Anwesen zu entfliehen.

»Nun, wie Sie vielleicht wissen, ist das Halfway House ein Gasthaus für magische Wesen in Not«, erklärt Mister Grey und macht eine ausladende Geste.

Gerade will ich schon protestieren, doch hebt er die Hände und spricht weiter: »Auch für diejenigen, die nicht glauben, in Not zu sein.«

»Ich glaube nicht nur, nicht in Not zu sein, ich weiß, dass ich nicht in Not bin«, entgegne ich wütend, doch Mister Greys Lächeln zeigt, dass er anderer Meinung ist.

»Ruhen Sie sich aus, Miss Harrow, und geben Sie uns Bescheid, wenn Sie noch etwas brauchen. Sie sind hier immer willkommen, nachdem Sie Celeste geschnappt haben«, sagt Mister Grey, als er die Tür aufdrückt. »Aber, wenn ich so frei sein darf ... Das war wirklich sehr unüberlegt von Ihnen, ihr ganz allein zu folgen. Es hätte sonstwas passieren können. Bei meiner Mutter weiß man nie, welches Ass sie noch im Ärmel stecken hat und ...«

»Ja, ja, das habe ich jetzt verstanden«, unterbreche ich ihn aufgebracht, weil ich es nun wirklich nicht mehr hören kann.

»Entschuldigen Sie, Miss Harrow«, sagt Mister Grey und neigt leicht das Haupt. »Aber das ist doch kein Grund, sich aufzuregen. Jeder macht mal Fehler.«

»Ich rege mich doch gar nicht auf«, rufe ich und doch ist das eine glatte Lüge. Das sieht man sicher am deutlichsten an dem

Kissen, das ich quer durch den Raum in Mister Greys Richtung schleudere. Leider verfehlt es sein Ziel und landet stattdessen in den Händen des Rogues. »Huch, was ist denn hier los?«

»Miss Harrow ist wohl nicht gut auf mich zu sprechen«, sagt Mister Grey mit einem Schulterzucken.

»Und das fällt dir erst jetzt auf?«, fragt der Rogue und wirft das Kissen zurück aufs Bett, wobei er meinen Kopf nur um Zentimeter verfehlt. »Scheint so, als hätten wir uns noch so eine Furie angelacht.«

»Hey!«

»Keine Sorge. Hätte ich dich treffen wollen, hättest du jetzt ein Kissen in der Fresse, Babygirl«, sagt der Rogue lachend, verstummt aber, als er Mister Greys finstere Miene bemerkt.

»Benimm dich, Dale«, mahnt ihn der Gasthausbesitzer und wirft mir einen letzten Blick über die Schulter zu, ein breites Grinsen auf den Lippen. »Und pass mir gut auf unseren Ehrengast auf. Sie hat immerhin Celeste aufgehalten.«

»Eigentlich wollte ich doch nur mein …«, setzt Dale an und deutet auf das Shirt, das vor ihm auf dem Boden liegt.

»Jemand sollte bei ihr bleiben und dafür sorgen, dass sie sich ausruht«, sagt Mister Grey, als wäre ich gar nicht da. »Und so könnt ihr euch besser kennenlernen. Dafür ist Miss Harrow schließlich überhaupt erst hergekommen.«

»Aber ich …«

»Kein Aber, Dale. Miss Harrows Genesung hat jetzt oberste Priorität«, unterbricht Mister Grey den Protest des Rogues und klopft ihm mit einem Grinsen auf die Schulter. »Viel Spaß.«

»Spaß? Ja, von wegen!«, murren Dale und ich gleichzeitig, nachdem Mister Grey gegangen ist.

»Na, super!«, knurrt Dale, als er sein T-Shirt aufhebt, kurz daran schnuppert und es sich über den Kopf streift.

Ich nicke zustimmend. »Wenigstens einmal sind wir der gleichen Meinung.«

KAPITEL 6
MILCHBUBI

DALE

»Wo wir gerade bei Meinungen sind«, murmele ich, nachdem ich mein Shirt angezogen habe. »Ich finde, Earl hat Unrecht.«

»So? Inwiefern denn?«, fragt Cora und zieht eine Augenbraue nach oben. Sie ist noch immer bleich, wirkt aber mehr neugierig, denn erschöpft.

»Ich finde es ziemlich badass, dass du Celeste ganz allein gestellt hast«, sage ich schulterzuckend und rücke einen Sessel herum, um mich ihr gegenüber zu setzen.

»Seit wann sind wir eigentlich per du?«

»Ähm, seit ich dir die Haare aus dem Gesicht gehalten habe, als du dir die Seele aus dem Leib gekotzt hast?«, entgegne ich. »Sowas schweißt einen zusammen, weißt du?«

»Könnte ich jetzt nicht behaupten«, murrt sie und reibt sich übers Gesicht.

Sei einfach nett zu ihr, höre ich Kittys und Selenas Stimmen in meinem Kopf, eine Erinnerung daran, wie sie mich heute Morgen gedrillt haben, wie ich mich Cora gegenüber verhalten soll. *Sei einfach nett und mach ihr ein Kompliment, dann beruhigt sie sich.*

Ich seufze und beschließe, es zu versuchen. Schaden kann es sicher nicht, oder?

»Was ich damit sagen wollte … Du siehst nicht nur gut aus, sondern hast auch noch ordentlich was drauf.«

»Ugh! Spar mir das Gesülze«, murrt Cora und dreht mir mit einem Ächzen den Rücken zu.

Von wegen, sie beruhigt sich wieder!

»Sag mal, was ist dein Problem, hm?«, frage ich und trete ans Fußende meines Betts. »Dir passt es nicht, wenn man dich kritisiert, was nur logisch ist, aber Komplimente magst du auch nicht, oder was?«

Kopfschüttelnd betrachte ich sie und erhalte keine Antwort.

»Ich bin dir jedenfalls dankbar dafür. Celeste hat … Sie hat mir so viel genommen. Da ist es nur fair, dass sie jetzt hinter Gittern sitzt«, füge ich in versöhnlichem Ton hinzu.

Seufzend lasse ich mich wieder auf den Sessel fallen. Wenn das so zwischen uns weitergeht, werden das anstrengende Tage werden. Vor allem wenn Earl weiterhin darauf besteht, dass ich Babysitter für sie spiele.

»Weißt du, sie hat wirklich alles …«, setze ich an, doch dreht sich Cora ruckartig zu mir um und hebt die Hand.

»Du bist bei Weitem nicht der Einzige, der durch Celeste gelitten hat, also spar dir deine rührselige Geschichte«, murrt sie und setzt sich auf dem Bett auf, die Finger fest in die Bettdecke gekrallt. »Außerdem habe ich es nicht für dich getan, sondern weil ich noch eine Rechnung mit ihr offen hatte.«

»Mag ja sein, aber …«, will ich weiterreden. Cora scheint das jedoch nicht hören zu wollen.

»Außerdem kann ich Verbrecher nicht leiden, oder generell Leute, die sich nicht an Regeln und Gesetze halten«, sagt sie mit einem bedeutungsvollen Blick auf mich.

Ich schnalze mit der Zunge. »Du schaust mich einmal an und denkst dann, mich zu kennen?«

»Das hat nichts mit dem Äußeren zu tun. Ich habe deine Akte gelesen, als Mister Grey deinen Fall beim Rat vorgelegt hat«, sagt sie und verschränkt die Arme vor der Brust. »Mitglied in einer Gang, Anklagen wegen Drogenbesitz und Körperverletzung, Diebstahl, Erpressung ... Kommt dir das bekannt vor?«

Jetzt wandert sogar ihre zweite Augenbraue nach oben, während sie mich mit geschürzten Lippen mustert, als wäre ich der Schwerverbrecher und nicht Celeste. Recht hat sie trotzdem, auch wenn ich es in vielen Fällen bereue.

»Und wenn schon, ich lasse mir einfach nicht gerne von anderen vorschreiben, wie ich mein Leben zu leben habe. Was ist daran so schlimm?«, entgegne ich.

Cora lacht und schüttelt den Kopf. »Und trotzdem sitzt du hier und spielst Babysitter.«

»Dir kann man wohl nichts recht machen, was, Babygirl?«, murre ich und ziehe meine Lederjacke zu mir heran.

Schlafend war mir die Kleine wirklich lieber, denke ich und krame in der Tasche nach meinen Zigaretten. Viele sind nicht übrig und ich bezweifle, dass mir irgendwer welche mitbringt. Rauchen ist unter Vampiren wegen unserer scharfen Sinne nicht gern gesehen, aber alte Gewohnheiten bekommt man nur schwer los. Und ehrlich gesagt tut es gut, hin und wieder sämtliche Sinne durch den Geruch und Geschmack von Nikotin zu betäuben. Das gibt meinem Gehirn eine kurze Pause, um all die Reize zu verarbeiten. Und seit Cora in meinem Bett liegt, sind das *einige* zu viel.

Ich stecke mir eine Kippe an und nehme ein paar tiefe Züge. Langsam stehe ich auf und gehe auf das Bett zu. Abgesandte des Rats oder nicht, mir geht die Kleine langsam wirklich auf den Sack. Es wird Zeit, sie in die Schranken zu weisen, bevor sie mich endgültig zur Weißglut treibt. Ich ziehe erneut an der Zigarette und lasse mich auf dem Bett nieder.

»Mir macht es auch keinen Spaß, hier mit dir zu sitzen, Babygirl«, sage ich mit einem Grinsen und blase ihr dabei den Rauch ins Gesicht. »Außerdem ist das hier *mein* Zimmer. Da kann ich machen, was ich will.«

Coras Augen verengen sich zu schmalen Schlitzen.

»Nenn mich nicht Babygirl«, faucht sie und lehnt sich zu mir vor. »Und Rauchen ist hier verboten, Milchbubi.«

»Was?«, frage ich und folge ihrer ausgestreckten Hand.

Cora zeigt auf die Zimmertür, oder besser gesagt auf ein Schild daneben. Bisher ist es mir nicht aufgefallen, obwohl ich seit Tagen hier drin eingepfercht bin. Ein Rauchverbotsschild.

»Noch hat sich niemand bei mir beschwert«, entgegne ich mit einem Schulterzucken und wende mich wieder ihr zu.

Gerade will ich einen weiteren Zug nehmen, da packt die Kleine doch tatsächlich meine Hand und nimmt mir die Zigarette weg.

»Dann sieh das jetzt als meine Beschwerde an«, faucht sie und drückt die Kippe auf meinem Handrücken aus.

Erschrocken weiche ich zurück, nicht wegen des Schmerzes, sondern weil sie mir überhaupt so Kontra gegeben hat. Das hat bisher keine Frau getan, außer vielleicht Kitty und Selena.

Kopfschüttelnd starre ich auf die kleine kreisrunde Wunde auf meiner sommersprossigen Haut. Sie beginnt bereits, zu heilen, sodass der Schmerz ein paar Sekunden später nur noch ein dumpfes Echo ist. Trotzdem bin ich zum ersten Mal an diesem Morgen sprachlos.

»Hm, hätte ich gewusst, dass man dich so zum Schweigen bringt, hätte ich das schon viel eher getan«, murrt Cora und rückt auf dem Bett umher, bis sie wieder in einer liegenden Position ist und mir den Rücken zuwendet. »Mir wär's recht, wenn es so bleibt. Meine Genesung hat schließlich oberste Priorität und da ist mir Ruhe am allerwichtigsten.«

Ich schnaube, weiß aber noch immer nicht, was ich darauf erwidern soll. Mehrmals öffne und schließe ich den Mund, doch lassen mich die Worte im Stich. Ich weiß nicht, ob ich wütend auf sie sein, oder darüber lachen soll. Und sehr zu meiner Überraschung muss ich mir eingestehen, dass mir ihre Reaktion irgendwie gefällt. Viel zu sehr sogar.

Als ich nun auf Cora hinabblicke, muss ich mich am Bettkasten festklammern. Nur so kann ich mich davon abhalten, ihr die wirren dunklen Haare aus dem Gesicht zu streichen und dann vielleicht noch mehr zu tun.

So viel mehr ...

Ich räuspere mich und wende mich von ihr ab. »Ich muss mal an die frische Luft.«

»Klar, wenn du zu Staub zerfallen willst, gern«, murrt unser Gast. »Damit tust du uns beiden einen Gefallen.«

»So meinte ich das ... Ach, vergiss es einfach«, knurre ich und mache eine wegwerfende Geste.

»Wenn's dir schlechter geht, schrei einfach«, sage ich auf dem Weg zur Tür, ohne mich noch einmal nach Cora umzudrehen. »In einem Gasthaus voller Vampire, Werwölfe und anderen magischen Wesen wird dich schon jemand hören. Und wenn nicht, ist mir das auch egal.«

Auf dem Weg hinunter kommen mir Lex und Elinor, zwei Ex-Rogues, entgegen. Mit ihnen verstehe ich mich am besten, vor allem mit Lex. Wir haben uns während unserer Genesung eine Box in den umfunktionierten Stallungen der Greys geteilt.

»Welche Laus ist dir denn über die Leber gelaufen?«, fragt Elinor, als sie meinen Gesichtsausdruck irgendwo zwischen Wut und Unglauben bemerkt.

»Etwa unser neuer Gast?«, fragt Lex und grinst mich breit an. »Muss ein Hingucker gewesen sein, wenn du dein Zimmer dafür aufgegeben hast.«

Genervt rolle ich mit den Augen. »Hör mir bloß auf mit der. Aussehen ist leider auch nicht alles.«

»Dass wir das mal von dir hören«, sagt Elinor lachend und klopft mir auf die Schulter. »Also, wer ist es? Ist sie auch ein magisches Wesen in Not?«

Ich schüttle den Kopf. »Wenn's nach ihr geht, sicher nicht.«

»Was soll das denn heißen?«, fragt Lex und fährt sich durch das kurzgeschorene dunkelblonde Haar. Damit sieht er total anders aus, viel härter und gefährlicher als mit der verfilzten kinnlangen Matte, die er während seiner Zeit als Rogue ins Gesicht hängen hatte.

»Ach, nicht so wichtig«, brumme ich und winke ab. Das Letzte, was ich gebrauchen kann, ist, dass die anderen herausfinden, wen ich da in mein Zimmer gelassen habe.

»Wenn's nicht so wichtig wäre, würdest du nicht so ein Gesicht ziehen«, sagt Lex und stemmt die Hände in die Hüften.

»Geht es ihr etwa so schlecht?« Elinor wirft einen besorgten Blick hinter mich in Richtung meines Zimmers. »Sie hat ziemlich lang geschlafen ...«

Schnell schüttle ich den Kopf und suche nach einer Ausrede. Das eben mit Cora hat mich so durcheinandergebracht, dass mir einfach nichts Gescheites einfallen will.

»Jetzt spuck's schon aus, Dale. Oder verheimlichst du uns irgendetwas?«, fragt Lex und zieht die Stirn kraus. »Ich dachte, wir haben keine Geheimnisse voreinander.«

Ich seufze und hocke mich auf die Treppenstufen. Natürlich erinnere ich mich an unseren Schwur, daran, wie sehr uns die Zeit nach Celeste zusammengeschweißt hat. Für mich ist Lex wie ein Bruder, was es nur noch schwerer macht, ihm nicht von Cora zu erzählen.

»Also gut, aber ihr müsst mir versprechen, das für euch zu behalten«, sage ich und klopfe auf die Treppenstufe neben mir.

»Und was ist mit den anderen?«, fragt Elinor und linst die Treppe hinunter, als fürchte sie, dass jeden Moment jemand hochkommen könnte.

Ich zucke mit den Schultern und zupfe an einem Stück des roten Teppichs herum, mit dem die Stufen ausgelegt sind. »Denen erzählen wir es schon noch, aber nicht jetzt.«

»Von mir aus«, sagt Lex und setzt sich neben mich. »Also?«

Ich sauge tief die Luft ein und schließe die Augen. »Sie ist eine Abgesandte des Rats.«

»Der Vampire?«, fragt Lex mit erstickter Stimme und packt mich grob am Arm. »Und das sagst du uns erst jetzt?«

»Ist sie gekommen, um über uns zu richten?«, fragt Elinor. Ihre Stimme zittert vor Panik. Als ich die Augen aufschlage, ist sie fast so knochenbleich wie Cora vorhin im Bad.

»Ja, aber es ist ... kompliziert«, sage ich und überlege, wie ich ihnen am besten Coras Zustand erklären soll.

»Für eines dieser bürokratischen, kaltherzigen Arschlöcher hast du dein Zimmer aufgegeben?«, fragt Lex und schüttelt ungläubig den Kopf. »Tickst du nicht mehr richtig, oder was?«

»Mann, so ist das nicht«, erwidere ich, kann seinen Ärger aber verstehen. Damit ist er nicht allein. Wie sehr ich diese Entscheidung bereuen würde, wird mir erst allmählich klar, aber ich kann Cora auch nicht einfach so rauswerfen. Nicht, wenn es ihr so schlecht geht.

»Was mich viel mehr interessiert ...«, murmelt Elinor und streicht sich die blonden Haare zurück. »Warum haben wir bisher noch nichts von ihr gesehen? Normalerweise macht der Rat doch immer gleich Nägel mit Köpfen.«

Wütend ballt sie die Hände zu Fäusten, weil sie sicher die sofortige Hinrichtung der Rogues meint, die in der Nachtwelt gang und gäbe ist.

»Das wird noch früh genug passieren«, sage ich, weil sich plötzlich Sorge in mir breitmacht. Sorge um Cora, was total bescheuert ist, aber sie lässt mich zögern. Wüssten die anderen von Coras angeschlagenem Zustand, könnten sie es ausnutzen. Ein paar der Ex-Rogues sind nach allem, was sie durchgemacht haben, verzweifelt genug, um alles für ihr Überleben zu tun. Vor allem Diego, oder Cal, der alte Misanthrop.

»Stellt euch darauf ein, dass wir bald befragt werden«, sage ich zu den beiden und stehe auf. »Wir sollten uns vorbereiten.«

»Wie ist sie so?«, fragt Elinor und mustert mich besorgt. »Was meinst du, wie sie entscheiden wird?«

Ich zucke mit den Schultern und werde mir wieder bewusst, wie sehr ich es eben auf die Spitze getrieben habe. Wenn ich so weitermache, verdamme ich uns alle noch zur Hinrichtung, aber ich kann einfach nicht anders. Irgendetwas an Cora macht mich so wahnsinnig, dass mein Verstand mit mir durchgeht.

»Dale?« Lex tippt mir gegen den Arm. »Ist sie so schlimm?«

Schnell schüttle ich den Kopf. »Nein, nein, macht euch da mal keine Sorgen. Wir haben ja noch Earl und seinen Bericht. Für irgendetwas müssen all diese Tests gut gewesen sein.«

»Überzeugt klingt anders«, murrt Lex und tauscht einen kurzen Blick mit Elinor. »Egal, wie sie nun drauf ist. Nach der Nachricht, könnte ich erstmal einen Drink gebrauchen.«

»Amen, Bruder«, murre ich und seufze. »Speisesaal?«

»Wo sollen wir den sonst herbekommen?«, fragt Elinor und steigt die Treppen hinab. Die Abgesandte des Rats scheint sie schon wieder vergessen zu haben, ich dagegen kann an nichts anderes denken. Cora lässt mich mit ihrer ruppigen Art einfach nicht mehr los.

KAPITEL 7
SUKKUBUS-
INTUITION

CORA

»Dieser verdammte Idiot«, murre ich, nachdem Dales Schritte draußen auf dem Gang verklungen sind. Am liebsten hätte ich ihm vorhin den Hals umgedreht, was mir aber nur noch mehr Ärger eingebracht hätte. Ohne die Erlaubnis des Rats darf ich nichts unternehmen, wenn keine Gefahrensituation vorliegt.

Den Zigarettenstummel auf seiner Hand auszudrücken, war da noch die beste Alternative, und eine sehr wirkungsvolle. Im ersten Moment war ich so wütend auf ihn.

Wie kann er es wagen, mir Rauch ins Gesicht zu blasen? Und welcher Vampir, der halbwegs bei Trost ist, raucht überhaupt?

Aber kaum habe ich ihm Kontra gegeben, kam plötzlich die Angst. Dale war immerhin ein Rogue und die hätten kurzen Prozess mit mir gemacht. Er wäre auf mich losgegangen und hätte in mir nur noch seine nächste Mahlzeit gesehen.

»Aber er war so ganz anders«, wispere ich und streiche mir durch die Haare. Das weckt die Erinnerung an vorhin, als er sie mir aus dem Gesicht gehalten und sich um mich gekümmert hat. Wüsste ich es nicht besser, hätte ich ihn wirklich nicht für einen Rogue gehalten.

»Eher für einen aufmüpfigen Milchbubi«, knurre ich und schlage mit der Faust auf die Matratze. »Babygirl? Ernsthaft? Was fällt ihm ein, mich so zu nennen?«

Ich schnaube und schüttle den Kopf.

Babygirl, von wegen! Vom Alter her könnte ich fast seine Mutter sein, wobei Alter bei Vampiren nicht viel sagt. Auf dem Papier werden wir zwar wie alle anderen Nachtwesen auch älter, aber nicht unbedingt weiser. Genau das hat Celeste mit ihrer bescheuerten Aktion bewiesen.

Du doch auch, neckt mich eine fiese Stimme. Ich stoße ein genervtes Stöhnen aus und ziehe mir die Decke über den Kopf. Es stimmt nämlich, obwohl es verdammt schwer ist, mir diesen Fehler einzugestehen. Ich hätte nicht allein losziehen dürfen.

»Nochmal werde ich sie nicht unterschätzen«, sage ich mir und balle die Hände zu Fäusten.

Allein der Gedanke an Celeste bringt die Schmerzen zurück und dieses lähmende Gefühl, das mich zur Gefangenen in meinem eigenen Körper gemacht hat. Wäre ich vorsichtiger gewesen, nicht so verdammt überheblich, säße ich jetzt auch nicht in diesem Schlamassel. Dann wäre mein Besuch im Halfway House in ein paar Stunden erledigt gewesen.

Und ich hätte diesen nervtötenden Dale endlich los!

Ich seufze und schließe die Augen. Mister Grey hat in einem weiteren Punkt recht: Meine Genesung ist jetzt das Wichtigste. Je eher ich von hier wegkomme, umso besser. Es sieht mir gar nicht ähnlich, mich wegen einer Person so sehr aufzuregen, aber dieser Kerl ...

»Ugh! Denk einfach nicht mehr an ihn!«, befehle ich mir und richte mich auf. Wenn ich schnell zu Kräften kommen will, ist das genau die falsche Reaktion. Stattdessen sollte ich mich beruhigen und entspannen, so schwer mir das auch fallen mag.

Vor allem wenn Chester mir meinen Fall weggeschnappt hat, denke ich und bringe mich mit einiger Anstrengung in eine sitzende Position. Kurz wird mir schwarz vor Augen, aber mein Ziel verliere ich trotzdem nicht aus den Augen. Ein heißes Bad hat an solchen stressigen Tagen schon immer geholfen. Dazu muss ich es aber erstmal ins Badezimmer schaffen.

Und das ist leider schwerer, als ich gedacht habe.

Obwohl der Schwindel und die Übelkeit von heute Morgen nachgelassen haben, schaffe ich es gerade mal ein paar Schritte vom Bett weg, ehe ich das Gleichgewicht verliere und die Beine unter mir nachgeben. Mit einem dumpfen Krachen schlage ich auf dem Dielenboden auf, wage es aber nicht, zu schreien, wie Dale es mir geraten hat.

Lieber bleibe ich liegen, als mich noch mehr zum Deppen zu machen, denke ich und rolle mich schwer atmend auf die Seite. Über mir zieht die Lampe ihre Kreise. *Nur ein paar Minuten ausruhen, dann geht's schon wieder.*

So viel Zeit bleibt mir aber nicht. Kurz nach meinem Sturz wird die Tür aufgerissen. Eilige Schritte nähern sich mir, bis mir jemand unter die Achseln fasst und mich zum Bett zurückschleppt. Vom Sturz bin ich noch zu benommen, um etwas zu erkennen. Meine Sicht verschwimmt, lässt Farben und Formen um mich herum ineinanderlaufen und sich wieder trennen. Mir wird schlecht, wenn auch nicht so schlimm wie vorhin.

»Ich hab' gesagt, du sollst mich nicht anfassen, Milchbubi«, murmele ich und versuche, mich von meinem Retter loszumachen. Blind krabbele ich von ihm weg, werde aber gleich wieder gepackt und aufs Bett gehievt.

»Ich weiß ja nicht, wen du meinst, aber Milchbubi hat mich noch niemand genannt. Höchstens Furie«, sagt eine freundliche Frauenstimme. Jemand tätschelt meine Schulter und breitet dann die Decke über mir aus. »Hat Earl dir nicht Ruhe verordnet?«

»Earl? Hmmm?«, mache ich, weil mein Gehirn sich noch nicht von dem Schwindel erholt hat.

»Mensch, dich hat es ja wirklich schlimm erwischt, was?«, fragt die fremde Stimme und klingt ungemein besorgt. »Komm erstmal wieder zu Atem.«

Ich blinzele und versuche etwas zu erkennen, doch ist das gar nicht so leicht, wenn der Raum sich um einen dreht, als säße man in einem Kettenkarussell. Glücklicherweise wird es immer langsamer, bis ich die junge Frau auf der Bettkante entdecke. Sie hat langes schwarzes Haar und ist klein, aber doch ziemlich stark, wenn sie es geschafft hat, mich allein auf das Bett zu hieven. Neugierig mustert sie mich aus ihren dunkelblauen Augen, aber so, wie sie ihre Lippen zusammenkneift, scheint sie sich auch zu sorgen. *Sicher nicht um mich.*

»Geht's besser?«, fragt sie und ich nicke, obwohl ich mich noch lange nicht wieder in Ordnung fühle.

Die Fremde lächelt und streckt mir die Hand hin. »Ich bin Selena, Ashs Freundin.«

»Wer?«, frage ich und runzele die Stirn. Soll mir der Name irgendetwas sagen?

»Vergiss es. Du hast sicher schon genug im Kopf«, sagt sie und drückt mir mitfühlend die Schulter. »Nenn mich einfach Sel, okay?«

»Mmmhmmm«, mache ich, bin mir aber nicht sicher, ob ich mir ihren Namen merken kann. Bei Dale hat es auch einige Anläufe gebraucht.

Mit einem Seufzen blickt sich diese Sel im Raum um.

»Ich hätte nicht gedacht, dass Dale jemals sein Zimmer aufgibt«, murmelt sie und springt dann vom Bett auf, als sie etwas am anderen Ende des Raums entdeckt. »Ah, das hätte ich fast vergessen!«

Sie eilt hinüber zur Kommode neben der Tür und kehrt mit einem vollbeladenen Tablett zu mir ans Bett zurück. »Earl hat den für dich gebraut. Er hat mir auch frisches Blut mitgegeben, aber ich dachte, eine Suppe ist für den Magen erstmal besser. Was meinst du?«

Mit einem Lächeln stellt sie das Tablett auf dem Nachttisch ab und blickt mich erwartungsvoll an.

»Erstmal nur Tee«, murmele ich und will gar nicht daran denken, was passiert ist, als ich zuletzt Blut getrunken habe.

Gerade will ich die Tasse hochnehmen, da kommt Selena mir zuvor: »Lass mich das machen. Du solltest dich so viel wie möglich schonen.«

Sie wartet erst gar nicht meine Antwort ab, sondern nimmt die Tasse und hält sie mir an die Lippen. »Keine Angst. Er ist nicht mehr heiß, das habe ich extra geprüft.«

Sie lächelt mich aufmunternd an und bedeutet mir, davon zu trinken. Ich hätte die Tasse zwar gerne selbst gehalten, aber Sel lässt erst los, als ich sie restlos ausgetrunken habe.

»Ich weiß, es schmeckt nicht sonderlich gut, aber es hilft«, sagt Selena und stellt die Tasse aufs Tablett. »Earl hat extra mit Ian telefoniert, um sicherzugehen, dass er es richtig macht.«

»Ihr scheint gut mit Doktor Benning befreundet zu sein«, sage ich, weil mir gestern schon aufgefallen ist, dass er nicht nur Mister Grey, sondern auch Dale bekannt ist.

»Ja, er und Earl sind beste Freunde. Sie haben wohl zusammen studiert an der Academy of Arcane Dingsda«, sagt Sel und zuckt mit den Schultern. »Sorry, ich bin noch nicht so lange Teil der magischen Welt.«

Ihr Lächeln ist wirklich ansteckend und lässt mich Dale vergessen, vor allem als Selena mir einen kalten Waschlappen auf die Stirn legt. Der wirkt wahre Wunder. »Danke.«

»Kein Problem. Dafür sind wir da«, sagt sie und strahlt bis über beide Ohren. »Ich weiß ja, wie verwirrt und verängstigt man ist, wenn man hier landet.«

»Ich bin nicht ver... Ach, was soll's. Auf mich hört hier ja eh niemand«, murre ich und seufze leise.

»Da wäre ich mir nicht so sicher«, sagt Selena mit einem Grinsen und nimmt mir den Lappen von der Stirn, um ihn in einer kleinen Schüssel auf dem Tablett auszuwringen. »Bei Dale hast du auf jeden Fall einen bleibenden Eindruck hinterlassen, wenn du mich fragst.«

»Wie kommst du denn jetzt darauf?«, frage ich und zucke zurück, als ich das Mal sehe, das unter ihrem Ärmel hervorlugt.

Sel zuckt mit den Schultern und schiebt ihn ganz zurück, nachdem sie mir den Lappen wieder auf die Stirn gelegt hat.

»Nenn es Sukkubus-Intuition«, sagt sie und ihr Grinsen wird breiter, als sie über die rötlich schimmernden Linien auf ihrem Arm streicht.

»Ein Sukkubus ...«, wispere ich und mustere sie mit gerunzelter Stirn. »Das hätte ich bei dir nicht erwartet.«

»Das höre ich öfters.« Sel lacht und zuckt mit den Schultern. »Liegt wohl daran, dass ich allein aufgewachsen bin, oder so.«

»Allein? Aber das ist doch ...«, setze ich an und rufe mir in Erinnerung, was ich über Sukkuben weiß. Im Prinzip sind sie eine Unterart der Vampire, geschaffen durch die Vereinigung eines Vampirs mit einer Sirene.

Und keine angenehme Gesellschaft, denke ich, als ich mich an meine letzte Begegnung mit einer ihrer Art erinnere. Dieser Sukkubus wollte mich töten, hatte aber nicht die Gelegenheit dazu. Ich war schneller.

»Es ist nicht normal, ich weiß. Das hat Earl mir auch schon gesagt, aber so ist es nun mal«, erwidert Sel und wirkt plötzlich traurig. Offenbar scheint das ein heikles Thema zu sein.

»Earl hat erzählt, dass du für den Rat arbeitest«, sagt sie keine Minute später und klingt wieder neugierig. »Ist es nicht komisch, als Vampirin Jagd auf andere Vampire zu machen?«

Ich schüttle den Kopf. »Die wenigsten Wesen sind uns gewachsen, vor allem wenn es alte Vampire sind. Und wir wissen am besten, wie Unsereins tickt, also ist es leichter für uns, sie zu finden.«

»Ah, macht irgendwie Sinn«, sagt Selena und stellt mir noch eine Fülle an Fragen zu meinem Job, während sie meine Reisetasche ausräumt. Normalerweise finde ich das ziemlich nervig, aber nachdem ich gerade sowieso keine andere Beschäftigung habe, ist es eine willkommene Abwechslung. Und Selena ist mir als Gesprächspartner tausendmal lieber als Dale.

»Wow, das klingt echt spannend«, sagt Sel, nachdem ich ihr von meinen letzten Fällen erzählt habe. »Aber ich könnte mir das nicht vorstellen. Mir hat es schon gereicht, als wir losgezogen sind, um Kitty zu finden und dann mit den Rogues zu kämpfen hatten.«

»Du warst dabei?«, frage ich überrascht, weil es sich bisher so angehört hat, als wären es nur die Grey-Brüder gewesen, die nach der verschwundenen Jungvampirin gesucht haben.

»Klar. Als Familie muss man doch zusammenhalten«, sagt Selena, als sie meine letzten Klamotten in der Kommode neben der Tür verstaut, und hebt dann lachend die Fäuste. »Aber nochmal muss ich so einen Rogue nicht aussaugen. Das war echt widerlich, kann ich dir sagen.«

»Widerlich?«, frage ich verwirrt und runzle die Stirn.

Mir ist natürlich bewusst, wie sich Sukkuben ernähren. Statt Blut saugen sie ihren Opfern die Lebensenergie aus. Bisher dachte ich, dass für sie alles gleich schmeckt, aber Sels angewidertem Gesicht nach zu urteilen, habe ich mich da geirrt.

»Uagh! Ja, das kannst du dir gar nicht vorstellen. Als hätte man irgendein halbverwestes Tier gegessen. Furchtbar!«, ruft sie aus und schüttelt sich bei der Erinnerung daran.

»Und jetzt? Stinken sie immer noch?«, frage ich neugierig. Vielleicht ist das ein weiterer Ansatz, um zu prüfen, ob die Rogues noch gefährlich sind.

Kommt der widerliche Geschmack vom Totenblut? Damit hat Celeste die Vampire erst in diese Monster verwandelt. Und es riecht exakt so, wie Selena es beschrieben hat. Nur ein verzweifelter Vampir wäre dumm genug, es zu trinken.

»Hmmm ... Wenn du so fragst ... Nein«, sagt Sel und tippt sich nachdenklich gegen die Wange. »Sie riechen normal.«

»Interessant ...«, murmele ich und mache mir dazu eine mentale Notiz. Vielleicht stimmt Mister Greys Theorie ja doch.

»Wo wir gerade vom ... äh ... Essen sprechen«, sagt Sel und kratzt sich am Kopf. »Hast du irgendein Lieblingsgericht?«

»Ein Lieblingsgericht?«

»Na, irgendwas, was du gern isst? Dann kann ich es für dich kochen«, erklärt Selena und deutet auf die Suppe, die sie mir vorbeigebracht hat. Während unseres Gesprächs habe ich die Hälfte davon gegessen und glücklicherweise bei mir behalten.

»Meistens geht's einem doch gleich besser, wenn man etwas isst, das man gerne mag. Ist zumindest bei mir so, aber ich weiß ja nicht, wie das mit euch Vampiren ist und so ...« Selena zuckt mit den Schultern und schaut mich erwartungsvoll an.

»Also, ich esse zwar schon normale Nahrung, aber ein Lieblingsessen ...?«, murmele ich und versuche mich zu erinnern, wann ich das letzte Mal überhaupt etwas mit Genuss gegessen habe. »Keine Ahnung.«

»Das ist ja komisch. Bist du dir sicher? Normalerweise hat doch jeder etwas, das er gern isst«, sagt Selena und mustert mich. »Dorian mag am liebsten alles mit Schokolade, 'ne echte Naschkatze eben. Ash liebt sein blutiges Steak, Earl Spinat und Rosenkohl, was irgendwie seltsam ist ... Gibt es wirklich nichts, das du magst? Pizza, oder Braten? Mexikanisch? Asiatisch?«

Langsam schüttle ich den Kopf. Ich lebe, um zu arbeiten, und um Leute wie Celeste hinter Gitter zu bringen. Oder Cain Cross. Da bleibt nicht viel Zeit für Genuss oder Entspannung.

»Das klingt aber nach einem anstrengenden und einsamen Leben«, sagt Sel, als ich es ihr zu erklären versuche.

Ich seufze leise und schließe die Augen. Damit hat sie nicht gerade unrecht, ändern werde ich mich deswegen aber nicht. Ich hatte schon einmal ein erfülltes Leben voller Lieblingsmomente, bis Cross es für immer zerstört hat. Danach war alles anders. Als hätte man meiner Existenz sämtliche Farbe und Wärme entzogen.

»Ach, du Arme!«, ruft Selena, als hätte sie meine Gedanken gelesen. *Wohl eher meine Gefühle gerochen ...*

Bevor ich weiß, wie mir geschieht, hat sie mich in ihre Arme gezogen. »Tut mir leid, dass du das durchmachen musstest.«

Tröstend streicht sie mir über den Rücken und redet leise auf mich ein, als wäre ich ein Kind, das gerade aus einem Albtraum aufgewacht ist. Denn genau so fühle ich mich seit Robbs Tod. Als wäre ich in einem nie endenden Albtraum gefangen, für immer von ihm getrennt.

»Aber weißt du, Coralie ...«, setzt Sel nach einer Weile an und löst sich von mir, um mir fest in die Augen zu sehen.

»Cora«, berichtige ich sie, doch scheint sie es nicht zu hören.

»Das Halfway House hat die Angewohnheit, Freude und Liebe ins Leben seiner Gäste zurückzubringen«, sagt Selena mit einem Strahlen und streicht mir über die Wange.

Erschrocken bemerke ich, dass mir tatsächlich die Tränen gekommen sind, obwohl ich mir vor Jahren schon verboten habe, deswegen zu weinen.

»Ich bin kein Gast«, beharre ich, doch wie bei allen Bewohnern des Gasthauses, die ich bisher getroffen habe, scheint Selena anderer Meinung zu sein.

»Natürlich bist du das, Coralie. Du liegst in einem unserer Betten und bist ganz offensichtlich in Not«, erwidert sie mit ernster Stimme. »Warum sonst solltest du im Halfway House gelandet sein?«

»Wegen meines Auftrags vom Rat«, sage ich, aber Sel lässt sich nicht von ihrer Meinung abbringen: »Das hätte doch jeder andere Jäger oder Mitarbeiter des Rats tun können. Warum ausgerechnet du, hm?«

Ich öffne den Mund, um etwas zu erwidern, muss aber feststellen, dass sie mit ihrer verdrehten Argumentation irgendwie recht hat.

»Vielleicht stimmt es ja, aber deswegen müsst ihr doch den Milchbubi nicht auf mich ansetzen«, murmele ich und seufze leise.

Allein der Gedanke an Dale bringt wieder diese Mischung aus Wut und Aufregung mit sich. Und dieses blöde Kribbeln, das mich seit unserer ersten Begegnung plagt.

»Milchbubi? Meinst du Dale?«, fragt Sel und kratzt sich verwirrt am Kopf. »Wäre jetzt nicht unbedingt der Spitzname, den ich für ihn gewählt hätte ...«

»Ach ja?«

»Hmmm, nee, das passt so gar nicht zu ihm«, sagt Sel und schüttelt energisch den Kopf. »Aber so übel ist Dale gar nicht, wenn man sich mal an seine Art gewöhnt hat. Und wenn nicht, hilft es, ihm mit einer Pfanne zu drohen. Da spurt normalerweise jeder hier im Haus.«

Ich lache leise, weil das in meiner Vorstellung eine wirklich komische Situation wäre. Die kleine Selena mit der erhobenen Bratpfanne und Dale mit all seinen Muskeln und dieser nonchalanten Art, die mir so auf den Geist geht. »Kannst du mir eine davon leihen, falls er mir wieder blöd kommt?«

»Klar«, sagt sie grinsend. »Ich glaube aber nicht, dass du sie wirklich einsetzen musst. Er hat nur einfach viel im Kopf. Er und Kitty haben alles verloren. Ihre Freunde, ihr Zuhause, ihre gesamte Familie. Und ihr menschliches Leben. Da wäre ich auch so drauf wie er ... Oder noch schlimmer.«

»Wirklich alles?«, frage ich und erinnere mich an mein Gespräch mit Dale. Da hat er etwas Ähnliches gesagt, bevor ich ihn unterbrochen habe. Dass Celeste ihm alles genommen hätte.

»Ja, es muss schlimm gewesen sein. Hast du als Jägerin nicht davon gehört?«, fragt Selena verwundert. »Ich dachte der Trailerpark wäre im Gebiet deines Vaters, oder irre ich mich da?«

»Nein, das stimmt schon ...«, murmele ich.

Ich war sogar selbst vor Ort, bevor das Institut die Siedlung geräumt und sämtliche Spuren beseitigt hat, die auf ein übernatürliches Wesen hindeuten könnten. Es sah noch schlimmer aus als damals. Als Cross mein Dorf verwüstet hat, kurz bevor Felton mich als einzige Überlebende in einem der Abflussrohre der angrenzenden Chemiefabrik entdeckt hat.

»Das war wirklich kein schöner Anblick«, murmele ich und Selena nickt.

Felton war so wütend, dass er am liebsten selbst losgezogen wäre, um die Rogues zur Strecke zu bringen. Hinterher haben wir erfahren, dass eine Bewohnerin davongekommen ist, als unplanmäßig gewandelte Vampirin.

Katherine Jones.

Kitty.

»Und Dale ist ihr Bruder ...«, murmele ich, als ich begreife, wie das alles zusammenhängt. Durch das Gift ist mein Hirn langsamer als sonst.

»Genau, obwohl man es manchmal echt nicht für möglich hält, so unterschiedlich wie sie sind«, sagt Sel und zuckt mit den Schultern. »Nur äußerlich sehen sie sich ähnlich.«

Ich nicke. Das ist mir auch schon aufgefallen. Sie haben dasselbe rote Haar und Sommersprossen, aber auch ihre Augen sehen sich sehr ähnlich.

»Dale macht zwar auf dicke Hose, aber ich glaube, ihn hat das alles schwerer getroffen als Kitty«, sagt Selena und seufzt leise. »Armer Kerl.«

»Da wäre ich mir nicht so sicher«, murmele ich und spüre, wie die Wut in mir hochkocht.

»Hey, meine Sukkubus-Intuition lag noch nie falsch«, sagt Selena und stemmt die Hände in die Hüften. »Würdet ihr zwei euch mal ernsthaft unterhalten und euch nicht die ganze Zeit streiten, würdet ihr merken, wie ähnlich ihr euch seid.«

»Ähnlich? Dale und ich? Da irrst du dich gewaltig«, rufe ich und lache laut auf. Mich mit ihm zu vergleichen ist in etwa so, wie zu behaupten, dass Wüste und Meer gleich sind.

»Das glaubst aber nur du«, murmelt Selena und seufzt leise. »Ich bin jedenfalls froh, dass Dale Kitty und die anderen Ex-Rogues hat. Ohne sie wäre er nicht halbwegs so beherrscht.«

»Beherrscht ist was anderes«, murre ich, was Sel die Augen verdrehen lässt.

»Man kann sich auch echt alles schlechtreden, Coralie«, sagt sie und schürzt die Lippen. »Besonders hilfreich ist das aber nicht.«

Ich seufze leise und nicke, weil sie ja recht hat. Trotzdem ... Wann immer es um Dale geht, egal ob er anwesend ist oder nicht, kann ich mich einfach nicht im Zaum halten.

»Wie sind die anderen Rogues so?«, frage ich Selena, um endlich das Thema zu wechseln.

Sie lächelt und zupft an der Bettdecke herum. »Von den Auswirkungen des Totenbluts haben sie sich mittlerweile alle erholt, aber ... Das hat tiefe Spuren hinterlassen, auch auf Dale.«

»Müssen wir schon wieder über ihn reden?«, frage ich genervt und wünschte, ich könnte ihn zumindest für ein paar Minuten aus meinen Gedanken verbannen.

»Sorry«, sagt Selena lachend, klingt aber kein bisschen so als täte es ihr leid. »Na ja, aber sie haben einander und unterstützen sich gegenseitig. So etwas schweißt einfach zusammen, finde ich. Genau wie der Dämonenangriff Ash, Dorian und Earl näher zusammengebracht hat.«

»Dämonenangriff?«, frage ich überrascht und richte mich auf dem Bett auf. Davon habe ich noch nie gehört.

»Ach, nicht so wichtig«, sagt Selena und winkt ab, ehe sie wie ein kleiner Wasserfall weiterspricht, ganz untypisch für die wortkargen Sukkuben. »Dass du und der Rat die Rogues tot sehen wollt ... Das hilft nicht unbedingt weiter. Ich glaube, deswegen ist Dale so schlecht gelaunt.«

»Ich will ihn doch gar nicht ...«, setze ich an, werde aber gleich wieder von Selena unterbrochen: »Ich an seiner Stelle wäre wahrscheinlich auch nicht sehr nett zu dir, wenn du gekommen wärst, um mich zu töten.«

»So schnell geht das nun auch wieder nicht«, sage ich, habe aber nach diesem ereignisreichen Morgen keine Lust, es ihr zu erklären. Hinzu kommt auch noch, dass Earls Tee langsam zu wirken beginnt und sich die Müdigkeit in mir ausbreitet.

Vielleicht hat Sel recht. Vielleicht steckt doch mehr hinter Dales Macho-Fassade, als ich auf den ersten Blick für möglich gehalten habe. Hätte ich ähnlich reagiert, wenn der Rat jemanden geschickt hätte, um mich zu eliminieren?

Ganz bestimmt, denke ich und seufze.

»Ihr werdet schon noch miteinander warm«, sagt Selena und tätschelt mir die Schulter. »Und wenn er dich zu sehr nervt, dann sag mir oder Kitty Bescheid und wir lesen ihm mal ordentlich die Leviten, okay?«

Ich nicke dankbar und seufze leise, als Sel den Lappen noch einmal kurz ins Wasser taucht und ihn mir dann wieder auf die Stirn legt. »Und jetzt schlaf erstmal. Man wird ja schon müde, wenn man dich nur anschaut.«

KAPITEL 8
SORGENKLUMPEN

DALE

»Sag bloß, du hast uns belauscht«, sagt Selena, als sie mein Zimmer verlässt und mich auf dem Gang entdeckt. Ich wollte mich zwar unbemerkt davonschleichen, aber mit ihrer Gabe weiß unser hauseigener Sukkubus sowieso, dass ich hier war. Und das sehr lange. Lange genug, um zu hören, dass Cora eine ganze Menge mehr Trauma mit sich herumschleppt, als ich dachte. Nicht nur wegen ihrem Kampf gegen Celeste. Es muss etwas sein, das schon länger her ist. *Hätte Sel sie bloß danach gefragt, anstatt sie nur zu trösten!*

»Hallo? Ich hab' dich was gefragt«, sagt Selena und stupst mich gegen die Brust.

»Natürlich nicht. Ich bin nur ganz zufällig hier vorbeigekommen.«

»Ja, und dann bist du sicher auch nur ganz zufällig mehrere Minuten vor der Tür stehen geblieben und hast auch nur ganz zufällig gehört, worüber Cora und ich uns unterhalten haben, stimmt's?« Selena zieht eine ihrer dunklen Augenbrauen nach oben und mustert mich grinsend. »Du magst sie, oder?«

»Was? Red nicht so einen Quatsch!«, rufe ich und schüttle energisch den Kopf. Die völlig falsche Reaktion auf ihre Frage, Selenas Kichern nach zu urteilen.

»Du magst sie, obwohl du sie nicht mögen willst«, spezifiziert sie und trifft den Nagel damit perfekt auf den Kopf.

Leider.

Zugeben würde ich das nie, und zulassen erst recht nicht. Was würden dann Lex, Elinor und die anderen denken? Mal abgesehen davon, dass Coras Abneigung uns Ex-Rogues gegenüber mehr als deutlich war.

»Trotzdem ist es nicht nett, andere zu belauschen«, fügt Selena mit ernster Stimme hinzu und zieht mich den Gang entlang, bis wir außer Hörweite sind.

»Was denn? Als Vampir kann ich es nicht verhindern«, sage ich und zucke mit den Schultern. »Galina hat noch nicht alle Zimmer mit ihrem Stillezauber belegt.«

»Tolle Ausreden hast du da«, sagt Sel kopfschüttelnd und wirft einen Blick über die Schulter auf meine Zimmertür.

»Du solltest sie erstmal in Ruhe lassen, damit sie schlafen kann«, weist sie mich an.

»Schon wieder? Aber das ist auch mein Zimmer und ...«

»Dale, bitte«, sagt Selena und klingt besorgt. Sehr besorgt sogar, was mich meinen Ärger herunterschlucken lässt.

»Was hast du gefühlt?«, frage ich sie und spüre einen Hauch der Sorge, die mich vorhin dazu getrieben hat, Cora das Haar aus dem Gesicht zu halten.

»Das geht nur Cora und mich was an«, entgegnet Selena und drängt sich an mir vorbei, als wäre dieses Gespräch damit beendet.

»Warte!«, rufe ich und eile hinter ihr her. Als Vampir ist es nicht schwer, den kleinen Sukkubus einzuholen, obwohl Sel heute ein erstaunliches Tempo an den Tag legt.

»Wie geht es ihr wirklich?«, frage ich. Seit heute Morgen lässt mich der Verdacht nicht los, dass Cora noch viel mehr zu schaffen macht als bloß Celestes Gift.

Was interessiert dich das?, fragt die fiese Stimme in meinen Gedanken.

Unter normalen Umständen hätte ich mich genau dasselbe gefragt, aber ich kann einfach nicht leugnen, dass ich mir Sorgen um unseren neuen Gast mache, obwohl es das Letzte ist, was ich will. Obwohl es überhaupt keinen Sinn ergibt.

Vielleicht ist es ja das vermaledeite Haus, denke ich und blicke mich auf dem Gang um. Vielleicht lässt es mich verweichlichen, aber Cora eben schluchzen zu hören ...

»Ihr zwei seid echt komisch, weißt du das?«, murrt Selena und lehnt sich mit einem Seufzen gegen die Wand hinter uns. »Wenn ihr zusammen seid, seid ihr wie Feuer und Wasser. Genau das hat Do gesagt, als er euch zum ersten Mal in seinen Visionen gesehen hat. Aber wenn ihr dann mal getrennt seid, könnt ihr nicht aufhören, an den jeweils anderen zu denken.«

Müde reibt sich Selena die Schläfen. »Da wird einem echt schwindelig bei diesem Hin und Her.«

»Was hast du gesagt? Do hat uns in einer Vision gesehen?«, frage ich überrascht und weiche ein Stück zurück.

Obwohl die Nachtwelt komplettes Neuland für mich ist, verstehe ich langsam wie die Fähigkeiten der Greys funktionieren. Dorians Gabe als Orakel ist zwar sogar ihm ein Rätsel, aber in den meisten Fällen trifft es ein, was er gesehen hat. So war es mit Kittys Ankunft im Halfway House, aber auch mit der Wiederauferstehung seiner Schwester Rose.

»Dorian hat uns ... in der Zukunft gesehen?« Plötzlich rasen Hunderte Szenarien durch meinen Kopf.

Meine Hinrichtung durch Cora.

Eine Begnadigung.

Ewige Gefangenschaft in einem dunklen Loch des Rats.

Oder vielleicht etwas ganz anderes?

Etwas, das mein Herz schneller schlagen lässt.

Selena seufzt und zuckt mit den Schultern. »Du weißt doch, dass seine Gabe ein bisschen tricky ist. Manchmal sieht er Dinge und interpretiert sie in eine Richtung, hinterher kommt aber raus, dass es eine ganz andere Bedeutung hat. Ich würde da an deiner Stelle nicht zu viel draufgeben.«

So wie sie es sagt, muss es keine gute Vision gewesen sein, sonst hätte sie mich sicher damit aufgezogen.

Also eher Hinrichtung, statt Begnadigung?

»Wenn du's wirklich wissen willst, solltest du Dorian selbst fragen. Ich hab' jetzt keine Zeit mehr zum Quatschen«, schiebt sie hinterher und eilt auf die Treppe zu.

»Du und keine Zeit zum Quatschen? Ich dachte, dieser Tag würde nie kommen«, rufe ich ihr hinterher und lache.

»Haha, sehr witzig. Langsam verstehe ich, warum Cora so eine Wut auf dich hat«, murrt Selena und dreht sich auf dem Treppenabsatz zu mir um. »Und jetzt lass mich in Ruhe. Ich will heute Zoes Lieblingsessen kochen. Vielleicht heitert sie das ein bisschen auf.«

»Ich dachte, es ginge ihr besser«, sage ich überrascht. Eisig kalt fließt mir die Sorge durch die Adern.

Zoe ist mit Abstand diejenige von uns, die am meisten unter unserer Zeit als Rogue gelitten hat. Wie mich hat Celeste sie direkt nach ihrer Wandlung mit Totenblut vollgepumpt, sodass Zoe gar nicht erst die Chance hatte, sich an ihr Dasein als Vampirin zu gewöhnen.

»Das denkst auch nur du«, murmelt Selena und schüttelt den Kopf. »Sie macht nur gute Miene zum bösen Spiel, weil sie euch nicht zur Last fallen will.«

»Frauen!«, seufze ich und schüttle den Kopf.

»Werd nicht frech, Dale«, zischt Selena und wirft mir einen finsteren Blick zu.

»Weil du und Kitty mir sonst die Leviten lest?«, frage ich und verdrehe genervt die Augen.

Sel nickt energisch. »Und nicht nur wir. Rose ist bestimmt auch mit dabei, und Galina und Elinor ...«

Sie stockt und verzieht die Lippen zu einem fiesen Grinsen. »Und Mallory sicher auch. Ganz besonders Mallory.«

Ich schlucke und weiche ein Stück von ihr zurück. Mit Mal will ich mich wirklich nicht anlegen. Die ruppige Vampirin ist mir nicht ganz geheuer.

»Also?« Herausfordernd zieht Selena die Braue nach oben.

»Schon gut, schon gut, ich hab's kapiert«, murre ich und hebe abwehrend die Hände. »Ihr Mädels haltet zusammen und ich soll lieber meine Klappe halten.«

»Langsam lernst du echt dazu«, sagt Sel grinsend. Sie winkt mir zu und verschwindet dann die Treppe runter.

Eine Weile lang bleibe ich auf dem Gang stehen und blicke ihr hinterher, zu sehr gefangen in meinen Gedanken und Sorgen.

Dass Cora leidet ist mehr als offensichtlich, auch wenn sie so tut, als bräuchte sie unsere Hilfe nicht. Und irgendwie fühle ich mich dafür verantwortlich. Sie war doch diejenige, die Celeste geschnappt hat und dabei verletzt wurde.

Und dann ist da noch Zoe, der ich so gerne mit ihrer Trauer helfen würde und es doch nicht kann, ganz zu schweigen von den anderen Ex-Rogues. Sie versuchen zwar, sich zusammenzureißen, aber nicht immer gewinnt man den Kampf gegen die schlechten Erinnerungen und Schuldgefühle.

Rumstehen und Löcher in die Luft glotzen hilft aber auch nicht, denke ich resigniert und überlege, was ich für sie tun kann. Wie ich selbst damit umgehen soll, weiß ich nicht. Die anderen sind jetzt wichtiger und es gibt mir etwas, um mich von meinen eigenen Schuldgefühlen abzulenken.

»Am liebsten wäre mir jetzt ein Drink«, murmele ich, als ich auf die Treppen zusteuere.

Unten im Speisesaal sind sicher schon einige der Ex-Rogues zusammengekommen, um genau das zu tun: zu trinken und ihren Kummer zumindest für ein paar Stunden zu vergessen. Das hätte ich während meines Daseins als Mensch auch getan. Getrunken, gekifft und mir sonst was in die Adern gejagt, nur um zu vergessen, wie beschissen mein Leben eigentlich ist. Nichts anderes habe ich von Dad gelernt.

Aber ich bin nicht wie er, rede ich mir ein, während das Verlangen nach hartem Alkohol und Stille in meinem Kopf wächst, kaum dass ich vor den Treppen stehe. Rechts von mir führen sie hinunter in den restlichen Teil des Hauses, hinunter in den Speisesaal und zu dem allzeit gut bestückten Barwagen voller bitterer, süßer, alkoholischer Ablenkungen.

»Nein«, sage ich mit schwacher Stimme und wende mich nach links, um ins letzte Stockwerk des Gasthauses hinaufzusteigen. Dort befindet sich nur eine einzige Tür, die jedem Bewohner und Gast stets offensteht: die Tür zur Bibliothek.

Heute ist der Dachboden voller Bücher nicht von angenehmer Stille erfüllt, sondern vom leisen Klacken einer Tastatur und dem Flüstern meiner Schwester und Earl. Bestimmt haben sie sich hierher zurückgezogen, um ihren Bericht über unsere Genesung zu verfassen.

Oder um … Nein, daran denke ich lieber nicht. Sie einmal dabei zu erwischen, war schon schlimm genug. Heute klingt es zum Glück wirklich so, als wären sie in ihre Arbeit vertieft.

»Ich dachte, ihr wärt damit schon fertig«, sage ich, als ich Earl und Kitty erreicht habe. Sie sitzen nebeneinander an dem breiten Tisch in der Mitte der Bibliothek, den Blick fest auf den Laptop vor Earl gerichtet.

»Sind wir auch, aber es kann nie schaden, noch ein bisschen an den Formulierungen zu feilen«, sagt Earl und klingt nervös. Etwas, das nicht zu dem strengen, aber mitfühlenden Halbvampir passt, den ich vor einigen Wochen kennengelernt habe.

»Earl hat Muffensausen, weil Cora bestimmt bald danach fragt«, erklärt Kitty und klopft ihm auf die Schulter. »Er ist und bleibt eben ein kleiner Perfektionist.«

»Was ist so schlimm daran? Je perfekter der Bericht, umso höher die Wahrscheinlichkeit, dass alles gut läuft«, murmelt Earl und ist schon wieder dabei, irgendwelche Worte auszutauschen und weiter an seinem Text zu feilen.

»Nichts ist schlimm daran«, sagt Kitty mit einem Seufzen und umfasst mit besorgtem Blick seine Handgelenke. »Aber irgendwann kommt immer der Punkt, an dem man nur noch verschlimmbessert.«

»Verschlimmbessert?«, fragt Earl verwirrt und mustert erst sie und dann mich.

Ich zucke mit den Schultern, weil ich keine Ahnung habe, was sie meint. Die Schule habe ich zwar zwei Jahre länger besucht als Kitty, war aber nie sonderlich am Lernen interessiert.

»Na, dass du denkst, du verbesserst noch, du den Text aber stattdessen verschlechterst. Verschlimmbessern eben«, erklärt sie mit einem Schulterzucken und lehnt sich auf ihrem Stuhl zurück. »Und eine Pause würde dir guttun. Du sitzt schon seit heute Morgen daran.«

»Ich kann erst eine Pause machen, wenn der Rat Dale und die anderen begnadigt«, murrt Earl und reibt sich die Schläfen.

»Meinst du echt, dass das etwas bringt?«, frage ich ihn und ziehe mir einen Stuhl heran, um einen Blick auf den Bericht zu werfen. Für mich sieht das aber eher wie Fachchinesisch aus.

»Schaden kann es nicht. Ich habe mir große Mühe gegeben, euren Genesungsprozess so positiv wie nur irgend möglich darzustellen«, versichert Earl, klingt aber nicht überzeugt. »Aber wenn ich ehrlich bin ...«

Er seufzt und wirft erst mir, dann Kitty einen Blick zu. »Ich denke nicht, dass ihr ohne Konsequenzen davonkommt.«

»Das hatte ich schon befürchtet«, murmele ich und schließe kurz die Augen.

»Ob ihr es wolltet, oder nicht ... Ihr habt Leute getötet und ...«, setzt Earl an, doch brauche ich nur die Hand zu heben, um ihn zum Schweigen zu bringen. »Glaub mir, keiner weiß das so gut wie ich. Fair ist aber etwas anderes.«

Langsam stößt Earl die Luft aus und nickt. »Das stimmt, aber wenn es eine Sache gibt, die zu hundert Prozent auf den Rat zutrifft, dann, dass Fairness dort ein Fremdwort ist. Es geht ihnen nur um die Einhaltung der Gesetze und die habt ihr nun mal gebrochen.«

»Ugh! Ich hasse das«, murrt Kitty und kickt gegen eines der Tischbeine. »Das ist so verdammt ungerecht und wir können nichts dagegen tun.«

»Da muss ich dir wiedersprechen, meine Liebe«, entgegnet Earl, was uns beide aufhorchen lässt. »Dale und die anderen können Cora noch immer überzeugen, dass sie sich geändert haben. Und dass ihnen leidtut, was geschehen ist.«

»Wenn das mal so leicht wäre«, murmele ich und muss an unseren neuen Gast denken. Ich würde ihr das ja gerne zeigen, aber irgendetwas hat sie an sich, das sofort die schlechtesten Seiten an mir herausbringt. Sel hatte vorhin recht: Wir sind wirklich wie Feuer und Wasser.

»Das ist alles, was sie tun können?«, fragt Kitty und klingt enttäuscht. Wahrscheinlich hat sie gehofft, dass Earl in den letzten Minuten einen genialen Masterplan ausgeheckt hat, um uns vor den Strafen des Rats zu bewahren.

»Nicht ganz«, erwidert Earl und wendet sich wieder dem Laptop zu. »Wir beide können den Bericht weiter verbessern. Vielleicht sollten wir hier noch etwas genauer darauf eingehen, oder den Absatz da nochmal neu formulieren.«

»Du meine Güte, bin ich denn nur von Dickschädeln umgeben?«, ruft Kitty und schüttelt genervt den Kopf.

Sollte Earl sie gehört haben, ignoriert er sie, indem er wie wildgeworden auf die Löschen-Taste drückt.

»Gibt's was Neues von Cora?«, fragt mich Kitty, die es wohl aufgegeben hat, Earl aufzuhalten.

Ich zucke mit den Schultern. »Nicht wirklich. Sel war vorhin bei ihr und jetzt schläft sie erstmal.«

»Das ist gut«, murmelt Earl, während er auf die Tastatur einhackt. »Schlaf ist immer noch die beste Medizin.«

»Das stimmt und Earls Tee ...«, setzt Kitty an, wird aber von einem lauten Piepton unterbrochen.

Erschrocken blickt Earl vom Laptop auf. »Was war das? Hat Galina einen Alarm installiert?«

»Mann, Earl, das ist dein Handy, du Dussel«, sagt Kitty und schiebt ihm lachend das Smartphone zu, das neben einigen aufgeschlagenen Notizbüchern auf dem Tisch gelegen hat.

»Oh, ja ... Ich hatte ganz vergessen, dass ich es laut gestellt habe«, murmelt er und streicht sich fahrig das Haar zurück, ehe er nach dem Handy greift.

»Gibt's was Neues von Agent Howard? Er wollte sich doch melden, oder?«, fragt Kitty und blickt ihm über die Schulter.

»Howard? War das der Typ, der nach El Rojos Angriff hier aufgetaucht ist? Der vom Institut?«, frage ich. Dunkel erinnere ich mich noch an den hochgewachsenen Agenten im angesengten Mantel. Er hat uns die frohe Botschaft über Celestes Gefangennahme überbracht.

»Genau der, und Dorians zukünftiger Stiefvater, wenn man Selenas Urteil trauen kann«, sagt Kitty lachend und mustert Earl erwartungsvoll. »Und?«

»Er und Dos Mutter haben sich für morgen angekündigt. Sie wollen bei eurer Befragung dabei sein, um das Institut zu repräsentieren«, sagt Earl, nachdem er das Handy weggelegt und sich zu uns umgedreht hat.

»Hä? Ich dachte, das alles ginge nur den Rat etwas an«, murmele ich. Immer, wenn ich glaube, die Gepflogenheiten der Nachtwelt verstanden zu haben, kommen mir die Greys wieder mit irgendwelchen Ausnahmen und Sonderregelungen.

»Im Prinzip ist das richtig, aber da du und einige andere wie Kitty unplanmäßig und gegen euren Willen gewandelt wurden, hat auch das Institut ein Mitspracherecht, auch wenn der Rat das in Kittys Fall getrost ignoriert hat«, erklärt Earl und zuckt mit den Schultern. »Stark vereinfacht, ist das Institut für den Schutz der Sterblichen und der Nachtwesen zuständig. Und vor eurer Wandlung durch Celeste wart ihr alle sterblich. Das könnte euch zugutekommen.«

»Mann, ist das kompliziert«, murmelt Kitty und rollt mit den Augen. Wenigstens bin ich nicht der Einzige, der mit all diesen Regeln überfordert ist.

»Aber ist das nicht unfair den anderen gegenüber, die schon Vampire waren? Was ist mit Elinor oder Cal? Und Lex?«, frage ich und der Sorgenklumpen in meinem Magen wird schwerer.

Die anderen Ex-Rogues sind mir in den letzten Wochen sehr ans Herz gewachsen. Sie haben mir die nötige Kraft gegeben, um durchzuhalten. In den schweren Momenten war immer jemand für mich da und hat mich wieder aufgefangen, so wie ich es manchmal auch für sie getan habe. Damit haben sie das Loch zumindest ein bisschen gefüllt, das Celestes Angriff auf den Trailerpark in meinem Herzen hinterlassen hat. Es hat mir meine Familie und Freunde zwar nicht zurückgebracht, mir aber eine neue gegeben. Eine neue Gang, die auf Vertrauen und Freundschaft aufbaut, nicht auf Angst und Tyrannei wie bei Dads *Spitting Vipers*.

»So wie ich Special-Agent Howard und Grace einschätze, denke ich, dass sie gemeinsam mit Cora nach einer Lösung suchen werden, die für alle vertretbar ist, ganz besonders für euch Ex-Rogues«, sagt Earl und diesmal klingt er wirklich so, als meinte er seine Worte ernst. Als glaube er wirklich daran.

»Dass du so zuversichtlich sein kannst …«, murmele ich und sehe Kitty nicken. Sie wirkt im Gegensatz zu Earl noch nicht überzeugt.

»Jetzt, da sich das Institut einmischt, wird es der Rat nicht mehr so leicht haben, mit eiserner Hand durchzugreifen«, sagt Earl schulterzuckend. »Und ich denke, wenn es Cora in den nächsten Tagen wieder besser geht, könnten wir zumindest Felton Harrow auf unserer Seite haben.«

»Bist du dir sicher?«, fragt Kitty überrascht. »Das wäre natürlich nicht schlecht.«

»Ziemlich sicher«, sagt Earl. »Er schuldet uns was.«

»Du meinst wegen Cora?«, fragt Kitty und zieht die Augenbrauen hoch. »Seit wann verlangst du denn eine Gegenleistung für die Aufnahme eines Gasts?«

»Unter diesen Umständen ist es mehr als angebracht«, sagt Earl, ehe er sich plötzlich zu mir umdreht. Allein an seinem strengen Gesichtsausdruck weiß ich, was er gleich sagen wird.

»Ja, ja, ich versuch' doch schon, mich zusammenzureißen«, murre ich, bevor er mir wieder eine Standpauke halten kann.

»Das wollte ich zwar nicht sagen, aber gut, dass das mittlerweile angekommen ist«, entgegnet Earl und stemmt die Hände in die Hüften. »Was ich eigentlich sagen wollte: Du solltest ein ernstes Gespräch mit den anderen führen und sie auf morgen vorbereiten.«

»Und warum werden sie ausgerechnet auf mich hören?«, frage ich kopfschüttelnd.

»Weil du für sie das Sprachrohr warst, als sie selbst noch nicht für sich kämpfen konnten«, erwidert Earl sehr zu meiner Überraschung. »Du warst der Erste, der sich von den Auswirkungen des Totenbluts erholt hat. Dank dir konnten wir die anderen besser verstehen und helfen. Das haben sie dir nicht vergessen.«

»Ach, Quatsch! Das war doch gar nichts«, sage ich und winke ab, weil es sich irgendwie komisch anfühlt, zur Abwechslung mal gelobt zu werden und dann auch noch von Earl selbst.

»Was für dich gar nichts ist, bedeutet für jemand anderen die Welt«, erwidert er nur und schiebt mir dann einen dicken Papierstapel zu. »Und wenn du schon auf dem Weg bist, kannst du das noch bei Miss Harrow vorbeibringen. Es ist zwar nur die vorläufige Version, aber recht viel länger werden wir sie nicht mehr hinhalten können.«

»Das ist ja mal wieder typisch«, murre ich und nehme den Stapel entgegen. »Erst loben und mir dann wieder Arbeit aufs Auge drücken.«

»Als ob das so viel Arbeit wäre«, entgegnet Kitty und verdreht die Augen.

»Bei dieser Frau schon«, murmele ich, mache mich aber trotzdem auf den Weg.

Diesmal klopfe ich nicht, als ich das Zimmer erreiche, sondern trete ohne Umschweife ein. Cora liegt wie vorhin in meinem Bett, halb unter der Bettdecke verborgen. Ihr Atem geht flach und gleichmäßig wie die letzten beiden Nächte. Ein Geräusch, das irgendwie beruhigend war und mich doch die ganze Zeit lang nervös gemacht hat.

»Schlaf nur schön weiter, Babygirl. Dann muss ich deine üble Laune wenigstens nicht ertragen«, murmele ich und lege

Earls Bericht auf die Kommode neben der Tür. Dort steht auch schon die Reisetasche, die er am Morgen angeschleppt hat, diesmal jedoch leer. Jemand muss sie ausgepackt haben, vermutlich Sel. Ein Umschlag lugt darunter hervor, der sofort die Neugier in mir weckt. *Sind das die Befehle, die Cora vom Rat erhalten hat? Steht darin, was sie mit uns anstellen soll?*

Schnell ziehe ich den Umschlag unter der Reisetasche hervor und runzele die Stirn, als ich lese, an wen er adressiert ist: *An meine geliebte Tochter.*

»Ugh, Vampire können so schmalzig sein«, murmele ich. Kurz bin ich versucht, das Siegel auf der Rückseite des Umschlags zu brechen und den Brief zu lesen, lasse es dann aber lieber sein. Wenn Cora das herausfindet, würde sie mir den Garaus machen.

Geh lieber, bevor sie dich erwischt, mahne ich mich und schiebe den Brief zurück. Sicher ist sicher, vor allem, wenn mein Leben sowieso schon am seidenen Faden hängt.

KAPITEL 9
OFFENHEIT UND
EINSICHT

CORA

In den letzten Wochen habe ich so viel geschlafen wie schon lange nicht mehr. Zuhause war ich dazwischen aber auch viele Stunden wachgelegen und bin immer wieder den Kampf mit Celeste durchgegangen, habe mich für jeden Fehler, jedes bisschen überhebliche Selbstüberschätzung niedergemacht, bevor ich wieder vor Erschöpfung eingeschlafen bin.

Im Halfway House bleibt diese Negativspirale aus, mal abgesehen von meinem Aufeinandertreffen mit Dale, wenn die Wut in mir fast überkocht. Fernab von Arcania und von den Erwartungen und Regeln des Rats, kann ich endlich tief durchatmen. Das erste Mal seit Jahrzehnten.

Trotzdem lassen sich meine Instinkte nicht so leicht ausschalten, vor allem als mir plötzlich jemand etwas gegen die Lippen drückt. Sofort schrecke ich aus dem Schlaf hoch und packe die Person, die es gewagt hat, mich zu wecken. Mein Hirn denkt in diesem Moment, es könnte einer der Vampire sein, die ich in den letzten dreißig Jahren meines Lebens zur Gerechtigkeit gebracht habe. Dass nun einer auf freiem Fuß ist und gekommen ist, um sich an mir zu rächen.

Erschrockenes Keuchen.

Das Klirren von Porzellan, als etwas auf den Boden fällt und zerschellt, und mein rasender Herzschlag. Selbst in Stressmomenten ist er sonst nicht so schnell und laut.

»Ich bin es nur ...«, keucht eine Männerstimme, während meine Augen noch brauchen, um sich an das düstere Licht in meinem Zimmer zu gewöhnen. »Earl Grey.«

»Was?«, wispere ich und lasse sofort los, als mir klar wird, dass mir keine Gefahr droht. Selbst El Rojo, einer der gefährlichsten Kriminellen hat es nicht geschafft, das Gasthaus der Greys zu stürmen.

»Ich wollte Ihnen nur etwas gegen das Gift geben«, versichert Mister Grey und weicht sicherheitshalber einen Schritt vor mir zurück. Zumindest glaube ich das. Meine Sicht ist ganz verschwommen und das Zimmer dreht Kreise um mich herum.

Erschrocken starre ich auf meine Hände. Sie zittern. Vor Angst, aber auch vor Anstrengung. Wenn ich es nicht mal zum Halfway House schaffe, ohne danach zusammenzubrechen, kann ich mich erst recht nicht gegen einen feindlichen Vampir zur Wehr setzen.

Aber er ist nicht dein Feind, sage ich mir, als Mister Greys Gesicht langsam klarer wird.

»Es ... Es tut mir leid«, murmele ich und schließe die Augen.

Der Schwindel will nicht nachlassen und bringt allmählich das Dröhnen in meinem Kopf zurück, mit dem ich am Morgen aufgewacht bin. Fest presse ich meine Handballen gegen die geschlossenen Lider und schüttle langsam den Kopf. So sehr bin ich noch nie aus der Balance geraten.

»Schon in Ordnung. Ich hätte mich nicht an Americas beste Vampirjägerin anschleichen sollen«, entgegnet Mister Grey.

»Aber gut zu wissen, dass Ihre Reflexe noch so einwandfrei funktionieren, nicht wahr?«

»So einwandfrei nun auch wieder nicht«, murmele ich und lasse mich mit einem Seufzen in die Kissen zurücksinken.

»Das wird schon wieder«, sagt Mister Grey und lächelt mich aufmunternd an. »Bloß gut, dass ich gleich eine große Menge Tee für Sie zusammengemischt habe. Ich hole Ihnen schnell eine neue Tasse.«

Ich nicke und blicke mich in meinem Zimmer um. Jemand hat die Vorhänge vorgezogen, sodass es recht dunkel ist. Trotzdem sehe ich noch Sonnenlicht unter den langen Stoffbahnen hindurchspitzen. »Wie spät ist es?«

»Vier Uhr nachmittags«, sagt Mister Grey und wendet sich der Tür zu. Doch statt zu gehen, schnappt er sich etwas von der Kommode daneben. Einen dicken Papierstapel, den er mir mit nervösem Gesichtsausdruck reicht. »Der Bericht, aber nur die vorläufige Fassung, falls Sie eine Ablenkung brauchen.«

»Na, endlich …« Neugierig nehme ich den Stapel entgegen.

»Und der lag daneben. Von Ihrem Vater, nehme ich an«, fügt Mister Grey hinzu und reicht mir einen Umschlag.

Verwundert mustere ich die verschlungenen Buchstaben darauf, eindeutig Feltons Handschrift. »Wie kommt der denn dahin?«

Mister Grey zuckt mit den Schultern. »Vielleicht lag er in Ihrer Tasche?«

Ich nicke. Wahrscheinlich hat Selena den Brief vorhin gefunden, als sie meine Tasche ausgepackt hat.

Mit einem Seufzen lege ich den Brief auf den Nachttisch. Ich kann mir schon denken, was Felton mir geschrieben hat, aber darauf habe ich jetzt keine Lust.

»Danke für den Bericht«, sage ich und blättere kurz durch den Stapel, um abzuschätzen, wie viele Seiten es sind.

»Aber natürlich, Miss Harrow«, sagt Mister Grey mit einem energischen Nicken. »Ich hoffe, Sie geben ihnen eine Chance.«

Ich atme tief durch und nicke. »Wissen Sie, ich bin ernsthaft überrascht. Hätte er es nicht selbst gesagt, hätte ich Dale nie für einen Rogue gehalten.«

»Ex-Rogue«, berichtigt mich Mister Grey und zuckt entschuldigend die Schultern. »Sie mögen es nicht, wenn man sie so nennt. Und selbst das ist keine gern gesehene Bezeichnung, aber etwas Besseres ist uns bisher nicht eingefallen.«

»Kann ich verstehen ...«, murmele ich und lege den Bericht neben mich. »Es würde mir sicher ähnlich gehen, wäre ich an ihrer Stelle.«

Überrascht reißt Mister Grey die Augen auf, als hätte er nicht damit gerechnet, dass ich so reagieren würde.

»Es ist meine Pflicht, objektiv zu bleiben und die Situation aus allen Blickwinkeln zu beurteilen. Auch aus der Sicht der R... Ex-Rogues«, erkläre ich. »Und egal, was Sie über mich gehört haben ... Ich bin kein herzloses Monster.«

»Herzlos war zwar nicht dabei, aber gnadenlos und stur«, murmelt Mister Grey, schlägt sich dann aber die Hand auf den Mund. »Verzeihung.«

Schnell winke ich ab. »Das bin ich längst gewöhnt und habe schon weit Schlimmeres gehört. Vergessen wir das einfach.«

»Nur zu gern«, sagt Mister Grey und neigt leicht das Haupt.

»Wenn ich Sie eine Sache fragen darf ...«, setze ich an und richte mich auf meinem Bett auf. »Was hat Sie überhaupt daran glauben lassen, dass man die Rogues heilen kann? Ihnen muss doch bewusst gewesen sein, wie gefährlich ein solches Unterfangen ist.«

Mister Grey schnaubt amüsiert und nickt. »Natürlich war mir das klar, Miss Harrow, aber es war nicht mein blindes Vertrauen, das Dale und die anderen gerettet hat. Es war Kittys.«

»Ihre Schülerin?«, frage ich überrascht und runzle die Stirn. »Weil sie ihren Bruder nicht aufgeben wollte?«

Mister Grey schüttelt den Kopf und zieht sich einen Stuhl heran. »Sie haben sicher gehört, dass meine ... dass Celeste Kitty entführt hat.«

Ich nicke. Viel habe ich mich mit diesem Fall nicht befasst. Es war reiner Zufall, dass ich während der Durchsuchung des *Infierno* auf Celeste gestoßen bin, aber ein paar Details sind mir im Kopf geblieben: »Celeste wollte Sie damit unter Druck setzen, richtig? Das ist wirklich typisch für sie ...«

»In der Tat«, murmelt Mister Grey und seufzt leise. »Mit der Entführung sollte es aber nicht enden. Sie wollte Kitty mit dem Totenblut in einen Rogue wandeln.«

»Miese Schlange«, murre ich und balle die Hände zu Fäusten zusammen. Dass Felton damals nicht schon gesehen hat, wie gefährlich Celeste sein kann, wundert mich. Sonst ist er nicht so unvorsichtig.

»Kitty hatte die Hoffnung, dass das Blut ähnlich wirkt wie Drogen oder Alkohol«, erzählt Mister Grey und ein schwaches Lächeln schleicht sich auf seine Lippen. »Sie dachte, dass die Wirkung des Totenbluts nachlassen könnte und die Rogues zu ihrem ursprünglichen Selbst zurückkehren würden.«

»Eine gewagte Theorie«, murmele ich, was Mister Grey mit einem Nicken bestätigt.

»Ich war genauso überrascht wie Sie und der Rat, als ich die positiven Veränderungen gesehen habe«, fährt er mit seiner Erzählung fort und schüttelt den Kopf. »Erst habe ich es für Einbildung oder Wunschdenken gehalten. Aber Dale hat sich wirklich erholt, schneller als die anderen.«

»Er war der Erste?«, frage ich und schürze die Lippen. Wie es wohl gewesen sein muss, allmählich wieder klar bei Verstand zu sein und zu erkennen, welch schlimme Dinge man unter dem Befehl dieser Plage angerichtet hat?

»Für eine ganze Weile, ja. Vermutlich lag es daran, dass er nicht so viel Totenblut in sich hatte wie die Rogues, die schon länger unter Celestes Einfluss standen«, sagt Mister Grey und deutet auf den Papierstapel neben mir. »Kittys und meinen Beobachtungen nach zu urteilen, verhält es sich mit dem Totenblut ähnlich wie mit dem Speichel eines Vampirs. Es baut sich nur langsam ab und beeinflusst seine Opfer noch lange nach der letzten Gabe.«

»Das klingt nach einer plausiblen Theorie«, sage ich und bin gespannt, mehr über die Genesung der Rogues zu erfahren.

Als ich hergekommen bin, war ich noch der Meinung, sie töten zu müssen. Dass sie eine Gefahr für uns alle darstellen. Diese Denkweise ist durch Mister Greys Erzählung ins Wanken gekommen. Vor allem aber durch Dale, der so ganz anders ist, als ich es erwartet habe.

»Woher wusste Celeste überhaupt von der Wirkung des Bluts?«, murmele ich und höre, wie Mister Grey leise seufzt.

»Wenn ich das nur wüsste!« Er schnaubt und schüttelt den Kopf. »Wüsste ich es nicht besser, würde ich sagen, aus Liliths Grimoire ...«

»Das Zauberbuch, in dem der ursprüngliche Vampirfluch stehen soll?« Überrascht reiße ich die Augen auf. »Das ist doch nur ein Mythos.«

»Natürlich, aber anders kann ich es mir einfach nicht erklären. Nicht einmal die ältesten Vampire Americas haben je davon gehört und ich bezweifle, dass man sonst wo in der Nachtwelt davon wusste.«

Ich nicke. »Es ist überall gang und gäbe, Rogues zu töten.«

»Ja, leider«, wispert Mister Grey und senkt den Kopf. »Wie viele Leben auf diese Fehlannahme hin ausgelöscht wurden ...«

»Vielleicht können wir dem mit Celestes Wissen ein Ende bereiten«, sage ich.

Wenn Chester mir bloß meinen Job nicht weggeschnappt hätte! Zu gern würde ich Celeste jetzt befragen, nachdem ich gehört habe, was sie diesen Vampiren angetan hat.

»Das hoffe ich sehr. Vielleicht haben ja sogar einige der Ex-Rogues etwas mitbekommen«, sagt Mister Grey und zuckt mit den Schultern. »Das werden Sie sicher gemeinsam mit Special-Agents Howard und van Zicht herausfinden.«

»Wie bitte?«, frage ich verwirrt.

»Oh, ähm ... Hat man Sie nicht informiert?«

Ich schüttle den Kopf.

»Da einige der Ex-Rogues unplanmäßig gewandelt wurden und die Genesung der Rogues ein Ausnahmefall ist, hat sich das Institut angekündigt«, erklärt Mister Grey und reibt sich über den Dreitagebart. »Ich hoffe, das ist kein Problem.«

Langsam schüttle ich den Kopf. »Wenn es Corey ist, nicht.«

»Sie kennen ihn?« Mister Grey wirkt überrascht. Er mag die Gerüchte über Cora Harrow, Jägerin des Rats, gehört haben, aber davor hatte ich einen anderen Job.

»Es ist lange her, aber ich habe früher mit ihm zusammen-gearbeitet«, sage ich lachend, als ich mich an den jungen Agent erinnere, der sich voller Eifer in die Recherche gestürzt hat, aber noch lieber mitten drin war bei den Festnahmen und Ermittlungen. »Damals war er allerdings noch Deputy-Agent.«

Nun stimmt auch Mister Grey in mein Lachen ein. »Dann ist es wirklich lange her.«

»Und Agent van Zicht, wollte ich sowieso kennenlernen«, füge ich leiser hinzu und muss an all die Momente zurück-denken, in denen Corey von ihr gesprochen hat. Noch nie habe ich ihn so lächeln sehen. Sie scheint ihm viel zu bedeuten.

Hoffentlich nimmt das nicht ein ähnliches Ende wie bei Robb und mir, bete ich innerlich und muss mir in die Wange beißen, um die Tränen zurückzuhalten.

»Wissen Sie, ich hatte mit mehr Engstirnigkeit gerechnet. Ihre Offenheit und Einsicht überrascht mich, Miss Harrow«, sagt Mister Grey nach einer Weile und erhebt sich. »Ich hoffe, Sie gehen morgen unvoreingenommen an die Befragungen heran. Und wenn es hilft: Ich würde für sämtliche Ex-Rogues die Hand ins Feuer legen.«

»Auch für Dale?«, frage ich mit einem Schnauben. Ihn hatte ich bisher als ziemlichen Unruhestifter eingeschätzt.

»Ganz besonders für ihn«, erwidert Mister Grey sofort und ohne zu zögern. Seine Stimme ist ernst, ebenso sein Blick. Er meint es wirklich so.

»Er sieht vielleicht nicht so aus, aber er war den anderen eine wichtige Stütze«, fügt er hinzu, als er mein Misstrauen bemerkt. »Sie vertrauen ihm sehr, mehr als mir oder irgendwem sonst.«

Das zu hören, lässt mich nur noch mehr über Dale rätseln. Ist er gar nicht so schlimm, wie ich dachte?

Wieder muss ich an heute Morgen denken. Daran, wie ich neben ihm aufgewacht bin und er …

Selbst jetzt flattert mein Herz, wenn ich mir das in Erinnerung rufe, mehr noch aber, als ich daran denke, wie er mir die Haare aus dem Gesicht gehalten hat. Oder wie er mich am Tag zuvor aufgefangen und sein Zimmer für mich aufgegeben hat. *Macht er das aus reiner Höflichkeit? Oder hat er noch einen Hintergedanken?*

»Es gab natürlich auch ein paar … *Ausnahmesituationen,* kurz nachdem wir die Ex-Rogues aus den Stallungen gelassen haben«, unterbricht Mister Grey meine Gedanken.

Sein Lachen lässt mich verwundert die Stirn runzeln. »Ausnahmesituationen?«

Er nickt. »Selena musste einem von ihnen mit einer Bratpfanne ausknocken, weil er kurz die Beherrschung verloren hat.«

Also daher kommt die Drohung mit der Bratpfanne, denke ich und weiß nicht, ob ich darüber lachen oder mir deswegen Sorgen machen sollte. Ein solcher Ausraster hätte gefährlich werden können.

»Das waren aber wirklich seltene Ausnahmen, wie ich es auch in meinem Bericht vermerkt habe«, betont Mister Grey und deutet auf den Stapel neben mir. »Ansonsten haben sie sich gut in die Gemeinschaft eingegliedert und bei der Renovierung mitgeholfen, oder im Garten und in der Küche.«

»Was für ein Gasthaus führen Sie denn, wenn Ihre Gäste auch noch mit anpacken müssen?«, frage ich, doch was ein Scherz sein sollte, scheint Mister Grey eher zu verärgern.

Humor ist einfach nicht meine Stärke ...

»Sie haben sich doch auch über Ablenkung gefreut, oder nicht, Miss Harrow?«, fragt er mit scharfer Stimme, die Augen zu Schlitzen verengt. »Stellen Sie sich doch mal vor, wie es für die Ex-Rogues gewesen sein muss, wochenlang hier eingesperrt zu sein und nicht rausgehen zu können, wenn die Sonne scheint.«

Ich schlucke und setze zu einer Entschuldigung an, doch unterbricht Mister Grey mich gleich: »Ich hoffe wirklich, dass sie bald das Halfway House verlassen dürfen. Auf Dauer ist das nicht gut für sie. Sie sollten nicht länger von ihren Familien getrennt sein. Oder das, was davon noch übrig ist ...«

Das, was davon noch übrig ist?

Verwundert runzele ich die Stirn, bis mir wieder einfällt, was ich bisher über die Ex-Rogues weiß. Dales und Kittys Wohnwagensiedlung wurde vollkommen zerstört und sämtliche Bewohner getötet. Wieso sollte es bei den anderen nicht ähnlich gewesen sein?

»Die Schuldgefühle machen ihnen sehr zu schaffen und es wäre wirklich wichtig, ihnen noch eine andere Stütze zu geben als einander oder uns. Familie kann einem helfen, alle Wunden zu heilen«, sagt Mister Grey im Brustton der Überzeugung, als spräche er da aus Erfahrung.

Familie ..., denke ich und kann nicht verhindern, dass mir plötzlich die Tränen in die Augen treten. Es ist schon lange her, dass ich meine verloren habe. Erst meine Eltern und meine Schwester, später dann Robb.

Seitdem bin ich allein.

Ich habe zwar Felton, der über die Jahre hinweg wirklich zu einer Art Vaterfigur für mich geworden ist, aber durch die Arbeit sehen wir uns kaum. Was würde ich nicht dafür geben, wieder diesen Rückhalt und die Geborgenheit zu spüren, die mir meine Familie immer vermittelt hat ...

Energisch schüttle ich den Kopf und drücke meine Fingernägel fest in die Oberschenkel. *Nein, so ist es besser. Am Ende sterben auch sie wie all die anderen, die ich bisher in mein Herz gelassen habe.*

»Ich lasse Sie jetzt besser allein«, sagt Mister Grey nach einem Räuspern und wendet sich zur Tür um. »Aber wenn ich Ihnen einen Rat geben darf ... Stellen Sie sich gut mit ihm, Miss Harrow. Dale ist der Schlüssel zu den anderen Ex-Rogues.«

Bevor ich etwas erwidern kann, ist Mister Grey auf den Gang hinausgetreten und lässt mich allein mit seinem Bericht, Feltons Brief und so vielen Fragen zurück.

Seufzend reiße ich den Umschlag auf und kann mich dann doch nicht dazu bringen, den Brief zu lesen. Böse bin ich Felton nicht mehr, dass er mich zu einem Aufenthalt hier verdonnert hat.

Der Tapetenwechsel war keine schlechte Idee, gestehe ich mir ein. Hier habe ich wenigstens wieder eine Aufgabe, auf die ich mich konzentrieren kann, eine wichtige noch dazu, wie mir durch mein Gespräch mit Mister Grey klar geworden ist.

Genau deswegen ziehe ich seinen Bericht heran und vertiefe mich in seine Studien, Schaubilder und Testergebnisse.

KAPITEL 10
DIE WURZEL
ALLEN ÜBELS

DALE

»Bringst du das Cora?«, bittet mich Selena, als ich am Abend die Küche betrete, um mir ein Glas frisches Blut zu gönnen.

»Muss das sein?«, frage ich genervt.

Das bringt mir einen finsteren Blick von Selena ein, und zwar von der Sorte, der einem das Fürchten lehren kann. Kein Wunder, dass Lex die Küche seit dem Zwischenfall mit der Bratpfanne meidet.

Seufzend nehme ich das Tablett entgegen und mache mich auf den Weg zu meinem Zimmer. Unser Gast hat es mittlerweile komplett in Beschlag genommen. Noch bevor ich die Tür aufdrücke, steigt mir schon ihr Duft nach Rosen und Jasmin in die Nase und lässt meinen Puls steigen. Geräusche höre ich keine, was daran liegt, dass Cora eingeschlafen ist, begraben unter einem regelrechten Papierchaos.

So gefällt sie mir viel besser, denke ich, nachdem ich das Tablett auf dem Nachttisch abgestellt habe. Im Schlaf sieht

Cora so anders aus, viel friedlicher, als könnte sie keiner Fliege was zuleide tun. Und doch ist sie eine Jägerin im Dienst des Rats und hat sicher weit mehr auf dem Gewissen als ich.

Zwei, denke ich und schließe einen Moment die Augen. Das war lange bevor Celeste den Trailerpark angegriffen und unser Leben zerstört hat. Eine der vielen Schattenseiten des Gang-Lebens. Hätten die Greys uns Ex-Rogues nicht gerettet, wären noch viel mehr hinzugekommen. Wie viele ich als Rogue verletzt oder getötet habe, weiß ich nicht. Das sind Erinnerungen, die noch nicht zu mir zurückgekommen sind.

Ich seufze und stelle das Tablett auf Coras Nachttisch ab. Sel hat ihr eine Schüssel Haferbrei gerichtet, beladen mit frischen Beeren aus Roses Garten. Daneben steht eine Tasse mit Earls bitterem Kräutertee.

Gerade will ich die vielen Papierbögen zusammensammeln, die überall auf dem Bett verteilt sind, da fällt mir ein gefalteter Zettel auf, der nicht von Earl und Kitty zu stammen scheint. Darunter erkennt man gerade noch so eine Ecke des creme-farbenen Umschlags, den ich heute schon einmal in der Hand hatte. Der Brief, der *an meine geliebte Tochter* adressiert ist.

Vorhin habe ich ihn wieder zurückgelegt, aus Angst Cora könnte merken, wenn ich ihn lese, aber jetzt … Jetzt kann ich meiner Neugier einfach nicht mehr widerstehen, egal wie oft mich die früher in Schwierigkeiten gebracht hat.

Der Brief stammt von diesem Felton Harrow, mit dem sich Earl und Kitty seit ihrer Ankunft im Halfway House bekriegen. So, wie die beiden immer von ihm erzählt haben, dachte ich, Coras Vater wäre ein kaltherziger Vampir ohne Gewissen. Je mehr ich diesen Brief lese, umso deutlicher wird jedoch, wie besorgt er um sie ist.

Seine Worte, wenn auch antiquiert, bestätigen mir genau das, was ich bisher von Cora mitbekommen habe: dass sie für ihre Arbeit lebt und sich häufig in Gefahr bringt. Und dass sie einfach keine fremde Hilfe annehmen will.

Ich weiß, du vertraust niemandem mehr, nach allem was mit Robert geschehen ist, schreibt Felton Harrow und lässt mich verwundert die Stirn runzeln. Wer ist Robert? Hat das etwas mit Selenas Reaktion vorhin zu tun?

Ach, du Arme! Tut mir leid, dass du das durchmachen musstest. Was hat Selena nur bei Cora gespürt, dass sie so reagiert hat?

Gespannt lese ich weiter und erhalte bald eine Antwort: *Deswegen alle auszusperren und niemanden mehr in dein Herz zu lassen, ist auch keine Lösung.*

Scheint so, als hätte ihr dieser Robert das Herz gebrochen und sie zu der ruppigen Vampirin gemacht, die ich vorgestern kennengelernt habe. Hätte nicht gedacht, dass sie sich so von einem Kerl fertigmachen lassen würde.

Was für ein Idiot!, schießt es mir durch den Kopf und eine Welle des Mitleids lässt mich leise aufseufzen. Wäre ich kein Ex-Rogue und Cora keine Jägerin des Rats, dann ...

Cora stößt ein leises Stöhnen aus und erschreckt mich damit fast zu Tode. Wach ist sie glücklicherweise nicht, aber ich lege den Brief trotzdem zurück, um ihr nicht noch einen Grund zu geben, mich töten zu wollen.

Nichts wie weg hier, denke ich, weil ich fürchte, dass ihr Anblick sonst noch mehr dämliche Gedanken in meinem Kopf wachsen lassen könnte. *Jetzt hast du sogar schon Wahnvorstellungen vor lauter Langeweile.*

Kopfschüttelnd schleiche ich mich aus dem Zimmer und schlage den Weg zum Camp der Werwölfe ein. Die Sonne ist seit knapp einer Stunde untergegangen, sodass die anderen dort sicher schon an den Lagerfeuern sitzen und sich mit den Wölfen die Zeit vertreiben. Der Brief will mir aber einfach nicht aus dem Kopf, sodass ich kurz vor dem kleinen Wäldchen, in dem sich die Siedlung des Segona-Rudels befindet, umkehre. Stattdessen laufe ich ziellos die weitläufigen Ländereien der Greys ab wie in den meisten anderen Nächten auch.

»Vielleicht kann man sie ja ein bisschen auftauen lassen«, murmele ich und halte inne. Angestrengt versuche ich, mir vorzustellen, wie Cora lächelt oder tatsächlich mal Spaß hat, anstatt mich anzugiften, zu kotzen oder dauernd zusammenzubrechen. Es will mir aber nicht gelingen, was den Drang in mir schürt, es wenigstens zu versuchen. *Wäre ja auch im Sinne ihres Vaters, und den brauchen wir auf unserer Seite.*

»Und wenn jemand weiß, wie man seine Sorgen vergisst und Spaß hat, dann ich«, sage ich mir und nicke entschlossen. Versuchen kann ich es wirklich mal, fragt sich nur, ob ich das überlebe, oder Cora mir vorher den Kopf abreißt.

Kurz streiche ich über meine Hand. Auch wenn die kleine Brandwunde, die der Zigarettenstummel darauf hinterlassen hat, längst verschwunden ist, muss ich bei der Erinnerung daran lächeln.

Jetzt hast du endgültig den Verstand verloren, flüstert die fiese Stimme in mir und ich muss ihr recht geben. Ich sollte sauer sein, dass Cora so reagiert hat, und doch kann ich nicht leugnen, wie faszinierend ich ihr Verhalten finde. Sie ist so ganz anders als die Frauen, die ich bisher kennengelernt habe. Viel tougher und doch so zerbrechlich, wenn ich mir anschaue, wie sehr sie noch immer leidet.

Aber vielleicht sichert mir das ihr Vertrauen und Sympathien für uns Ex-Rogues, füge ich in Gedanken hinzu, um irgendwie zu rechtfertigen, Zeit mit ihr zu verbringen. *Zur Not kann ich sie auch verführen, um durch ihre harte Schale zu dringen.*

Das ist ein typischer Dale-Gedanke, wie ich ihn von früher, von der Zeit vor meiner Wandlung, kenne. Spiele den Leuten etwas vor und nutze sie hintenrum aus. Das ist eine Taktik, die mir Dad beigebracht hat. Sie hat oft zu gebrochenen Herzen und viel Schmerz für die Mädchen und Frauen geführt, die ihren Weg in mein Bett, wahlweise auch auf den Rücksitz meines Autos oder die ein oder andere schmuddelige Bartoilette gefunden haben.

Cora hat das wohl auch schon mit diesem Robert hinter sich, wenn ich den Brief ihres Vaters richtig deute. Nochmal sollte sie das nicht durchmachen müssen.

»Du bist ein richtig mieses Arschloch, Dale Jones«, murre ich, als mir bewusst wird, was ich damals so mir nichts, dir nichts angerichtet habe. Erst jetzt, da ich alles verloren habe und mein Leben auf der Kippe steht, verstehe ich, wie hart das gewesen sein muss. »Beschissener, kleiner Drecksskerl.«

Diese Erkenntnis verdirbt mir so dermaßen die Laune, dass ich nicht länger allein durch die Dunkelheit schlappen will. Das führt nur dazu, dass noch mehr negative Erinnerungen hochkommen und davon hatte ich heute wirklich genug.

»Mann, Dale, da bist du ja endlich!«, ruft mir Lex zu, als er mich aus dem Schatten des Waldes hervortreten sieht. »Wir dachten schon, der Abgesandte des Rats hat dich gepfählt.«

»Mich doch nicht«, sage ich lachend und trete zu ihnen an eine der drei Feuerstellen im Camp der Werwölfe.

»Wer von euch beiden hat das ausgeplaudert?«, frage ich Lex und Elinor leise, als ich mich zwischen sie zwänge und dankbar eine Flasche Bier entgegennehme, die mir einer der älteren Werwölfe an unserem Feuer reicht.

»Ich ganz sicher nicht«, sagt Elinor und legt sich den Finger an die Lippen. »Ich kann schweigen wie ein Grab, was man von ihm da nicht gerade sagen kann. Er ist die größte Klatschtante von uns allen.«

Kopfschüttelnd deutet sie in Lex' Richtung und verdreht die Augen.

»Hey! Musst du mich unbedingt den Wölfen zum Fraß vorwerfen?«, ruft Lex mit gespieltem Ärger und deutet auf die Mitglieder des Segona-Rudels.

»Nichts für ungut, aber Vampire schmecken echt ekelig«, erklingt eine vertraute Stimme hinter uns und jemand klopft mir und Lex hart auf die Schulter. Wäre ich noch ein Mensch, hätte mir Markos Segona, der Anführer des Rudels, längst alle Knochen gebrochen. Wölfe können ziemlich grob sein.

»Was macht der neue Gast?«, fragt er, als er sich neben Lex niederlässt.

»Schläft viel«, murmele ich und zucke mit den Schultern.

»Willst du uns nicht mal verraten, wer es ist?«, mischt sich Cal ein und steht von seinem Platz auf. »Diese Tussi wird über unser Leben entscheiden, da sollten wir langsam wissen, mit wem wir es zu tun haben.«

Das zustimmende Gemurmel der anderen Ex-Rogues und die Tatsache, dass sie es morgen sowieso erfahren, lassen mich mein Schweigen brechen. »Sie haben Cora Harrow geschickt.«

»Die Cora Harrow?«, fragt Elinor mit erstickter Stimme und starrt mich aus weit aufgerissenen Augen an.

»Felton Harrows Ziehtochter?«, will Nate wissen, der zu den ältesten Ex-Rogues gehört. Er soll sogar schon zu Zeiten des Bürgerkriegs gelebt und die Gründung von Arcania mitbekommen haben. Wie ausgerechnet er unter Celestes Fuchtel gelandet ist, frage ich mich bis heute.

Ich nicke, was mit einer Menge an Flüchen und dem ein oder anderen *Fuck!* beantwortet wird.

»Ist sie denn so bekannt?«, frage ich in die Runde, weil ich nicht mit einer so heftigen Reaktion gerechnet habe.

»Bekannt? Junge, sie ist die beste Vampirjägerin, die der Rat je hatte, und das will etwas heißen. Vollkommen skrupellos und loyal bis zum bitteren Ende«, sagt Nate kopfschüttelnd und wirkt so, als hätte er schon Bekanntschaft mit Cora geschlossen. Offenbar war das keine angenehme Begegnung, so wütend wie der sonst so ruhige Archivar plötzlich aussieht.

»Sie ist die Schwarze Witwe des Rats«, sagt Elinor neben mir und seufzt leise.

Schwarze Witwe? Das kann ja noch heiter werden, denke ich und schüttle mich, als ich plötzlich das Bild einer riesigen Spinne vor mir sehe, die ihr Männchen anfällt und auffrisst. *Ugh*!

»Aber wenn man sie mal kennenlernt, ist sie ganz anders, als alle immer sagen«, fügt Elinor schnell hinzu, als sie bei uns anderen die Missgunst wachsen sieht.

»Ach, ja? Das glaubst aber nur du«, murrt Cal und kickt ein Holzscheit ins Feuer. »Die Ratstreuen sind doch alle gleich beschissen.«

»Red nicht immer so einen Quatsch, Cal«, ruft Elinor und wirft ihm einen finsteren Blick zu. »Außerdem kennst du sie doch gar nicht.«

»Und du schon?«, frage ich.

Elinor nickt zögerlich. Irgendwie überrascht es mich nicht. Sie wurde als eine der wenigen von uns als Vampirin geboren und das auch noch in eine ziemlich einflussreiche Familie. Eine, die schon seit Jahrzehnten nichts mehr mit ihrer *viel zu liberalen* Tochter zu tun haben will.

»Meine Eltern waren eine Zeit lang gut mit Felton Harrow befreundet. Cora und ich sind zusammen aufgewachsen«, sagt Elinor und zuckt mit den Schultern. »Als sie sich mit achtzehn für die Wandlung zur Vampirin entschieden hat, waren wir beste Freundinnen.«

»Freundinnen?«, frage ich überrascht, weil es bisher nicht so gewirkt hat, als würde Cora dieses Wort kennen. Sie sah mir mehr nach Einzelkämpferin aus, sonst hätte Celeste sie doch auch nicht so schwer erwischt.

Elinor zuckt mit den Schultern. »Wir haben uns zwar nicht oft gesehen, aber uns viel geschrieben. Und als dann die Sache mit Robb war ... Jetzt im Nachhinein, hätte ich sie damals besuchen sollen.«

»Robert?«, frage ich neugierig und richte mich auf. Das ist doch der Typ, den Harrow in seinem Brief erwähnt hat. »Der Kerl, der ihr das Herz gebrochen hat?«

»Na ja, also ... So kann man das nicht sagen«, murmelt sie und lässt traurig den Kopf hängen.

»In der Tat«, pflichtet Nate ihr bei und verzieht das Gesicht. »Es ist wirklich eine Schande, was mit ihm passiert ist.«

»Was mit ihm passiert ist?«, frage ich überrascht, weil ich bisher dachte, dass er Cora für eine andere hat sitzen lassen. So wie die zwei aussehen, steckt da noch viel mehr dahinter.

»Ja, erzählt schon! Was ist mit dem Kerl passiert?«, ruft Lex und stupst Elinor in die Seite.

»Wir haben doch schon mal über Cross geredet, oder?«, fragt diese und ein panisches Murmeln ist zu hören. Verübeln kann ich es den anderen nicht. Wenn auch nur die Hälfte der Gerüchte stimmen, die sich um diesen Cross-Typen ranken, dann ist er der gefährlichste Vampir überhaupt. Uralt, extrem mächtig und ohne jegliches Gewissen.

»Cora und ihr Verlobter Robert haben für das Institut gegen ihn ermittelt«, erzählt Elinor und irgendetwas an ihrer Stimme sagt mir, dass das keine gute Idee gewesen sein muss. »Robert hatte eine heiße Spur und wollte dem nachgehen. Dann ist er verschwunden, wochenlang, bis Cross Cora ein Geschenk geschickt hat, genau an dem Tag, an dem eigentlich ihre Hochzeit stattfinden sollte.«

»O Gott, ich glaube, ich kann mir vorstellen, was da drin war ...«, murrt Lex und verzieht angewidert das Gesicht.

Elinor nickt langsam, braucht aber mehrere Anläufe, bis sie weitersprechen kann.

»Roberts abgetrennter Kopf. Dieses Schwein hat sogar sein Zeichen auf seine Wange eingebrannt.«

»Fuck! Kein Wunder, dass sie so drauf ist«, murmele ich, als ich begreife, dass ich mich geirrt habe. Dieser Robert war kein Arsch, höchstens ein leichtsinniger Workaholic. *Welcher Idiot begibt sich so kurz vor seiner Hochzeit in solche Gefahr?*

»Kommt davon, wenn man sich mit Cross anlegt!«, murrt Cal und lässt sich wieder auf einem Baumstumpf nieder.

»Dir kann man es auch wirklich nicht recht machen, oder?«, wispert Elinor und wendet dem Miesepeter demonstrativ den Rücken zu.

»Cross ... Hm, das ist doch der, der sich sämtlichen Regeln des Rats widersetzt, oder?«, fragt Lex und kratzt sich am Kopf. »Der, der Menschen entführt und züchtet, um sie als lebendige Blutbeutel zu nutzen.«

»Ja, genau der«, bestätigt Nate und spuckt auf den Boden. »Wegen Vampiren wie ihm haben wir einen so schlechten Ruf unter den anderen Nachtwesen.«

»Und ich dachte schon, Celeste wäre schlimm«, murmele ich, weil ich mich noch gut an Elinors und Nates Erzählungen zu diesem Vampirkriminellen erinnere.

»Pah, im Vergleich zu Cross ist sie ein zahmes Kätzchen«, brummt Nate und nimmt einen Schluck aus seiner Flasche, kein Bier sondern Portwein. Mittlerweile muss er sich durch den halben Vorrat der Greys getrunken haben.

»Cora hat sich danach total verändert. Über ein Jahr lang habe ich nichts von ihr gehört, niemand hat das, und dann hat sie plötzlich als Jägerin beim Rat angefangen«, fährt Elinor mit ihrer Erzählung fort.

»Und sie wurde ziemlich schnell zur gefürchtetsten Jägerin ganz Americas«, ergänzt Nate, wobei er sogar fast ein bisschen ehrfürchtig klingt.

»Fang doch gleich das Sabbern an«, knurrt Cal und bekommt die leere Portweinflasche gegen den Kopf geworfen.

»Wahrscheinlich ist sie deswegen so gut darin«, sinniert Nate und seufzt theatralisch. »Weil sie nichts zu verlieren hat.«

Ich nicke und muss meine Meinung von Cora schon wieder umstellen, jetzt da ich langsam hinter ihr wahres Ich komme.

»Ich brauch mal frische Luft«, murmele ich, weil mir gerade zu viele Gedanken durch den Kopf gehen und sie alle etwas mit dieser bildhübschen und doch so mysteriösen Frau in meinem Bett zu tun haben.

»Du siehst aus, als hättest du gerade einen Geist gesehen«, sagt Markos, der mir zum Rand der Siedlung gefolgt ist. Mit einem leisen Brummen drückt er mir eine Flasche in die Hand, diesmal kein Bier, sondern Wodka.

»Seit Rose zum Glück nicht mehr ...«, murmele ich und erschaudere wie immer, wenn ich an ihre und Als Geschichten über das Leben nach dem Tod denken muss. Wenn es nach mir ginge, kann es noch ganz, ganz lange dauern, bis ich das am eigenen Leib erlebe.

Markos lacht leise und lehnt sich gegen die Wand einer der Holzhütten. »In der Nachtwelt ist oft nichts so, wie es scheint. Ich dachte, das hättest du langsam gelernt.«

»Ja, das dachte ich auch ...«, murmele ich und zucke mit den Schultern. Trotz des Alkohols, der sich seinen Weg durch meine Kehle brennt, will ein Gedanke nicht weichen: »Was ist, wenn sich ihre Vorgeschichte jetzt auch auf uns auswirkt?«

»Hm, was meinst du?«, fragt Markos und blickt mich unter seinen zusammengezogenen, buschigen Augenbrauen an.

»Na, dass Cora in uns auch nur Mörder sieht wie in Cross oder Celeste«, sage ich achselzuckend, versuche aber nicht zu laut zu reden. Die anderen sollen sich darüber nicht auch noch Sorgen machen müssen.

»Keine Ahnung. Ich glaube, sie ist nur deswegen so erbarmungslos, weil sie weiß, wie es ist, in den Schuhen der Opfer zu stecken«, sagt Markos und reibt sich über seinen dichten Bart. »Aber wenn sie erst einmal hört, wie es für euch war, unter Celestes Einfluss zu leben ... Vielleicht erkennt sie dann, dass auch ihr Opfer seid.«

»Hoffentlich hast du recht«, murmele ich und lehne mich neben ihn gegen die mit Moos und Efeu bewachsene Hütte. »Sonst wird das einer unserer letzten Abende sein.«

»Sei doch nicht so dramatisch, Dale«, entgegnet Markos leise lachend und dreht sich zu mir um. »Was ich bisher über Cora gehört habe ... Sie wird für Gerechtigkeit sorgen und Celeste für lange Zeit hinter Gitter bringen.«

Weil ich nicht weiß, was ich darauf erwidern soll, ob ich ihm wirklich glauben soll, nicke ich bloß und stoße mich von der Wand ab. »Ich geh dann mal.«

Ohne mich noch einmal nach Markos und den anderen umzudrehen, steuere ich auf den Wald zu. Ein Ziel habe ich nicht, doch tragen mich meine Füße nur allzu schnell dorthin zurück, wo die Wurzel allen Übels mein Bett belagert.

Zu meinem Zimmer. Und damit zu Cora.

KAPITEL 11
DAS FLATTERN
MEINES HERZENS

CORA

Seit einer knappen halben Stunde bin ich hellwach und fühle mich zum ersten Mal seit Wochen erholt. Feltons Brief habe ich mittlerweile auch gelesen und war überrascht, dass kein einziger Vorwurf darin zu finden war, dafür aber so unendlich viel Sorge, dass ich ein schlechtes Gewissen bekomme.

»Er hat ja recht«, murmele ich, als ich den Zettel zusammenfalte und unter den Stapel mit Mister Greys Bericht lege.

Ich muss beim Lesen eingeschlafen sein, was mich kein bisschen wundert, so trocken wie der verfasst ist. Doch statt überall auf der Decke oder gar dem Boden verteilt, liegen die Papierbögen ordentlich aufeinandergestapelt auf der leeren Seite des Betts. Dales Seite.

Ich habe gar nicht gehört, dass jemand hier war, denke ich und fühle mich irgendwie merkwürdig. Beobachtet. Es gefällt mir nicht, dass die Bewohner des Gasthauses einfach so hereinspazieren können, ohne dass ich es merke. Andererseits bin ich froh über den Haferbrei und die Tasse mit Mister Greys Tee, die nach dem Aufwachen auf dem Nachttisch neben mir gewartet haben.

Earl Grey, denke ich und muss leise lachen, weil mir jetzt erst auffällt, dass sein Name wie die Teesorte geschrieben wird. War das nur Zufall oder ein schlechter Scherz seiner Eltern?

Während ich den Haferbrei samt Beeren esse und jeden Bissen mit einem Schluck Kräutertee herunterspüle, denke ich wieder über Feltons Worte und meinen Auftrag nach.

Vielleicht kann ich mich später ja ein bisschen im Haus umsehen, denke ich, verwerfe den Gedanken aber gleich. Die Sorge, ich könnte wieder zusammenbrechen, ist zu groß. Das erste Mal war schon peinlich genug.

Und wo wir gerade schon von peinlich sprechen: Je mehr sich meine Sinne klären, umso mehr kommt es mir so vor, als würde ich müffeln. Kein Wunder, wenn ich die ganze Zeit nur herumliege und von Schweißausbrüchen geplagt werde.

Also erstmal ein Bad, beschließe ich.

Die Aussicht auf das heiße Wasser ist verlockend und lässt mich endlich aufstehen. Die ersten Schritte taumele ich noch durch mein Zimmer, bis ich die Tür zum Bad erreicht habe. Während ich das Wasser einlasse, setze ich mich auf den Rand der Wanne und vermeide es tunlichst, in den Spiegel zu sehen. Wahrscheinlich schaue ich nicht recht viel besser aus als in den letzten Tagen.

In einem Wandschrank neben der Wanne finde ich nicht nur Handtücher, sondern auch diverse Badesalze, Shampoo und Bodylotion. Normalerweise gehöre ich nicht zu der Art Frauen, die Wellness über alles setzt, aber heute gönne ich mir die Zeit für mich. Eine knappe Stunde später fühle ich mich wie neugeboren. Okay, ein bisschen wackelig in den Knien, aber ansonsten geht es mir schon wesentlich besser.

Eingehüllt in eines der weichen Handtücher gehe ich zurück ins Zimmer, um frische Klamotten auszusuchen. Ein Glück, dass Felton sie mir nachgeschickt hat. Ich kann ja schlecht die ganze Zeit in denselben Kleidern herumlaufen.

Gerade, als ich die erste Schublade aufziehe, wird die Tür aufgerissen. Vor Schreck lasse ich fast das Handtuch fallen, erinnere mich im letzten Moment aber daran, dass ich dann nackt vor dem Störenfried stehen würde. Lieber nicht!

»Hey, schon mal was von Klopfen gehört?«, frage ich und wirbele wütend zur Tür herum. Erst dachte ich, es wäre Mister Grey oder Selena, die mir noch eine Tasse des Entgiftungstees vorbeibringen. Als ich meinen ersten Schreck überwunden habe, entdecke ich Dale, der mich unverhohlen anstarrt, lässig gegen den Türrahmen gelehnt.

»Wegen mir musst du nicht aufhören«, sagt er mit einem dreckigen Grinsen, das mich wütend die Schublade zuknallen lässt. Nicht nur wegen seiner Bemerkung, sondern vielmehr wegen der Reaktion meines Körpers darauf: Das Kribbeln ist zurück, heftiger noch als bisher.

Ich wickele das Handtuch fester um mich, während mich Erinnerungsfragmente an den heutigen Morgen plagen.

An Dale neben mir im Bett. Nackt und ...

»Hat das Gift jetzt auch deine Zunge gelähmt, oder was?«, fragt Dale und stößt sich von der Tür ab.

Mein Herz rast so schnell in meiner Brust, als er keinen Meter von mir entfernt stehen bleibt, dass er es sicher hört.

»Was fällt dir eigentlich ein, hm? Macht ihr das mit jedem Gast hier? Einfach so ins Zimmer platzen ...«, rufe ich wütend und gestikuliere mit der freien Hand wild herum. Leider hat es nicht den gewünschten Effekt. Statt Dale in die Schranken zu weisen, wird sein Grinsen nur noch breiter.

»Hast du etwa schon vergessen, dass das eigentlich mein Zimmer ist, Coralie?«

»Cora«, raunze ich und hätte ihm das Grinsen am liebsten mit der Faust ausgetrieben, zwinge mich aber dazu, tief durchzuatmen. So durchzudrehen, nur weil er mich mit dummen Sprüchen belästigt, sieht mir gar nicht ähnlich. Normalerweise macht mir all das nichts aus, aber bei Dale ...

Kopfschüttelnd wende ich mich wieder der Kommode zu und zerre ein paar Klamotten daraus hervor.

»Oh, bekomme ich die Show doch zu sehen?«, fragt Dale und beißt sich auf die Lippe.

»Das hättest du wohl gern«, knurre ich und baue mich vor ihm auf.

»Ja, stimmt.«

»Raus!«

»Ich denke nicht daran«, entgegnet Dale und stemmt mit einem selbstbewussten Lächeln die Hände in die Hüften. »Was ist, wenn du wieder umkippst?«

»Tu nicht so, als würde dich das interessieren«, murre ich und dränge mich an ihm vorbei, um mich im Bad umzuziehen.

Kaum habe ich Dale passiert, packt er mich fest am Handgelenk und reißt mich zu sich herum.

»Warum sollte mich das nicht interessieren, Cora?«, fragt er, doch das Lächeln ist verschwunden. Seine Stimme ist leise und trotzdem so eindringlich, dass sich eine Gänsehaut auf meinen Armen bildet. Ich sehe ihn schlucken, sehe, wie er mit sich hadert und die Maske des Macho-Arschs bröckelt.

Meint er das etwa ernst?

Dieser Gedanke verstärkt das Kribbeln in mir, lässt die Gänsehaut deutlicher hervortreten. Mit meinem Blick fixiere ich seine Lippen, spüre das Flattern meines Herzens und meine, dass auch seines ins Stolpern gerät.

Uns trennt nur eine Armeslänge.

Ein Schritt und ich wäre bei ihm, in seinen muskulösen und mit dunklen Tattoos bedeckten Armen.

Ein Schritt und ich müsste mich nur auf die Zehenspitzen stellen, um ihn zu ...

»Cora«, wispert Dale und es klingt wie ein Flehen, wie ein Wunsch, nach dessen Erfüllung er sich sehnt. Ein Ruck geht durch seinen Körper, wie als wolle er sich in Bewegung setzen, auf mich zugehen und ...

»Fass mich verdammt nochmal nicht an!«, zische ich und reiße mich im letzten Moment los. Eine Sekunde länger und ich hätte alles vergessen. Meinen Auftrag, meine Trauer um Robb, aber ganz besonders, dass ich hergekommen bin, um über Dales Leben zu urteilen.

Bevor ich es mir anders überlege, oder Dale mich aufhalten kann, stürme ich ins Bad, werfe die Tür zu und schiebe den Riegel vor. Mit vor Aufregung zitternden Knien taumele ich rückwärts, bis ich gegen den Rand der Wanne stoße und mich mit einem Keuchen darauf niederlasse.

Das war knapp. Verdammt knapp.

Erst als sich mein rasendes Herz beruhigt hat, stehe ich auf, um in meine Klamotten zu schlüpfen. Obwohl ich durch Dale so abgelenkt war, habe ich eine gute Auswahl getroffen. Eine enganliegende schwarze Hose aus dehnbarem Stoff, die sich perfekt jeder meiner Bewegungen anpasst, eine dunkelviolette, fast schwarze Bluse und darüber ein Korsett. Kaum habe ich die Schnüre festgezogen und mit einer Schleife fixiert, fühle ich mich mehr wie ich selbst. Korsetts waren mir schon immer lieber als diese engen BHs.

Vor dem Spiegel zupfe ich meine Bluse zurecht und wende mich dann meinen Haaren zu. Gewaschen sind sie zwar, stehen aber in alle Richtungen ab und sind so verknotet, dass ich mich kein bisschen auf die Tortour des Auskämmens freue.

Glücklicherweise hat Felton auch eine Kosmetiktasche mitgeschickt, die Selena auf dem Waschtisch deponiert hat. Darin befindet sich auch meine Bürste, mit der ich mich durch meine

Mähne kämme, bis ich mein Haar entwirrt und von sämtlichen Knoten befreit habe. Und das Kribbeln hat dabei auch endlich nachgelassen, ebenso das Herzrasen.

Als ich nun in den Spiegel gucke, sehe ich mit dem frisch geflochtenen Zopf über der Schulter meinem alten Ich schon weit ähnlicher. So blass wie in den letzten Tagen bin ich auch nicht mehr. Das Blut, von dem ich vorhin ein paar Schlucke getrunken habe, hat eine schwache Röte auf meine Wangen gezaubert. Sogar meine Lippen sind nicht länger rissig.

Eigentlich wäre ich nun bereit, das Gasthaus zu erkunden, wäre da nicht die Tatsache, dass Dale noch immer in seinem Zimmer auf mich wartet.

Warum kann er mich nicht einfach in Ruhe lassen?, denke ich und überlege, was die beschämendere Option ist: mich weiter im Bad einzusperren, oder ihm gegenüberzutreten.

Was würde die alte Cora tun?

Ich drehe mich zu meinem Spiegelbild um und starre ihm fest in die roten Augen. Die Cora, die ich vor dem Kampf mit Celeste war, hätte sich durch nichts aus der Ruhe bringen lassen, außer vielleicht durch Cross selbst. Oder Chester, aber mit dem wäre ich zurechtgekommen. Die alte Cora hätte sämtliche blöde oder anzügliche Bemerkungen ignoriert und sich keinen Deut um irgendeinen dahergelaufenen Jungvampir geschert.

Sie hätte ihn einfach links liegen gelassen, denke ich und nicke meinem Spiegelbild entschlossen zu.

Ein letztes Mal atme ich tief durch, ehe ich die Tür öffne und in das Gästezimmer zurückkehre. Dale sitzt auf einem Sessel, lässig zurückgelehnt und die Beine übereinandergeschlagen, als wäre es ein Thron und er der König der Welt.

»Du siehst schon viel besser aus«, sagt er, als ich aus dem Bad komme. Diesmal ohne dreckiges Grinsen, sondern ehrlich, fast schon erleichtert.

Mir war der sorgenfreie Macho lieber. Mit dem komme ich leichter zurecht als mit dieser Version von ihm. Die ist eher verwirrend.

Ich nicke bloß und blicke mich im Zimmer um. Als ich meinen Waffengürtel entdecke, ist mein erster Instinkt, ihn mir umzulegen und mein Jägerinnen-Outfit zu komplettieren.

Lieber nicht. Das sendet nur die falschen Signale, denke ich und lasse ihn links liegen. Ohne die Waffen fühle ich mich seltsam verletzlich, aber vielleicht liegt das auch daran, dass Dale mich keine Sekunde aus den Augen gelassen hat.

Ich schlucke und tue so, als würde ich in meiner Reisetasche nach etwas suchen. Dales Blick spüre ich trotzdem auf mir. Etwas, das nur allzu schnell wieder das Kribbeln zurückbringt, das ich doch eigentlich im Badezimmer zurückgelassen habe.

»Ich brauche frische Luft«, sage ich, als ich es nicht länger aushalte. Eine bessere Ausrede, um zu verschwinden, fällt mir im Moment einfach nicht ein.

»Das trifft sich gut«, sagt Dale und stemmt sich aus dem Sessel hoch. »Ich wollte dich nämlich einladen, den Abend mit uns zu verbringen.«

»Uns?«, frage ich und drehe mich langsam zu ihm um.

»Die anderen sind schon ganz neugierig und würden dich gerne kennenlernen«, sagt Dale mit einem Schulterzucken.

Ich schnaube und schüttle den Kopf. »Das glaubst aber auch nur du.«

Ich bin mir sicher, dass manche Ex-Rogues längst wissen, wer ich bin, und nicht das geringste Interesse daran haben, Bekanntschaft mit mir zu schließen.

»Keine Sorge, Babygirl«, sagt Dale so dicht an meinem Ohr, dass ich erschrocken zusammenzucke. Vor lauter Gedanken habe ich ihn gar nicht näherkommen hören. Nun steht er so eng vor mir, dass sein Atem sacht meinen Hals streicht und mich leise aufseufzen lässt.

»Ich beschütze dich«, wispert er und bringt damit die Entschlossenheit, ihn einfach zu ignorieren, zum Schmelzen.

Ich will ihn nur einmal küssen, nur einmal, dann geht dieses verdammte Gefühl vielleicht weg. Dann kann ich es ignorieren, und diese Anziehungskraft zwischen uns besser ertragen.

Weil ich dann weiß, was mich erwartet.

Gerade, als ich glaube, dass er diesen Gedanken teilt, dass auch er sich nicht mehr zurückhalten kann, stehe ich plötzlich ganz allein da. Dale ist schon an der Tür und wirft mir einen Blick zu, den ich nicht recht deuten kann. Ist es Bedauern, das seine blaugrünen Augen zum Glitzern bringt, oder Schadenfreude? Spielt er mit mir, oder spürt auch er diese verfluchte Anziehungskraft zwischen uns?

»Worauf wartest du, Babygirl?«

KAPITEL 12
ALL DIE
UNANSTÄNDIGEN
DINGE

DALE

Fuck, was war das denn eben, denke ich, als ich das Halfway House verlasse. Das Bild von Cora in nichts als einem Handtuch, wie ihre Haare wirr und nass ihr Gesicht umrahmen, drängt sich mir auf und lässt mich schneller gehen.

Als ich sie vorhin so neben der Tür habe stehen sehen, wäre es fast mit mir durchgegangen. Fast hätte ich alles um mich herum vergessen, sogar die Tatsache, dass wir auf zwei unterschiedlichen Seiten stehen. Da war ich fast froh, dass sie mich angeschrien und sich dann so lange im Bad eingesperrt hat. So konnte ich wieder zu mir kommen, mich aber vor allem von der wachsenden Erektion erholen, die mir diese Begegnung eingebracht hat.

Was zum Teufel ist nur los mit dir, Dale?

Kopfschüttelnd überquere ich die gefliese Terrasse und laufe dann über die Wiese. Erst die heftige Reaktion auf Coras Anblick und dann dieser bescheuerte Spruch eben. Am liebsten hätte ich mich dafür geohrfeigt.

Ich beschütze dich.

Früher habe ich diese Worte gesagt, um Frauen in mein Bett zu bekommen. Heute, bei Cora habe ich sie zum ersten Mal ernst gemeint.

Reiß dich endlich mal zusammen, Mann!, mahne ich mich und presse die Lippen fest aufeinander. Ein solches Verhalten bin ich überhaupt nicht von mir gewohnt. Deswegen habe ich mich auch gerade so schnell von ihr zurückgezogen. Weil mir das eine Heidenangst einjagt. Hätte ich es nicht getan, hätte ich Cora diesmal wirklich geküsst.

Und wer weiß noch was mit ihr angestellt.

Der Gedanke daran, mit ihr allein zu sein, wirklich allein, lässt meine Lenden ziehen. Ich weiß nicht, wie lange ich mich zurückhalten kann, aber ich muss es mit aller Kraft versuchen. Von Beziehungen habe ich keine Ahnung, aber das Herz will ich Cora nicht brechen, nach allem, was sie schon erlebt hat.

Sonst hast du dich doch auch nicht darum geschert, flüstert es in mir und lässt mich schlucken, denn leider ist das die Wahrheit. Ehrlich gesagt, war mir früher so ziemlich alles und jeder egal. Ich hatte das Gefühl, mein Leben sei im Eimer, noch bevor es begonnen hat. Alles, was auch nur für einen Augenblick eine Flucht aus diesem Elend versprochen hat, habe ich ausprobiert, ungeachtet der Konsequenzen für mich oder für meine Mitmenschen. Ich wollte weg, einfach nur weg, hatte aber weder die Mittel, noch den Mut dazu, tatsächlich etwas an meinem Leben zu ändern.

Aber jetzt ist alles anders, denke ich und werfe einen kurzen Blick über die Schulter auf das hell erleuchtete Halfway House. Als Vampir und mit dem Rückhalt der Grey-Brüder hatte ich zum ersten Mal das Gefühl, mehr aus meinem Leben machen zu können. Bis Earl uns eröffnet hat, dass die Zeit als Rogues Konsequenzen für uns haben würde. Tödliche Konsequenzen, wenn es hart auf hart kommt.

Mit Cora in meinem Zimmer habe ich all das verdrängt, hätte es nur zu gerne hinter mir gelassen, doch ist das nichts weiter als ein dummer Traum. Töten wird man uns vielleicht nicht, aber uns droht trotzdem eine Strafe.

Und es ist ja nicht so, als würde es Cora ähnlich gehen wie mir, denke ich und seufze leise, wenn ich mir ihre Reaktion auf unseren Beinahe-Kuss in Erinnerung rufe.

Enttäuscht kicke ich einen herabgefallenen Ast beiseite und blicke mich kurz nach ihr um, um sicher zu gehen, dass sie mir noch folgt und nicht schon wieder zusammengebrochen ist.

Unwahrscheinlich, denke ich und muss zugeben, dass Cora schon wesentlich besser aussieht. Sie taumelt auch nicht mehr so durch die Gegend wie vorgestern, als ich ihr am Tor zum ersten Mal begegnet bin.

Fass mich verdammt nochmal nicht an!

Coras Stimme mischt sich unter meine Gedanken und lässt mich schlucken. Vorhin bin ich erschrocken, als sie mich so plötzlich angefahren hat. Aber dann, als sie das zweite Mal aus dem Bad gekommen ist ... Da sah es irgendwie so aus ...

Ich schüttle den Kopf und zwinge mich dazu, schneller zu gehen. Dieses ewige Hin und Her macht mich ganz verrückt. Eigentlich sollte ich Cora hassen, ihr den gleichen Argwohn entgegenbringen wie die anderen Ex-Rogues, als ich ihnen von ihrer Ankunft erzählt habe.

Aber ich kann es nicht.

Ich kann es verdammt noch mal nicht.

Ich beschütze dich, habe ich vorhin zu Cora gesagt, als sie erst nicht mitkommen wollte.

Ich schnaube und balle die Hände zu Fäusten. *Wenn über-haupt, müsste ich die anderen vor Cora schützen.*

Mittlerweile komme ich mir ziemlich dusselig vor, dass ich das zu ihr gesagt habe.

Wer bin ich schon, dass ich sie beschützen kann?

Cora ist eine viel erfahrenere und stärkere Vampirin als ich, die beste Jägerin des Rats noch dazu. Sie braucht mich doch gar nicht.

Du bist ein verdammter Idiot, Dale Jones.

Glücklicherweise ist es draußen so dunkel und ihr Sehsinn durch Celestes Gift eingeschränkt, dass Cora meine Grübeleien nicht bemerkt. Dass sie Schwierigkeiten hat, sich in der Dunkelheit zurechtzufinden, merkt man auch daran, dass sie oft strauchelt oder stolpert. Ich wage es jedoch nicht, mich zu ihr umzudrehen oder sie aufzufangen, wenn sie wieder einen Ast übersieht. Ich weiß, wie es geendet hätte, würde sie erneut in meinen Armen landen.

»Wohin verschleppst du mich denn, Dale?«, faucht Cora, nachdem sie sich den Fuß an einer Wurzel gestoßen hat.

Sie verschleppen?

Abrupt bleibe ich stehen. Der Gedanke, sie zu einer ungestörten Stelle mitzunehmen, ist gerade sehr verlockend. All die unanständigen Dinge, die ich so gerne mit ihr anstellen würde, schießen mir durch den Kopf und lassen mein Herz rasen.

Vorhin schon hätte ich ihr am liebsten das Handtuch heruntergerissen und ihre feinen Narben nachgefahren. Erst mit meinen Fingern und dann mit meiner Zunge.

Ich hätte sie vergessen lassen, was sie in den letzten Wochen wegen Celeste durchmachen musste. Ich hätte Cora vergessen lassen, dass das Gift sie lähmt und schwächt, damit sie sich nicht länger schämen muss. Der Gedanke, ihren Körper zu erkunden, ihr lustvolles Stöhnen zu hören, wenn ich sie an all den richtigen Stellen berühre …

»Fuck!«, keuche ich und muss mich an einem Baumstamm abstützen, um mich wieder zu fassen. Meine Nägel graben sich in die Rinde. Vertreiben kann ich diese Gedanken aber nicht.

»Wir sind gleich da«, presse ich hervor und gehe weiter, als ich Cora näherkommen höre.

Dabei denke ich an all die Orte, an die ich sie mitnehmen könnte. An denen wir allein wären, weit weg von den anderen.

Wir könnten zum Pavillon gehen, den Aldyr in den letzten Tagen für Rose renoviert hat. Oder zum verfallenen Cottage am Rand des Gartens, in dem wahrscheinlich früher der Gärtner gelebt hat. Sogar die Stallungen ziehe ich in Erwägung, auch wenn ich keine guten Erinnerungen an sie habe. Dort hat Earl uns Ex-Rogues schließlich eingesperrt, bis wir genesen waren.

Vielleicht könnte ich dort neue Erinnerungen schaffen. Schöne Erinnerungen mit Cora, denke ich und balle die Hände zu Fäusten zusammen. Was würde ich nicht alles tun, um endlich ganz allein mit ihr zu sein, ohne einen der Bewohner des Gasthauses in der Nähe, ohne die Wölfe oder die anderen Ex-Rogues, die uns dabei hören könnten. Leise werde ich ganz sicher nicht sein und Cora auch nicht, wenn ich erst einmal losgelegt habe.

»Dale!« Coras wütende Stimme, lässt mich all das gleich wieder vergessen. »Ich hab' dich was gefragt, verdammt.«

Ich sauge die kühle Luft ein und zucke mit den Schultern. »Die anderen sind im Camp der Wölfe.«

»Werwölfe?«, fragt Cora überrascht.

»Sie sind um ein paar Ecken mit Ash Grey verwandt, Earls älterer Bruder. Die Greys haben ihnen nach einem Waldbrand in ihrem Revier Unterschlupf gewährt«, erkläre ich und setze mich wieder in Bewegung, bevor der Drang zu stark wird, Cora zu packen und von hier wegzutragen. Viel Gelegenheit werde ich dazu nicht mehr haben. Es sind nämlich nur noch einige hundert Meter, bis wir das Camp erreichen.

Ein schmaler Trampelpfad führt zwischen den Baumriesen hindurch, die kaum Sternenlicht zu uns durchlassen. Ein erstickter Schrei hinter mir lässt mich herumfahren. Cora steht mit rudernden Armen vor einer großen Wurzel und schwankt gefährlich.

Bevor ich weiß, was ich tue, habe ich sie aufgefangen und fest an mich gezogen, damit sie sich nicht verletzt. Warm und weich schmiegt sie sich an meine Brust, wobei mir ihr verführerischer Duft nach Rosen und Jasmin in die Nase steigt und mich fast um den Verstand bringt. Mein Herz rast viel zu schnell, viel zu laut, aber damit bin ich nicht der Einzige. Coras Herz schlägt fast im Einklang mit meinem.

Heißt das, sie will es doch?

Ich schlucke und mustere sie, suche in ihrem Gesicht nach irgendeinem Anzeichen dafür, dass ich richtig liege. Nach der Erlaubnis, nach der ich mich so sehr sehne. Dann müsste ich mich nur noch runterbeugen, um sie zu küssen, kann mich kaum noch zurückhalten.

Mein Herz macht einen Satz, als mir Cora entgegenkommt und mit ihren roten Augen meine Lippen fixiert. Ihren Mund hat sie leicht geöffnet, ein Seufzen entweicht ihr. Wir sind nur noch Zentimeter voneinander entfernt.

»Dale? Bist du hier irgendwo?«

Erschrocken weicht Cora von mir zurück, gerade rechtzeitig. Lex und Elinor haben den denkbar schlechtesten Zeitpunkt erwischt, um nach mir zu suchen. Meine Chance, mit Cora allein zu sein, löst sich mit dem Auftauchen der beiden endgültig in Luft auf.

Fuck!

KAPITEL 13
SUCKING
SURVIVORS

CORA

»Elinor? Bist du …? Ich dachte, du wärst …«, stammele ich, als ich die Frau erkenne, die nach Dale gerufen hat. Ihr Gesicht ist mir so vertraut, und doch will mein Verstand nicht begreifen, dass ich ihr tatsächlich gegenüberstehe. Meiner Freundin aus Kindheitstagen, die seit über einem Jahr vermisst wird.

»Coralie«, haucht sie. Mehr Worte sind nicht nötig, stattdessen zieht sie mich in eine Umarmung.

Es ist keine Einbildung, denke ich, als sie mich so fest an sich drückt, dass ich kaum noch Luft bekomme. Elinor ist hier. Die einzige gute Freundin, die ich jemals hatte, lebt.

»Es … Es tut mir so leid, Elinor«, flüstere ich. Das schlechte Gewissen, das ich seit ihrem Verschwinden mit mir herumtrage, bricht über mich herein und treibt mir die Tränen in die Augen. »Ich habe nach dir gesucht, aber …«

»Schon okay … Ich bin ja jetzt hier«, wispert Elinor mit einem Schluchzen und drückt mich an sich.

Ihr wieder gegenüberzustehen, lässt mich an die Zeit vor Robbs Tod denken. Daran wie gut wir befreundet waren. Wir haben uns zwar nicht oft gesehen, waren aber füreinander da, wenn Elinor Probleme mit ihrer strikten Familie hatte. Oder wenn ich mit meinen neuen Vampirkräften zu kämpfen hatte. Elinor kenne ich schon, seit ich ein Mensch gewesen bin. Seit mich Felton damals bei sich aufgenommen hat, nachdem er mich allein in meinem zerstörten Zuhause gefunden hat. Die einzige Überlebende nach Cross' Angriff.

»Es tut mir leid, dass ich nie auf deine Briefe geantwortet habe«, sage ich und löse mich von ihr, um Elinor in die Augen sehen zu können. »Nach Robbs Tod ... Ich wusste nicht, wie ich damit umgehen soll.«

Elinor schüttelt energisch den Kopf. »Ich müsste mich entschuldigen. Weil ich damit aufgehört habe.«

Sie schluchzt leise und streicht mir beruhigend über den Rücken. »Ich hätte sie gar nicht schreiben sollen, sondern dich besuchen müssen. Das habe ich mir nie verziehen, und es tut mir so leid, dass ich ...«

»Egal«, sage ich und wische mir über die tränenfeuchten Augen. »Wichtig ist, dass es dir gut geht.«

»Tut es«, wispert sie und schnieft leise. »Endlich wieder.«

»Aber wie bist du ...? Was ist passiert, Elinor?«, frage ich.

»Celeste«, sagt sie bloß und presst die Lippen aufeinander. Mehr braucht sie gar nicht zu sagen.

»Du warst ein ... Rogue?«, frage ich entsetzt und bringe das letzte Wort kaum über die Lippen. Mister Grey hat bisher nur Dales Namen publik gemacht, die Identitäten der anderen Ex-Rogues jedoch weiter geheim gehalten. Zu ihrer Sicherheit.

Elinor nickt zögerlich und lässt den Kopf hängen. »Es ging alles so schnell ... Ich bin aus der Bar raus, hatte viel zu viel getrunken und da hat sie mich schon erwischt.«

»Dieses verdammte Miststück«, fauche ich und wünschte, mein Kampf mit Celeste wäre nicht so glimpflich für sie ausgegangen. Für das, was sie Elinor und all ihren Opfern angetan hat, hätte sie weit Schlimmeres verdient.

»Kannst du laut sagen, Lady«, murmelt Elinors Begleiter dicht neben uns und lässt mich aufblicken. Er hat die Arme vor der Brust verschränkt und mustert mich von oben herab. Zwar kommt er mir nicht bekannt vor, ist aber eindeutig ein Vampir. Er muss auch einer der Ex-Rogues sein, zu denen Dale mich bringen wollte.

»Cora, das ist Lex«, stellt Dale den Vampir vor.

Lex nickt mir knapp zu, ehe er einen Blick über die Schulter wirft, wo in der Ferne ein schwacher Lichtschimmer zwischen den Baumstämmen auszumachen ist. Hier und da branden auch ein paar Stimmen zu uns herüber, doch kann ich nicht verstehen, was sie sagen.

»Na, kommt schon, die anderen warten«, brummt Lex und steuert auf den Lichtschein zu, Elinor dicht hinter ihm.

Ich schlucke, weil mir jetzt wieder bewusst wird, dass ich gleich den restlichen Ex-Rogues gegenüberstehen werde. Den Vampiren, über deren Schicksal ich urteilen soll.

Aber ist das wirklich nötig?, denke ich und blicke zu Elinor hinüber, die dicht neben Lex geht. Weder sie noch ihr Begleiter sind blutrünstige Monster, wie ich es erwartet habe. Sie wirken wie normale Vampire, kein bisschen gefährlich, solange man sie nicht provoziert oder ihnen einen Grund gibt, anzugreifen.

»Siehst du, wir Rogues sind gar nicht so schlimm«, sagt Dale, als wir auf eine große Lichtung treten.

Jemand hat mehrere Feuer entzündet, um die selbst um diese Uhrzeit noch eine Menge Leute sitzen. Sie trinken und unterhalten sich. Hier und da erleuchtet der flackernde Schein ein paar Hütten am Rand der Freifläche, die Behausungen der

Wölfe. Selbst mit geschwächten Sinnen nehme ich den Geruch nach nassem Hund wahr.

»Können wir bitte aufhören, uns so zu nennen? Wir sind doch wieder wir und nicht ...«, ruft Lex Dale über die Schulter zu und wirkt ziemlich verärgert.

Einige Leute, die um das Feuer herumsitzen, heben die Köpfe. Als sie mich erblicken, schlägt die Stimmung sofort um. Ihre Gesichter wandeln sich von fröhlich zu angespannt, teils sogar zu wütend oder verängstigt.

Wie sollte es auch anders sein?, denke ich und recke das Kinn in die Höhe, um mir nichts anmerken zu lassen. Normalerweise machen mir diese Blicke nichts aus. Nach all den Jahren als Jägerin im Dienst des Rats bin ich sie gewohnt, aber heute hätte ich mir gewünscht, einfach Cora, Gast der Greys, sein zu können. Nicht Cora Harrow, Jägerin des Rats.

»Was macht die denn hier?«, brummt einer der Vampire am nahegelegenen Feuer und wirft mir einen so finsteren Blick zu, dass sich mir die Nackenhaare aufstellen. Ich kenne diese Art von Blick, habe sie schon Hunderte Male in den Augen meiner Gegner gesehen. Nur bei ihm ist er intensiver, irrer. Einen Moment lang fürchte ich, er könnte sich wieder in einen Rogue verwandeln und auf mich losgehen.

»Fahr zur Hölle, du ...«, zischt der Typ und spuckt mir mit hasserfülltem Blick vor die Füße.

»Benimm dich, Cal«, brummt Dale, erhält zur Antwort aber nur ein Augenrollen und dann ein Rülpsen, nachdem Cal einen tiefen Schluck aus seiner Bierflasche genommen hat.

Na, ganz toll ...

Ich wende mich von ihm ab, um die Lage zu sondieren. Ein anderer Vampir, der mir entfernt bekannt vorkommt, mustert mich mit zusammengezogenen Brauen. Die anderen halten sich mit ihren Reaktionen zurück.

Einzig Lex und Elinor scheinen sich an meiner Gegenwart nicht zu stören. Sie lassen sich zwischen den anderen nieder und nehmen die Bierflaschen entgegen, die ihnen eine junge Werwölfin reicht.

Als sie mich erblickt, reißt sie die Augen auf. Dunkelgrüne Augen, die mir sehr bekannt vorkommen. Sie hat mich schon einmal so angesehen, im *Howling Wolf*, kurz bevor ich Jagd auf Celeste gemacht habe.

»Cassie, richtig?«, frage ich, als ich mich an ihr Namensschild erinnere.

»So sieht man sich wieder, Miss«, sagt die Wölfin nickend und reicht mir ebenfalls eine Flasche, zieht die Hand dann aber zurück. »Sorry, Sie trinken ja nicht. Hatte ich fast vergessen.«

»Ihr kennt euch?«, fragt ein riesiger, muskelbepackter Typ gegenüber von uns. Neben ihr ist er der einzige Werwolf in dieser Runde. Und abgesehen von Elinor der Einzige, der mich anlächelt, anstatt mich mit bösen Blicken zu bedenken.

»Ähm ... Nö, wie kommst du denn da drauf, Bruderherz?«, fragt die Wölfin, klingt aber ertappt.

»Tu nicht so«, knurrt der Werwolf und macht Anstalten aufzustehen, kommt jedoch nicht weit. Jemand an einem anderen Feuer ruft nach ihr und Cassie ist schneller fort, als ich gucken kann. Ihr Bruder stößt ein kehliges Brummen aus, ehe er einen tiefen Schluck aus seiner Flasche nimmt und dann mit grimmiger Miene ins Feuer starrt.

»Du wirst mir wohl auch nichts sagen, was?«, fragt er, ohne aufzublicken, und meint damit sicher mich.

»Es ist nicht der Rede wert«, entgegne ich schulterzuckend, weil ich mich nicht in ihre Angelegenheiten einmischen will. Noch mehr Leute, die mich hassen, kann ich nicht gebrauchen. Da reichen mir schon die Ex-Rogues ...

»Na, kommt schon her«, grummelt Lex und klopft auf den Holzstumpf neben sich.

Dale lässt sich sofort neben Cassies Bruder nieder. Zögerlich folge ich ihm und hocke mich zu Lex, noch immer ganz durcheinander durch das plötzliche Wiedersehen mit Elinor.

»Um wieder aufs Thema zurückzukommen …«, sagt Lex in die bedrückende Stille hinein und lässt den Blick durch die Runde schweifen. »Ich finde ja, wir brauchen einen besseren Namen für uns. So wie bei einer Gang. *Spitting Vipers* finde ich echt cool, aber den können wir nich' nehmen, oder, Dale?«

Lex nickt ihm zu, wobei er Unterstützung von den anderen Ex-Rogues erhält.

Spitting Vipers? Ich erinnere mich gut an diesen Namen. Das war die Gang, die in der Wohnwagensiedlung gelebt hat. Deswegen hat Dale ein riesiges Viper-Tattoo auf seiner Brust. Als Zeichen seiner Zugehörigkeit.

»Dale?«, fragt Lex, doch antwortet dieser nicht.

Aus dem Augenwinkel sehe ich, wie Dale mit den Kiefern mahlt und die Bierflasche in seiner Hand so fest umschließt, dass seine Knöchel weiß hervortreten. Der Verlust seines Zuhauses und seiner Familie scheint doch nicht spurlos an ihm vorbeigegangen zu sein, wie er allen mit seiner Macho-Tour weismachen möchte. Es ist das erste Mal, dass ich etwas anderes als Arroganz, Gehässigkeit oder Wut bei ihm sehe. Und auch wenn er mir in diesem Moment leidtut, weil er schon so viel Schmerz in seinem jungen Leben erfahren hat, gefällt mir diese Seite an ihm doch besser als das aufgeblasene Arschloch, das mich heute Morgen noch zur Weißglut getrieben hat.

»Dann halt nicht«, murmelt Lex und wendet sich wieder den anderen zu. »Aber Ex-Rogues klingt doch einfach scheiße, oder nicht?«

»Schon irgendwie«, pflichtet ihm Elinor bei. Sie wirft Dale einen besorgten Blick zu, doch reagiert er noch immer nicht.

»Irgendwelche Vorschläge?« Lex blickt sich erwartungsvoll um, doch zucken die anderen ratlos mit den Schultern.

Einer der Ex-Rogues, der mir so bekannt vorkommt, starrt hoch in den Himmel, als wäre er tief in Gedanken versunken. Jetzt, da ihn der Feuerschein so deutlich anleuchtet, weiß ich auch wieder, wo ich ihn schon einmal gesehen habe: in den Archiven von Arcania.

Nathaniel O'Sullivan. Nate.

Er hat meinen Kollegen und mir schon öfters bei unserer Suche nach flüchtigen Vampiren geholfen. Manchmal hilft es, in der Vergangenheit herumzustochern, um ihnen in der Gegenwart auf die Schliche zu kommen.

»Wie wär's mit *Sucking Survivors*?«, schlägt Lex mit einem überschwänglichen Grinsen vor. Sein Vorschlag führt jedoch sofort zu Unmut bei den anderen.

»Bist du bescheuert, Lex? Das kann man auch ganz anders verstehen!«, ruft der Typ, der vorhin auf dem Boden gespuckt hat.

»Cal hat recht, aber *Survivors* finde ich schon mal gut«, sagt Elinor schnell, bevor Lex noch auf ihn losgeht.

Die anderen Ex-Rogues nicken zustimmend.

»Was ist mit *Sinful Survivors*?«, fragt Dale grinsend und scheint sich von seiner Trauer erholt zu haben.

»Nee, gesündigt haben wir doch nicht«, sagt Lex und winkt ab. »Wir konnten nichts dafür. Celeste hatte uns mit ihrem Totenblut vollkommen unter Kontrolle.«

Während er spricht, blickt er ausschließlich mich an und ist dabei nicht der einzige. Lex zieht eine Augenbraue nach oben, scheint auf eine Reaktion von mir zu warten, doch weiß ich nicht, was ich darauf erwidern soll. Selbst wenn sie es nicht gewollt hätten, sind ihnen dennoch so viele Nachtwesen, ja sogar Menschen zum Opfer gefallen. Der Rat wird das nicht ungestraft lassen, da bin ich mir sicher.

»Dann eben *Sorrowful Survivors*? Immerhin hat uns das alle ganz schön mitgenommen«, wirft Elinor mit einem Blick auf eine zierliche Vampirin ein, und lenkt die Ex-Rogues damit von mir ab.

»Das ist viel zu lang«, murmelt Nathaniel missbilligend und schüttelt den Kopf.

»*Sad Survivors* wäre kürzer«, sagt die schmächtige Vampirin. Ihre Stimme ist schwach, und zittert. Tränen glänzen auf ihren Wangen.

Kurz begegnen sich unsere Blicke, und einen Moment lang ist es, als würde ich in einen Spiegel sehen. Ich kenne diesen Schmerz in ihren glasigen Augen. Auch sie muss jemanden verloren haben, der ihr viel bedeutet hat. Genau so habe ich lange Zeit nach Robbs Tod ausgesehen.

»Ach, Zoe«, murmelt Elinor und rückt zu ihr herüber, um sie in den Arm zu nehmen.

Die Vampirin, die noch sehr jung aussieht, höchstens wie achtzehn, drückt sich schluchzend an sie. Dieser Anblick lässt meine Wut auf Celeste wachsen. Sie ist an Zoes Traurigkeit schuld. An allem, was diesen Ex-Rogues geschehen ist.

»Okay ... Dann vielleicht *Rogue Survivors*?«, fährt Dale fort, um das betroffene Schweigen der anderen zu brechen.

»Alter, lass uns doch endlich darauf einigen, dieses Wort nicht mehr zu verwenden«, zischt Lex und wirft Dale einen wütenden Blick zu. Ihm scheint es wirklich nicht zu gefallen, so genannt zu werden.

»*Spiteful Survivors*, weil wir uns von dem Scheißrat und seinen Scheißjägern nicht unterkriegen lassen!«, knurrt Cal mit in die Höhe gereckter Faust. Er spuckt schon wieder auf den Boden, ohne mich aus den Augen zu lassen.

»Calvin«, sagt Dale mahnend und rückt auf seinem Holzstumpf ein Stück zu ihm herüber.

Ich beschütze dich.

Als Dale das vorhin gesagt hat, dachte ich, es wäre nur einer seiner Sprüche, um mich zu ärgern, oder mit mir zu spielen, aber so, wie er jetzt reagiert ...

»Hach, ich hab's!«, ruft Nathaniel begeistert und lässt nicht nur mich erschrocken aufblicken. »*Perpetual Survivors.*«

Mit einem stolzen Grinsen breitet er die Arme aus, als wäre er sich sicher, den richtigen Namen gefunden zu haben. »Weil wir bis in alle Ewigkeit überleben werden, komme, was wolle.«

Die anderen schütteln den Kopf.

»Das klingt doch viel zu antiquiert«, murrt Lex neben mir und rollt mit den Augen. »Typisch für dich, Buchwurm.«

Enttäuscht lässt sich Nathaniel auf seinen Sitz zurückfallen und nimmt einen tiefen Schluck aus seiner Flasche. Eine ganze Weile lang bleibt es ruhig an unserem Feuer. Hier und da dringen Stimmen von den anderen zu uns herüber, doch ist bei uns das Gespräch eingeschlafen. Keiner scheint mehr Ideen für einen passenden Namen zu haben.

Ich seufze leise und gehe im Geiste die Vorschläge durch. Ich kann verstehen, wie sie darauf gekommen sind und finde persönlich Nathaniels Wahl gar nicht so schlecht. Mir gefällt, was er dazu gesagt hat. *Weil wir bis in alle Ewigkeit überleben werden, komme, was wolle.*

»Bis in alle Ewigkeit ...«, wispere ich und überlege, wie man das auch anders ausdrücken könnte.

»*Eternal Survivors*«, murmele ich nach einer Weile und merke erst gar nicht, dass ich es laut ausgesprochen habe.

»Was hat sie gerade gesagt?«, brummt Cal missmutig.

»*Eternal Survivors?*«, sagt Dale neben mir und lässt mich zu ihm aufschauen. Er hat den Kopf schiefgelegt und die Stirn gerunzelt, nickt jedoch. »Gefällt mir irgendwie.«

»Mir auch«, stimmt Lex zu und klopft mir auf die Schulter.

»Das kann doch nicht euer Ernst sein!«, faucht Cal und springt von seinem Platz auf. »Ausgerechnet den Vorschlag von dieser Arschkriecherin des Rats findet ihr gut?«

»Jetzt reicht es aber wirklich, Cal«, ruft Dale und erhebt sich ebenfalls, die Hände hat er fest zu Fäusten geballt. »Hast du eigentlich eine Ahnung, wie viel sie riskiert hat, um Celeste gefangen zu nehmen? Sie wäre fast gestorben deswegen!«

Was für eine maßlose Übertreibung, denke ich, verkneife mir aber einen Kommentar, als ich merke, wie sich plötzlich sämtliche Blicke auf mich richten. Elinors ist erschrocken, fast schon entsetzt. Lex und Nathaniel wirken überrascht. Nur Cals Blick ist weiterhin voller Argwohn und Hass.

»Und wenn schon, dann hätten wir sie jetzt nicht am Hals«, knurrt er und baut sich vor Dale auf, obwohl dieser mindestens einen Kopf größer ist als er. »Lieber sie als ich.«

Dale stößt ein kehliges Knurren aus und an der Art und Weise, wie er die Muskeln anspannt, weiß ich, dass er gleich auf Cal losgehen wird. Das scheint dieser auch zu bemerken, denn bevor die Situation eskalieren kann, schleudert er seine Bierflasche in meine Richtung. Sie fliegt in einem hohen Bogen über meinen Kopf hinweg. Dale stellt sich dennoch schützend vor mich, was Cal ein wütendes Schnauben entlockt. »War ja klar, dass dich die Alte um den Finger wickelt.«

»Calvin«, knurrt Dale und scheint sich kaum noch unter Kontrolle zu haben.

»Viel Spaß mit der. Genieß es, Kleiner, bevor sie dir in ein paar Tagen den Kopf abschlägt«, murrt Cal und verschwindet in der Dunkelheit des Waldes.

Eine gefühlte Ewigkeit ist es verdammt still an unserem Feuer. Einzig das Knacken und Knistern der Scheite ist zu hören, mal abgesehen von meinem aufgeregten Herzschlag. Nur langsam entspanne ich mich und mache meinem Körper klar, dass wir nicht kämpfen müssen.

Nachdem Dale Cal eine Weile lang hinterhergestarrt hat, als fürchte er, er könnte mich aus dem Hinterhalt angreifen, lässt er sich wieder auf seinen Baumstumpf zurückfallen und trinkt sein Bier in einem Zug aus, sagt jedoch kein Wort. Die anderen auch nicht. Es ist Lex, der sich als Erster wieder fängt und sich mir zuwendet.

»Mach dir nichts draus. Der ist zu allen so scheiße«, sagt er.

Ich nicke, bringe aber noch immer keinen Ton heraus.

»Cal kann ein echtes Arschloch sein«, stimmt Elinor zu und hockt sich zu mir. »Aber Hunde, die bellen, beißen nicht.«

»War das etwa eine versteckte Beleidigung, Ellie?«, meldet sich Cassies Bruder zu Wort.

»Natürlich nicht, Markos«, sagt sie grinsend und winkt ab.

»Gut«, brummt der massige Werwolf und lacht leise. Damit ist er nicht der Einzige. Auch Lex stimmt mit ein, dann Dale, schließlich auch Nathaniel und Elinor. Einzig Zoe schweigt und starrt mit leerem Blick in die Flammen.

»Aber dann ist es beschlossene Sache, oder?«, fragt Lex in die Runde und die anderen nicken.

»Wenn der Rest dem auch zustimmt«, sagt Dale und deutet in Richtung der anderen Feuer.

»Die überzeuge ich schon«, sagt Lex und zwinkert mir zu.

Ich kann gar nicht anders und lächle. Es fühlt sich ungewohnt an, wahrscheinlich weil es eine ganze Weile her ist.

Nicht lange nach Cals Verschwinden kehren die *Eternal Survivors* zu ihrer Unterhaltung zurück, die durch meine und Dales Ankunft unterbrochen wurde. Obwohl er sich beteiligt, merke ich doch, dass er mir immer wieder besorgte Blicke zuwirft.

»Alles okay?«, fragt Dale nach einer Weile leise.

Ich zucke mit den Schultern, nicke aber.

»Aber du siehst ziemlich fertig aus.«

Kaum hat er das gesagt, unterbrechen auch die anderen ihre Gespräche, um mich zu beobachten. Es ist mir unangenehm, wie sie mich anschauen, als suchten sie tatsächlich nach einer Schwachstelle. Von denen habe ich im Moment zu viele, aber das müssen sie ja nicht wissen.

Langsam schüttle ich den Kopf, zwinge mich aber dazu aufzustehen, obwohl ich gerne noch länger geblieben wäre. »Ich sollte mich auf den nächsten Tag vorbereiten.«

Dieser eine Satz lässt die Stimmung erneut kippen. Sofort verschwindet das freundliche Lächeln von den Gesichtern der Ex-Rogues. Dale muss ihnen erzählt haben, dass ich morgen mit den Befragungen beginnen werde.

»Danke für das Bier«, sage ich und hebe meine Flasche, die Lex mir irgendwann in die Hand gedrückt und von der ich doch keinen einzigen Schluck getrunken habe.

Ich gehe, bevor sich die Stimmung am Feuer noch mehr verschlechtern kann. Bevor Lex, Nate und die anderen reagieren wie Cal. Das könnte ich nicht ertragen, nachdem ich mich in der letzten Stunde fast wie ein Teil dieser Gruppe gefühlt habe. Als wäre auch ich ein *Eternal Survivor* ...

KAPITEL 14
DIESE EINE
BESONDERE
PERSON

DALE

»Sag bloß, du willst ihr hinterher?«, fragt Lex und deutet auf die Stelle, an der Cora zwischen den Bäumen verschwunden ist.

Ich verdrehe die Augen und winke ab, kann aber doch nicht verhindern, dass ich mir Sorgen um sie mache. Eben hat sie ein bisschen traurig ausgesehen, bevor sie sich zurückgezogen hat. Und ganz fit ist sie auch noch nicht.

Hoffentlich stürzt sie in der Dunkelheit nicht.

»Meine Güte, was ist denn mit dir los? Erst der Streit mit Cal und jetzt das ...?«, fragt Elinor und kichert. »So kennen wir dich ja gar nicht.«

»Jetzt mach aber mal halblang, Ellie«, rufe ich und trinke den letzten Schluck Bier in meiner Flasche. »Ihr wisst, wie viel davon abhängt, dass Cora uns ... wohlgesonnen ist.«

»*Wohlgesonnen?* Jetzt klingst du ja schon fast wie Nate!«, entgegnet Lex, was ihm einen finsteren Blick von Nate und mir einbringt.

»Wenn sie sich da draußen das Genick bricht, hilft uns das erst recht nicht weiter«, murre ich und folge Cora, ohne mich noch einmal nach den anderen umzusehen.

»Wir sind Vampire, Dale. Ein Genickbruch wird uns nicht umbringen!«, ruft mir Elinor lachend hinterher, doch ignoriere ich sie. Sollen sie davon halten, was sie wollen.

Der Gedanke, dass Cora stolpern und sich wehtun könnte, lässt mich schneller gehen. Unter normalen Umständen wäre mir das egal, aber ich kann Cora ja schlecht allein durch die Dunkelheit laufen lassen, wenn sie wegen Celeste die Hand vor Augen nicht sieht.

Verletzt hat Cora sich bisher nicht, aber je länger ich ihrem schwachen Duft in der Luft folge, umso sicherer bin ich mir, dass sie den falschen Weg eingeschlagen hat. Er wird sie nicht zurück zum Halfway House führen, sondern nur weiter an den Rändern der Ländereien entlang.

Was für ein Mensch ... äh ... Vampir wäre ich, wenn ich sie jetzt allein lasse und sie die halbe Nacht lang den Weg zurück suchen muss?

»Wenn du zum Gasthaus willst, bist du hier falsch!«, rufe ich, als ich sie fast erreicht habe und sie plötzlich ihre Schritte beschleunigt. Wenn ich mich konzentriere kann ich sogar ihren Herzschlag hören. Je näher ich ihr in den letzten Minuten gekommen bin, umso mehr hat er sich verschnellert.

»Dale?«, fragt Cora überrascht und bleibt stehen. »Ich dachte, du wärst ...«

»Wer? Cal?«, frage ich und lache, als ich sie erreiche.

Cora steht auf der Lichtung, auf der sich auch der renovierte Pavillon befindet. Die Rosen an den Spalieren sind mittlerweile abgeblüht, doch mit einer waschechten Dryade im Haus wird es sicher nicht lange dauern, bis sie wieder nachlegen. Rose Grey strotzt seit ihrer Auferstehung nur so vor Energie, die sie in den letzten Tagen an den Garten abgegeben hat.

»Warum ist das so lustig, hm? Gerade hätte man ziemlich leichtes Spiel mit mir«, erwidert Cora bissig und funkelt mich an. *Ist sie jetzt auch noch wütend auf mich?*

»Dann hättest du nicht einfach so abhauen dürfen«, entgegne ich und verschränke die Arme vor der Brust.

»Man soll gehen, wenn es am schönsten ist ...«, murmelt Cora so leise, dass ich sie fast nicht verstanden hätte. Trotzdem lassen ihre Worte mein Herz schneller schlagen. Bedeutet das etwa, ihr hat die Zeit mit uns *Eternal Survivors* gefallen?

Bevor ich sie danach fragen kann, wendet sich Cora von mir ab und betritt den Pavillon. Im schwachen Licht der Sterne scheint er mit seiner weißen Farbe zu leuchten.

Ich folge ihr zögerlich und geselle mich mit einigem Sicherheitsabstand zu ihr an die Balustrade. Erst jetzt wird mir klar, dass wir gerade allein sind. Und außer Hörweite der anderen. Da muss ich mich sehr zusammenreißen, um ja keinen Fehler zu machen.

»Felton hatte recht ...«, murmelt Cora nach einer Weile und saugt tief die kühle Nachtluft ein. »Ich habe eine Pause von der Arbeit gebraucht.«

Aus dem Augenwinkel sehe ich sie lächeln, nein, strahlen. Vorhin am Lagerfeuer hat sie schon weit verträglicher ausgesehen, aber jetzt wirkt sie wirklich glücklich.

»Das habe ich schon ewig nicht mehr gemacht ...«, sagt sie und verlässt den Pavillon. Ich beobachte sie dabei, wie sie sich mitten auf den Rasen legt und den Blick gen Himmel richtet. »Früher habe ich nächtelang die Sterne beobachtet. Viel Schlaf brauchen wir ja nicht.«

»Es sei denn, man wurde fast von einer fiesen Vampirfurie zu Tode gebissen«, murmele ich und setze mich zu ihr.

Mit meinen Worten bringe ich Cora überraschenderweise zum Lachen, wenn auch verhalten. Das ist mir trotzdem lieber als ihre bissigen Kommentare. Sehr viel lieber sogar.

»So schlimm war es nun auch wieder nicht«, sagt sie und winkt ab.

Eine Weile lang schweigen wir, beobachten stattdessen den Lauf der Sterne, die immer wieder von wattefeinen Wolken verdeckt werden.

»Warum hast du damit aufgehört?«, frage ich sie, bereue es aber sofort, als sie sich abrupt von mir abwendet. Sie schweigt, bis plötzlich leises Schniefen zu hören ist.

»Ich gehe jetzt besser«, presst Cora hervor und will schon aufstehen, doch ziehe ich sie zu mir zurück. Ein bisschen zu schwungvoll, sodass sie geradezu in meine Arme stürzt. Diesmal reißt sie sich nicht von mir los oder schreit mich an, dass ich sie nicht anfassen soll. Sie bleibt genau dort, schluchzend und zitternd in meinen Armen, drückt sich sogar noch fester gegen meine Brust.

Cora sagt kein Wort, ich auch nicht. Ich wüsste gar nicht, was ich hätte sagen sollen. Das ist totales Neuland für mich, ganz ungewohnt, aber es fühlt sich irgendwie gut an, gebraucht zu werden. So gut, dass ich sie am liebsten gar nicht mehr losgelassen, sie die ganze Nacht über festgehalten hätte, während sie ihren Gefühlen freien Lauf lässt. Genau wie die Pause von der Arbeit scheint Cora auch das gebraucht zu haben.

»Es ... Es tut mir leid«, sagt sie nach einer halben Ewigkeit und reißt sich von mir los. »Ich weiß gar nicht, was los ist. Normalerweise bin ich nicht so ein emotionales Wrack. Vergiss das einfach wieder und ...«

Sie will aufstehen, doch greife ich sachte nach ihrer Hand und drücke sie kurz. »Das hat das Halfway House so an sich.

Es bringt die schlimmsten Erinnerungen in uns hervor und zwingt uns dazu, dass wir uns ihnen stellen. Nichts, wofür man sich entschuldigen oder schämen müsste, Babygirl.«

Cora schnaubt und schüttelt den Kopf. »Als ob ein Haus über eine solche Macht verfügen könnte.«

Ich lache leise und zucke die Schultern. »Vielleicht nicht, aber wenn ich eines von den Greys gelernt habe, dann dass alles wieder gut wird.«

»Glaubst du das wirklich?«, fragt Cora und blickt zaghaft zu mir auf. »Selbst nach meiner Ankunft hier?«

»Natürlich. Ich habe es selbst gesehen«, sage ich und seufze. Langsam lasse ich mich wieder ins Gras zurücksinken, ohne jemals Coras Hand loszulassen.

»Wie meinst du das? Was hast du selbst gesehen?«, fragt sie und folgt meinem Beispiel.

Ich zucke mit den Schultern. »Ich weiß nicht, ob du schon Galina kennengelernt hast. Sie ist Dorians Freundin.«

»Nein, noch nicht. War sie wie ich ...?«, fragt Cora und rollt sich auf die Seite, um mich anzusehen.

»Auch in Not?«, beende ich ihren Satz und muss grinsen. »Heißt das, du gibst es endlich zu, Babygirl?«

»Man beantwortet eine Frage nicht mit einer Gegenfrage, Milchbubi«, murrt Cora und stößt mir den Ellenbogen in die Seite, doch sehe ich sie im schwachen Licht der Sterne lächeln.

»El Rojo hatte es auf sie abgesehen. Sie hatte wohl Schulden bei ihm«, erzähle ich und höre, wie Cora neben mir die Luft einsaugt.

»War sie die Informantin, die dem Institut geholfen hat?«

»Du bist erstaunlich gut informiert«, sage ich, was sie die Augen verdrehen lässt.

»Alles Teil von meinem Job«, brummt sie, ehe die Neugier in ihren Blick zurückkehrt. »Also, was ist jetzt mit ihr?«

»Galina war nicht die Einzige hier in Not. Dorian hatte mit seiner Gabe als Orakel zu kämpfen und ... Ähm ...«, fahre ich fort, breche dann aber ab, weil ich mich zu gut daran erinnere, zu was Galina als Hexe fähig ist. Ich habe keine Lust als lebendige Statue zu enden so wie Dorian damals.

»Und sie haben sich gegenseitig geholfen?«, fragt Cora und zieht die Augenbraue hoch. Ich nicke schnell, froh, nicht auf die Details eingehen zu müssen. »Aber hatte sie niemanden, der ihr hätte helfen können?«

»Nein, ihr Großvater war schwerkrank und sonst hatte sie niemanden mehr«, murmele ich und schlucke, als ich an Opa Bocharov denken muss. Viel Zeit habe ich nicht mit ihm verbracht, aber Galina um ihn trauern zu sehen ... Da musste ich an Mom denken, von der ich mich nicht verabschieden konnte.

»Also ist sie hier gelandet, weil sie Hilfe gebraucht hat?«, schlussfolgert Cora.

Ich nicke. »Das und um Dorian zu helfen. Ihm hat damals der Dämonenangriff am meisten zugesetzt.«

»Dämonenangriff? Was zur Hölle ist denn hier noch alles passiert?«, fragt Cora aufgebracht. »Mir war ja von Anfang an klar, dass die Greys ein unorganisierter Haufen Chaoten sind, aber das ... Das hätten sie doch melden müssen und ...«

Schnell lege ich ihr einen Finger an die Lippen und bringe sie damit zum Schweigen, bevor uns noch irgendwer hört. »Es ist alles unter Kontrolle, Cora. Warum sollte irgendwer da irgendwas melden?«

»Ja, aber ...«, bringt sie unter meinem Finger hervor.

»Nichts aber«, entgegne ich kopfschüttelnd und lasse mich wieder ins Gras fallen. »Die beiden haben ihr Happy End gefunden, genau wie Ash und Selena, Earl und Kitty, Rose und Aldyr. Das solltest du ihnen nicht wegnehmen.«

»Ich will doch ...«, setzt Cora an, verstummt dann aber. Eine ganze Weile lang starrt sie in den Himmel hinauf, ehe sie sich wieder neben mich legt und zögerlich nickt. »Ich bin die Letzte, die irgendwem das Happy End vermiesen will.«

»Gut zu wissen. Gilt das dann auch für mich?«, frage ich und pikse sie spielerisch in die Seite, was ihr ein lautes Lachen entlockt. Es klingt so befreit und sorglos, dass ich für einen Moment glaube, jemand ganz anderes wäre hier bei mir. Nicht die strenge, regelbefolgende Vampirjägerin, sondern ...

»Dale?«, fragt Cora plötzlich und dreht den Kopf zu mir um.

»Hmmm?«

»Hör auf mich so anzustarren.«

Ertappt presse ich die Lippen aufeinander, kann mich aber einfach nicht von ihr losreißen. Dafür sieht sie angestrahlt vom Sternenlicht und mit diesem glücklichen Lächeln zu schön aus.

»Wie kommst du darauf, dass ich dich anstarre?«, frage ich und muss mich räuspern, weil meine Stimme ein bisschen zu brüchig ist. »Es ist dunkel hier und du siehst nicht gut ...«

»Mag sein, aber so etwas merkt man einfach«, entgegnet Cora und löst ihre Hand von meiner. »Also lass es einfach, ja?«

»Warum?«, frage ich und rolle mich auf die Seite, sodass uns nur noch wenige Zentimeter voneinander trennen. »Was ist, wenn ich mich gar nicht sattsehen kann?«

»So ein Quatsch!«, ruft Cora und richtet sich auf.

Nun kann ich mir ein Grinsen nicht länger verkneifen. Ich liebe es, wenn sie sich so ziert und ich sie mit meinen Worten so durcheinanderbringen kann. Am Anfang habe ich es noch getan, um ihr eins auszuwischen, aber jetzt ...

»Kein Quatsch«, sage ich und rücke an sie heran. Sacht streiche ich mit dem Finger über ihre entblößten Schultern und spüre, wie sie unter der Berührung erschaudert. »Erst wollte ich es nicht wahrhaben, als Sel es mir erzählt hat, aber jetzt ...«

»Dir wovon erzählt hat?«, fragt Cora atemlos und lehnt sich an mich. Ihre Hand landet dabei auf meinem Oberschenkel und lässt mein Herz damit fast aus der Brust hüpfen.

»Von der ganz besonderen Magie dieses Orts«, flüstere ich und beuge mich zu ihr herunter, bis meine Lippen fast schon die Haut in ihrem Nacken berühren.

»Und die wäre?«, fragt Cora mit zittriger Stimme und dreht sich zu mir um. Ihr Blick ist so intensiv, so voller Verlangen, dass mir ein leises Keuchen über die Lippen kommt. »Dass man hier diese eine Person findet, von der man gar nicht wusste, wie sehr man sie braucht.«

Die ganze Zeit dachte ich, dass wäre völliger Stuss. Romantischer Aberglauben eben, wie ihn sich die Mädels ständig zusammenspinnen. Mit Cora in meinen Armen kommt mir Sels Aussage gar nicht mehr so abwegig vor. Im Gegenteil. Ein Teil von mir wünscht sich sogar, dass das auch für mich wahr wird. Mit Cora als diese eine besondere Person.

Vielleicht liegt es am Bier, an Markos' Wodka oder daran, dass ich schon lange keiner Frau mehr so nahe war, aber plötzlich kann ich mich nicht länger zurückhalten. Ich muss Cora einfach küssen, die eine Hand in ihrem seidig weichen Haar vergraben, die andere eng um sie geschlungen, damit sie mir nicht doch wieder entwischt.

Anders als ich es erwartet habe, weicht sie mir nicht aus, oder versteift sich. Cora erwidert den Kuss mit einer solchen Intensität, dass mir ganz schwindelig wird und das Ziehen in meinen Lenden zurückkehrt.

»Wir sollten nicht …«, keucht Cora, als sie sich von mir losreißt und ein Stück wegrutscht. »Du … Ich …«

Sie schüttelt den Kopf und atmet tief durch, ehe sie meinem Blick begegnet. Nicht mehr voller Verlangen, sondern sachlich, ja fast schon kalt wie bisher.

»Der Rat hat mich geschickt, um dich und die anderen zu beurteilen. Das hier …« Sie macht eine ausladende Geste und presst die Lippen aufeinander. »… hätte nie passieren sollen.«

Ich schlucke und wende mich von ihr ab, enttäuscht, aber auch wütend. Während ich nach diesem verrückten Kuss noch zu Atem kommen und mich und meinen Schwanz beruhigen muss, kann ich doch nicht abstreiten, dass sie recht hat.

Was würden die anderen sagen, wenn sie davon wüssten?

Na, dass du nach deinem Vater kommst, Vollidiot!, mischt sich diese fiese Stimme in meine Gedanken und lässt damit auch das letzte bisschen Sehnsucht verrauchen.

»Stimmt …«, murmele ich und atme tief durch. »Aber es ist nun mal passiert.«

»Dann müssen wir uns einfach besser zusammenreißen«, sagt Cora und lässt mich aufblicken. Dieser Tonfall in ihrer Stimme … Ist sie deswegen etwa enttäuscht?

»Sicher, dass du das kannst, Babygirl?«, necke ich sie und wünschte mir zeitgleich, dass ich wenigstens einmal meine verdammte Klappe halten kann. Schlafende Drachen sollte man lieber nicht wecken. Das hat Mom immer gesagt, wenn Dad seinen Rausch ausgeschlafen hat.

Cora sagt lange nichts. Sie starrt mich einfach nur an, ohne dass ich auch nur erahnen kann, was in ihrem hübschen Kopf vor sich geht. Dabei verengen sich ihre Augen mehr und mehr zu Schlitzen, bis sie plötzlich wieder so grimmig guckt wie bei unserer ersten Begegnung. »Nein.«

»Nein?«, frage ich überrascht, weil ich mit allem gerechnet habe, nur damit nicht.

Wütend stößt Cora die Luft aus und krallt ihre Finger ins Gras. »Was auch immer das zwischen uns ist … Normal ist das nicht. Und wenn das so weitergeht, treibt es uns nur noch mehr in den Wahnsinn.«

Während ich noch zu verstehen versuche, was sie mir damit sagen will, rupft Cora Grashalm über Grashalm aus und wirft sie mit missmutiger Miene auf den Boden.

»Was genau soll das jetzt bedeuten?«, frage ich, als ich ihr verärgertes Schweigen nicht länger aushalte.

Coras Kiefer spannen sich an, als sie zu mir aufblickt. »Lass es uns einfach hinter uns bringen. Das ist ja nicht mehr auszuhalten.«

»W... Was?«, frage ich überrascht und lande keine Sekunde später mit einem Keuchen im Gras, Cora direkt über mir, ihre Lippen nur noch Millimeter von meinen entfernt.

»Nur einmal«, wispert sie und ihr warmer Atem streicht über meine Wange. »Dann können wir diese verdammte Anziehungskraft überwinden.«

Ich schlucke, als ich begreife, was sie meint. Als ich begreife, dass sie es auch will. Sehr sogar, so wie sie mich mit ihrem Blick fixiert, bis ich das Gefühl habe, in ihren Augen zu ertrinken.

»Es sei denn, du hast es dir anders überlegt, Milchbubi«, sagt sie und rückt ein Stück von mir ab.

Ich weiß nicht, ob sie wütend ist, oder amüsiert. Das ist auch nicht mehr wichtig, als ich sie packe und uns zur Seite rolle, sodass nun ich über ihr aufrage.

»Ganz sicher nicht«, sage ich und küsse sie, bevor wir es uns anders überlegen können. Bevor die Vernunft über unser Verlangen siegt und uns voneinander trennt. Diese Chance mit ihr will ich mir nicht entgehen lassen. Wahrscheinlich ist es meine einzige. *Aber ich werde dafür sorgen, dass du mich nie vergisst, Babygirl.*

KAPITEL 15
NUR DIESE EINE NACHT

CORA

Was zum Teufel ist in dich Gefahren, Cora?

Dieser Gedanke hallt durch meinen Kopf und kann mich doch nicht davon abhalten, Dales Kuss zu erwidern. Nichts kann mich jetzt mehr aufhalten. Ein einziges Mal werde ich es zulassen, werde mich nicht wieder abkapseln und ihn von mir stoßen. Danach, da bin ich mir sicher, habe ich mich wieder unter Kontrolle. Dann ist diese Anziehungskraft endlich weg.

Aber in diesem Moment ... Selbst wenn ich es gewollt hätte, hätte ich mich jetzt nicht mehr von Dale lösen können. Dafür ist das Kribbeln in mir zu stark, wandelt sich in ein sehnsuchtsvolles Pochen, als ich Dales Härte gegen meine Schenkel pressen spüre.

»Tue ich dir nicht weh?«, fragt Dale atemlos. Er löst seine Lippen von meinen und sieht mir tief in die Augen. Besorgnis leuchtet in seinem Blick auf, als er über die Narbe an meiner Schulter streicht. Eine der Bisswunden von Celeste.

»Nein«, flüstere ich und ziehe ihn wieder zu mir herunter. »Kein bisschen.«

Und das ist die Wahrheit.

In diesem Moment sind meine Schmerzen, die Spuren von meinem Kampf mit Celeste vergessen. Als wäre all das nie geschehen. Als wäre ich noch immer ich. Stark und unnachgiebig. Nach all den Wochen, in denen ich mich klein und schwach gefühlt habe, ist das eine willkommene Abwechslung. Und die werde ich bis zur letzten Sekunde auskosten.

»Gut«, wispert Dale gegen meine Lippen, küsst mich, aber nur kurz, ehe er sie tiefer wandern lässt. Von meiner Wange gleitet er meinen Hals hinab, bis er die Bisswunde erreicht hat. Mittlerweile sind alle verheilt, werden aber auf meiner Haut sichtbar bleiben so wie die anderen Narben, die ich mir als Jägerin zugezogen habe.

Sanft fährt Dale nun mit dem Zeigefinger über die gewölbte Linie. Seine Berührung ist federleicht und doch raubt sie mir den Atem. Ich seufze leise, als er auch seine Lippen und seine Zunge zur Hilfe nimmt. Seine Hände streichen über meinen Körper, bis er die erste Öse meines Korsetts erreicht und ein bisschen damit zu kämpfen hat.

»Wie geht denn dieses verdammte Teil auf?«, fragt er leise fluchend, was mich zum Lachen bringt. Er klingt verzweifelt, als hinge sein Leben davon ab, es hier und jetzt zu öffnen.

»So«, sage ich und versetze Dale einen Schubs, sodass er neben mir im Gras landet. Er stößt ein leises Knurren aus, als ich mich rittlings über ihn hocke. Schnell löse ich die vielen kleinen Häkchen an der Vorderseite der Korsage und lasse sie dann achtlos zu Boden fallen. »Mit dem Rest solltest du aber zurechtkommen, oder, Milchbubi?«

Dale stößt ein amüsiertes Schnauben aus und verzieht die Lippen zu einem breiten Grinsen. »Aber so was von, Babygirl.«

Bevor ich weiß, wie mir geschieht, hat er schon meine Bluse gepackt und sie mir über den Kopf gezogen.

»O fuck, Babygirl!«

Dales Blick wandert über meinen Körper, über die vielen verblassten Narben auf meiner Haut, wobei sich die Härte in seinem Schoß stärker gegen meinen Hintern drückt.

Kurz zögere ich, weiß gar nicht mehr, was ich hier eigentlich mache oder wieso ich mich überhaupt darauf eingelassen habe. Es ist zu lange her und selbst das letzte Mal ist mir nicht gut in Erinnerung geblieben.

Unsicher streiche ich mir über den Arm und versuche, die Narben zu verstecken. Dale ist sicher anderes gewohnt. Zarte Haut, nicht diese hässlichen Überreste vergangener Kämpfe.

»Was wird das, wenn's fertig ist, Babygirl?«, fragt Dale und mustert mich mit hochgezogener Braue.

Ertappt wende ich den Blick ab und weiß nicht, was ich tun soll. Eben war ich mutig, oder eher töricht, aber so langsam kehrt die Vernunft zu mir zurück und lässt mich zögern.

Ich zucke zusammen, als Dale meine Handgelenke umfasst und meine Arme sanft, aber bestimmt zur Seite drückt. »Du musst sie nicht verstecken, Babygirl. Nicht vor mir. Und nicht vor irgendwem sonst.«

Zärtlich fährt er sie mit dem Finger nach und streift dabei hier und da wie zufällig meine Brüste. Seinem Grinsen nach zu urteilen, gefällt es ihm, mit mir zu spielen und mich damit fast in den Wahnsinn zu treiben. Damit schürt er das Verlangen in mir und bringt die Stimme der Vernunft ein ums andere Mal zum Schweigen.

»Hör auf mit mir zu spielen«, keuche ich, als er mir kurz in die Brustwarze kneift und sich dann gleich wieder zurückzieht.

»Alles zu seiner Zeit, Babygirl«, säuselt Dale und versucht es wieder, doch diesmal bin ich schneller. Ich packe ihn an den

Handgelenken und drücke sie zurück, bis sie über seinem Kopf den Boden berühren.

»Und hör auf mich so zu nennen«, fauche ich und rücke tiefer hinab. Dabei streife ich wie zufällig über seine Erektion, was ihm ein aufgeregtes Keuchen entlockt.

Was er kann, kann ich schon lange.

»Wenn du so weiter machst gern ...«, knurrt er, als ich seine Hände loslasse und seine Gürtelschnalle zu fassen bekomme. »Ist sowieso ein bisschen eng geworden.«

»Ach, wirklich?«, frage ich, nachdem ich den Gürtel gelöst habe, und weiche bis zu seinen Knien zurück. »Ist mir gar nicht aufgefallen?«

»Sag bloß, du bist jetzt sauer?« Mit einem Ächzen stützt sich Dale auf seinen Unterarmen ab, um mich ansehen zu können.

»Wegen dir doch nicht«, erwidere ich und verschränke die Arme vor der Brust. »Nur ungeduldig.«

»Und ich dachte, als Jäger müsste man ruhig und besonnen vorgehen«, sagt Dale mit einem Lachen und öffnet Knopf und Reißverschluss seiner Hose.

»Kannst du jetzt nicht einfach mal deine verdammte Klappe halten?«, frage ich und zerre wütend an seinem Hosenbund.

»Hey, hey, immer schön langsam, Babygirl. Wir laufen dir ganz sicher nicht weg«, sagt Dale augenzwinkernd und rollt sich über mich. »Und was die angeht ...«

Er seufzt leise, als er über die Narben an meinem Bauch streicht. Eine verschwindet unter dem Stoff meiner Hose, doch hat Dale mir diese blitzschnell ausgezogen.

Er macht das eben nicht zum ersten Mal, mahnt mich eine fiese Stimme, doch ignoriere ich sie. Sie und all die anderen Gedanken, die mich davon abhalten könnten, auch die letzte Hürde zu überwinden.

»Ja?«, frage ich und stoße ein Stöhnen aus, als ich Dales Lippen auf meiner Haut spüre. Sie hinterlassen eine Spur von

Küssen darauf und bewegen sich immer weiter auf die Quelle dieses atemberaubenden Gefühls in mir zu.

»Ich finde sie sexy«, murmelt Dale mit rauer Stimme und blickt mit einem schwachen Lächeln zu mir auf. »Irgendwie bist du auch ein Eternal Survivor, Babygirl.«

»Das solltest du lieber nicht zu laut sagen, sonst werden die anderen ...«, entgegne ich und sauge scharf die Luft ein, als sich Dale nun die Hose von den Hüften zerrt.

»Die anderen sind mir gerade scheißegal«, brummt er und dringt mit einem Stoß in mich ein.

Sämtliche Zweifel, sämtliche Bedenken verschwinden. Sie werden weggespült von der gewaltigen Welle des Verlangens, das sich seit unserer ersten Begegnung in mir aufgestaut hat. Nun wütet es durch meinen Körper, wilder und zerstörerischer als jemals zuvor. Je tiefer Dale in mich stößt, umso mehr verliere ich den Halt.

Dale scheint es damit ähnlich zu gehen, denn als ich nun den Blick hebe, sehe ich ihn lächeln. Der beunruhigte Ausdruck in seinen blaugrünen Augen ist verschwunden, als hätten sich die Sorgen, die ihn seit seiner Genesung plagen, in Luft aufgelöst.

»O Cora«, keucht Dale, als er das Tempo erhöht und härter in mich stößt. Damit reißt er die Mauern ein, die ich all die Jahre so sorgsam errichtet habe, um mich von der Welt abzuschotten. Mit einem Keuchen stürze ich in die Tiefe, lasse los und werde von den Wellen meiner Lust mitgerissen.

Dales Lippen finden meine, küssen mich in demselben forschen Rhythmus seiner Stöße, bis ich wirklich alles um uns herum vergessen habe. Bis ich mich nicht länger zurückhalten und meiner Sehnsucht Luft machen kann.

Stöhnend und keuchend presse ich mich ihm entgegen, lande irgendwann über ihm, um selbst das Tempo bestimmen zu können. Sogar in diesem losgelösten Zustand, habe ich noch

gerne die Zügel in der Hand. Chester hat das bei meinem Ausrutscher kein bisschen gemocht, aber Dale ...

»Du bist wirklich einmalig, Babygirl«, knurrt er und gräbt
die Finger fest in meine Hüften, als wolle er mich nicht mehr
gehen lassen. Als wäre das hier keine einmalige Sache, sondern
der Beginn von etwas Neuem. Etwas, das ich nach Robbs Tod
nie wieder für möglich gehalten habe.

»Und du bist ...«, setze ich an, doch ist mein Verstand zu
beschäftigt damit, jedes noch so kleine Detail dieses Moments
aufzunehmen und für die Ewigkeit festzuhalten.

Der Duft des taunassen Grases.

Wie sich die Viper auf Dales Brustkorb bei jeder Bewegung,
jedem Atemzug windet, als wäre sie lebendig.

Und dann dieses unbändige Glücksgefühl, das sich Sekunde
um Sekunde stärker in mir ausbreitet.

Das alles sauge ich in mir auf und schwöre mir hier und jetzt
unter dem schwachen Licht der Sterne, es nie zu vergessen.
Wenn es nur diese eine Nacht ist, muss ich sie ausnutzen.

Mit Dale ist das kein bisschen schwer. Fast kommt es mir so
vor, als könnte er meine Gedanken lesen, als wüsste er genau,
wonach ich mich sehne. Danach, wieder berührt zu werden,
liebkost, und nicht verstoßen oder gehasst. Und genau das gibt
er mir, streichelt sanft meinen Körper, arbeitet sich tiefer und
tiefer, bis er ...

»O Gott«, stöhne ich auf, als er meine Klit und damit das
Zentrum dieser allesverschlingenden Lust erreicht.

»Du kannst immer noch ...«, sagt Dale mit einem ver-
schmitzten Grinsen, bricht dann jedoch abrupt ab, weil ich das
Tempo erhöht habe. »Fuck, Babygirl! Du ... du ...«

Ich stoße ein lautes Lachen aus, als ich sehe, wie nun auch
er, der immer das letzte Wort haben muss, Probleme hat, die
richtigen Worte zu finden.

»Scheint so, als hättest du mich unterschätzt«, wispere ich und beuge mich über ihn, um ihn zu küssen.

»Mmhmm«, kommt es von Dale zurück, ehe unsere Lippen ein ums andere Mal aufeinandertreffen und wir uns wie Ertrinkende in diesem wogenden Meer aneinanderklammern.

Schwer atmend liegen wir Minuten später im Gras und blicken hinauf in den Himmel. Ich fühle mich ein bisschen erschöpft, aber nicht so wie in den letzten Jahren durch meine Arbeit.

Nein, es ist eine gute Art von Erschöpfung, irgendwie erfüllend, dass ich mir ein Lächeln nicht verkneifen kann. Es verschwindet jedoch, als ich kurz zu Dale hinüberblicke. Wenn ich ihn jetzt so ansehe, nackt und mit einem zufriedenen Lächeln auf den Lippen, ist das Verlangen in mir noch immer da. Sogar stärker noch als zuvor. Kein Kribbeln mehr, sondern ein heißes Pochen, das ich unmöglich ignorieren kann.

Wie dumm kann man nur sein, Cora? Ich hätte wissen müssen, dass es so kommt, dass ich nach diesem einen Mal noch lange nicht genug habe.

Man soll gehen, wenn es am Schönsten ist. Vielleicht sollte ich diesem Rat folgen, um nicht noch tiefer in diesen Strudel aus Sehnsucht und Wahn abzurutschen.

»Wo glaubst du, wo du hingehst, Babygirl?«, fragt Dale und packt mich am Handgelenk, als ich mich aufrichte, um meine Kleider zusammenzusammeln.

Ich will mich losreißen, doch da hat er mich schon in seine Arme gezogen und an seine starke Brust gedrückt. Das ist alles, was nötig ist, um meinen Entschluss ins Wanken zu bringen.

»Du hast eine Nacht gesagt«, wispert Dale und sein Atem streicht über meinen Nacken, dicht gefolgt von seinen Lippen. Sanft fahren sie von meiner Schulter meinen Hals hinauf, bis er mein Ohr erreicht hat.

»Und diese Nacht ist noch lange nicht vorbei, Babygirl.«

KAPITEL 16
GROSSES
SUKKUBUS-
EHRENWORT

DALE

Mit einem zufriedenen Seufzen streiche ich Cora die Haare aus dem Gesicht und lächle, als sie sich im Schlaf fester an mich presst. Seit einigen Stunden liegen wir nun schon so hier im Garten, Cora eingerollt in meinen Armen, schlafend, während in meinem Kopf die Gedanken in schwindelerregender Geschwindigkeit ihre Kreise ziehen.

Noch immer kann ich nicht glauben, dass Cora das von sich aus vorgeschlagen hat und dann auch noch für eine Nacht. Sie hatte recht, als sie sagte, dass uns die Anziehung zwischen uns noch in den Wahnsinn treiben wird.

Aber mit einer Nacht ist es längst nicht getan, denke ich und seufze. Wenn ich könnte, würde ich sie nie mehr loslassen.

Wann immer ich die Augen schließe, sehe ich sie über mir. Sehe diesen entrückten Ausdruck in ihrem von Sternenlicht erleuchteten Gesicht, während sie gekommen ist.

Und als sie zuvor die Kontrolle übernommen hat ...

Es war ungewohnt, aber auch aufregend. Da konnte ich es unmöglich auf diesem einen Mal belassen.

Tja, und jetzt kann ich nicht mehr genug davon bekommen, denke ich resigniert und schüttle langsam den Kopf. Cora ist schlimmer als jede Droge, verlockend und süchtig machend, aber so viel gefährlicher. So viel verbotener.

Und so, wie ich sie kenne, wird sie unseren Pakt ganz sicher einhalten.

Das wird unsere einzige gemeinsame Nacht bleiben.

Früher hätte ich damit kein Problem gehabt, im Gegenteil. Jetzt wünschte ich, dass es noch nicht vorbei ist. Dass es noch viel mehr Momente wie diesen gibt, in denen Cora friedlich in meinen Armen liegt und sich eng an mich schmiegt.

Ich könnte sie noch Stunden so beobachten, doch spüre ich instinktiv, wie die Sonne aufgeht. Es ist wie ein sechster Sinn, den ich nach meiner Genesung, vielleicht schon nach meiner Wandlung entwickelt habe. Einer, der mich unruhiger werden lässt, je länger ich meinen Aufenthalt im Freien hinauszögere. Viel Zeit bleibt mir nicht mehr, bis ich ins Haus zurückkehren muss, um nicht zu verbrennen. Trotzdem kann ich mich nicht losreißen. Nicht, dass Cora dann auf falsche Gedanken kommt.

Was macht das schon? Es war eh nur dieses eine Mal, flüstert die fiese Stimme in mir und lässt mich wütend das Gesicht verziehen.

Gestern dachte ich noch, den Jackpot geknackt zu haben, als Cora das vorgeschlagen hat. One-Night-Stands hatte ich vor meiner Wandlung zum Vampir zu Hauf und nie bin ich so lange geblieben wie heute bei Cora. Trotzdem wünschte ich, es könnte noch eine Nacht zwischen uns geben. Und noch eine. Und noch eine.

Reiß dich zusammen, Idiot! Oder hast du vergessen, wieso das keine gute Idee war?, mahnt mich die fiese Stimme. Sofort muss ich an all die Gründe denken, die gegen uns sprechen. Und daran, dass ich in wenigen Minuten zu Asche verbrennen werde, wenn ich nicht endlich gehe.

»So ein verdammter Mist!«, fluche ich und löse mich ganz vorsichtig von Cora, um sie nicht zu wecken. Sie braucht den Schlaf, nicht nur wegen der letzten Nacht. Und wenn ich sie jetzt zurücktrage, so wie sie ist, kommen uns gleich sämtliche *Eternal Survivors* auf die Schliche. Das wäre wie ein Todesurteil für Cora und mich.

Ganz ohne Abschied will ich jedoch auch nicht gehen. Ich schnappe mir ein Stück Baumrinde und ritze mit meinem Fingernagel eine Botschaft hinein. Zettel und Stift habe ich leider nicht bei mir.

2. Runde in ...

Kurz zögere ich, weil ich erst *unserem Zimmer* schreiben wollte. Jetzt ziehe ich jedoch meine Hand zurück und starre auf die Worte vor mir.

Ist es zu viel, wenn ich es *unser Zimmer* nenne? *Was würde sie denken, wenn sie das liest? Wäre sie sauer? Oder würde sie sich freuen?*

»Schreib's einfach, du Idiot«, murmele ich und ritze die letzten Worte ein, bevor ich es mir anders überlegen kann. Wir teilen uns das Zimmer, also ist es nur richtig, es so zu nennen.

Ich nicke und betrachte mein Werk. Die Buchstaben sind etwas ungelenk, entziffern kann man sie trotzdem gut.

Als ich mich nun zu Cora umwende, hat sie sich auf dem Gras zusammengerollt und schnarcht leise. Mit einem Lächeln auf den Lippen ziehe ich meine Hose an und decke sie mit meinem Shirt zu. Die Baumrinden-Botschaft lege ich obendrauf, damit sie sie sofort sieht. Hoffentlich kommt sie dann gleich angerannt, weil auch sie nach dieser einen Nacht noch lange nicht zufrieden ist.

Bild' dir bloß nichts ein, murrt die fiese Stimme in meinem Kopf, doch ignoriere ich sie und renne los.

Gerade rechtzeitig erreiche ich den Speisesaal des Gasthauses und trete in die Schatten. Hinter mir fluten die ersten Sonnenstrahlen den Garten und hätten mich wahrscheinlich gegrillt, wäre ich nicht im letzten Moment abgehauen.

»Na, wo kommst du denn so spät her, Dale?«, erklingt eine Stimme und lässt mich erschrocken herumfahren.

Eben dachte ich noch, der Saal wäre leer, doch nun taucht Selenas Kopf hinter der langen Bar auf. Teller stapeln sich darauf und mehrere Kisten mit Besteck müssen noch in die Schubladen und Schränke hinter ihr einsortiert werden.

»Ich ähm … war spazieren«, lüge ich und hoffe, dass sie es mir abkauft. Das habe ich schließlich jede Nacht gemacht, bis Cora im Halfway House aufgetaucht ist.

»Ohne Shirt?« Selena zieht fragend eine Augenbraue hoch und umrundet die Bar. Sie schnuppert an mir, kaum dass sie mich erreicht hat und grinst mich breit an. »Dorian schuldet mir hundert Mäuse.«

»Hä? Wieso das denn?«, frage ich und habe das ungute Gefühl, dass die beiden eine Wette auf mich abgeschlossen haben.

»Du warst mit Cora draußen.« Es ist keine Frage, sondern eine nüchterne Feststellung.

»Was? Ich? Mit der? Woher willst du das wissen?« Panisch blicke ich mich um, um sicherzugehen, dass keiner der *Eternal Survivors* Sel gehört hat.

»Das war nur eine Frage der Zeit«, sagt Selena lachend und piekst mir in die Brust. »Außerdem kann ich riechen, was ihr zwei da draußen angestellt habt.«

»Du ... Du kannst was?«, frage ich entsetzt und weiche ein Schritt vor ihr zurück. Wenn sie das schon riechen kann, was ist dann mit den anderen?

O Gott, sie werden mich umbringen!, schießt es mir durch den Kopf und am liebsten hätte ich mich jetzt geohrfeigt. War das nicht klar, dass das sofort auffliegen wird? Hier im Halfway House ist Privatsphäre doch ein Fremdwort.

»Das ist nichts, wofür man sich zu schämen braucht«, sagt Selena und klopft mir auf die Schulter. »Du magst sie, oder?«

Wieder diese blöde Frage! Beim letzten Mal dachte ich noch, Selena hätte den Verstand verloren, aber jetzt macht sie mich damit ziemlich wütend: »Von wegen! Das war nur ein netter Zeitvertreib. Du weißt doch, dass uns langsam die Decke auf den Kopf fällt.«

»Natürlich«, sagt Sel in einem Tonfall, der bezeugt, dass sie mir kein Wort glaubt. Hätte ich an ihrer Stelle auch nicht. »Keine Sorge, dein Geheimnis ist bei mir sicher, großes Sukkubus-Ehrenwort.«

Sie zwinkert mir zu und blickt sich dann im Speisesaal um. »Aber nur, wenn du mir mit dem Geschirr hilfst.«

Genervt verdrehe ich die Augen, nicke aber. Nicht, weil ich hoffe, dass sie es für sich behält, sondern weil Kitty recht hatte: Ich sollte wirklich mehr aushelfen nach allem, was die Greys für mich getan haben.

Dass Selena das Geheimnis nicht lange bewahren wird, ist mir mehr als bewusst. Sie und Dorian sind schließlich die beiden größten Tratschtanten im Halfway House, dicht gefolgt von Lex und Elinor. Es ist nur noch eine Frage der Zeit, bis die anderen herausfinden, was draußen im Garten zwischen Cora und mir passiert ist.

Als mir das klar wird, fällt mir einer der Teller aus der Hand und zerspringt leise klirrend auf dem gefliesten Boden hinter der Theke. Diese Nacht wird noch einige Konsequenzen für uns haben, ganz besonders für mich. Wenn auch nur einer der *Eternal Survivors* davon erfährt, werden sie mich einen Verräter nennen und ausstoßen. Und wer soll dann dafür sorgen, dass dieser verrückte Haufen nicht zusammenbricht?

»Am Ende wird sich alles fügen«, sagt Selena, vermutlich weil sie jetzt auch noch meine Sorge gerochen hat. *Einem Sukkubus kann man aber auch nichts vormachen, was?*

»Und jetzt geh erstmal duschen, sonst kann ich die Teller gleich wieder spülen«, fügt sie hinzu und zupft mir mit einem Grinsen einen langen Grashalm aus den Haaren.

»Fuck! Warum sagst du das erst jetzt?«, frage ich, als ich meinen Oberkörper nach Spuren dieser Nacht absuche. Durch die Tattoos ist es mir erst nicht aufgefallen, aber hier und da sieht man den Dreck deutlich. Grashalme und Gänseblümchen kleben mir auf der Haut und zeugen so davon, dass ich einen verdammt großen Fehler gemacht habe.

»Du bist doch gleich auf die Teller zugestürmt«, sagt Sel, doch da habe ich mich schon auf den Weg gemacht.

So schnell ich kann rausche ich zurück in mein Zimmer und stelle mich unter die Dusche. Eiskalt rinnt das Wasser über meine Haut und wäscht die Erde ab, aber leider nicht meine Sehnsucht nach Cora.

»Reiß dich verdammt nochmal zusammen, Dale Jones«, sage ich mir, als ich einige Minuten später vor dem Spiegel stehe und mir durch die nassen Haare fahre. Das ist jedoch leichter gesagt, als getan.

Ein Klopfen an der Tür lässt mich herumfahren.

Ist das Cora?

Erst will ich gar nicht antworten und mich am liebsten für immer im Bad einschließen. Als ich Sels Stimme von jenseits der Tür meinen Namen rufen höre, beruhige ich mich wieder.

»Kleine Stärkung nach dieser anstrengenden Nacht«, sagt sie, als ich ihr öffne. Sie reicht mir ein Tablett mit zwei Thermobechern. Sogar fest verschlossen rieche ich das Blut darin.

»Und ich soll dich von Earl daran erinnern, dass gegen zehn Uhr Special-Agent Howard und Dorians Mom vorbeikommen werden«, fügt sie mit besorgter Miene hinzu. »Meinst du, du schaffst das?«

Ich schüttle den Kopf. »Aber ich muss ja.«

Sel seufzt leise und klopft mir aufmunternd auf die Schulter. »Denk immer daran, was ich dir über die Magie des Halfway House erzählt habe, Dale.«

Bevor ich etwas erwidern kann, hat sie sich umgedreht und steuert leise summend auf die Treppe zu. So sorglos und gutgelaunt wie sie wäre ich auch gern, aber allein die Erinnerung an dieses Treffen bringt den Sorgenklumpen in meinem Magen zurück. Eine Ablenkung wäre nun wirklich wunderbar, ganz besonders wenn es Cora ist. So sehr ich auch weiß, dass das für keinen von uns gut ausgehen wird, kann ich einfach nicht aufhören, an sie zu denken.

KAPITEL 17
AUSRUTSCHER

CORA

Als mich die warmen Sonnenstrahlen am nächsten Morgen wecken und sanft über meine Haut streichen, fühle ich mich wunderbar. So gut habe ich seit Jahren, vielleicht sogar seit Jahrzehnten nicht mehr geschlafen und das, obwohl ich auf dem Boden gelegen bin.

Oder vielleicht gerade deswegen?

Als ich nun mit geschlossenen Augen über das saftige Gras unter mir streiche, spüre ich das Leben darin. Je mehr Zeit ich im Halfway House der Greys verbringe, umso mehr habe ich das Gefühl, die Natur wäre hier lebendiger als irgendwo sonst. Und diese Energie scheint in der Nacht auch auf mich übergegangen zu sein. Je mehr die Müdigkeit weicht, umso stärker fühle ich mich. Sogar meine Sinne kommen mir schärfer vor. Ich höre nicht nur die Vögel zwitschern, sondern auch das sanfte Flattern ihre Flügel. Das Summen von Hummeln und Bienen, die geschäftig in den Blüten herumkriechen und ihr Tagwerk verrichten. Sogar wie die Blätter vom Frühjahrswind

162

von den Bäumen geweht werden und auf dem Boden landen, höre ich nun.

Nur eine Sache fehlt.

Das Geräusch von Dales Atem und seinem Herzschlag.

Als ich nun die Augen öffne, erkenne ich auch warum: Ich bin allein hier. Dale ist fort.

Enttäuscht richte ich mich auf und blicke mich auf der Lichtung um. Nur sein Shirt ist noch da, begraben unter einem Stück zersplitterter Baumrinde und Grashalmen.

Schnell schiebe ich den Dreck von mir und merke dabei, dass ich schleunigst duschen sollte, wenn ich nicht will, dass mir jemand ansieht, was ich hier draußen getrieben habe.

Hätte er mich nicht einfach wecken können?, denke ich und sammele meine Klamotten zusammen.

Je mehr ich darüber nachdenke, umso wütender macht es mich. *War diese Besorgnis doch nur gespielt?*

Den ganzen Abend über hat er mir diese Blicke zugeworfen, mich mehrmals gefragt, ob alles in Ordnung ist oder er mich zum Halfway House zurückbegleiten soll. Und dann lässt Dale mich hier die ganze Nacht allein und nackt mitten in der Natur schlafen?

Hinterhältiges Arschloch!, denke ich und ziehe mir meine Bluse über. Chester ist zwar ein ziemlicher Idiot gewesen, aber immerhin wusste ich da, auf wen ich mich einlasse. Bei Dale habe ich keine Ahnung. Erst denke ich, begriffen zu haben, wie er tickt, und dann ist er plötzlich wieder ganz anders.

Geschieht dir recht, dass du dich von ihm so hast um den Finger wickeln lassen, Cora!, rede ich mir ein und marschiere in Richtung Halfway House davon, zumindest glaube ich das. *Du hättest dich besser unter Kontrolle haben müssen.*

Ich schnaube und schüttle den Kopf. Wenn das so einfach wäre!

Dale hat mir das wirklich schwer gemacht und nach gestern Nacht ... Selbst mit dem Wissen, dass er es nur getan hat, um mich einzulullen und mein Vertrauen zu erschleichen oder nur ein bisschen unverbindlichen Spaß zu haben, weiß ich, dass es verdammt schwer werden wird, nicht länger an ihn zu denken. Ihn nicht länger zu wollen.

Wie kann man denn nur auf die bescheuerte Idee kommen, solche Gefühle auf diese Weise zu vergessen? Wütend stampfe ich auf den Boden auf und hätte am liebsten einen der mickrigen Obstbäume in dieser Ecke des Gartens ausgerissen, um ein Ventil für meine Wut zu haben.

Hättest du dir nicht denken können, dass es dadurch nur schlimmer wird?

»Jetzt lass mich doch einfach in Ruhe, verdammt!«, rufe ich und wäre im nächsten Moment fast mit jemandem zusammengestoßen.

»Huch!«, ruft sie und weicht mir in letzter Sekunde aus. »Ist alles in Ordnung mit Ihnen?«

»Wonach sieht's denn aus?«, blaffe ich die junge Frau an, die in einer mit Dreck beschmierten Latzhose eine Gießkanne durch den Garten geschleppt hat. Krause, schwarze Locken umrahmen ihr verschwitztes Gesicht. Ein Paar dunkelgrüner Augen mustert mich neugierig.

»Wenn Sie weiter so mies gelaunt sind, wirkt sich das auch auf die Pflanzen aus«, entgegnet die Frau und stellt ihre Kanne mit einem Ächzen auf den Boden ab.

»Ja, klar!«, murre ich und will mich schon abwenden, doch bekomme ich meine Füße nicht vom Boden hoch. Erst fürchte ich, Celestes Gift könnte sich durch meine unüberlegte Aktion mit Dale wieder in meinem Körper ausgebreitet und mich gelähmt haben. Da bin ich fast schon erleichtert, als ich sehe, dass sich nur etwas Efeu um meine Unterschenkel gewickelt hat und mich gefangen hält.

Moment mal ... Was? Wie ist das möglich?

»Sie atmen jetzt erstmal tief durch und essen das«, sagt die Frau und zieht etwas aus der Tasche ihrer Latzhose hervor. »Dann lasse ich Sie auch wieder gehen.«

Sie lässt mich wieder gehen?

Kopfschüttelnd starre ich erst die Efeuranken um meine Füße und Unterschenkel an, dann wieder die Frau. Heißt das, sie kann die Pflanzen manipulieren, und ...?

»Sie haben wohl noch nie 'ne Dryade gesehen, was?«, sagt die junge Frau lachend. Sie nimmt meine Hand und drückt etwas Kleines hinein, das ein leises Rascheln von sich gibt.

»Und was genau soll das bringen?«, frage ich und beäuge den Gegenstand. Es ist eine gelbe Kugel, die in durchsichtige Plastikfolie gewickelt ist. Ein Bonbon.

»Fragen Sie nicht so viel und tun Sie's einfach«, murrt die Dryade und wischt sich mit einem geblümten Stofftaschentuch über die dunkle Haut.

Genervt wickle ich das Bonbon aus dem Papier und stecke es mir in den Mund.

»Zufrieden?«, nuschele ich, verziehe dann aber gleich das Gesicht. »O Gott! Warum ist das denn so sauer?«

»Sauer macht lustig, Miss«, erwidert die Dryade lachend und schnippt mit den Fingern. Diesmal nehme ich das leise Knistern ihre Magie wahr und beobachte fasziniert, wie sich der Efeu in Windeseile zurückzieht.

»Rose? Ärgerst du wieder unsere Gäste?«, fragt eine tiefe Männerstimme. Stampfende Schritte nähern sich uns, dann stehe ich plötzlich einem Mann gegenüber, den ich bisher noch nicht kennengelernt habe. Bei der Anzahl an Bewohnern des Gasthauses ist das aber nicht weiter verwunderlich.

»Ärgern? Ich doch nicht, Al«, sagt die Dryade kichernd und piekst ihm grinsend in die Brust. »Wir Greys sind doch hier, um magischen Wesen in Not zu helfen.«

»Meine Güte, wie oft muss ich noch sagen, dass ich nicht in Not bin?«, frage ich und schüttle den Kopf.

Ein tiefes Lachen erklingt und lässt mich zu dem Mann aufblicken. »Glauben Sie mir, es ist besser, wenn Sie ihnen das nicht bereden. Die Greys treiben Sie sonst in den Wahnsinn.«

Verwundert runzele ich die Stirn. »Heißt das, Sie waren auch ...?«

»O ja, und wie er in Not war«, sagt Rose und schlingt ihre Arme um ihn.

Ich höre ihn seufzen, doch sagt er nichts mehr, mustert mich bloß neugierig.

»Starr nicht so, Al«, murrt Rose und zwickt ihn in die Seite.

Al räuspert sich und richtet den Blick schnell auf den Boden. »Entschuldigen Sie. Ihre Seele ist nur sehr ... interessant.«

»Meine was?«, frage ich und weiche ein Stück zurück.

Welches magische Wesen kann Seelen sehen? Ich dachte, das wäre nur ein religiöses oder philosophisches Konzept.

»Machen Sie sich nichts draus. Er ist immer ein bisschen komisch, bis man ihn besser kennenlernt«, sagt Rose lachend und wuschelt ihm durch die weißblonden Haare.

»Ich hab' dir doch gesagt, dass die meisten Leute das merkwürdig finden, Al«, sagt sie, was ihm bloß ein leises Brummen entlockt. Mit einem letzten Blick auf mich löst er sich von Rose und nimmt seine Arbeit im Garten wieder auf.

Seufzend blickt Rose ihm hinterher, wie er in einem rostigen Schubkarren morsche Bretter und Äste wegfährt.

»Man gewöhnt sich echt daran. Und wenn er Ihnen einen Rat gibt, sollten Sie darauf hören«, sagt sie ernst und blickt mich aus ihren leuchtend grünen Augen an. »Ihr Seelenheil könnte davon abhängen.«

»Mmmhmmm«, mache ich und tue so, als würde ich ihr glauben.

Seelenheil? Was für ein Quatsch!, denke ich, als ich mich im Garten umsehe. »Ähm … Könnten Sie mir sagen, wie ich zum Haus zurückkomme?«

»Ich wollte uns sowieso gerade was zu Trinken holen«, sagt Rose und deutet in die Richtung, in die Al verschwunden ist. »Ich bringe Sie hin.«

»Danke …«, murmele ich, auch wenn ich lieber allein wäre.

»Haben sich die Pflanzen gut um sie gekümmert?«, fragt Rose, als die weiße Fassade des Gasthauses hinter ein paar unförmigen Büschen in Sicht kommt.

»Hm?«, mache ich und reiße erschrocken die Augen auf. Erst jetzt fällt mir ein, wie ich aussehen muss. Als hätte ich mich im Dreck gewälzt.

»Sieht ganz so aus«, sagt Rose mit einem Lächeln und klopft einem Baum neben uns auf die rissige Rinde. »Mich haben sie sogar vor dem Jenseits bewahrt.«

»Wie bitte?« Abrupt wirbele ich zu ihr herum.

»Ach, nicht so wichtig«, sagt Rose und schlägt sich in der nächsten Sekunde gegen die Stirn. »Tut mir leid, ich habe vergessen, dass ich Sel ein paar Erdbeeren holen sollte.«

Sie deutet auf den Weg, der uns zur großen Wiese hinter dem alten Gasthaus geführt hat. »Den Rest schaffen Sie sicher auch allein.«

Sie winkt mir zu, dann ist Rose hinter der nächsten Biegung verschwunden und ich ganz allein in diesem Teil des Gartens. Bloß gut, dass ich ihr und Al angezogen gegenübergetreten bin. Was hätten sie nur über mich gedacht, hätten sie mich auf der Lichtung neben dem Pavillon gefunden?

»O Gott, ist das peinlich!«, murmele ich und eile auf das Halfway House zu. Dabei bete ich, dass mir niemand entgegenkommt, und werde dieses eine Mal erhört. Das ändert sich aber, als ich unser … äh … Dales Zimmer erreiche.

»Guten Morgen, Babygirl. Hast du endlich ausgeschlafen?«, begrüßt mich Dale und richtet sich auf. Er liegt auf dem Bett und trägt nichts als einen Bademantel. Seine Haare sind nass, als wäre er gerade erst aus der Dusche gekommen.

»Lass mich einfach in Ruhe, Milchbubi«, murmele ich und steuere sofort das Badezimmer an, um auch die letzten Spuren der Nacht fortzuwaschen. Und um noch etwas länger allein zu sein. Dale jetzt wieder gegenüberzustehen, macht nur umso deutlicher, wie falsch ich lag. Da ist noch immer dieses aufgeregte Kribbeln in mir und Herzrasen, als mein Blick auf seine nackte Brust fällt. Ich kann mich gerade noch davon abhalten, ihn tiefer gleiten zu lassen. Das hätte mich wirklich verraten.

»Was ist denn mit dir los? Ich dachte, wir ...«, setzt Dale an, doch hebe ich schnell die Hand.

»Es gibt kein Wir, verstanden? Das war nur für eine Nacht, mehr nicht«, sage ich und zerre an der Schublade der Kommode, um mir frische Klamotten herauszuholen.

Erschrocken zucke ich zusammen, als Dale plötzlich hinter mich tritt und seine Arme um mich legt. »Aber warum sollten wir aufhören, wenn es doch so viel Spaß gemacht hat?«

Ich schnaube und reiße mich von ihm los, was gar nicht so leicht ist. Dale ist mir körperlich gerade überlegen und am liebsten hätte ich nachgegeben, mich enger an ihn gedrückt.

Nein, das macht es nur schlimmer, wenn er dich fallen lässt, denke ich und bringe einiges an Abstand zwischen uns.

»Ich bin nicht hier, um Spaß zu haben, Dale. Ich habe einen Auftrag zu erledigen«, sage ich bestimmt und bin stolz auf mich, dass man mir gar nicht anhört, wie sehr ich mich nach Dale sehne. »Das gestern Nacht war ein Ausrutscher. Wenn es nach mir geht, ist es gar nicht passiert.«

»Was ist denn auf einmal mit dir los?«, fragt Dale und wirkt ernsthaft überrascht über mein Verhalten.

Langsam schüttle ich den Kopf. Dachte er wirklich, dass wir das fortsetzen können, wenn wir auf zwei verschiedenen Seiten stehen? Was würden seine *Eternal Survivors* dazu sagen?

»Nach unserem Treffen mit den Agents des Instituts kehre ich nach Hause zurück«, sage ich und straffe meine Schultern. »Ich hätte erst gar nicht mit dir zu den Wölfen gehen sollen.«

»Nach Hause? Das ist doch total umständlich, Cora«, sagt Dale und macht ein paar Schritte auf mich zu. Ein Blick von mir reicht jedoch, um ihn aufzuhalten.

»Und wenn schon. Es ist dein Zimmer und ich bin dir lange genug auf die Nerven gegangen«, entgegne ich und drehe mich zur Badtür um. »Warum sonst hättest du mich allein die Nacht draußen verbringen lassen?«

Der letzte Satz kommt mir schneller über die Lippen, als mir lieb ist. Am liebsten hätte ich ihn gar nicht ausgesprochen, vor allem nicht mit so viel Schmerz und Ärger in der Stimme. Dale soll nicht wissen, wie sehr mich unsere gemeinsame Nacht durcheinanderbringt, wie sehr *er* mich durcheinanderbringt. So sehr, dass ich sogar meine Pflichten vergessen habe.

»Dann hast du meine Botschaft nicht gesehen?«, fragt Dale und klingt plötzlich so, als hätte er eine Erleuchtung gehabt.

»Welche Botschaft? Was ändert das an dem Fakt, dass du mich ...?«, setze ich an, doch legt Dale mir urplötzlich einen Finger auf die Lippen und lächelt mich an.

»Na, die Baumrinde, Cora«, sagt er und zieht fragend eine Augenbraue hoch. *»Zweite Runde in unserem Zimmer?«*

»Was? Ich ...« Verwirrt schüttle ich den Kopf und versuche, mich von Dale loszumachen, doch lässt er mich nicht. Wenn überhaupt zieht er mich noch enger an sich heran.

»War vielleicht nicht meine beste Idee, es in eine Rinde zu kratzen ...«, sagt er und seufzt leise. »Aber ich wollte dich nicht einfach so allein lassen.«

»Wer zum Teufel nutzt heutzutage noch Baumrinde für sowas?«, frage ich, weil ich ihm kein Wort glaube. Männer wie Dale hätten sicher alles gesagt, um einen Streit zu vermeiden.

»Ja, ja ich weiß. Das war echt dämlich«, murmelt er und hebt beschwichtigend die Hände. »Aber du warst nicht allein. Nicht die ganze Zeit, zumindest.«

Mit der freien Hand kratzt sich Dale am Kopf und wirkt fast verlegen. »Ich bin bis kurz vor Sonnenaufgang geblieben.«

»Was?«, frage ich überrascht und suche in seinem Gesicht nach einem Zeichen dafür, dass er mich anlügt. Normalerweise bin ich als Jägerin gut darin, aber so wie Dale mich anlächelt, scheint es die Wahrheit zu sein.

»Ich war auch ein bisschen verwundert, aber ...«, er zuckt mit den Schultern und lacht leise. »Hätte ich so einen schicken Sonnenring wie du oder Kitty, wäre ich gar nicht gegangen.«

Also daher weht der Wind. Er will nur einen Sonnenring, erkenne ich und Enttäuschung macht sich in mir breit.

»Ja, klar«, sage ich und schaffe es nun doch, mich von ihm zu befreien. Ein Teil von mir will ihm glauben, so sehr, dass es fast schon wehtut, aber mein Herz hat in meinem langen Leben schon zu viel durchgemacht, um jetzt unvorsichtig zu werden.

»Warum hast du mich dann nicht einfach geweckt?«, frage ich und weiche vor ihm zurück.

Dale zuckt mit den Schultern. »Du hast so tief geschlafen, da wollte ich das nicht. Du kannst das ja immer noch gut gebrauchen und ...«

»Was soll das denn jetzt heißen?« Ich habe Mühe, meine Stimme noch im Zaum zu halten, aber wenigstens ist nun alles wieder wie zuvor. Dale macht mich wütend, anstatt mich zu erregen. Damit kann ich besser umgehen und dieses blöde Kribbeln hoffentlich endlich hinter mir lassen.

»Dass ich mir Sorgen um dich gemacht habe und es noch immer tue, obwohl ich es nicht sollte«, entgegnet Dale mit leiser Stimme und wirkt nun so durcheinander, wie ich mich fühle. Als wollte auch er seine Gefühle am liebsten ignorieren.

Diese eine Antwort, der Ernst in seiner Stimme, lassen die Wut in mir verrauchen. »Was?«

»Ich wollte dich nicht allein lassen, wirklich nicht«, beteuert er und zieht mich in seine Arme. »Aber ...«

»Du wärst verbrannt, wenn du geblieben wärst«, sage ich und begreife langsam, dass ich ihn mal wieder völlig falsch eingeschätzt habe.

Oder ist auch das nur ein Spiel? Will er mich damit dazu bringen, ihnen Sonnenringe zu besorgen?

Fest presse ich die Lippen aufeinander. Ich würde ihm so gerne glauben, aber die Zweifel bleiben. Fürs Erste gebe ich mich geschlagen, lasse es sogar zu, dass Dale mich ins Badezimmer führt, aber die Sorge bleibt.

»Die Kerzen sind vielleicht ein bisschen Overkill«, sagt er, als er mich ins Bad schiebt und ich überrascht die Augen aufreiße. »Aber das Wasser sollte noch warm sein.«

Was ich vor mir sehe, bestätigt seine Worte. Er hat wirklich auf mich gewartet. Die Badewanne ist mit dampfendem rosa Wasser und reichlich Schaum gefüllt und alle Oberflächen des Bads mit Kerzen zugestellt. Es kommt mir vor, als wäre ich geradewegs in einen dieser kitschigen Liebesfilme der Sterblichen gestolpert.

»Ja, ein bisschen zu viel ...«, murmele ich und mache mich von ihm los. Das alles macht es noch schwerer, ihn zu durchschauen. Hat er es nur getan, um mir etwas Gutes zu tun?

Ich seufze und blicke mich im vom Kerzenlicht erleuchteten Bad um. Irgendwie werde ich das Gefühl nicht los, dass er sich zu sehr darum bemüht, mir zu gefallen. Dass er das nur getan hat, weil er irgendwelche Hintergedanken hat.

»Wenn du willst, leiste ich dir auch Gesellschaft«, sagt Dale, als ich mich zu ihm umdrehe. So wie er mit den Augenbrauen wackelt, kann ich mir schon vorstellen, was er damit meint. Sofort ist das Kribbeln zurück und mein Verstand malt sich bereits aus, wie es wohl sein würde hier mit ihm ...

»Nein«, sage ich ein bisschen zu laut und schiebe ihn durch die Tür zurück in sein Schlafzimmer. »Ich brauche jetzt Ruhe.«

Dale setzt schon zum Protest an, doch habe ich ihm da schon die Tür vor der Nase zugeschlagen und den rostigen Riegel vorgeschoben. Langsam gehe ich von der Tür weg, bis ich gegen die Wanne stoße. Ich atme ein paarmal tief durch, um mich zusammenzureißen.

Gut gemacht, Cora, lobe ich mich innerlich, als sich mein Herzschlag einigermaßen beruhigt hat. *Besinne dich darauf, weshalb du hergekommen bist.*

Ich nicke entschlossen und steige kurz darauf in die Wanne, um die Erinnerungen und das Verlangen der letzten Nacht von meiner Haut zu waschen. Wenn ich das Bad später verlasse, werde ich wieder die Cora Harrow sein, die ich vor meinem Kampf mit Celeste war: eine Jägerin im Auftrag des Rats, die ihre Pflichten über alles stellt. Nur so werde ich der verfluchten Anziehungskraft zwischen Dale und mir entkommen.

Hoffe ich zumindest ...

KAPITEL 18
CHASE NETTLEHAM

DALE

Nach der gestrigen Nacht fühle ich mich gut, richtig gut. Cora mag mich vorhin zwar abgewiesen haben, aber das ist ganz klar meine Schuld. Ich hätte gleich wissen sollen, dass sie die Baumrinde keines Blickes würdigen würde. Wer erwartet darauf schon eine Nachricht?

Das war mal wieder ganz schlau von dir, Dale Jones, sage ich mir, kann mir ein Lachen aber nicht verkneifen.

Ein Glück, dass ich die Wanne schon vorbereitet hatte ...

Ich seufze und folge Cora das Treppenhaus hinab. Unten im Foyer warten wahrscheinlich schon die Agents, die während unserer Befragungen präsent sein sollen. Immerhin ist Dos Mutter dabei, da brauche ich mir also nicht allzu große Sorgen zu machen. Außerdem sind sie hier, um uns zu schützen, wenn ich Earl gestern richtig verstanden habe.

Hoffentlich hat er recht ...

Bleibt also nur Cora, die wir überzeugen müssen. Und das ist alles andere als leicht, vor allem seit gestern Nacht. Ich weiß auch nicht wieso, aber ich will Cora einfach nicht gehen lassen. Ich will nicht, dass es bei dieser einen Nacht bleibt, wie sie es vorgeschlagen hat.

Nur wie sage ich ihr das, verdammt?

Diese Frage beschäftigt mich, seit Cora in meinen Armen eingeschlafen ist. Seit Stunden zermartere ich mir das Gehirn, wie ich sie darauf ansprechen soll. Ich kann ihr das ja schlecht so direkt sagen, oder?

Ich schnaube und schüttle vehement den Kopf, als wir den ersten Stock erreichen. *Da würde sie mir ganz sicher eine Abfuhr erteilen oder mir gleich den Hals umdrehen.*

Als Cora vor mir auf den letzten Treppenabgang zusteuert, erhasche ich einen kurzen Blick auf ihr Gesicht. Gut gelaunt sieht definitiv anders aus. Als hätte sie die Cora, die ich gestern Nacht kennengelernt habe, tief in ihrem Inneren vergraben und gegen die knallharte Vampirjägerin ausgetauscht, die nur hier ist, um ihren Auftrag zu erledigen.

Na, das kann ja noch heiter werden, denke ich missmutig, kurz bevor wir das Foyer erreichen. Der Klumpen in meinem Magen wächst. Coras eisernes Schweigen macht das auch nicht besser. Mehrmals habe ich auf unserem Weg versucht, diese Stille zwischen uns zu beenden, aber ich weiß nicht, was ich zu Cora sagen soll.

Ich bin Dale Jones, verdammt. Ich werde sie schon überzeugen, rede ich mir ein und nicke entschlossen. *Wenn schon nicht mit Worten, dann mit Taten.*

Kurz schleicht sich die Erinnerung an letzte Nacht in meine Gedanken und bringt diese aufregende Hitze in mir zurück. Sie wandelt sich jedoch schlagartig in Eiseskälte, als ich das Foyer erreiche und fast gegen Cora pralle. Wie angewurzelt steht sie mit dem Rücken zur Treppe am äußersten Rand der Eingangshalle. So, wie sie plötzlich ihre Hände zu Fäusten ballt, weiß ich gleich, dass etwas nicht stimmt.

»Was ist? Geht's dir schlechter?«, frage ich und berühre sie vorsichtig am Arm. Sofort macht sie sich von mir los, ohne mich auch nur eines Blickes zu würdigen.

»Was machst du hier, Chester?«, fragt sie stattdessen und lässt mich überrascht aufschauen.

Chester? Wer zum Teufel soll das denn sein?

Die Fragen lösen sich in Luft auf, als ich einen Mann auf einem der ramponierten Sofas sitzen sehe. Er hat sich weit zurückgelehnt und die Beine übereinandergeschlagen, als wäre er der Besitzer des Gasthauses und wir seine Untergebenen. Das sagt mir zumindest sein falsches Lächeln und der Fakt, dass er sich keinen Zentimeter rührt. »Coralie Harrow ... Wie schön, dich wiederzusehen.«

Ein wütendes Knurren entfährt mir, bevor ich mich zurückhalten kann. Mir gefällt der Typ nicht, erst recht nicht der Ton, in dem er mit ihr spricht. So überheblich, als hielte er sich für etwas Besseres.

»Ah, ist das etwa einer von ihnen?«, fragt der Typ und beugt sich neugierig vor, um mich ausgiebig zu mustern.

Was du kannst, kann ich schon lange, denke ich und werfe ihm einen finsteren Blick zu. Dabei entgeht mir auch nicht der Gürtel, den er sich um die Hüften geschlungen hat. Er sieht fast genauso aus wie Coras. Ein Waffengürtel. Und das kann nur eines bedeuten: Auch er ist ein Jäger des Vampirrats.

»Mutig von dir, ihm ohne Pfahl gegenüberzutreten«, sagt dieser Chester und streicht über die Waffen an seinem Gürtel.

Er wirft mir einen herausfordernden Blick zu, doch lasse ich mich davon nicht beirren. Ich weiß genau, dass er mich damit nur provozieren will, aber da hat er sich den Falschen ausgesucht. Ich werde alles tun, um unsere Unschuld zu beweisen. Keine unüberlegten Aktionen, keine Wutausbrüche, sonst wird dieser Chester nicht zögern und mir einen seiner Holzpflöcke ins Herz rammen.

»Aber die Coralie Harrow würde auch so mit ihm fertig werden, richtig?«, fügt der Jäger mit einem freudlosen Lachen hinzu, klingt jedoch so, als hätte er Zweifel daran. »Na ja, wenn du in gescheiter Verfassung wärst.«

Blitzschnell hat sich dieser Chester vom Sofa aufgerichtet und bleibt nun knapp einen Meter von Cora entfernt stehen.

Viel zu nah, denke ich und wünschte, ich könnte mich vor Cora stellen. Dieser Typ scheint sie nicht sehr zu mögen, was auf Gegenseitigkeit beruht, wenn ich mir ihr wütendes Gesicht ansehe.

»Was machst du hier, Chester?«, wiederholt sie ihre Frage. Noch kann Cora ihre Stimme im Zaum halten, aber man hört ihr die Wut deutlich an.

»Du hast wirklich schon mal besser ausgesehen, Kleine«, sagt Chester mit einem Seufzen, ohne auf Coras Frage zu reagieren. Und dann hat dieser Kerl auch noch den Nerv, ihr eine verirrte Strähne aus dem Gesicht zu streichen.

Dieser ...

Ich stoße ein wütendes Knurren aus und will Chesters Hand wegstoßen, sie ihm am liebsten ausreißen, weil er so nicht mit Cora sprechen darf. Etwas hält mich jedoch zurück. Coras Arm, den sie ausgestreckt hat, um mich aufzuhalten.

»Lass es, Dale. Er ist es nicht wert«, presst sie hervor, ohne unseren Gegenüber aus den Augen zu lassen.

»Hmmm, wie interessant ...«, murmelt Chester und wendet nun endlich seinen Blick von ihr ab. »Dale Jones, richtig?«

Verwundert reiße ich die Augen auf, weil ich nicht gedacht hätte, dass er weiß, wie ich heiße.

»Guck nicht so. Ich habe natürlich sämtliche Akten gelesen, bevor ich hergekommen bin.«

»Ich frage dich ein letztes Mal, Chester: Was machst du hier, verdammt?«, fragt Cora und stößt Chester von mir fort.

»Immer mit der Ruhe, Coralie. Man könnte ja fast meinen, du wärst eine dieser verrückten Wilden«, sagt Chester lachend und hebt beschwichtigend die Hände.

»Sie sind weder verrückt, noch wild. Das wüsstest du, wenn du Mister Greys Berichte aufmerksam gelesen hättest«, entgegnet Cora und baut sich vor mir auf.

Verwundert runzele ich die Stirn. *Beschützt sie mich etwa?*

»Das sind nur Theorien. Der Rat hat mich geschickt, um mir selbst ein Bild von der Lage zu machen«, erwidert Chester und winkt ab. »Ah, wie dumm von mir ...«

Er drängt sich an Cora vorbei und hält mir die Hand hin. »Chase Nettleham, Jäger im Auftrag des Rats der Vampire.«

Unschlüssig starre ich auf seine ausgestreckte Hand und werfe Cora kurz einen Seitenblick zu. So wie sie guckt, hat sie weder mit der Ankunft von diesem Chester-Chase-Typen gerechnet, noch scheint sie erfreut darüber zu sein.

»Sicher, dass das eine so gute Idee ist, Sir?«, frage ich den Vampirjäger und nicke in Richtung seiner Hand. »Sie wollen doch nicht, dass dieser verrückte Wilde ihnen die Gliedmaßen ausreißt, oder?«

»Dale!«, zischt Cora und wirft mir einen warnenden Blick zu, aber ganz so leicht will ich diesen arroganten Arsch nicht davonkommen lassen. Wenn ich ihm schon nicht den Kopf abreißen darf, weil er es auch nur gewagt hat, Cora anzufassen, muss ich es eben mit Worten versuchen. Nicht gerade meine Stärke, wenn ich so geladen bin, aber immerhin zieht der Typ seine Hand zurück.

»Da haben Sie wohl recht, Mister Jones«, sagt er mit seinem falschen Lächeln und nickt.

»Ich bin auch allein in der Lage, mir ein Bild von ihrem Zustand zu machen«, sagt Cora und drängt sich zwischen Chester und mich. »Du kannst jetzt also gehen und dich den großen

Fischen widmen. So etwas ist doch weit unter der Würde des großen Chase Nettleham.«

Chase, Chester oder wie auch immer der Typ heißt, lacht laut und schüttelt den Kopf. »Wenn dieser Grey-Bastard recht hat, dann ist das eine große Sensation. Wie kann ich mir das entgehen lassen, Coralie?«

»Cora«, berichtigt sie ihn mit vor Wut dunklem Blick, doch ignoriert Chester sie.

»Außerdem bist du kaum dazu in der Lage, deinen Job zu machen«, fügt er mit ernster Miene hinzu, doch zucken seine Mundwinkel, als würde ihn das freuen. »Mich hätte Celeste jedenfalls nicht so zurichten können.«

»Mir geht es gut, Chester«, behauptet Cora und verschränkt die Arme vor der Brust.

»Mag sein, aber ich wage zu bezweifeln, dass du noch die besten Interessen des Rats im Sinn hast, Kleine«, erwidert er und wirft mir einen kurzen Seitenblick zu. »Sieht dir gar nicht ähnlich, dass du so leicht die Beine breit machst. Was habe ich dafür nicht alles tun müssen?«

»Jetzt reicht's aber!«, rufe ich und bin drauf und dran auf ihn loszugehen. Was denkt sich dieser eingebildete Vampirheini, dass er sich auch nur traut, so etwas laut auszusprechen?

»Mich auf ein Ekel wie dich einzulassen, war der größte Fehler, den ich je gemacht habe«, entgegnet Cora so leise, dass ich sie fast nicht gehört hätte.

Überrascht reiße ich die Augen auf. *Sie hat ... mit ihm ...? Ihm?*

Bevor einer von uns die Beherrschung verlieren kann, wird die Tür zum Halfway House aufgestoßen. Sonnenlicht flutet das Foyer, erreicht mich aber glücklicherweise nicht.

»Hier ist ja schon mächtig was los!«, ruft eine Männerstimme in amüsiertem Tonfall.

Zwei Gestalten betreten das Halfway House, doch blendet mich das Sonnenlicht zu sehr, um zu erkennen, wer es ist.

»Haben wir etwas verpasst?«, fragt eine Frauenstimme, die mir in den letzten Wochen sehr vertraut geworden ist.

Dorians Mutter tritt in die Mitte des Foyers, dicht gefolgt von ihrem Kollegen. Er war derjenige, der uns nach der Durchsuchung von El Rojos Club über Celestes Gefangennahme informiert hat. Special-Agent Howard.

»Ihr kommt gerade rechtzeitig«, presst Cora hervor und wendet sich den Agents zu, um sie zu begrüßen.

Chester scheint durch ihre Ankunft einigermaßen abgelenkt zu sein, um mich für einen Moment zu vergessen. Gehen wird er jedoch nicht, da bin ich mir sicher. Und noch etwas ist gewiss: Seine Anwesenheit könnte unsere Begnadigung verkomplizieren. Im Gegensatz zu Cora wirkt er mir nicht gerade aufgeschlossen uns *Eternal Survivors* gegenüber.

Ruhe bewahren, Dale. Einfach ruhig bleiben, rede ich mir ein. Ich balle die Hände zu Fäusten und bete, dass mein Temperament nicht mit mir durchgeht, sonst wird mich Chester gleich hier und jetzt exekutieren. Mordlust lag in seinem Blick und die vergeht nicht so leicht, wie ich aus eigener Erfahrung weiß.

Fuck!

KAPITEL 19
WIE ZIVILISIERTE
KOLLEGEN

CORA

»Ihr kommt gerade rechtzeitig«, sage ich an Corey und Agent van Zicht gewandt und bin wirklich froh über ihr Auftauchen. Sonst wäre die ganze Situation zwischen Dale, Chester und mir noch eskaliert. Einen Schwachkopf kann ich bändigen, aber keine zwei auf einmal, vor allem dann nicht, wenn sie sich am liebsten die Köpfe einschlagen würden.

Männer!

»Mir war nicht bewusst, dass Sie ebenfalls anwesend sein würden, Mister Nettleham«, sagt Agent van Zicht und wirft mir einen fragenden Blick zu, der sich ziemlich schnell in Besorgnis wandelt. Wahrscheinlich kann auch sie sich denken, dass seine Anwesenheit Komplikationen mit sich bringen wird.

Während für mich längst klar ist, dass von den Ex-Rogues keine Gefahr mehr ausgeht, wird Chester weniger einfühlsam sein. Gefühle sind für ihn ein Fremdwort. Es ist eine Art Sport für ihn, auf denen anderer herumzutrampeln und sie zu reizen, bis sie die Kontrolle verlieren und ausrasten.

»Der Rat hielt es für das Beste, noch einen Gutachter zu entsenden. Vier Augen sehen bekanntlich mehr als zwei«, sagt Chester mit einem Lächeln, das ich ihm am liebsten mit einem gezielten rechten Haken aus dem Gesicht gewischt hätte. »Vor allem wenn zwei der Augen unter dem Einfluss von Vampirgift zu leiden haben.«

»Meine Augen sind vollkommen in Ordnung«, lüge ich und verschränke die Arme vor der Brust. Chester braucht nicht zu wissen, dass ich bis heute Morgen kaum im Dunkeln sehen konnte, mal abgesehen davon, dass auch meine anderen Sinne beeinträchtigt sind.

»Ja, natürlich.« Er lächelt zwar, seine schneidende Stimme macht aber klar, dass er mir kein Wort glaubt.

»Tu gar nicht so, als wärst du besser als sie«, knurrt Dale und baut sich schon wieder neben mir auf. »Sie hat immerhin Celeste Coulter geschnappt.«

»Ja, und wäre dabei selbst fast draufgegangen«, entgegnet Chester unbeeindruckt und schüttelt tadelnd den Kopf. »Der Rat ist jedenfalls sehr unzufrieden mit Coralies Leistungen und fürchtet, dass das ihre zukünftige Arbeit gefährden könnte.«

»Ist es nicht egal, wie die Ausführung gelaufen ist? Immerhin ist Celeste jetzt hinter Gittern«, sage ich und werfe Chester einen herausfordernden Blick zu.

Er will gerade zu einer Erwiderung ansetzen, und seinem wütenden Gesicht nach keiner guten, doch kommt ihm Corey zuvor: »Wahrscheinlich ist der Rat einfach nur enttäuscht, weil er seine fähigste Jägerin verloren hat.«

Für einen Moment sieht es so aus, als würde Chester den Schwanz einziehen, aber ganz so leicht bekommt man dieses arrogante Arschloch doch nicht klein. Er muss das letzte Wort haben, immer: »Wäre sie so fähig, hätte sie sich nicht so fertig machen lassen. Ich bin hier, um dafür zu sorgen, dass Cora in Zukunft keine Fehler mehr passieren.«

Ich schlucke hart und balle die Hände zu Fäusten, um jetzt ja nichts Unüberlegtes zu sagen. Der Klügere gibt bekanntlich nach, oder nicht? »Dann werde ich dir und dem Rat beweisen, dass es in meinen Fall keinen Grund zur Sorge gibt.«

»Ist das dein verdammter Ernst?«, fragt Dale und will mich zur Seite ziehen, doch bleibe ich standhaft. »Warum lässt du ihn so mit dir reden?«

»Ach, das ist Coralie schon von mir gewöhnt, nicht wahr, Kleine?«, sagt Chester lachend und tätschelt mir den Kopf, als wäre ich ein Kind.

Es kostet mich alles an Selbstbeherrschung, nicht nach seinem Arm zu greifen und ihm sämtliche Knochen darin zu brechen. Das sind insgesamt dreißig auf jeder Seite mit der dazugehörigen Hand. Zu viele in meinem geschwächten Zustand, aber seine Schulter hätte ich locker auskugeln können. Und anders als bei der Durchsuchung des *Infiernos* mit Deputy Daniels hätte ich ihm die nicht wieder eingerenkt.

»Ach, es geht doch nichts über ein paar Sticheleien zwischen Kollegen«, sagt Corey, als hätte er mir meinen Gedanken angesehen. »Etwas, das ich wirklich vermisse, Cora.«

Mit einem knappen Nicken in meine Richtung schiebt Corey sich zwischen Chester und mich, etwas, wofür ich ihm wirklich dankbar bin. Mit seinem Grinsen schafft er es immer, jede noch so brenzlige Situation wieder zu entschärfen.

»Sie beide waren mal Kollegen?«, fragt Dale überrascht und scheint seinen Ärger Chester gegenüber vergessen zu haben. Wie schnell er von einer Emotion zur nächsten springt, ist mir bisher noch gar nicht aufgefallen, aber ich bin froh, dass er sich wieder beruhigt hat. Chester würde sein Verhalten sonst nur als Grund ansehen, Dale und die anderen Ex-Rogues als gefährlich einzustufen. Oder mich als unfähig.

Wenn er doch endlich diesen bescheuerten Rachefeldzug gegen mich beenden würde, denke ich und atme tief durch, um mich wieder zu sammeln.

»O ja, Cora hat früher für das Institut gearbeitet«, erzählt Corey und grinst. »Da hätte ich so einige lustige Geschichten auf Lager und ...«

»Wir sind nicht hier für lustige Geschichten, sondern für harte Fakten, Deputy«, lenke ich ein und blicke mich suchend im Foyer um.

Wo bleibt nur dieser verdammte Mister Grey? Er wollte doch den Vormittag nutzen, um den Bericht durchzugehen.

»Endlich sind wir mal einer Meinung, Coralie«, sagt Chester mit einem Nicken. »Ist schon lange her, dass wir auf derselben Wellenlänge waren. Erinnerst du dich noch?«

Herausfordernd zieht er eine Augenbraue hoch und lässt keinen Zweifel zu, worauf er anspielt.

Wenn er glaubt, mich damit provozieren zu können, hat er sich mächtig getäuscht. Das damals war ein Fehler, den ich verdrängt und am liebsten aus meinem Gedächtnis gelöscht hätte.

»Keine Geschichten, schon vergessen, Chester?«, frage ich und lasse die anderen stehen, um nach Mister Grey zu suchen. Glücklicherweise kommt er gerade die Treppe herunter.

»Guten Morgen, entschuldigt bitte die Verspätung«, ruft er uns zu. »Wir hatten noch ... Ähm ...«

Überrascht hält er inne, als er Chester entdeckt. »Und wer sind Sie, wenn ich fragen darf?«

Offenbar hat auch Mister Grey nichts von Chesters Beteiligung an unserem Meeting gewusst.

Verärgert stemmt Chester die Hände in die Hüften und starrt Mister Grey mit einem finsteren Blick an. »Chase Nettleham, bester Jäger im Dienst des Rats der Vampire.«

Das glaubst aber nur du, denke ich und kann es mir gerade noch so verkneifen, mit den Augen zu rollen.

»So?«, fragt Mister Grey und runzelt die Stirn. »Noch nie von Ihnen gehört.«

Ich muss fest die Lippen aufeinanderpressen, um ja nicht laut loszulachen, weil Mister Grey das so voller Ernst sagt.

Corey ist nicht ganz so erfolgreich und bricht in schallendes Gelächter aus. Als ich einen Blick über die Schulter werfe, sehe ich auch Agent von Zicht lächeln. Dale grinst breit und wirkt zufrieden, dass Chester endlich eine Abfuhr erhalten hat.

»Machen Sie sich nichts daraus, Nettleham. Man gewöhnt sich daran, in Coras Schatten zu stehen«, sagt Corey und klopft Chester im Vorbeigehen fest auf die Schulter. »Das ist wirklich nichts, wofür man sich schämen müsste.«

Wieder mal sehr gut erkannt, Deputy, denke ich, weil Corey ein Auge dafür hat und innerhalb kürzester Zeit die Schwachstellen seiner Gegenüber ausloten kann. Robb war überzeugt, dass es eine Art sechster Sinn ist. Als Coreys Mentor hat er ihm aber dazu geraten, es nicht zu weit zu treiben. Ein weiser Rat, wenn ich mir jetzt Chesters zusammengekniffene Augen ansehe, mit denen er Corey fixiert hält. Ein sicheres Zeichen, dass dieser mal wieder ins Schwarze getroffen hat.

»Was stehen wir hier noch herum? Fangen Sie endlich mit Ihrem Bericht an, Mister Grey«, fährt Chester unseren Gastgeber an. »Ach, und ich soll sie lieb von ihrer Mommy grüßen.«

Eine Sekunde lang verfinstert sich Mister Greys Gesicht, doch lässt er sich nicht von solchen Seitenhieben beirren. »Das wage ich zu bezweifeln, Mister Nettleman.«

»Nettle-ham«, blafft Chester, was Corey wieder auflachen lässt und auch mir ein Gefühl der Genugtuung gibt. Mister Grey wird mir immer sympathischer.

»Oh, bitte entschuldigen Sie, Mister Nettle-ham. Als Halbvampir sind mein Gehör und Gedächtnis leider nicht so gut ausgeprägt wie beim besten Jäger des Rates«, entgegnet Earl Grey bedauerlich und deutet dann in Richtung der Treppe.

»Wenn Sie mir bitte folgen würden. Das Briefing findet in der Bibliothek statt.«

»Earl hat es echt drauf, was?«, flüstert mir Dale zu, als wir den anderen als Schlusslichter hinauf folgen. So gern ich ihm auch zustimmen möchte, schüttle ich den Kopf.

»Es ist verdammt gefährlich, was du da treibst«, sage ich, so leise ich kann, und werfe Dale einen bedeutungsvollen Blick zu.

»Ich weiß nicht, wovon du sprichst«, entgegnet er mit einem Augenzwinkern. Offenbar hat er noch immer nicht begriffen, wie brenzlig die Situation für ihn geworden ist.

»Benimm dich verdammt nochmal«, fahre ich Dale an und packe ihn am Arm. Am liebsten hätte ich ihn durchgeschüttelt oder ihm eine saftige Ohrfeige verpasst, damit er endlich den Ernst der Lage begreift. »Halt am besten die Klappe, bevor du dich noch in Schwierigkeiten bringst.«

»Das ist aber nicht die Art von Dank, die ich erwartet habe«, entgegnet er und versucht, sich aus meinem Griff zu befreien, doch lasse ich ihn nicht entkommen. Rose Grey hatte recht: Die Pflanzen im Garten haben sich gut um mich gekümmert und mir meine Kraft zurückgegeben.

»Was hättest du erwartet? Dass ich dir um den Hals falle?«, frage ich und stoße Dale fest gegen die Wand.

»Joa, das wäre natürlich nicht schlecht, Babygirl«, sagt Dale und breitet die Arme aus, als erwarte er tatsächlich, dass ich mich an ihn schmeiße.

»Schluss jetzt, Dale! Wenn du so weiter machst, war's das für dich. Und für die anderen auch«, entgegne ich und hoffe, dass ihn wenigstens das zur Besinnung bringt. Um sich selbst scheint er sich keine Sorgen zu machen, aber sobald ich die Ex-Rogues erwähne, ändert sich Dales komplette Haltung. Er lässt die Arme sinken, den Kopf ebenfalls.

»Ich wollte dich doch nur verteidigen. Dieser Chester ... So wie er mit dir gesprochen hat ...«, presst Dale wütend hervor und schüttelt energisch den Kopf. »Am liebsten hätte ich ihm dafür mal gehörig die Fresse poliert.«

Genervt rolle ich mit den Augen. »Wenn ihm hier jemand die Fresse polieren darf, dann bin ich das, verstanden?«

Ich will mich gerade umdrehen, um den anderen zu folgen, da zieht mich Dale wieder an sich. »Ich mag es, wenn du so tough bist, Babygirl.«

Ich schlucke, als Erinnerungen an die letzte Nacht meinen Verstand fluten, schaffe es aber, das Kribbeln zu ignorieren und Dale von mir zu stoßen. »Nenn mich ja nicht in Chesters Gegenwart so.«

»Aber wenn wir allein sind, schon?«, fragt Dale grinsend und zwinkert mir zu.

Kopfschüttelnd weiche ich vor ihm zurück und folge den anderen. »Bei dir ist echt Hopfen und Malz verloren.«

In der Bibliothek haben Mister Grey und Kitty unser Treffen gründlich vorbereitet. Auf einem breiten Tisch in der Mitte des Dachgeschosses liegen neben Erdbeerkuchen und Kaffee auch drei fein säuberlich aufgestapelte Berichte über die Genesung der Rogues.

»Entschuldigen Sie bitte, Mister Nettle-ham, aber ich habe nicht mit Ihrem Besuch gerechnet«, sagt Earl Grey und deutet auf die Papierstapel, die sicher für Corey, Agent van Zicht und mich gedacht waren.

»Kitty, sei so lieb und mach uns noch eine Kopie«, wendet er sich an Dales Schwester und reicht ihr ein Exemplar.

»Klar, alles für den besten Jäger des Rats. Bin gleich wieder da«, entgegnet diese zuckersüß, wirft Chester im Hinausgehen aber einen so bitterbösen Blick zu, dass er schlucken muss.

»Nach allem, was ich über Sie gehört habe, dachte ich, Sie hätten Ihre Schülerin etwas besser im Griff, Mister Grey«, sagt Chester und schürzt angriffslustig die Lippen. »Sie sollten Ihr mehr Manieren beibringen.«

»Nach allem, was Sie über mich gehört haben? So, so ...«, sagt Mister Grey und lässt sich mit einem Seufzen auf einem der Stühle uns gegenüber nieder. »Ich wusste gar nicht, dass mein Ruf dem des besten Jägers des Rats vorauseilt.«

»Volltreffer!«, flüstert Corey, versteckt sein Lachen jedoch hinter einem Husten, als er Chesters wütenden Blick bemerkt.

Mit einem trockenen Lachen lehnt sich Chester auf seinem Stuhl zurück und verschränkt die Arme vor der muskulösen Brust. »Es spricht sich eben schnell herum, wenn ein Mentor seine Position ausnutzt, um mit seiner Schülerin zu schlafen.«

»Sag mal, geht's noch?«, ruft Dale und scheint drauf und dran über den Tisch zu springen, um auf Chester loszugehen.

»In Ihrem Fall kann ich es Ihnen gar nicht verübeln, Mister Grey. Da hätte ich auch meine Finger nicht bei mir behalten können«, setzt Chester noch einen obendrauf, um Mister Grey, aber auch Dale zu provozieren.

Widerlicher Dreckskerl!

Dale stößt ein animalisches Knurren aus und spannt seine Muskeln zum Sprung an. Gerade, als ich glaube, er hätte sein Todesurteil unterschrieben, schreckt er jedoch zurück. Agent van Zicht hat ein schweres Buch auf den Tisch fallen lassen, genau zwischen ihn und Chester.

»Das ist genug!«, ruft sie im strengen Tonfall einer Mutter, die mit ihren ungezogenen Söhnen spricht. »Wir sind hier doch nicht im Kindergarten, also lassen Sie uns wie zivilisierte Kollegen arbeiten.«

Sie atmet tief durch, ehe sie sich Chester zuwendet. »Oder wollen Sie, dass Ihr Ruf als bester Jäger leidet, Nettleham?«

Chester sagt kein Wort, aber sein Gesichtsausdruck spricht wahre Bände. Er weiß, dass sie recht hat, aber er wird es Mister Grey und Dale nicht so leicht durchgehen lassen. Wenn er es erst einmal auf jemanden abgesehen hat, tut Chester alles, um diese Person zu brechen.

War es doch eine gute Idee, ihn auf Celeste anzusetzen?

»Was ist eigentlich mit ihr?«, frage ich in die unangenehme Stille hinein. »Mit Celeste meine ich. Solltest du dich nicht um sie kümmern?«

»Das hatte ich mich auch schon gefragt«, stimmt Corey zu und mustert Chester mit neugieriger Miene.

»Habe ich«, entgegnet er schulterzuckend und lässt seine Fingerknochen knacken. »Sagen wir es so ... Celeste muss sich von unserem letzten ... Gespräch erst noch erholen.«

Ich schlucke und kann mir schon vorstellen, was er damit meint. Anders hat sie es zwar nicht verdient, aber trotzdem sind mir viele Methoden des Rats zur Informationsbeschaffung zuwider. Einer der Gründe, warum ich mich nie freiwillig zur Befragung von Gefangenen gemeldet habe. Ich fange sie nur ein, um den ganzen Rest soll sich jemand anderes kümmern.

»Bitte sehr, Sir. Druckfrisch nur für Sie«, sagt Kitty, als sie kurz darauf mit Chesters Kopie zurückkehrt und diese vor ihm auf den Tisch fallen lässt.

»Können wir dann endlich anfangen?«, fragt sie und klingt so, als wolle sie dieses Treffen so schnell wie möglich über die Bühne bringen.

»Nur zu gern«, sagt Mister Grey und macht eine ausladende Geste, um uns zum Hinsetzen aufzufordern. Dabei lande ich ausgerechnet neben Chester, doch bleiben die fiesen Kommentare in den nächsten Stunden aus.

Während Mister Grey den Bericht mit uns durchgeht, macht sich Chester unzählige Notizen in seiner Kopie. Eines muss man ihm lassen: Wenn es darauf ankommt, hält er die Klappe und arbeitet fokussiert.

Obwohl mir schon nach ein paar Seiten der Kopf rauscht, zwinge ich mich zur Konzentration, um so viele hilfreiche Informationen aufzunehmen, wie nur irgend möglich. Dabei fällt mir auch auf, dass Mister Grey und Kitty noch sehr an ihrem Bericht gefeilt haben. Diese Version ist detaillierter und meiner Meinung nach besser als die vorläufige Fassung, die er mir vorgelegt hat. Darin lassen sich einige Argumente finden, die die Freisprechung der Ex-Rogues unterstützen könnten, aber allzu optimistisch will ich nun auch wieder nicht sein. Chester wird uns sicher noch irgendwo reingrätschen.

»Mittagessen ist fertig!«, reißt uns Selenas fröhliche Stimme Stunden später aus Mister Greys trockenem Vortrag. Insgeheim wünschte ich, sie wäre schon etwas eher gekommen und bin damit nicht die Einzige, so erleichtert, wie Corey die Luft ausstößt und aufspringt.

»Ich dachte schon, ich müsste verhungern«, ruft er lachend.

»So schnell geht das bei dir nicht, mein Lieber«, entgegnet Agent van Zicht und klopft ihm grinsend auf den Bauch.

»Au, Grace, nicht da …«, presst Corey hervor und krümmt sich zusammen.

»Oh, entschuldige«, sagt sie und streicht ihm sanft über den Rücken. »Kommt davon, wenn man sich unbedingt mit El Rojo und seinen Leuten anlegen muss.«

»Die Verbrennungen sind noch nicht verheilt?«, frage ich überrascht. Tage nach meinem Kampf mit Celeste und der Razzia im *Infierno* hat er mich im Krankenhaus besucht, selbst in dicke Verbände gehüllt. Trotzdem dachte ich, dass er sich längst wieder davon erholt hat. Seitdem sind schließlich einige Wochen vergangen.

»Wir können nicht alle so gute Selbstheilungskräfte haben wie ihr Blutsauger«, sagt Corey lachend. »Und Hexenfeuer ist mindestens zehnmal gefährlicher als normales.«

»Und selbst mit Magie nur schwer zu heilen ...«, murmele ich, als ich mich an meinen Unterricht bei Felton erinnere. »Scheint so, als hätten wir beide ziemlich gelitten, was?«

»Wie in alten Zeiten eben, Cora«, sagt Corey und klopft mir grinsend auf die Schulter. »So, und jetzt lass uns was essen, damit wir wieder zu Kräften kommen.«

»Muss das jetzt sein? Der Rat hat um schnellstmögliche Bearbeitung gebeten«, wirft Chester ein und deutet auf den Bericht vor sich.

»Was nützt uns das, wenn wir uns wegen Coreys Magenknurren nicht mehr konzentrieren können?«, erwidere ich und nicke den anderen zu.

»Du bist wirklich ganz schön verweichlicht, Coralie«, sagt Chester und donnert seinen Stift auf den Tisch. »Aber nach unserem kleinen Stelldichein hätte ich wissen müssen, wie schnell du aus der Puste gerätst.«

»Du mieser Ver...«, setzt Dale an und sogar Corey schiebt sich mit wütendem Blick vor mich. Ich dränge sie jedoch beiseite und baue mich vor Chester auf.

»Der Einzige, dem dabei die Puste ausgegangen ist, warst du«, erwidere ich mit erhobenem Zeigefinger und ziehe ihn dann ganz langsam ein, genau wie Chesters Schwanz damals.

Chester schluckt, sagt aber keinen Ton mehr. Das erste Mal an diesem Morgen ist er wirklich sprachlos.

»Yes! Zeig's ihm, Ba...«, ruft Dale, doch bin ich blitzschnell bei ihm, bevor er sich noch verplappert.

»Mitkommen, Jones«, knurre ich und reiße ihn am Ohr hinter mir her, bis wir einen Gang im ersten Stock erreichen.

»Aua! Mann, lass mich los!«, ruft er wütend und versucht, sich aus meinem Griff zu befreien. »Ich bin doch kein kleines Kind mehr.«

»Wenn du dich weiter so verhältst, dann schon«, zische ich ihm zu und stoße ihn hart von mir. »Ich sag' es dir ein letztes Mal: Halt dich gefälligst vor Chester zurück oder du lieferst ihm einen triftigen Grund, euch alle hinzurichten.«

»Aber er …«

»Kein Aber, Dale«, rufe ich und zucke selbst zusammen, weil ich so urplötzlich die Kontrolle verloren habe. »Ich werde auch gut allein mit ihm fertig. Und wenn du glaubst, mich so um den Finger wickeln zu können, solltest du es lieber bleiben lassen. Das ist die Mühe nicht wert.«

»Um den Finger wickeln? Hä?«, setzt Dale an und schüttelt verwirrt den Kopf.

»Nur zu, spiel ruhig den Ahnungslosen, aber wir wissen doch beide, was du vorhast.« Ich schnaube wütend und wende mich von ihm ab. »Damit bist du bei mir aber an der falschen Adresse, verstanden?«

»Was …? Aber ich …«, stammelt Dale und scheint Mühe zu haben, sich aus seinem kleinen Lügennetz zu befreien. Was bin ich froh, dass ich es noch rechtzeitig entdeckt habe, bevor ich mein Herz erneut an jemanden verloren habe. Diesem Betrug hätte es ganz sicher nicht standhalten können.

Trotzdem tut es weh, Dale zurückzulassen, mehr als ich mir eingestehen will. Da hilft nur eines: Abstand, und zwar so viel wie möglich. Wird Zeit, dass ich das Halfway House verlasse und nach Hause zurückkehre, egal was Felton davon hält.

Bleibe ich noch länger hier, treibt Dale mich nur endgültig in den Wahnsinn und damit ist wirklich niemandem geholfen.

KAPITEL 20
WIR SIND IM
ARSCH

DALE

»Und? Wie ist es gelaufen?«, ruft Lex aufgeregt, als Earl, Kitty und ich die Küche im Souterrain des Gasthauses erreichen. Die beiden Agents und Chester haben wir im Speisesaal gelassen, wo Sel sie mit allerhand Köstlichkeiten bedient.

Ich glaube nicht, dass sich dieser Arsch mit Essen weich-klopfen lässt, denke ich und kann nur mit Mühe die Fangzähne zurückhalten.

»Dale?« Lex muss mir angesehen haben, dass irgendetwas gewaltig schiefgegangen ist, denn er klingt besorgt.

»Ist das Institut nun auf unserer Seite?«, will Elinor wissen. Die Hoffnung in ihren braunen Augen lässt das ungute Gefühl in meinem Magen wachsen. Am liebsten hätte ich sie beruhigt, hätte ihnen etwas vorgelogen, damit sie sich nicht auch noch Sorgen machen müssen, aber die Begegnung mit Chester und dann dieses komische Gespräch mit Cora ... Das hat mir ganz schön den Wind aus den Segeln genommen.

»Was ist passiert, Junge?«, fragt Nate alarmiert und blickt erst mich, dann Earl an.

Dieser stößt ein Seufzen aus und setzt sich an den Küchentisch. Obwohl er sonst kein großer Fan von Alkohol ist, außer vielleicht von Kittys Early Temple, lässt er sich von Lex die Whiskey-Flasche geben, ehe er von dem Gespräch berichtet.

»Der Rat hat Chase Nettleham geschickt«, sagt er und allein seinen Namen zu hören, weckt erneut die Wut in mir.

»Verdammter Wichser«, knurre ich und schlage so fest auf den Küchentisch, dass das verkratzte Holz ein schmerzerfülltes Knarzen von sich gibt.

»Wie jetzt? Noch so ein Vampirjäger, oder was?«, fragt Lex und blickt sich in der Runde um.

Elinor schnaubt und tauscht einen kurzen Blick mit Nate. »Nicht nur irgendeiner. Neben Cora ist er der beste.«

»Und auch der gefährlichste«, murmelt Nate und trinkt sein Glas in einem Zug aus.

»Was soll das denn jetzt heißen?«, frage ich und runzele die Stirn. »Ich dachte, Hunde, die bellen, beißen nicht ...«

»Ha, von wegen!«, ruft Elinor und schüttelt vehement den Kopf. »Der Typ kennt keine Gnade.«

»Miss Harrow liefert ihre Gefangenen in der Regel in einem Stück ab«, sagt Nate und stürzt den nächsten Drink herunter. »Was man von ihrem Kollegen nicht behaupten kann.«

»Sprich, wir sind im Arsch«, fasst Lex die Situation zusammen und trifft damit den Nagel auf den Kopf.

»Ich dachte, du kennst ihn gar nicht, Earl«, murmele ich und erinnere mich an ihre Begrüßung vorhin im Foyer.

»Vom Gesicht her nicht, aber Nettlehams Ruf eilt ihm voraus«, grummelt Earl und fordert Nate auf, ihm die Flasche zurückzugeben. »Onkel Teddy flucht jedes Mal über ihn, aber Chester ist und bleibt der Favorit der meisten Ratsmitglieder.«

»Alte Chauvinisten!«, murrt Kitty und lässt sich mit missmutiger Miene neben Earl sinken. »Und du kannst Teddy nicht überzeugen, jemand anderen zu schicken? Er ist doch auch im Rat ...«

Earl saugt langsam die Luft ein und schüttelt den Kopf.

»Warum brauchen die überhaupt zwei Leute? Cora reicht doch vollkommen, oder?«, wirft Lex ein. »Mit ihr konnte man sich wenigstens unterhalten, aber der Typ ...«

»Ist ein richtiges Arschloch«, knurre ich und schnappe mir die Flasche von Earl. Ein Drink hilft vielleicht, meine Sinne zu klären und die Wut in mir etwas zu betäuben. »Wenn ihr gehört hättet, wie er über sie geredet hat ...«

»Über wen?«, fragt Lex und reißt die Augen auf. »Cora?«

Ich nicke und wünschte, ich könnte diesem ach so tollen Vampirjäger eine verpassen. Niemand sollte so über sie reden und über Kitty erst recht nicht.

»Mag sein, aber du hast doch gesehen, dass sie bestens mit ihm klarkommt«, sagt Kitty und lacht leise, als sie Coras Geste von vorhin nachahmt. »Sie wird mir immer sympathischer.«

»Ugh! Nicht du auch noch! Was hat sie nur getan, um die Jones-Geschwister so um den Finger zu wickeln«, murrt Lex kopfschüttelnd.

»Sie hat mich nicht um den Finger gewickelt«, murmele ich und nehme gleich noch einen Schluck aus der Flasche. Cora hat vorhin auch sowas gesagt. Dass ich versucht hätte, sie zu ...

Liegt sie damit denn so falsch?, fragt die fiese Stimme in meinem Kopf und lässt mich wütend aufschnauben.

»Wer wen um den Finger gewickelt hat, ist ziemlich egal. Chester werden wir jedenfalls nicht mehr los«, brummt Earl und fährt nachdenklich ein paar Kratzer in der Tischoberfläche nach. »Eine Begnadigung können wir mit ihm als Gutachter auch vergessen.«

»Dann muss Dale sich eben bei seiner neuen Flamme etwas mehr anstrengen«, sagt Lex grinsend und kann sich gerade noch ducken, um der Flasche auszuweichen, die ich nach ihm geworfen habe.

»Red nicht so einen verdammten Scheiß, Lex!«, rufe ich und springe auf. Mit einem leisen Knacken schießen die Fangzähne aus ihrem Versteck hervor.

»Hey! Nicht in meiner Küche«, schallt Selenas Stimme von der Tür zu uns herüber.

»Und nicht mit dem guten Whiskey!«, stimmt Kitty ihr zu und zerrt mich von Lex weg, bevor ich auf ihn losgehen kann.

»Sorry, Coralie, die Nerven liegen wohl gerade ein bisschen blank«, höre ich Selena sagen und fahre zur Tür herum. Neben unserem kleinen Sukkubus erhasche ich gerade noch so einen Blick auf Cora, dann ist sie blitzschnell verschwunden.

»Hm ... Ich dachte, sie wollte sich von euch verabschieden«, murmelt Selena und macht sich dann mit Kitty daran, die Scherben und Überreste des Whiskeys aufzuwischen.

»Verabschieden?«, frage ich, kann mir aber vorstellen, dass mir keine Zeit für Erklärungen bleibt. Nicht, wenn ich Cora noch erwischen will.

»Du und deine große Klappe!«, zische ich Lex zu, bevor ich Cora hinterherstürme.

Im Foyer schaffe ich es, sie einzuholen. Selbst nach ein paar Tagen Ruhe im Halfway House ist Cora lange nicht so ausdauernd wie ein gesunder Vampir.

»Du gehst?«, frage ich, als ich mich vor sie gestellt und am Arm gepackt habe. Die Reisetasche gleitet ihr von der Schulter und landet mit einem dumpfen Schlag auf dem Boden.

»Tu nicht so überrascht. Dachtest du ernsthaft, ich würde bleiben?«, entgegnet sie und versucht, sich von mir zu lösen.

Das hatte ich gehofft, schießt es mir durch den Kopf, doch wollen mir die Worte nicht über die Lippen. Nicht, wenn sie mich ansieht, als würde sie mir am liebsten den Kopf abreißen.

»Warum?«, frage ich und trete zurück.

Cora schnaubt. »Als ob du das nicht wüsstest.«

»Ich weiß es wirklich nicht, verdammt!«, sage ich und raufe mir die Haare. Der Alkohol war wohl keine so gute Idee. Genau wie bei Dad bringt es nur meine schlechtesten Seiten hervor.

»Wie du meinst«, sagt Cora und hebt die Hände. »Sagen wir einfach, es wäre wegen Chester.«

»Wegen dem aufgeblasenen ...«, setze ich an, doch drückt Cora mir die Hand auf die Lippen und blickt sich wachsam im Foyer um. Der Speisesaal ist ganz in unserer Nähe.

»Wenn Chester herausfindet, dass wir uns ein Zimmer geteilt haben – noch dazu ein Bett ...«, setzt Cora an und schüttelt energisch den Kopf.

»Im Bett ist doch gar nichts passiert. Oder hast du das schon vergessen, Babygirl?«, sage ich und kann mir ein Grinsen nicht verkneifen.

»Ich wünschte, ich könnte es«, murrt Cora und greift nach ihrer Reisetasche. »Ruhe und Erholung werde ich hier jedenfalls nicht finden, egal was Felton oder Mister Grey glauben.«

»Ach, komm schon. So übel ist es hier doch gar nicht«, entgegne ich und stelle mich ihr wieder in den Weg.

»Sagt der Typ, der trotz Hausarrest kurz davor war, abzuhauen«, sagt Cora und zieht eine Augenbraue nach oben.

»Dir entgeht aber auch echt nichts.«

»Ganz genau, und es gibt noch genug Vampire, mit denen ich noch eine Rechnung offen habe«, erwidert sie und drängt sich an mir vorbei.

»Du meinst doch nicht etwa Cross?«, frage ich beunruhigt, weil ich durch Elinors und Nates Geschichten weiß, was er ihr angetan hat. »Cora, Mann, bist du verrückt? Der ist nun echt 'ne Nummer zu groß für dich.«

»Lass das nur mal meine Sorge sein«, erwidert sie und stößt mich grob beiseite. »Und spar dir verdammt nochmal diese falsche Besorgnis. Heb dir das Theater lieber für Chester auf.«

»Theater? Welches Theater denn?«, frage ich und folge ihr zur Tür des Gasthauses.

»Wenn du mich verführen willst, um euch einen Vorteil zu verschaffen, bist du bei mir an der falschen Adresse, Dale«, entgegnet Cora und stößt das schwere Holzportal auf. »Und selbst wenn du es geschafft hättest, bezweifle ich, dass meine Meinung den Rat interessiert, jetzt da Chester hier ist.«

»Cora, warte! Was meinst du denn jetzt damit?«, rufe ich und folge ihr hinaus, ohne nachzudenken. Erschrocken zucke ich zurück, doch bleibt der brennende Schmerz aus. Ein kurzer Blick hinauf zum Himmel erklärt auch, wieso: Dichte, dunkle Wolken sind über dem Halfway House aufgezogen, als hätten sie die schlechte Stimmung gespürt.

»Egal, wie sehr ich mich anstrenge, wie viele kriminelle Vampire ich dem Rat überbringe, es wird nie genug sein«, ruft Cora mir vom Platz vor dem Gasthaus zu. »Chester ist und bleibt ihr Favorit, egal wie oft er seine Missionen vergeigt oder wie viele Jäger durch seine Rücksichtslosigkeit in Gefahr geraten.«

»Das meinte ich doch gar nicht«, rufe ich und eile ihr hinterher. »Ich meinte das davor, mit dem Verführen und so …«

»Gibst du immer noch nicht auf? Oder kannst du Lüge nicht länger von der Wahrheit unterscheiden?«, entgegnet Cora und mustert mich mit zu Schlitzen verengten Augen. »Macht Sinn, wenn man bedenkt, was du bisher erlebt hast.«

»So denkst du von mir?«, frage ich und weiß nicht, ob ich wütend auf sie oder auf mich sein soll, weil sie damit irgendwie ins Schwarze getroffen hat. Früher sind mir Lügen viel leichter über die Lippen gekommen als die Wahrheit. Um meine eigene Haut zu retten, und leider auch um das ein oder andere Mädel ins Bett zu bekommen, aber doch nicht bei Cora!

»Weißt du, was das Traurige an der ganzen Sache ist?«, fragt Cora, als sie die Überreste des alten Brunnens in der Mitte des Vorplatzes fast erreicht hat. »Du hättest es gar nicht tun müssen. Ich habe selbst gesehen, wie ihr unter eurem Schicksal leidet und dass ihr alles tun würdet, um das endlich hinter euch zu lassen.«

Mit einem enttäuschten Seufzen dreht sie mir endgültig den Rücken zu. »Ohne Chester oder deine Wutausbrüche, hätte ich euch vielleicht sogar ungestraft rausbekommen. Aber jetzt bin ich mir da nicht mehr so sicher.«

»Cora! Hey, warte!«, rufe ich, als sie sich auf den Weg zur Einfahrt macht. »Lass mich das erklären. So war das doch ...«

Bevor ich den Satz beenden kann, werde ich von einer unsichtbaren Macht erfasst und nach hinten geschleudert, bis ich vor den Treppen auf meinem Allerwertesten lande.

»Ich hab' gesagt, dass du damit aufhören sollst, Dale!«, ruft Cora und fixiert mich mit finsterem Blick. Als sie mich verwirrt bei den Treppen hocken sieht, reißt sie überrascht die Augen auf, macht dann jedoch auf dem Absatz kehrt. Sie geht, ohne sich von mir zu verabschieden. Ohne mir die Chance zu geben, mich zu erklären.

Lex hatte recht: Wir sind im Arsch.

KAPITEL 21
LUXUS DES
OPTIMISMUS

CORA

»Cora? Was machst du denn hier?«, ruft Felton mir überrascht zu, als er mich durch den Garten des Harrow-Anwesens auf die Terrasse zuhalten sieht.

Statt ihm zu antworten, lasse ich mich auf einen der Sessel fallen und schließe die Augen. Die Reise nach Hause war anstrengender als erwartet, doch fühle ich mich lange nicht so entkräftet wie bei meiner Ankunft im Halfway House. Würde ich jetzt schon wieder zusammenklappen, hätte Felton mich sicher dorthin zurückgeschleppt und notfalls ans Bett gekettet.

»Und warum hast du deine Sachen dabei?«, fügt er hinzu, als er die Reisetasche entdeckt, in die ich meine Habseligkeiten geworfen habe. Sie zurückzutragen war nicht gerade leicht.

»Wenn du gekommen bist, um Bericht zu erstatten, hättest du doch nicht gleich deine Tasche mitschleppen müssen«, sagt Felton, weil ich noch immer keinen Ton herausgebracht habe.

Ich seufze tief und öffne die Augen. »Ich bin nicht nur zum Berichterstatten hergekommen. Erholung werde ich im Halfway House bestimmt nicht mehr finden, seit ihr Chester geschickt habt.«

»Höre ich da einen vorwurfsvollen Unterton?«, fragt Felton leise lachend und nimmt einen Schluck aus seinem Weinglas. Die rote Flüssigkeit darin ist aber kein besonders gut gereifter Pinot noir, sondern Blut.

Ohne Felton zu antworten, nehme ich ihm das Glas ab und trinke es in einem Zug leer. Das brauche ich nach dem anstrengenden Rückweg und spüre gleich, wie die Energie zu mir zurückkehrt.

»Was ist? Hat dir dieser vermaledeite Halbling etwa nichts zu trinken gegeben?«, fragt Felton und zieht eine Augenbraue nach oben. »Ich dachte, ich hätte ihn angewiesen, sich um dich zu kümmern.«

»Mister Grey trifft keine Schuld, Felton, und das weißt du«, murre ich und stelle das Glas zurück auf den Tisch zwischen uns. »Meine Rückkehr hat andere Gründe ... Ich ...«

»Und die scheinen mir nicht nur mit Chester zu tun zu haben, richtig?«, fragt Felton und verschränkt die Arme vor der Brust. »Warum erzählst du mir nicht erst einmal, was geschehen ist, bevor du so drastische Entscheidungen triffst.«

»Das war doch keine drastische Entscheidung«, erwidere ich, merke aber selbst, dass ich mich anhöre wie ein kleines, quengelndes Kind.

Ich seufze und überlege, was ich Felton sagen kann, ohne ihm von meinem Ausrutscher mit Dale zu erzählen. Das würde er ganz sicher nicht gutheißen und mich am Ende noch vom Fall abziehen. So sehr mir Dale auch auf die Nerven geht, ja, mich fast in den Wahnsinn treibt, haben er und die anderen es nicht verdient, Chesters üblen Launen zum Opfer zu fallen.

Er konnte Rogues noch nie ausstehen, denke ich und reibe mir über die Augen. Chester war immer der Erste, der sich freiwillig für eine Jagd nach ihnen gemeldet hat. Als wir damals von Celestes Horde erfahren haben, hat er sofort ihre Köpfe gefordert, anstatt den Greys die Chance zu geben, zu helfen. *An seiner Einstellung hat sich bestimmt nichts geändert.*

»Dich beschäftigt wirklich viel, hm?«, fragt Felton, als ich ihm auch Minuten später nicht antworte.

Ich zucke mit den Schultern und massiere mir die Schläfen. Seit ich das Halfway House verlassen habe, haben sie wieder zu schmerzen begonnen. Nicht so schlimm wie vor meinem Besuch bei den Greys, aber angenehm ist etwas anderes.

»Immerhin scheint es dir schon besser zu gehen. Du siehst mehr aus wie du selbst, nicht mehr so schlapp und ausgemergelt«, murmelt Felton und lehnt sich dabei nach vorn, um mich besser ansehen zu können, nicht dass er es mit seinen scharfen Vampirsinnen gebraucht hätte.

»Mir geht es auch viel besser, ehrlich«, sage ich und schenke ihm ein schwaches Lächeln. »Aber ich weiß auch, dass ich noch lange nicht wieder bei hundert Prozent bin.«

»Gut, dann war es also doch etwas wert, dich zu den Greys zu schicken«, brummt Felton und nickt zufrieden. »Immerhin konnten sie dich zur Einsicht bringen.«

Ich seufze, kann es mir aber gerade noch verkneifen genervt die Augen zu verdrehen. Mit den Greys hat das nicht unbedingt etwas zu tun. »Und weil ich noch nicht ganz fit bin, will ich weiterhin mit den *Eternal Survivors* zusammenarbeiten.«

»Mit wem?«, fragt Felton und mustert mich mit gerunzelter Stirn. »Ist das eine Gang, von der ich noch nicht gehört habe?«

Ich lache leise und schüttle den Kopf. »So nennen sich die Ex-Rogues mittlerweile. Alle anderen Bezeichnungen erinnern sie zu sehr an die Zeit bei Celeste.«

»Ah, interessant«, murmelt Felton und legt den Kopf schief. »Erzähl mir von ihnen. Hatte der Halbling wirklich recht?«

Ich nicke, auch wenn ich es selbst kaum glauben kann. So detailliert wie möglich berichte ich Felton, was ich bisher im Halfway House beobachten konnte. Dass ich es nie für möglich gehalten hätte, dass Dale und die anderen einst Rogues waren, wenn ich es nicht vorher gewusst hätte. Sogar von dem widerlichen Geschmack, über den sich Selena beschwert hat, erzähle ich ihm. Oder dass Elinor und Nathaniel zu ihnen gehören.

»Was wollte Celeste denn mit den beiden?«, unterbricht mich Felton, was mich die Schultern zucken lässt.

»Elinor hätte sie nutzen können, um die Bartholomews zu erpressen. Ihre Familie gehört schließlich zur Oberschicht von America und hat viel Einfluss«, sage ich, was Felton mit einem zustimmenden Brummen quittiert. »Aber Nathaniel ...? Vielleicht dachte sie, dass sie so an Geheiminformationen kommen könnte? Er war einer der dienstältesten Archivare in Arcania.«

»Hm, schon möglich«, murmelt Felton und bedeutet mir dann, mit meinen Erzählungen fortzufahren.

»Ich glaube, sie leiden sehr unter dem Hausarrest und der Trennung von ihren Familien«, schließe ich meinen Bericht und muss sofort an Zoe denken, wie sie sich am Lagerfeuer eng an Elinor geschmiegt hat. Oder an Dale, den ich bei meiner Ankunft dabei erwischt habe, wie er das Gelände des Halfway House verlassen wollte. »Es würde ihnen guttun, wenn sie zumindest tagsüber wieder rauskönnten.«

Genau das wolltest du doch erreichen, oder nicht, Dale?, denke ich und schiebe die Erinnerungen an unsere Streits seit letzter Nacht beiseite. Dafür habe ich wirklich keine Energie.

»Sonnenringe? Cora, du weißt so gut wie ich, dass das nicht so leicht ist«, entgegnet Felton mit scharfer Stimme und holt mich zurück ins Hier und Jetzt.

Ich nicke, auch wenn mich seine Antwort enttäuscht. Ich wusste, dass es riskant sein würde, ihn jetzt schon um mehr Privilegien für die Rogues zu bitten. *Ein Versuch war es wert.*

»Bevor wir darüber entscheiden, müssen wir sie erst vollständig beurteilen, Cora«, fügt er hinzu. »Und du weißt, wie sehr ich auf deine Meinung vertraue.«

Ich schnaube. »Aber ist meine Meinung überhaupt noch so viel wert, jetzt da Chester den gleichen Auftrag erhalten hat?«

Nun ist es Felton, der tief die Luft einsaugt und die Augen schließt. »Ich weiß, ihr seid nicht das optimale Team.«

»Das ist noch stark untertrieben«, murre ich und balle die Hände unterm Tisch zu Fäusten zusammen.

»Wenn es nach mir gegangen wäre, wäre dein Urteil mehr als genug gewesen«, fährt Felton fort und ignoriert meine Bemerkung einfach. »Aber nach deinem letzten Desaster von einer Jagd wollten dir die anderen Rückendeckung mitgeben.«

»Rückendeckung? Ernsthaft?«, frage ich und schüttle den Kopf. »Chester ist eher eine Landmine, auf die man versehentlich getreten ist, und die jeden Moment hochgehen könnte, wenn man eine falsche Bewegung macht.«

»Ich weiß.« Felton stößt ein langes Seufzen aus und nickt. »Und ich habe wirklich alles getan, um einen eurer Kollegen zu schicken, aber nach der Sache mit Celeste sind die anderen sehr vorsichtig geworden.«

Mit einem Stöhnen stemmt er den Kopf auf die Hand und reibt sich über die Stirn. Erst jetzt fällt mir auf, dass er angespannter wirkt als sonst. Fast so, als würde auch ihn sehr viel beschäftigen, und sicher weit wichtigere Dinge als eine Nacht mit einem ehemaligen Rogue.

»Was ist los, Felton?«, frage ich greife nach seiner Hand.

»Der Präsident ...«, murmelt er und blickt mich müde an. »Er hat gedroht, den Rat an die kürzere Leine zu nehmen. Um ihn zu besänftigen mussten sie ihren besten Mann schicken.«

»Bester Mann, dass ich nicht lache!«, zische ich und ziehe die Hand zurück.

»Ich weiß, du bist nicht sehr gut auf Nettleham zu sprechen, Cora, aber wir müssen uns beide eingestehen, dass er neben dir die höchste Quote an erfolgreichen Jagden hat«, sagt Felton und legt den Kopf nun ganz auf die kühle Tischplatte. Es sieht ihm gar nicht ähnlich, sich so gehen zu lassen. Normalerweise ist er die Haltung in Person.

Er schnaubt und stößt ein leises Lachen aus. »Weißt du, wer ausgerechnet mir bei der ganzen Debatte helfen wollte?«

Kopfschüttelnd blickt Felton zu mir auf, als könne er es selbst noch nicht glauben. »Teddy Walton.«

»Was? Aber ihr könnt euch doch nicht ausstehen, oder?«, frage ich überrascht, was Felton mit einem Nicken bestätigt.

»Er ist fast so schlimm wie Kieran Grey, so eingebildet und arrogant ... Kein Wunder, dass sie so gut befreundet sind.«

»Und die anderen Ratsmitglieder? Wie stehen sie zu den Ex-Rogues?«, frage ich nervös.

»Nicht gut, Cora. Nicht gut ...«, murmelt er und reibt sich über die Augen. »Teddy und ich, wir sind offen für die Theorien des Halblings, aber auch nur, weil wir noch zu den jüngsten unter den Ratsmitgliedern gehören.«

»Was hat das eine denn mit dem anderen zu tun?«, frage ich und runzele die Stirn.

»Erinnerst du dich noch, was ich dir erzählt habe?«

»Da musst du schon etwas genauer sein. Du erzählst mir immer sehr viel«, erwidere ich mit einem schwachen Lächeln, das Felton sogar kurz erwidert.

»Vampiren, gerade den älteren, fällt es nicht leicht, Neues zu akzeptieren. Besonders dann nicht, wenn diese Neuerung gegen jegliche Logik spricht«, erklärt Felton und macht eine ausladende Bewegung.

»Du meinst die Genesung der Rogues?«

Er nickt und lehnt sich auf seinem Stuhl zurück. »Wenn man sein Leben lang denkt, etwas wäre wahr, und dann wird man plötzlich mit der Möglichkeit konfrontiert, dass dem nicht so ist ... Das ist ein ziemlicher Schock, vor allem, wenn das eigene Leben schon mehrere Jahrhunderte alt ist.«

Überrascht runzele ich die Stirn. Darüber habe ich noch gar nicht nachgedacht. *Sinn macht es aber schon.*

»Bei dir sieht man auch schon erste Anzeichen für diesen vampirischen Starrsinn, Cora«, sagt Felton nach einer Weile und nickt mir lächelnd zu. »Oder wann hast du das letzte Mal eine neue Freundschaft geknüpft?«

Wo ich vor einigen Wochen sicher noch versucht hätte, ihm dieses Verhalten zu erklären, zucke ich jetzt mit den Schultern. Er hat ja recht. Die einzigen Freundschaften, die mir erhalten geblieben sind, sind die mit Corey und Elinor. Letztere habe ich nach Robbs Tod aus den Augen verloren und, wenn ich es recht bedenke, war es Corey, der mich ins *Howling Wolf* oder irgendeine andere abgehalfterte Bar Arcanias geschleppt hat, um unsere Verbindung aufrechtzuerhalten.

Aber was ist dann mit Dale?, flüstert es tief in mir und lässt mich erschrocken zusammenzucken.

»Was ist? Geht's dir nicht gut?«, fragt Felton alarmiert, dem das natürlich nicht entgangen ist.

»Nein, nein, das ist es nicht ...«, murmele ich und dränge den Gedanken an Dale beiseite. Wenn Felton davon erfährt, wäre es endgültig aus für die Ex-Rogues. *Ein Glück, dass er meine Gedanken nur auf Berührung lesen kann!*

»Du hast nur gerade viel im Kopf?«, fragt Felton und ich nicke. »Kenne ich ...«

Eine Weile lang hängen wir unseren eigenen Gedanken und Problemen nach. Dabei kommt mir kurz der beunruhigende Verdacht, dass die Sache mit Dale auch Einbildung gewesen sein könnte. Dass er es nicht getan hat, um sich mein Vertrauen zu erschleichen, sondern weil er …

Ja, klar, wovon träumst du nachts, Cora?, unterbreche ich diesen Gedanken sofort und dränge ihn zurück in die Untiefen meines Verstands. Nach allem, was ich in meinem Leben schon durchgemacht habe, kann ich mir den Luxus des Optimismus nicht leisten.

»Du solltest dich eine Weile hinlegen, Cora. Ruh dich aus, damit du morgen zurück ins Halfway House kannst«, weist mich Felton nach einer Weile an und drückt kurz meine Hand.

»Nicht als Gast, sondern als Gutachter«, fügt er hinzu, als er mir den Protest ansieht.

Erleichtert stoße ich die Luft aus und nicke. »Okay.«

»Lass die Tasche hier. Ich bringe sie dir später hoch«, sagt Felton, als ich danach greifen will.

»So schwach bin ich nun auch wieder nicht«, murre ich, lasse sie aber stehen, weil ich jetzt wirklich etwas Schlaf gebrauchen könnte, um die ganzen Gedanken zum Schweigen zu bringen, die mir seit der letzten Nacht durch den Kopf geistern.

Als ich kurze Zeit später in meinem Zimmer stehe, komme ich mir plötzlich vor wie eine Fremde. Es ist so ruhig hier, so leer und leblos, ganz anders als im Halfway House. Dort war zu jeder Zeit etwas los, aber hier … Hier umfängt mich nur eiserne Stille, die den Gedanken noch mehr Raum zum Wachsen gibt.

So eine verdammte Scheiße!

KAPITEL 22
IM SELBEN SARG

DALE

Seit Cora um die Mittagszeit das Halfway House verlassen hat, sitze ich nun schon im Foyer und warte, dass sie zurückkommt. Dass sie sich eingesteht, einen Fehler gemacht zu haben. Dass ich die Chance bekomme, mit ihr zu sprechen und dieses Missverständnis, an dem sie so eisern festhält, ein für alle Mal aus dem Weg zu räumen.

Wenn du mich verführen willst, um euch einen Vorteil zu verschaffen, bist du bei mir an der falschen Adresse. Wieder und wieder gehen mir ihre Anschuldigungen durch den Kopf, während der Mond draußen die Sonne ablöst und es im Gasthaus der Greys nur noch lebendiger wird.

Grüppchenweise kommen die anderen Vampire aus ihren Zimmern herunter, schlagen entweder den Weg in Sels Küche ein oder machen sich auf zum Camp der Werwölfe, um sich dort an den Lagerfeuern die Zeit zu vertreiben.

Lex und auch ein paar andere, versuchen mich zu überreden, sie zu begleiten, doch steht mir nicht der Sinn danach.

Ich kann mich einfach zu nichts aufraffen, seit Cora weg ist. Mir ist nicht einmal eine fiese Erwiderung eingefallen, als sich dieses Chester-Arschloch wütend verabschiedet hat, weil Cora alles hat stehen und liegen lassen.

»Das wird noch ein Nachspiel haben«, hat er mehrmals betont, aber niemand hat ihn wirklich für ernst genommen. Wie können wir das, wenn er sich hier aufspielt, als wäre er der größte Macker auf Erden?

Ich stoße ein wütendes Knurren aus und balle die Hände zu Fäusten zusammen. Nicht zum ersten Mal stelle ich mir vor, wie es sich anfühlen würde, Chester windelweich zu prügeln. So hätte ich es vor meiner Wandlung gemacht. Wenn man mir blöd gekommen ist, habe ich meine Fäuste sprechen lassen und in den meisten Fällen so für Ruhe gesorgt. Klar, habe ich hier und da auch ein paar Schläge kassiert, aber wenigstens hatte ich da noch die Kontrolle über mein Leben.

Seit Cora hier aufgetaucht ist, eigentlich schon seit sich mein Verstand während des Genesungsprozesses geklärt hat, habe ich jedoch das Gefühl, nur noch Passagier zu sein. Nichts kann ich selbst entscheiden und alles, alles, was ich tue, hat Konsequenzen. Die Sache mit Cora, aber ganz sicher auch eine Prügelei mit Chester.

»O je, o je, du stierst ja noch immer Löcher in die Luft«, reißt mich eine Stimme aus meinen Gedanken. Elinor steht im Durchgang zwischen Foyer und Treppenhaus und mustert mich besorgt. »Wenn du so weiter machst, müssen Galina und Al die Fassade wieder zumauern.«

Genervt rolle ich die Augen und widme mich den Fransen an einem der Kissen auf meinem Sofa. Seit Stunden zwirbele ich die feinen Fäden auf und werde dafür am nächsten Morgen sicher eine Standpauke von Selena kassieren. *Irgendwie muss ich mich ja beschäftigen.*

»Wenn du darüber reden willst ...«, sagt Elinor, als sie sich neben mich auf dem Sofa niederlässt.

Ich schnaube und schüttle den Kopf. »Damit dann gleich jeder davon erfährt? Nein, danke.«

»Hey, ich kann schweigen wie ein Grab. Lex ist die Tratschtante unter uns«, entgegnet sie und legt sich die Hand an die Brust, als würde sie einen Eid schwören.

»Und wenn schon«, murre ich und reiße an einem losen Faden. Mit einem Ratsch öffne ich damit die Naht, sodass sich keine Sekunde später weiße Federn auf dem Sofa verteilen.

»Ich weiß, dass zwischen dir und Cora etwas gelaufen ist«, sagt Elinor und lässt mich zu ihr aufblicken. »Also, was genau ist passiert?«

Seufzend lasse ich den Kopf sinken. »Wenn es nach ihr geht, nichts ...«

»Nach Cora habe ich nicht gefragt«, entgegnet Elinor und stupst mich in die Seite. »Nun spuck's schon aus, Dale. Ich erzähle echt niemandem davon, ganz besonders Lex nicht.«

Seufzend schließe ich die Augen und lehne mich auf dem Sofa zurück. Es fällt mir verdammt schwer, Elinor von letzter Nacht zu erzählen. Über meine Gefühle zu reden, ist normalerweise nicht meine Stärke, auch weil es noch nie vorgekommen ist, dass ich so starke hatte.

»Also daher weht der Wind«, murmelt Elinor, als ich meine Erzählung beende.

»Du wirkst nicht gerade überrascht«, stelle ich fest, weil ich eher damit gerechnet hätte, dass sie mich anschreit. Dass sie sagt, ich hätte den Verstand verloren. Oder dass ich Cora und all das gleich wieder vergessen soll.

Elinor schüttelt den Kopf und klopft mir mit mitleidigem Blick auf die Schulter. »Ich kenne Cora lange genug und weiß, wenn sie jemanden mag. Ich habe sie damals zusammen mit Robb erlebt.«

»Ich glaube nicht, dass sie mich mag. Im Gegenteil«, murmele ich und versuche vergeblich unsere letzten Gespräche aus meinen Gedanken zu verdrängen. »Sie hat mir unterstellt, ich würde sie damit nur ausnutzen wollen.«

Elinor gibt mir einen Klaps auf den Hinterkopf. »Liegt sie damit denn so falsch, hm?«

Genervt stoße ich die Luft aus und zucke mit den Schultern. »Am Anfang war es schon so, aber jetzt ... Nach allem, was ich über sie weiß und ...«

Wütend zupfe ich weiter an der aufgetrennten Naht herum, bis ich fast die gesamten Federn über meinen und Elinors Schoß verteilt habe.

»Ich will nur, dass sie glücklich ist«, wispere ich so leise, dass Elinor mich hoffentlich nicht gehört hat. So etwas, einen solchen Wunsch, hatte ich noch nie, höchstens für Kitty und Mom, aber nicht für eine völlig Fremde.

»Verständlich«, sagt Elinor und lächelt mich an. »Aber davon ist Cora noch weit entfernt.«

Ich nicke, weil mir das natürlich klar ist. So hart, wie Cora mit sich selbst ins Gericht geht und dann auch noch diese blöde Rivalität mit Chester ... »Ich weiß, dass das alles nicht so leicht ist. Und ich bin ganz sicher der Letzte, der ihr das geben kann. Mal abgesehen davon, dass das ja auch irgendwie euch betrifft und ... Warum ist das alles so verdammt schwer, Mann?«

»Willkommen in der Welt der Erwachsenen, Mister Jones«, sagt Elinor lachend und stupst mich wieder in die Seite.

»Sehr lustig«, murre ich und rücke von ihr ab.

Recht hat sie trotzdem. Bisher bin ich immer vor meinen Problemen davongelaufen, habe versucht sie zu ertränken oder sonst wie zu betäuben. Mittlerweile habe ich eingesehen, dass das nie etwas gebracht hat.

»Egal wofür du dich entscheidest, wir halten dir den Rücken frei, Dale«, sagt Elinor und zieht mich kurz in die Arme. »Wir sitzen doch alle im selben Boot.«

»Du meinst wohl eher im selben Sarg«, murmele ich, was sie zum Lachen bringt.

»Nächstes Mal kommst du gleich zu mir, statt dich so fertig zu machen, okay?«, weist sie mich an und zieht mir an den Wangen, als wäre ich ein kleines Kind.

»Cora hat das all die Jahre über gemacht und wir sind uns sicher beide einig, dass ihr das nicht gutgetan hat«, fügt sie mit einem leisen Seufzen hinzu und lässt endlich von mir ab.

»Danke«, sage ich, als sie aufsteht und sich die Federn von Rock und Bluse klopft.

»Dafür sind wir doch da, Dale«, entgegnet Elinor und blickt sich in der Eingangshalle um. »Aber jetzt sollte ich lieber verschwinden, bevor Lex uns noch findet und belauscht.«

»Halte ihn ja von mir fern«, sage ich und hebe abwehrend die Hände. Nicht auszudenken, was er zu all den Dingen sagen würde, die ich Elinor anvertraut habe. Ich bezweifle, dass er so verständnisvoll dafür gewesen wäre wie sie.

»Stör' ich?«, reißt mich eine halbe Ewigkeit später eine Stimme aus den Gedanken. Die letzte halbe Stunde, seit es draußen hell geworden ist, habe ich damit verbracht, die vielen Federn einzusammeln und in den Kissenbezug zurückzustopfen. *Nicht, dass Sel auch mir eins mit ihrer Bratpfanne überzieht.*

»Nö, kein bisschen«, murmele ich und blicke zu meinem Besucher auf. Es ist Dorian, der jüngste der drei Grey-Brüder, und wie immer trägt er sein Skizzenbuch mit sich herum.

»Hat dich die Zukunft nicht schlafen lassen, oder war es Galina?«, frage ich scherzhaft und deute auf die dunklen Ringe unter Dorians Augen.

»Ein bisschen von beidem.« Do seufzt und lässt sich neben mich auf das Sofa fallen, sodass die verbliebenen Federn zu einer Wolke aufsteigen und uns beide husten lassen.

»Also bin ich nicht der Einzige«, murmele ich und werfe neugierig einen Blick auf Dorians Skizzenbuch. Von Kitty weiß ich, dass er die Zukunft darin festhält. Dorian hat ihre Ankunft im Gasthaus vorausgesehen, auch ihre Beziehung zu Earl.

»Gibt's einen Grund, warum du das mitgeschleppt hast?«, frage ich, weiß aber nicht, wie ich ihn darauf ansprechen soll. Kitty meinte nämlich auch, dass Dorians Visionen meist sehr verworren sind und erst hinterher Sinn ergeben. Nicht gerade hilfreich, wenn man sich auf eine ungewisse Zukunft vorbereiten will.

»Ähm, also …«, setzt Dorian an und kratzt sich verlegen den Kopf. »Ich weiß nicht, wie genau ich's erklären soll.«

»Sag's einfach. Nach gestern habe ich keine Lust mehr auf lange Fragerei«, murre ich und lehne mich zurück.

Neben mir saugt Dorian die Luft ein, dann höre ich das Rascheln der Seiten seines Skizzenbuchs. »Du solltest dich von Cora fernhalten.«

»Was?«, frage ich überrascht und springe von meinem Platz auf. Ich hatte fast befürchtet, dass ihm das nicht verborgen bleiben würde. Selena meinte ja schon, dass er Cora und mich zusammen gesehen hätte. Sogar eine Wette hatten sie laufen, aber dass er mich so direkt darauf anspricht, wundert mich.

»Nicht wütend werden, ja? Ich sag' dir nur, was ich gesehen habe«, sagt Dorian und hebt beschwichtigend die Hände.

»Und was wäre das?«, frage ich, wobei sich der Klumpen in meinem Magen wieder zurückmeldet.

»Zuletzt das hier …«, murmelt der jüngste Grey-Bruder. Er dreht das Skizzenbuch so, dass ich einen Blick auf die aufgeschlagenen Seiten werfen kann. Im düsteren Licht des Foyers erkenne ich nur ein Strichmuster, aber als ich genauer hinsehe, wird dahinter eine Gestalt sichtbar.

»Ein Gefängnis?«, frage ich Dorian.

Er nickt langsam und blättert auf die nächste Seite. Sie zeigt die Person hinter Gittern in einer Nahaufnahme und lässt mich erschrocken zurückweichen.

»Das ... Das bin ... ich.«

Wieder nickt Dorian und deutet dann auf die Seite daneben. »Und das ist Coras Vater. Ich habe es extra in der Bibliothek nachgeschlagen, um sicher zu gehen.«

»Felton Harrow?«, frage ich und betrachte das wutverzerrte Gesicht auf der rechten Seite. »Aber was macht er da?«

»Ich weiß es nicht, Dale. Ich kann dir nur zeigen, was ich gesehen und gezeichnet habe. Was es bedeutet ...«, setzt Do an und zuckt mit den Schultern.

»... weißt du oft erst hinterher«, beende ich seinen Satz und wieder nickt er, diesmal mit schuldbewusster Miene.

»Was es auch ist, es scheint mit Cora zu tun zu haben.«

»Alles hat gerade mit ihr zu tun«, murre ich und wende mich einen Moment von Dorian ab, weil meine Fangzähne hervorschießen, wie immer, wenn ich meine Gefühle kaum noch unter Kontrolle habe.

»Vielleicht liegt es an der Entscheidung des Rats, oder aber er hat ein Problem damit, dass du und seine Tochter ... ähm ... den Sarg habt wackeln lassen?«, sagt Do und duckt sich hinter sein Skizzenbuch, als ich zu ihm herumfahre.

»Wehe du erzählst noch jemandem davon«, zische ich und funkele ihn finster an, nicht dass es viel bringen würde. Dorian ist eine genauso große Tratschtante wie Lex. Morgen weiß es wahrscheinlich das ganze Halfway House und dann wäre es sowieso vorbei mit Cora und mir.

Und wieso regst du dich deswegen so auf?, flüstert es in mir, weil dieser Gedanke aus irgendeinem Grund verdammt wehtut. *Ist ja nicht so, als wäre es früher anders gewesen ...*

Fest presse ich die Lippen aufeinander und spüre, wie sich meine Fangzähne in meine Wangen bohren. Leider hat diese fiese Stimme recht. Das ist noch ein Grund, warum meine Beziehungen nie lange gehalten haben. Kein Vater bei Verstand hätte seine Tochter mit jemandem wie mir ausgehen lassen. Daran hat sich nach der Wandlung nichts geändert.

Damals hat es mir nichts ausgemacht. Es war eher eine gute Ausrede, um es leichter zu beenden. Aber bei Cora ...

»Vor ein paar Tagen hätte ich dir noch geraten, es nicht zu sehr zu überdenken, aber jetzt ... Du solltest vorsichtig sein, Dale«, sagt Dorian, der mir angesehen haben muss, was mir gerade durch den Kopf geht. »Vorsicht schadet nie, auch wenn die Vision vielleicht etwas ganz anderes bedeutet.«

Ich sauge die Luft ein und nicke, froh über diese Warnung.

»Es ist extrem selten, dass sich meine Visionen irren und nicht eintreffen«, fügt er hinzu, was mich schlucken lässt. Mein letzter Aufenthalt im Knast war mir schon genug, aber jetzt auch noch von Vampiren eingebuchtet zu werden ...

Was für wunderbare Aussichten!

»In diesem Fall fürchte ich echt, dass deine ähm ... *Nähe* zu ihr dich hinter Gitter bringen könnte«, schließt Dorian seine Einschätzung und klopft mir auf die Schulter.

»Na, ganz toll«, knurre ich und schleudere das zerfetzte Kissen quer durchs Foyer. Mittlerweile ist mir Sels Anschiss scheißegal. Das ist sicher nichts im Vergleich zum Vampirgefängnis, vor allem wenn Coras überfürsorglicher Vater mich verhaften wird. Als er ihr geschrieben hat, endlich wieder das Leben zu genießen, hat er sicher nicht gemeint, sich mit mir draußen im Garten herumzuwälzen und ...

»Was für ein Saustall!«, schallt Chesters Stimme viele Stunden später zu mir herüber und weckt mich aus der Starre, in die ich nach Dorians Besuch verfallen bin. Eigentlich hatte ich gehofft, Cora abpassen zu können, doch musste sie ausgerechnet zeitgleich mit ihrem Kollegen hier ankommen.

»Kann ich kurz mit dir reden, Cora?«, frage ich trotzdem, weil ich dieses Missverständnis einfach aus dem Weg schaffen muss, egal was Dorian gesehen hat. Er war sich ja selbst nicht sicher, was die Gefängnisszene oder Felton Harrows Anwesenheit zu bedeuten hat.

»Ihr duzt euch schon?«, fragt Chester und reißt überrascht die Augen auf. Kurz blickt er zu mir, ehe er sich zu Cora umdreht, die heute schlechter aussieht als gestern. Als hätte sie kein Auge zugetan, auch wenn sie den Schlaf dringend braucht.

»Ah, dann lag ich also richtig mit meiner Vermutung«, sagt Chester und schnaubt amüsiert. »Du weißt schon, dass sie dich geschickt haben, um seinen geistigen Zustand zu beurteilen, nicht seinen physiologischen, oder?«

Erschrocken zucke ich zusammen, als mir klar wird, was er damit andeuten will. Dass Chester uns längst auf die Schliche gekommen ist.

»Das ist ... äh ...«, setze ich an, doch will mir einfach keine gute Ausrede einfallen.

Cora dagegen ist da schneller und stolziert hoch erhobenen Hauptes an ihrem Kollegen vorbei. »War ja klar, dass du gleich wieder Minderwertigkeitskomplexe bekommen musst ...«

Dabei rollt sie mit den Augen und ahmt dieselbe Bewegung nach, die sie schon gestern gemacht hat: ein erhobener Zeigefinger, den sie gleich wieder einzieht.

Obwohl ich nach der Nacht eigentlich keinen Grund zum Lachen habe, kann ich es jetzt nicht zurückhalten. Dafür finde ich es einfach zu komisch, wie Cora mit Chester umspringt und ihn damit doch tatsächlich verärgert.

»Davon sollte ich unbedingt den Rat in Kenntnis setzen«, sagt Chester mit hochrotem Kopf und scheint Mühe zu haben, seine Fangzähne zurückzuhalten. Durch seine Drohung muss ich wieder an Dorians Skizzen von mir hinter Gittern denken. Da bleibt mir das Lachen plötzlich im Hals stecken.

»Und du weißt schon, dass wir nicht hier sind, um irgendwelche Gerüchte in die Welt zu setzen, sondern um dem Rat unsere objektive Einschätzung zu liefern, oder?«, entgegnet Cora kalt, als wäre an der Sache wirklich nichts dran. Scheint so, als hätte sie unsere gemeinsame Nacht schon vergessen.

»Sicher, dass du objektiv bleiben kannst, Coralie?«, fragt Chester mit einem Seitenblick auf mich. Mittlerweile ist er nicht mehr ganz so rot, aber allein an seinen geballten Fäusten erkennt man, dass er Coras Bemerkung noch lange nicht weggesteckt hat.

»Mehr als du, oder warum versuchst du seit damals meine Karriere zu sabotieren, wo es nur geht?«, entgegnet Cora, als sie die Mitte des Foyers erreicht hat.

Seit damals? Schon gestern ist mir der ungute Verdacht gekommen, dass sie mal etwas miteinander hatten. Warum sonst würde Cora solche Bemerkungen über Chesters kleine Nessel machen? Trotzdem ... Dass sich Cora ausgerechnet auf diesen Arsch eingelassen hat ...

Arschlöcher scheinen wohl ihr Typ zu sein, meldet sich die fiese Stimme zu Wort und trifft damit leider mal wieder ins Schwarze. Ich war am Anfang auch nicht gerade die Nettigkeit in Person und es hat trotzdem bei uns gefunkt.

Dachte ich jedenfalls.

»Jetzt bist du diejenige mit den Gerüchten, Coralie«, entgegnet Chester und will noch etwas hinzufügen, als Earl die Treppen heruntergerauscht kommt. Ohne ihn wüsste ich nicht, wie ich die beiden Streithälse beruhigen soll.

»Sollen wir dann mit der Besprechung des Berichts weitermachen?«, fragt Earl in die Runde, gerade als sich die Tür zum Gasthaus erneut öffnet und die beiden Agenten eintreten.

»Nein, das dauert zu lange«, entgegnet Chester und macht eine wegwerfende Geste. »Der Rat hat mir aufgetragen, sämtliche Rogues zu befragen, angefangen mit O'Sullivan.«

»Ex-Rogues«, verbessert Cora ihn, doch ignoriert er sie.

»Und Ihre Anwesenheit ist heute auch nicht vonnöten. Wir werden nur Rogues befragen, die nicht von Celeste gewandelt wurden«, fügt er an Special-Agent Howard und Dos Mutter gewandt hinzu.

Bevor irgendwer von uns etwas erwidern kann, stolziert Chester schon auf die Treppen zu und dreht sich erst kurz vor der Stufe zu uns um. »Und was dich angeht, Coralie ... Vielleicht solltest du dich ein bisschen länger ausruhen. Du siehst noch immer fürchterlich aus.«

»Kann ich nur zurückgeben, Chester«, erwidert sie, ohne eine Miene zu verziehen und rauscht dann an ihm vorbei.

»Seid ihr sicher, dass wir die beiden allein lassen können?«, fragt Earl niemanden bestimmten.

Fast hätte ich laut ausgesprochen, dass mir diese Vorstellung kein bisschen gefällt, aber dann hätte ich Cora und mich erst recht verraten.

»Sollen sie doch machen, was sie wollen«, grummele ich und verziehe mich in mein Zimmer. Nach meinen Gesprächen mit Elinor und Do habe ich einiges, worüber ich nachdenken muss, und das am besten ungestört.

KAPITEL 23
DEM
VAMPIRISCHEN
STARRSINN
VERFALLEN

CORA

»Danke, Mister O'Sullivan. Sie können gehen«, verabschiede ich Nathaniel einige Stunden, nachdem wir unsere Befragung begonnen haben. Im Anbetracht der Umstände hat er sich gut geschlagen und Chester einiges an Kontra gegeben, ohne sich je von dessen Sticheleien und Anschuldigungen aus der Ruhe bringen zu lassen. Etwas, das meinem Kollegen zu missfallen scheint. In der letzten Viertelstunde hat er kaum noch ein Wort gesprochen, sondern einfach nur finster vor sich hin gestiert.

»Siehst du? Ich sagte doch, dass sie kooperieren werden, wenn man freundlich zu ihnen ist«, sage ich zu Chester, weil mir sein Schweigen allmählich unheimlich wird. Wer weiß, was in seinem Kopf vor sich geht. Vielleicht denkt er sich schon all die Methoden aus, mit denen er Dale und die Ex-Rogues hinrichten kann. Überzeugt wirkt er nämlich noch lange nicht.

»Freundlich? Sie sind alle durchgeknallte Mörder, Coralie«, presst Chester hervor und krallt sich an der Tischplatte fest, bis das Holz unter seinen Fingernägeln ächzt.

Kopfschüttelnd rufe ich mir unser Gespräch mit Nathaniel noch einmal in Erinnerung. Mag sein, dass er Chester hier und da ein paar Bretter gegeben hat, aber nichts davon hätte ihn wie einen Mörder aussehen lassen. Da bräuchte man schon viel Fantasie, die ich Chester nun wirklich nicht zutraue.

»Was an seinem Verhalten sah denn bitte wie ein durchgeknallter Mörder aus, hm?«, frage ich wütend. Felton hat recht gehabt. Auch Chester ist dem vampirischen Starrsinn verfallen und will sich einfach nicht von diesem alten Denkmuster abbringen lassen.

»Die Tatsache, dass er so herumdruckst, wann immer wir ihn nach seiner Zeit bei Celeste fragen«, erwidert Chester und begegnet meinem Blick mit grimmiger Miene. »Immer dieses *Ich weiß es nicht*. Oder *Es ist alles so verschwommen*. Das sind doch nur Ausreden, um nichts zugeben zu müssen.«

»Ausreden? Hast du nicht gesagt, dass du Mister Greys Bericht gelesen hast? Dann weißt du doch, dass das Totenblut die Erinnerungen der Ex-Rogues beeinträchtigt hat«, erwidere ich und schüttle den Kopf. Die Beweise für eine Genesung finden sich überall, ebenso für ihre Unzurechnungsfähigkeit während ihrer Zeit bei Celeste.

Und trotzdem will dieser Arsch es einfach nicht einsehen.

»Das kann man leicht in einen Bericht schreiben und als Ausrede verwenden, um das Strafmaß zu mindern«, murrt Chester und schiebt seine Papiere zusammen, eine Sammlung aus Seiten von Mister Greys Bericht und eigenen Notizen.

»Dann verlass dich auf das, was du sehen kannst«, entgegne ich und deute auf den Stuhl, auf dem eben noch Nathaniel gesessen hat. »Wenn du nicht wüsstest, dass er ein Rogue war, hättest du doch keine Veränderung bei ihm bemerkt, oder?«

Nathaniel hat sich verhalten wie immer. Leicht antiquierte Sprechweise, hier und da ein Fachbegriff zu viel, aber sonst war er ruhig und besonnen wie auch bei der Arbeit in den Archiven.

Bei den anderen Ex-Rogues wird es sicher anders sein, vor allem wenn ich an Calvin oder Zoe denke. Sie werden nicht so ruhig bleiben, besonders wenn Chester sie auch noch provoziert. Deswegen habe ich so sehr gehofft, dass unser Gespräch mit Nathaniel für Chester Beweis genug ist, um den Ex-Rogues einen Vertrauensvorschuss zu geben. So wie Chester aussieht, ist jedoch das Gegenteil der Fall.

»Das beweist rein gar nichts, Coralie«, entgegnet er und schiebt seinen Stuhl zurück. »Wer weiß schon, wie luzide diese Monster werden, je länger sie unter dem Einfluss des Totenbluts stehen?«

»Da!«, rufe ich und deute auf Chester. »Da haben wir es endlich. Wir wissen nicht, was das Totenblut auf lange Sicht mit einem Vampir anrichtet, genauso wenig wissen wir aber auch, was passiert, wenn es an Wirkung verliert. Wenn du die Ex-Rogues so schnell verdammst, kannst du dann nicht auch die andere Seite sehen? Dass es noch eine Chance auf Heilung gibt?«

Kopfschüttelnd steht Chester auf und wirft mir einen Blick zu, als hätte ich nun endgültig den Verstand verloren. »Wie kann man nur so naiv sein, Coralie? Nach allem, was wir als Jäger erlebt haben.«

»Aber wir können uns nicht nur auf unsere Erfahrung verlassen«, sage ich in einem letzten Versuch, ihn umzustimmen. *Lass es. Mit ihm ist einfach nicht zu reden.*

»Wir haben ja gesehen, was passiert, wenn man Erfahrung über Bord wirft, als du Celeste gefolgt bist«, erwidert Chester in einem Ton, der nun keine Widerrede mehr zulässt.

Er will sich gerade zum Gehen wenden, als Corey und Agent van Zicht die Bibliothek betreten.

»Hatte ich vorhin nicht gesagt, dass Sie gehen können? Wir brauchen Sie hier nicht«, blafft Chester sie an und will sich an ihnen vorbeidrängen, doch stellt sich ihm Corey in den Weg.

»Das mag sein, aber unsere Chefin hat uns gebeten, das Gespräch mit Ihnen beiden zu suchen«, sagt Agent van Zicht in sachlichem Ton. So wie ihre Augen dabei blitzen, hat auch sie Mühe, sich in Chesters Gegenwart zusammenzureißen. Nach allem, was ich über Coreys besonnene Partnerin weiß, will das etwas heißen.

»Wenn es unbedingt sein muss«, murrt Chester und wirft seine Akten auf den Tisch, ohne sich wieder zu setzen.

»Nach allem, was wir bisher von Mister Grey erfahren und mit eigenen Augen gesehen haben, scheint eine Genesung der Rogues wirklich möglich zu sein«, fährt Agent van Zicht fort, als sie sich mir gegenüber an den Tisch setzt. Corey dagegen zieht es wie Chester vor, stehen zu bleiben.

»Das sehe ich auch so. Ich habe in den letzten Tagen viel Zeit mit ihnen verbracht und ...«, setze ich an, werde aber von Chesters schneidendem Lachen unterbrochen.

»Viel Zeit mit ihnen verbracht? Dass ich nicht lache!«, ruft er und schüttelt energisch den Kopf. »Wir alle wissen doch, was du wirklich mit diesem Kleinkriminellen getrieben hast.«

Sofort richten sich alle Augen auf mich. Agent van Zichts Miene verdunkelt sich, während Corey mich fragend anstarrt, als könne er gar nicht glauben, was Chester mir da unterstellt.

»Im Gegensatz zu dir habe ich auch noch etwas anderes im Sinn als Jagen und Sex, Chester«, erwidere ich und funkele ihn finster an, auch wenn ich mich gerade auf verdammt dünnen Eis bewege.

»Ich hatte zwar nicht viel Zeit, sie alle kennenzulernen, aber Elinor Bartholomew oder auch Lex Wilson kamen mir nicht vor wie durchgeknallte Mörder«, füge ich hinzu und drehe mich zu den Agenten um. »Ich kenne Elinor schon sehr lange. Meiner Meinung nach verhält sie sich wie immer.«

»Den Eindruck hatte ich auch«, sagt Agent van Zicht mit einem Nicken und zieht ihren schwarzen Aktenkoffer hervor. »Deswegen sollten wir unbedingt darüber sprechen, wie und wann wir sie wieder in die Gesellschaft zurückkehren lassen können. Mister Grey hat ja bereits einen groben Entwurf für Rehabilitationsmaßnahmen vorgelegt und ...«

»Ist das Ihr verfluchter Ernst, van Zicht?«, fragt Chester mit so viel Wut in der Stimme, dass wir zusammenzucken. Sogar seine Fangzähne haben sich ausgebildet, als er sich nun schwer auf den Tisch stützt und der Agentin einen so hasserfüllten Blick zuwirft, dass selbst mir ganz anders wird. »Einmal ein Rogue, immer ein Rogue. Die einzig richtige Lösung ist ihre Eliminierung.«

»Meine Güte, ich hätte nicht gedacht, dass der große Chase Nettleham so engstirnig sein würde«, ruft Corey lachend und schüttelt den Kopf. »Das hätte ich von der Nessel nun wirklich nicht erwartet.«

»Das hat nichts mit Engstirnigkeit zu tun, sondern mit dem Schutz der magischen Welt«, erwidert Chester und stößt sich vom Tisch ab. »Wen werden sie zuerst beschuldigen, wenn diese Irren erneut für Chaos und Leid sorgen? Uns Jäger, weil wir unseren Job nicht gemacht haben.«

»Kannst du ihnen nicht einmal eine faire Chance geben?«, frage ich verzweifelt, weil ich wirklich nicht weiß, was wir noch tun oder sagen können, um ihn umzustimmen.

»Eine faire Chance? Hatten die ihre Opfer auch, als sie noch unter Celestes Kontrolle standen?«, entgegnet Chester und richtet seinen Killerblick auf mich. »Hatten die Bewohner der Wohnwagensiedlung der Jones-Geschwister eine Chance, als sie abgeschlachtet wurden wie Vieh? Warst du nicht vor Ort?

Hast du nicht gesehen, was die Rogues mit ihnen angestellt haben, Coralie? Bist du jetzt auch blind, oder was?«

Ich schlucke hart und schüttle langsam den Kopf.

»Hatten sie nicht ...«, presse ich hervor und werde von den Erinnerungen an den zerstörten Trailerpark überwältigt. Von dem Gestank nach Blut und Angst.

»Dann nenn mir einen guten Grund, warum die Rogues eine faire Chance verdient hätten?«, zischt mir Chester ins Ohr und stößt mich dann grob von sich.

Ich kann mich gerade noch so am Tisch festhalten, um nicht mit meinem Stuhl umzukippen, eine Antwort will mir aber nicht einfallen. So ungern ich es mir auch eingestehe, muss ich Chester doch recht geben. Wenn man es vom Standpunkt der Opfer sieht, hätten die Rogues schon allein von den Gesetzen der Vampire her kein anderes Schicksal als den Tod verdient.

»Du machst es dir ganz schön leicht«, murmele ich in die unangenehme Stille hinein und begegne Chesters Blick. »Wir können sie trotzdem nicht blindlings zu Tode verurteilen. Sie waren nicht sie selbst.«

»Ach, spar dir dein falsches Mitleid, Coralie. Wir alle wissen doch, warum du wirklich auf ihrer Seite bist«, erwidert Chester und wendet sich nun doch zum Gehen. »Weil du dein neues Spielzeug noch nicht aufgeben willst.«

»Das ist doch ...«, setze ich zu einer Erwiderung an, doch macht Chester da auf dem Absatz kehrt und tritt durch die Tür der Bibliothek ins Treppenhaus.

»Ist mir scheißegal, wie du das vor dem Rat rechtfertigen willst, aber ich habe Besseres zu tun, als deinen Ausreden zu-zuhören«, ruft er mir über die Schulter zu, dann ist er weg.

»Dieser verdammte Dreckskerl!«, fauche ich und lasse die Faust auf den Tisch niedersinken, dass er unter der schieren Kraft laut ächzt.

»Da muss ich dir zustimmen«, murrt Corey und lässt sich mit einem Seufzen neben seine Kollegin nieder. »Wie kann man nur so stur sein?«

»Er ist nicht ... stur«, presst Agent van Zicht mit gequälter Stimme hervor und verzieht das Gesicht. Die Augen hat sie fest aufeinandergepresst und ist plötzlich leichenblass.

»Was ist mit ihr?«, frage ich erschrocken und werfe Corey einen besorgten Blick zu.

Statt mir zu antworten, legt er seiner Partnerin behutsam einen Arm um die Schulter und zieht sie an sich.

»Alles wird gut, Gracy. Gleich ist es vorbei«, wispert er und streicht ihr beruhigend über den Rücken, während sich Agent van Zicht wimmernd und zitternd an ihn klammert.

»Vision«, formt Corey mit seinen Lippen und deutet auf seine Partnerin, als er meinen fragenden Blick bemerkt.

Erst da fällt mir wieder ein, weshalb Agent van Zicht eine so gefragte Mitarbeiterin des Instituts ist. Sie gehört zu einer bekannten Familie mächtiger Seher und hat ihre Gabe schon so manches Mal genutzt, um magische Kriminelle zu schnappen.

Aber was sieht sie jetzt? Etwa die Taten der Rogues während ihrer Zeit bei Celeste?

Er ist nicht stur, hat sie gesagt. Heißt das, sie weiß, wieso Chester sich so merkwürdig verhält und seine Meinung partout nicht ändern will?

Agent van Zichts Vision ist fast so schnell wieder vorbei, wie sie gekommen ist, doch auch Minuten später sitzt sie stumm und starr auf ihrem Stuhl und blickt ins Leere. Tränen strömen über ihre bleichen Wangen.

»Was hast du gesehen, Grace?«, fragt Corey leise und nicht zum ersten Mal, seit sie sich wieder einigermaßen entspannt hat. Seine Partnerin schüttelt nur den Kopf.

Weitere Minuten vergehen, in denen Corey leise auf sie einredet und ich ihr ein Glas Wasser reiche, das sie in einem Zug herunterstürzt. Erst danach klärt sich ihr Blick und wandert zwischen Corey und mir hin und her.

»Jeder hat ein Motiv für sein Handeln, das oft weit tiefer sitzt, als wir ahnen. Auch Mister Nettleham«, murmelt sie und reibt sich die Schläfen.

Verwundert tauschen Corey und ich einen kurzen Blick, können uns aber nicht erklären, was sie damit meint.

»Willst du dich kurz hinlegen, Grace?«, fragt Corey und ist schon dabei, sie hochzuheben. So besorgt habe ich ihn noch nie erlebt, nicht einmal bei mir. Was sich auch immer zwischen den beiden entwickelt hat, es scheint über eine Büroromanze hinauszugehen, sehr zu meiner Überraschung. Corey ist sonst nicht so der Beziehungstyp genau wie ich.

»Es geht schon«, presst Agent van Zicht hervor und drückt ihm kurz die Hand. »Ich brauch' nur einfach ein paar Minuten, okay?«

»Bist du sicher?«, entgegnet Corey und klingt verzweifelt. Es muss nicht leicht sein, sie jedes Mal leiden zu sehen, wann immer eine Vision sie so plötzlich überkommt.

Agent van Zicht nickt und stemmt sich mühsam von ihrem Stuhl hoch. »Ich lasse euch beide mal allein. Ihr habt nach all den Wochen sicher noch viel zu besprechen.«

»Grace, warte! Wo willst du denn hin?«, ruft Corey und will sie zurückhalten, doch löst sie mit einem Lächeln seine Finger von ihrer Schulter.

»Zu Dorian und Galina. Ich hatte ihnen versprochen, später nochmal vorbeizukommen«, sagt sie und klingt allmählich so wie noch vor ihrer Vision, ruhig und gefasst.

»Ich kann dich doch auch begleiten«, bietet Corey an, doch schüttelt sie den Kopf. »Wenn ihr euch beeilt, schafft ihr es noch vor der Feierabendmenge ins *Howling Wolf*. Wegen der Razzia habt ihr euch doch schon lange nicht mehr gesehen.«

Bevor Corey protestieren oder ich etwas sagen kann, hat sie das Treppenhaus erreicht und die Bibliothek verlassen.

»Wo sie recht hat, hat sie recht …«, murmelt er und kratzt sich am Kopf, ehe er sich zu mir umdreht. »Du siehst echt aus, als könntest du einen Drink gebrauchen, Cora.«

»Du weißt doch, dass ich nicht trinke, Deputy«, entgegne ich, was Coreys schiefes Grinsen hervorlockt.

»Dann trinke ich und du redest. Sonst platzt dir bestimmt noch der Kopf.«

KAPITEL 24
VON
RUDELFÜHRER ZU
RUDELFÜHRER

DALE

Seit Stunden warte ich mit den *Eternal Survivors* im Speisesaal auf Nates Rückkehr. Je länger seine Befragung andauert,
desto unruhiger werden die anderen. Ich auch, doch versuche
ich, es mir nicht anmerken zu lassen. Cal und Lex halten es
irgendwann nicht mehr aus und verziehen sich in ihre Zimmer,
während wir anderen schweigend vor uns hinstarren und den
Lauf der Sonne durch die Fenster beobachten. Heute ist es
bewölkt, das Wetter aber unberechenbar, sodass wir es lieber
nicht riskieren, hinauszugehen. Nicht dass wir am Ende noch
gegrillt werden.

*Wobei das diesem aufgeblasenen Hornochsen bestimmt
gefallen würde*, denke ich grimmig, als draußen auf dem Gang
Schritte zu hören sind.

»Und? Wie war's, Nate?«, fragt Elinor, kaum dass er eingetreten ist. Er wirkt erschöpft, aber nicht so, als hätte Chester ihm ernsthaft Angst einjagen können.

Wundert mich nicht, so bescheuert, wie der sich aufführt.

Nate zuckt mit den Schultern und nimmt dankbar ein Glas mit frischem Blut an, das Zoe ihm reicht. »Wäre Nettleham nicht, wär's gar nicht schlimm gewesen.«

»Ach, nee«, sagt Lex, der nach ihm den Saal betritt und sich neben Nate niederlässt. »Was wollten sie denn alles wissen?«

»Ich weiß nicht, ob ich mit euch darüber sprechen darf ...«, murmelt Nate und leert sein Glas mit großen Schlucken.

»Ach, jetzt sag schon«, drängt ihn Bas, mit dem sich Nate während unserer Genesungsphase eine Box in den Stallungen geteilt hat.

Nate seufzt und zuckt mit den Schultern. »Nettleham wollte unbedingt ganz genau wissen, woran ich mich noch erinnere. Wie es war als ... Ihr wisst schon.«

»Und Cora?«, fragt Elinor, woraufhin Nate seufzend den Kopf schüttelt.

»Sie hat kaum etwas gesagt. Die meiste Zeit hat sie versucht, Nettleham zu beruhigen«, erzählt er und reibt sich über die Schläfen. »Manchmal war ich mir nicht sicher, wem von uns er jetzt zuerst den Kopf abreißen will. Mir oder ihr ...«

»Immer noch so schlimm?«, frage ich und hoffe, dass Cora ihm weiterhin so gut Paroli bieten kann. Ich weiß, sie braucht mich nicht, um sich zu verteidigen. Trotzdem macht es mich total wütend, wie Chester sie behandelt.

»Und wie, Dale. Ständig diese Anspielungen unterhalb der Gürtellinie. Ich weiß wirklich nicht, wie sie das noch aushält«, sagt Nate und wirkt beeindruckt von Coras Standhaftigkeit.

»Sie ist halt einfach ein kleiner Dickschädel«, murmele ich und kann mir ein Grinsen nicht verkneifen.

Elinor bemerkt es als Einzige und stößt mir mit einem vielsagenden Blick den Ellenbogen in die Seite. Schnell bemühe ich mich um einen neutralen Gesichtsausdruck.

»Aber wieso hat das alles so lange gedauert? Ich dachte, du erinnerst dich an kaum etwas?«, fragt Bas und blickt sich in der Runde um. Wir alle haben mit großen Erinnerungslücken zu kämpfen, vor allem die, die lange unter Celestes Kontrolle standen. Nate war fast ein ganzes Jahr bei ihr.

»Nettleham hat einfach nicht lockergelassen«, sagt er mit einem tiefen Seufzen. »Ich glaube, er war enttäuscht darüber, nicht die Antworten zu hören, die er von einem Rogue erwartet hat. Am Ende schleppt er noch einen Gedankenleser an.«

»Einen Gedankenleser?«, frage ich erschrocken und rücke näher an die anderen heran. »Geht das denn so leicht?«

»Was? Einen von ihnen herbringen oder Gedankenlesen an sich?«, entgegnet Nate, wobei ich nur die Schultern zucken kann. Bis vor Kurzem hatte ich keine Ahnung von der Nachtwelt. Woher soll ich dann wissen, wie häufig Gedankenleser sind oder wie deren Gabe funktioniert?

Nate saugt die Luft ein und lehnt sich mit geschlossenen Augen auf seinem Stuhl zurück. »Der Rat hat einige Vampire, die über die Fähigkeit verfügen. Auch Coras Vater.«

»Kann sie dann auch Gedanken lesen?«, frage ich, halte das aber für unwahrscheinlich. Sonst würde sie nicht auf diesem blöden Missverständnis zwischen uns beharren, oder?

Und was war das dann draußen auf dem Vorplatz? Wie hat sie mich so zurückschleudern können, ohne mich zu berühren?

»Mensch, Dale, sie ist doch nicht seine leibliche Tochter«, sagt Elinor augenrollend.

»Ist doch jetzt auch egal, wer wie miteinander verwandt ist, oder nicht?«, murrt Lex und verschränkt die muskulösen Arme vor der Brust. »Was meinst du, werden sie jetzt tun?«

»Ganz ehrlich: Den Gedankenleser halte ich für sehr wahrscheinlich«, sagt Nate und klingt wütend, was bei ihm sonst nie vorkommt. »Nettleham wollte mir die Erinnerungslücken als Ausrede auslegen, damit ich nicht noch schuldiger aussehe, als ich es eh schon tue.«

»O Mann, dann sind wir echt geliefert«, murmelt Bas und schüttelt den Kopf. »Vor allem, wenn sie den Inquisitor anschleppen.«

»Den wen?«, fragen Zoe und ich gleichzeitig, wobei sie sich verängstigt auf dem Stuhl zusammenkauert.

»Einer der Jäger«, erklärt Elinor und schüttelt sich.

»Lass mich raten: Auch ihm eilt sein Ruf voraus?«, frage ich und mag mir gar nicht vorstellen, was der Typ mit uns anstellen wird, um an unsere Erinnerungen heranzukommen.

»Leider ...«, murmelt Nate und füllt sein Glas an einer der Thermokannen auf. »Und es ist kein guter. Stellt euch auf weit schlimmere Schmerzen ein als während der Genesung.«

»Aber würde uns ein Gedankenleser nicht zugutekommen? Der würde dann doch sehen, dass wir die Wahrheit sagen, oder nicht?«, frage ich hoffnungsvoll an Elinor und Nate gewandt.

Beide zucken lediglich mit den Schultern, sagen aber nichts.

»Und was sagt Cora eigentlich zu dem Ganzen? Ist sie noch auf unserer Seite, oder ...?«, fragt Lex in die Stille hinein.

Als Nate nickt, stoßen wir alle vor Erleichterung die Luft aus. »Wobei ich mir bei ihr nie sicher bin. Sie war sachlich wie alle Jäger bei einer Mission, mal abgesehen von Nettleham.«

»Wenn du dich da mal nicht täuschst, Leseratte«, murrt Cal, der sich während unseres Gesprächs wieder in den Speisesaal geschlichen hat. Missmutig lungert er in einer dunklen Ecke herum und wirft vor allem mir immer wieder finstere Blicke zu. »Selbst wenn die Kleine auf unserer Seite wäre, ist sie keine besonders gute Verbündete.«

»Cal, muss das sein?«, fragt Elinor und rollt mit den Augen.

»Ja, muss es. Irgendwer muss hier ja mal die Wahrheit aussprechen«, murrt er und kommt ein Stück näher.

»Ach, und die wäre?«, frage ich, weil mich seine schlechte Laune und die ständigen Seitenhiebe gegenüber Cora nerven.

»Dass sie uns nicht helfen kann, selbst wenn sie es wollte. Nettleham ist nicht umzustimmen, basta«, entgegnet Cal und stampft so fest mit dem Fuß auf dem Boden auf, dass Putz von der Decke auf uns herabrieselt.

»Und woher willst du das wissen?«, frage ich.

»Weil ich es selbst gehört habe. Gerade eben, als sie mit den nutzlosen Agents und diesem Arsch von einem Jäger geredet hat«, gibt Cal zu, was nicht nur mich erschrocken die Augen aufreißen lässt.

»Bist du denn von allen guten Geistern verlassen, Mann?«, fährt ihn Lex an und hat Calvin schneller am Schlafittchen gepackt, als Elinor und ich reagieren können.

»Dale«, sagt Elinor und deutet in Lex' Richtung, doch schüttle ich den Kopf. In diesem Fall bin ich seiner Meinung.

»Damit hättest du uns alle in Gefahr bringen können, Cal«, sage ich und trete neben Lex. »Wenn sie dich erwischt hätten, hätten sie uns erst recht als gefährlich eingestuft.«

»Ach, und wenn schon! Es ist wichtig, dass wir wissen, was hinter verschlossenen Türen abgeht«, murrt Cal und scheint sich kein bisschen daran zu stören, dass Lex ihm gleich das Genick brechen könnte. »Für den Fall, dass der Schuss nach hinten losgeht und wir um unser Leben kämpfen müssen.«

»Unsinn! Das würde Cora nie zulassen«, entgegne ich, vielleicht etwas zu forsch. Sofort spüre ich die verwirrten Blicke der anderen auf mir.

»Mag sein, dass sie uns bisher verteidigt hat«, sagt Cal und reibt sich den Nacken, nachdem Lex ihn losgelassen hat. »Aber ihre Meinung wird eh nicht viel zählen, wenn ihr mich fragt.«

»So ein Quatsch! Der Rat hat sie doch hergeschickt, um …«, setzt Elinor an, doch hebt Cal die Hand und bringt sie mit finsterer Miene zum Schweigen.

»Muss ich dich an die Gründe erinnern, die dafürsprechen, hm?«, fragt er und schüttelt den Kopf. »Dieser Chesterheini hat doch von Anfang an den dicken Macker markiert, weil er extra vom Rat geschickt wurde.«

Ich schlucke, denn damit hat er leider recht. Mittlerweile hat sich unter den *Eternal Survivors* herumgesprochen, wie beschissen er Cora deswegen behandelt hat.

»Und Cora hat sich mit ihrer verkackten Verhaftung selbst ins Knie geschossen«, sagt Cal und spuckt angewidert auf den Boden. »Beste Jägerin des Rats. Von wegen!«

»Aber deswegen werden sie sie nicht gleich degradieren und ihre Meinung komplett ignorieren«, sagt Elinor, klingt aber selbst so, als hätte sie Zweifel.

»Tja, und dann ist da noch die Tatsache, dass sie ʼne Frau ist und der Rat mittlerweile komplett aus Männern besteht«, fügt Cal noch hinzu und stemmt mit einem dreckigen Lächeln die Hände in die Hüften. »Was glaubt ihr, wem die alten Säcke mehr trauen werden? Ihr oder Nettleham?«

»Jetzt mach aber mal halblang! Wir sind doch nicht mehr in den Fünfzigern hier«, rufe ich, doch als ich mich zu Elinor und den anderen umdrehe, sehe ich, dass Cals Aussage auch das letzte bisschen Optimismus hat verrauchen lassen.

»Vielleicht nicht mehr bei den Menschen, aber Vampire …«, murmelt Elinor. »Was glaubst du, wieso ich so viel Stress mit meiner Familie habe?«

»Ernsthaft jetzt?«, frage ich und schüttle den Kopf.

»Siehʼs ein, Junge. Deine Verführungskünste hätten uns kein bisschen retten können«, sagt Cal und sein Grinsen wird breiter. »Ich glaubʼ nicht, dass Nettleham viel von dir hält, aber vielleicht sollten wir Mallory schicken, um …«

»Bloß nicht, du widerlicher Dreckskerl!«, kommt es aus der dunkelsten Ecke des Saals. »Und wenn du noch einmal so eine Bemerkung machst, reiße ich die eigenhändig die Eier ab und verfüttere sie an die Wölfe, verstanden?«

»Ohoho, das Biest hat gesprochen«, ruft Lex und lacht laut auf, als er Cals erschrockenen Gesichtsausdruck bemerkt.

»Das gilt auch für dich, Alexander«, entgegnet Mallory, als sie unseren Kreis erreicht hat und sich vor dem knapp zwei Köpfe größeren Lex aufbaut. »Sorry, Ellie, aber wenn er mir nochmal auf die Nerven geht, kann ich für nichts garantieren.«

»Tu, was du nicht lassen kannst, Mal«, entgegnet Elinor mit einem Grinsen, was Lex so bleich werden lässt wie der Stuck hoch über unseren Köpfen.

»Das ist jetzt 'n Scherz, oder, Mal?«, stammelt er und weicht sicherheitshalber ein paar Schritte zurück.

»Sehe ich denn so aus, als würde ich scherzen, Alexander?«, fragt Mallory und streicht ihm mit ihren langen, blutroten Nägeln über die Wange.

»N... nein?«

»Dann passt ab jetzt besser auf, was ihr sagt«, entgegnet sie, ehe sie mit schwingenden Hüften davonstolziert, als wäre nichts gewesen.

»Bei der muss man echt aufpassen, Jungs«, murmelt Lex und nickt mir und Bas zu, kaum dass Mallory weg ist. »Und musstest du mir so in den Rücken fallen, Ellie?«

»Sorry, aber wir Mädels müssen einfach zusammenhalten«, sagt Elinor mit einem Grinsen und drückt Zoe die Schulter. Zur Abwechslung ist von ihr ein Kichern und kein Schluchzen zu hören.

»Also sind wir jetzt offiziell im Arsch, Leute?«, fragt Bas in die Runde, woraufhin Elinor grimmig nickt.

»Sieht ganz so aus.«

»Und deswegen müssen wir auf alles vorbereitet sein«, sagt Cal und kommt hinter dem Sessel hervor, hinter dem er sich nach Mallorys Drohung versteckt hat.

»Jetzt malt doch nicht gleich den Teufel an die Wand«, sage ich und versuche, die anderen zu beruhigen, vergebens.

»Sieht so aus, als wärst nicht du derjenige, der Cora um den Finger gewickelt hat, sondern anders herum«, murrt Cal und will schon wieder auf den Boden spucken, lässt es nach Elinors vernichtenden Blick jedoch bleiben.

»Ich fürchte, da hat er zur Abwechslung mal recht, Dale«, fügt Elinor mit entschuldigendem Blick hinzu.

»Ach, glaubt doch, was ihr wollt!«, knurre ich und verlasse den Saal. Diese Weltuntergangsstimmung geht mir ziemlich auf den Sack.

Nach diesem Gespräch bin ich so durch den Wind, dass ich blindlings über das Gelände des Gasthauses stapfe, bis ich im Wald an dessen Grenze lande. In einigen hundert Metern Entfernung sehe ich das dunkle Rot der Backsteinmauer, die rings um das Anwesen der Greys führt, doch halte ich heute nicht darauf zu. Stattdessen folge ich dem Ächzen und Stöhnen, das alle zehn Sekunden von einem dumpfen Schlag unterbrochen wird. Ein Geräusch, das mir seit meiner Genesung vertraut geworden ist.

»Markos«, sage ich, als ich die Lichtung im Wald erreiche, auf der der Alpha Brennholz für den Winter hackt.

»Hey, Dale«, begrüßt er mich und wischt sich mit dem Handrücken den Schweiß von der Stirn.

»Wenn Mallory dich jetzt so sehen könnte ...«, sage ich und entlocke ihm damit ein lautes Lachen.

»Dann gnaden mir die Götter«, erwidert er und verdreht die Augen. »Aber ich bleibe dabei: Sie ist nicht mein Typ.«

»Sag das lieber nicht zu laut. Eben hat sie Calvin und Lex gedroht, ihnen die Eier abzureißen und euch zum Fraß vorzuwerfen«, sage ich lachend und hocke mich auf einen der großen Holzstümpfe, die den Wölfen als Hackblöcke dienen.

»Autsch!«, macht Markos und verzieht das Gesicht. »Was haben die zwei denn angestellt?«

Ich seufze tief und zucke mit den Schultern. »Lass uns nicht mehr darüber reden …«

»So schlimm?«, fragt Markos und lässt sich auf dem Holzhaufen neben mir sinken.

»Wahrscheinlich auch nicht schlimmer als bei dir«, sage ich und deute auf den Berg Holz, der vor ein paar Tagen noch nicht hier gelegen hat. »Lass mich raten … Deine Schwester tanzt dir schon wieder auf der Nase herum?«

Jetzt ist es Markos, der ein lautes Seufzen ausstößt und sich mit dem Hemd über die Stirn fährt. »Irgendwann bringt mich dieses Balg noch ins Grab.«

»So schlimm?«, wiederhole ich seine Frage, woraufhin er grimmig das Gesicht verzieht.

»Schlimmer.«

»Ach, komm schon, die Kleine tut doch keiner Fliege was zuleide«, sage ich, was dem Alpha ein wütendes Knurren entlockt. »Okay, dann spuck's schon aus. Vielleicht kann ich dir ja einen Rat geben, so von großem Bruder zu großem Bruder.«

»Sie hat mich angelogen«, presst Markos schließlich hervor und ballt seine prankenhaften Hände zu Fäusten.

»Na, wenn's nur das ist …«, setze ich an, doch scheint das nur der Anfang von Cassies Vergehen gewesen zu sein.

»Die Göre hat gesagt, sie geht in der Bibliothek von Arcania putzen, um sich was dazuzuverdienen«, sagt er, wobei ich mich noch genau an diese Diskussion vor einigen Wochen erinnere. Markos war nicht gerade begeistert darüber, aber seine Tante hat ihn überreden können.

»Und? Ich dachte, du hast dich damit abgefunden«, entgegne ich, weil ich wirklich nicht weiß, was sein Problem ist. Mir hat Kittys Job in der Bar nie etwas ausgemacht, vor allem nicht, wenn es mir das ein oder andere Freibier eingebracht hat. Leider waren aber auch ein paar Anzeigen wegen Körperverletzung dabei, wenn einer der schmierigen Barbesucher sie angemacht hat und ich die Kontrolle verloren habe.

»Cass arbeitet als Kellnerin in einer der schlimmsten Bars der Stadt«, murrt Markos. Mit einem Knurren stemmt er sich von seinem Platz hoch, um gleich noch ein paar Holzblöcke zu kleinen Scheiten zu verarbeiten.

»Ah, verstehe ...«, sage ich und kann mir nun besser vorstellen, warum er sich so aufregt. »Aber Cassie ist echt tough und lässt sich bestimmt nicht ...«

»Tough? Hat das deiner Cora was gebracht?«, fragt er und funkelt mich wütend an.

»Hey! Sie ist nicht meine Cora, okay«, rufe ich und weiche sicherheitshalber ein paar Schritte zurück, weil Markos die Axt mit solcher Kraft durch die Luft schwingt, dass mich einer der Scheite am Ende fast gepfählt hätte.

»Bist du deswegen schon so bald unterwegs?«, fragt Markos nach einer Weile und dreht sich schwer atmend zu mir um.

Weil ich nicht weiß, was ich antworten soll, zucke ich bloß mit den Schultern.

»Dann schnapp dir wenigstens 'ne Axt und mach dich nützlich, Blutsauger«, murrt er und deutet auf einen umgefallenen Baum, in dem mehrere Äxte stecken.

»Aye, aye, Bello«, entgegne ich und salutiere.

Markos rollt mit den Augen und macht sich dann wieder ans Werk.

Als wir eine knappe Stunde später das Holz aufsammeln und unter einem provisorischen Stand aufschichten, fühle ich mich ein bisschen besser. Meine Wut auf Cal, aber ganz besonders auf Chester habe ich aber noch lange nicht überwunden. Das ist auch so etwas, das mein Vampirdasein mit sich gebracht hat. Nicht nur dieser nervige Blutdurst und die Tatsache, dass ich in der Sonne schneller verbrenne als ein Scheit Holz im Lagerfeuer der Wölfe, sondern auch dass meine Gefühle viel stärker sind. Und so leicht lassen sie sich auch nicht betäuben. Da ist weit mehr nötig, als die eine Flasche Bier, die Markos aus einer Kühltasche hervorzieht und mir reicht.

»Vielleicht ist es jetzt Zeit für einen Rat von Rudelführer zu Rudelführer?«, sagt er und klopft auf den Holzstumpf neben sich.

»Bin ich jetzt Rudelführer?«, frage ich und schnaube. Wenn es so wäre, hätte ich Cal doch besser unter Kontrolle.

»Finde ich schon«, sagt Markos mit einem Schulterzucken und öffnet sein Bier mit den Zähnen. »Du siehst jedenfalls so aus, als wären dir die anderen heute ganz schön auf die Nerven gegangen.«

»Wenn du wüsstest«, murre ich und erzähle ihm von Cal, der allmählich die anderen auf seine Seite zieht. Wer weiß, was sie dann treiben, wenn sie sich durch Chester bedroht fühlen?

»Jedes Rudel, egal ob Wölfe oder andere magische Wesen, hat immer ein schwarzes Schaf«, sagt Markos und zuckt mit den Schultern. »Bei anderen Familien ist das auch so. Schau dir doch Elinor und ihre Eltern an.«

»Ach ja, und wer ist es dann bei euch? Cassie?«, frage ich, was Markos ein leises Lachen entlockt.

»Wie du schon sagtest, kann sie keiner Fliege was zuleide tun.« Er nimmt einen tiefen Schluck aus seiner Bierflasche und richtet den Blick dann in den Schatten des Waldes. »Nein, bei uns ist es mein Bruder.«

»Hä? Du hast einen Bruder?«, frage ich überrascht, weil ich dachte, mir sämtliche Namen und Familienverhältnisse der Segona-Wölfe eingeprägt zu haben.

»Alec«, presst Markos hervor. »Ich habe ihn seit dem Waldbrand in unserem Revier nicht mehr gesehen.«

»Ist er ...?«, setze ich an und hätte mich ohrfeigen können, weil man sowas nicht fragt. Vor allem nicht, wenn man weiß, wie tief die Trauer noch immer sitzt. »Sorry, vergiss es.«

»Nein, er ist nicht dabei gestorben, falls du das meintest«, murrt Markos und kickt ein Holzscheit beiseite, den wir beim Aufstapeln übersehen haben. »Wir haben uns danach total gestritten, schlimmer noch als früher.«

Markos seufzt und reibt sich über die breite Stirn. »Und wir hatten unseren Vater nicht, um unseren Streit zu schlichten.«

»Das ... tut mir leid«, murmele ich, weil ich von den anderen Wölfen gehört habe, was mit dem einstigen Alpha geschehen ist. Dass Markos' Vater und einige andere Rudelmitglieder bei dem Versuch, die Flammen zu löschen, umgekommen sind.

»Mir auch«, murmelt Markos und lässt den Kopf hängen. »Wenn er mich jetzt sehen könnte ... Er wäre sehr enttäuscht von mir.«

»So ein Quatsch! Schau doch, was du für dein Rudel getan hast«, sage ich und deute in Richtung Camp. »Durch deinen Deal mit den Greys haben sie ein neues Zuhause gefunden.«

»Stimmt schon, aber ich habe meinen Bruder verloren«, entgegnet Markos und trinkt sein Bier in wenigen Zügen leer. »Alec wollte, dass wir einem anderen Rudel das Revier streitig machen, anstatt uns hierher zu verziehen.«

»Wie hättet ihr das machen sollen? Deine Tante meinte, ihr wärt alle verwundet gewesen und ...«, setze ich an und überlege, was uns Ashs Mutter noch alles über diese Katastrophe damals erzählt hat.

»Ein kleineres Rudel hätten wir geschafft. Zumindest war das Alecs Einschätzung«, sagt der Alpha schulterzuckend und holt sich eine zweite Bierflasche aus der Kühltasche. »Aber viel schlimmer ist, dass er mir die Schuld an Dads Tod gibt. Und damit hat er gar nicht so unrecht ...«

»Was redest du denn da, Markos? Du hast den Brand doch nicht selbst gelegt, oder?«, frage ich und wünschte, ich könnte diesem Alec mal eine Abreibung verpassen.

»Aber ich war nicht da, als es passiert ist«, murmelt er und vergräbt das Gesicht in seinen Händen. »Wäre ich nur etwas früher zurückgekommen ...«

»Und was hätte das geändert? Am Ende wärst du auch gestorben. Was hätten die anderen dann gemacht?«, entgegne ich und schüttle den Kopf.

»Ugh! Genau deswegen rede ich nicht gern über ihn«, murrt Markos und springt von seinem Platz auf. »Das macht mich nur noch wütender, wo wir uns doch eigentlich von diesen schwarzen Schafen nicht aus der Ruhe bringen lassen sollten.«

»Wenn das mal so einfach wäre«, murmele ich und trinke ebenfalls mein Bier leer.

»Ich weiß.« Markos seufzt und wirft mir dann meine Axt zu.

»Wenigstens haben wir was, um unsere Wut auszulassen.«

»Manchmal wünschte ich, das wäre Cals Kopf«, murre ich, meine es aber eigentlich nicht so. Ich weiß, dass er nur so drauf ist, weil er nicht anders mit der Situation umgehen kann. Zoe verkriecht sich und heult, Mal macht ihre fiesen Drohungen und Cal wappnet sich für einen Kampf, der nie kommen wird.

»Nicht denken, Dale, einfach hacken«, ruft mir Markos zu und platziert dann den ersten Schlag, der das Stück Holz in zwei saubere Hälften teilt.

Das sagt er so leicht ...

KAPITEL 25
IM HOWLING WOLF

CORA

Über die Portaltür der Greys erreichen wir Arcania innerhalb weniger Sekunden. Das schimmernde Leuchten der Magie spuckt uns nach einer kurzen, wenn auch turbulenten Reise in der Portalhalle der Stadt aus. Es ist eine Art magischer Bahnhof mit Türen, die an viele unterschiedliche Orte der Nachtwelt führen. Manche davon in weitere Städte Americas, oder in ähnliche Zufluchtsorte wie das Halfway House. Sogar eine Tür nach Europa soll es geben, doch ist die Nutzung wegen des hohen Magiekonsums streng reguliert.

»Ugh! Da gewöhnt man sich echt nie dran«, stöhnt Corey und stützt einen Moment lang die Hände auf die Knie.

»Stell dich nicht so an, Deputy!«, sage ich und klopfe Corey lachend auf die Schulter, ehe ich mich einer der vielen Treppen zuwende und in die Eingangshalle hinabsteige. Zum *Howling Wolf* sind es von hier aus zwar einige Minuten zu Fuß, aber vielleicht tut mir das ja ganz gut nach allem, was heute mit Chester passiert ist.

»Celeste hat dich durch den Fleischwolf getrieben, aber das hältst du locker aus, hm?«, fragt Corey, als er mich vor dem Eingang des Ankunftszentrums einholt.

»Wenn man sie oft genug nutzt, gewöhnt man sich daran«, entgegne ich schulterzuckend und nicke in Richtung Ausgang. »Nur damit du's weißt: Du zahlst heute.«

Corey stößt ein missmutiges Stöhnen aus, folgt mir aber mit taumelnden Schritten. »Als wäre es jemals anders.«

»Vampirischer Starrsinn«, sage ich und schnaube leise, als ich an Feltons Lektion denken muss. Durch seine Erklärung ist dieses Phänomen auf einmal so offensichtlich, dass ich mich wundere, warum es mir selbst nie aufgefallen ist.

»Das kannst du aber laut sagen!«, ruft Corey und eilt mir durch die Straßen und Gassen Arcanias hinterher. Wir hätten ein Taxi oder die Straßenbahn nehmen können, aber mir tut das Laufen gut.

»Hast du so großen Durst?«, fragt Corey nach einer Weile, als wir nur noch ein paar hundert Meter von seiner absoluten Lieblingsbar entfernt sind. »Du rennst ja fast schon.«

»Nein, ich habe nur keine Lust, irgendwem zu begegnen, den ich kenne«, entgegne ich und biege in eine Seitengasse ein, um einen Pulk Agents zu umgehen, die Feierabend machen.

»Ah, weil du seitdem nicht mehr hier warst, richtig?«, entgegnet Corey und hat damit nicht unrecht.

»Unter anderem.«

»Unter anderem? Mensch, Cora, ich dachte, du wärst ein bisschen gesprächiger geworden, seit du bei den Greys warst«, murrt Corey und zieht mich an der Schulter zurück. »Selena kann ganz schön auf einen abfärben, nicht wahr?«

Genervt verdrehe ich die Augen. »Können wir uns nicht unterhalten, wenn wir drinnen sind?«

»Wie du meinst«, brummt Corey und hebt beschwichtigend die Hände. Auf den letzten Metern schweigt er tatsächlich und beschwert sich auch nicht, als ich den hintersten Tisch im *Howling Wolf* aussuche. Dort ist man schön ungestört, auch wenn es manchmal länger dauert, bis die Bedienungen zu einem durchkommen.

Normalerweise.

»Guten Abend, Miss!«, schallt eine vertraute Stimme zu uns herüber, kaum dass wir uns auf die durchgesessene Lederbank niedergelassen haben. »Wasser und ein Glas A positiv, kalt und ohne Eiswürfel, richtig?«

»Das hast du dir gemerkt?«, frage ich Cassie, die Werwölfin, die mich auch schon bei meinem letzten Besuch im *Howling Wolf* bedient hat.

»Ja, natürlich. Sie sind doch Cora Harrow!«, ruft die junge Kellnerin freudestrahlend.

Sie will sich schon umdrehen, um meine Getränke zu holen, als Corey sie mit einem Räuspern innehalten lässt. »Und was ist mit mir, hm?«

»Oh! Entschuldigen Sie, Sir«, sagt Cassie und beißt sich schuldbewusst auf die Lippe. »Wenn ich aufgeregt bin, vergesse ich immer die Hälfte.«

»Aufgeregt? Wegen der alten Schachtel da?«, fragt Corey lachend und zeigt mit dem Daumen auf mich.

»Wen nennst du hier alte Schachtel, Deputy?«, entgegne ich und stoße ihm den Ellenbogen in die Seite wie in alten Zeiten. »Er nimmt ein Bier, nicht gekühlt, sonst bekommt der alte Opa Bauchweh.«

»Hey! So alt bin ich auch wieder nicht«, ruft Corey und wirft mir einen bitterbösen Blick zu.

»Schau nicht so, Deputy. Du hast angefangen«, entgegne ich und muss lachen, als er sich beleidigt von mir abwendet, allerdings nicht für lange. Corey ist einer dieser Menschen, die keine fünf Minuten lang ernst bleiben können. Als er sich jetzt zu mir umdreht, hat er wieder dieses schiefe Grinsen auf den Lippen, das ich schon von seiner Zeit als Deputy-Agent kenne.

»Es ist schön, dich lachen zu sehen, Cora. Ist echt lange her«, sagt er und klopft mir auf die Schulter. »Viel zu lange.«

Ich seufze und nicke. Ich weiß gar nicht, wann wir zuletzt so unbeschwert miteinander geredet haben. Wahrscheinlich noch bevor ich das Institut verlassen habe. Vor Robbs Tod.

»So, bitteschön«, sagt Cassie knapp zwei Minuten später, als sie wie aus dem Nichts mit unseren Getränken auftaucht. »Wasser, Blut und Bier für den Opa.«

Sie zwinkert mir verschwörerisch zu, aber irgendetwas an ihr ist anders. Ihre Augen leuchten nicht so sehr wie beim letzten Mal.

»Was ist los? Die Kleine gehört doch ganz sicher nicht zu euren meistgesuchten Verbrechern, oder?«, fragt Corey, der gemerkt haben muss, dass ich Cassie beim Arbeiten beobachte.

»Wir jagen Vampire, Deputy, keine Werwölfe«, sage ich und nippe an meinem Blut.

»Ja, schon klar«, sagt Corey und trinkt einen Schluck Bier. »Aber warum bist du dann so neugierig? Sieht dir gar nicht ähnlich.«

»Du weißt nicht, wer sie ist?«, frage ich und nicke in Cassies Richtung.

»Sollte ich jeden hier mit Namen kennen?«, erwidert Corey und zieht seine Augenbrauen nach oben.

Ich seufze und schüttle den Kopf. »Sie ist Markos Segonas kleine Schwester.«

»Und?« Corey mustert mich mit gerunzelter Stirn, als hätte er keinen blassen Schimmer, wovon ich spreche.

Ich rolle mit den Augen. *Manchmal frage ich mich wirklich, wie dieser Spaßvogel Special-Agent geworden ist.*

»Na, du weißt schon. Das Segona-Rudel? Ash Greys Mutter ist ihre Tante?«, sage ich und schüttle den Kopf, als Corey noch immer nicht versteht, wovon ich spreche. Wie früher schnipse ich ihm gegen die Stirn. »Wenn du schon was mit Dorian Greys Mutter anfängst, solltest du allmählich die ganzen Familienbeziehungen kennen, findest du nicht?«

»Wer sagt denn, dass ich was ...?«, setzt Corey an und wird knallrot.

»Mir brauchst du nichts vorzumachen und ich werde dich sicher nicht an deine Chefin verraten«, entgegne ich.

Nur zu gut erinnere ich mich noch daran, wie der damalige Direktor des Instituts reagiert hat, als er herausgefunden hat, dass Robb und ich uns heimlich treffen. Erlaubt sind Beziehungen zwischen den Agents zwar schon, aber nicht, wenn sie so eng zusammenarbeiten wie Robb und ich damals, oder wie Corey und Agent van Zicht heute.

»Okay, okay, vielleicht läuft da wirklich was, aber ...«, sagt Corey und seufzt tief. »Findest du den Stammbaum der Greys nicht auch ein wenig zu kompliziert? Wer soll denn da noch durchblicken?«

»So kompliziert ist das nun auch wieder nicht«, sage ich und schaue Cassie dabei zu, wie sie mit missmutigem Blick hinter der Bar ein paar dreckige Gläser spült.

»Was bloß mit ihr passiert ist?«, murmele ich und erinnere mich noch zu gut an ihre Euphorie bei meinem letzten Besuch hier. »Da war sie noch so gut gelaunt. Und jetzt?«

»Bist du wirklich noch die Coralie Harrow, die ich kenne?«, fragt Corey und schiebt sich in mein Blickfeld, um mich von Cassie abzulenken.

»Cora«, verbessere ich ihn, ehe ich ihn am Haar packe und von mir wegziehe, um Cassie weiter beobachten zu können. Auch als ich bei den Wölfen am Lagerfeuer gesessen bin, war sie gut gelaunt.

Ob ihr einer der Kunden Schwierigkeiten gemacht hat?

»Das Halfway House hat dich echt verändert«, sagt Corey und lässt sich kopfschüttelnd gegen die Rückwand sinken.

»Von wegen«, murre ich, auch wenn ich das Gefühl habe, dass er recht hat. Nur liegt das nicht am Gasthaus der Greys, sondern an einem ihrer Gäste.

Dale Jones, du verdammter Mistkerl, denke ich und kippe mein Blut in einem Zug herunter.

»Nachdem du zu den Jägern gewechselt bist, hast du dich für nichts und niemanden mehr interessiert«, murmelt Corey neben mir und klingt ein bisschen beleidigt. »Es war echt verdammt schwer, dich mal für ein paar Stunden von der Arbeit wegzubekommen, aber jetzt ...«

»Was ist jetzt, hm? Was lässt dich glauben, dass ich anders bin?«, frage ich gereizt, weil ich eigentlich gar keine Lust habe, darüber zu sprechen. Aber so wie ich Corey kenne, wird er mir noch vor Mitternacht alles entlockt haben.

»Das ist kein Grund, sauer zu werden. Ich finde das, ehrlich gesagt, gut. Die alte Cora hat mir manchmal Angst gemacht«, sagt Corey und verzieht theatralisch das Gesicht.

Ich seufze. »Ich war 'ne beschissene Freundin, was?«

Corey zuckt mit den Schultern und nippt lieber an seinem Bier, als mir zu antworten. Wahrscheinlich glaubt er, ich würde ihm den Kopf abreißen, wenn er meine Frage bestätigt.

»Tut mir leid, Deputy«, sage ich und klopfe ihm mit einem entschuldigenden Lächeln auf die Schulter.

»Ach, was«, entgegnet Corey und winkt ab. »Ich bin bloß froh, dass du langsam wieder auftaust. Woran das wohl liegt?«

Schelmisch wackelt er mit den Augenbrauen und scheint schon zu ahnen, warum ich mich in den letzten Tagen so verändert habe. Darüber reden will ich aber nicht. Noch nicht.

»Erzähl mir von Agent van Zicht. Wie lange läuft das jetzt schon zwischen euch?«, frage ich, um das Thema zu wechseln.

Corey durchschaut mich sofort und schüttelt energisch den Kopf. »Mein Liebesleben ist mehr als in Ordnung, was man von deinem nicht sagen kann.«

»Ich weiß nicht, wovon du sprichst«, murre ich und bereue es, mein Blut so schnell getrunken zu haben. Jetzt bleibt mir nur noch das Wasser, um ihm nicht antworten zu müssen.

»Tu nicht so, Cora. Jeder sieht doch, dass da was zwischen dir und dem Jones-Jungen gelaufen ist«, sagt Corey und zieht fragend die Stirn in Falten. »Also?«

»Mit dem Milchbubi doch nicht«, murre ich und wünschte, mir fiele eine Ausrede ein, um von hier wegzukommen.

Eigentlich hätte mir klar sein müssen, dass mich Corey dazu ausfragen würde, aber vorhin wollte ich einfach nur noch weg vom Halfway House. Weg von Dale, bevor ich noch etwas getan hätte, was ich hinterher bereut hätte. Ihm eine zweite Chance zu geben zum Beispiel.

»Cora«, sagt Corey und verschränkt mit strengem Blick die Arme vor der Brust. »Mich kannst du anlügen, aber Grace hat in den letzten Tagen ein paar Andeutungen gemacht ...«

»Andeutungen? Inwiefern?«, frage ich und muss sofort an vorhin denken. An ihre Vision in der Bibliothek der Greys.

Heißt das etwa ...?

»Ja, sie hat wohl einen Blick auf deine Zukunft erhascht«, sagt Corey und grinst breit. »Also tu nicht so, als wüsstest du nicht, wovon ich spreche.«

Genervt rolle ich die Augen, bleibe aber stumm. Ein Grund, warum Corey ein so guter Agent geworden ist, ist sein enormes Durchhaltevermögen. Egal, wie sehr ich ihn und seine Fragen zu Dale abblocke, er gibt einfach nicht auf. Stattdessen bohrt er so lange weiter, bis man es einfach nicht mehr aushält.

»Es war nur eine Nacht, mehr nicht. Und selbst das war ein Fehler«, presse ich widerwillig hervor, gerade als Corey sein zweites Bier leert. »Mehr gibt's da nicht zu sagen.«

»Oh, so wie du guckst, gibt's da noch eine ganze Menge«, entgegnet Corey und pikst mich in die Seite. »Der Jungspund muss dir ja ganz schön das Herz gebrochen haben, wenn du so sauer bist.«

»Er hat mir nicht ...«, rufe ich, erinnere mich dann aber wieder daran, dass wir in einer vollgepackten Bar sitzen.

»Hört sich aber für mich so an«, entgegnet Corey und lehnt sich auf seinem Platz zurück. »Erzähl mir davon.«

»Ich wüsste nicht, wieso ich das tun sollte«, murre ich und stütze den Kopf schwer auf meine Hände.

»Weil du nicht alles mit dir ausmachen kannst«, sagt Corey und klingt dabei wie Felton. »Irgendwann musst du über diese Dinge sprechen. Über Dale und Chester, auch über Robb.«

»Was hat Chester denn damit zu tun?«, frage ich und linse zwischen meinen langen Haaren zu Corey hinüber. Sag bloß, er hat mir auch diesen Ausrutscher angesehen?

»Für wie dumm hältst du mich denn, Cora?«, fragt er und schnaubt leise. »Nach den ganzen Bemerkungen, die er über dich abgelassen hat ...«

Ich stoße ein lautes Stöhnen aus und wünschte, ich hätte mich nicht auf diese Arschlöcher eingelassen. »Ich glaube, ich bin verflucht.«

»Als erfahrene Hexe kann ich dir sagen, dass dem nicht so ist«, entgegnet Corey und klopft mir auf die Schulter. »Kein negativer Zauber weit und breit.«

Ich seufze. »Ich hätte Agent van Zicht zuvorkommen sollen. Dann wäre ich nicht bei diesen Idioten gelandet.«

»Du und ich?«, fragt Corey und stößt ein so lautes Lachen aus, dass sich die anderen Barbesucher zu uns umdrehen. »Das wäre niemals gutgegangen und das weißt du.«

»Mmmhmmm«, mache ich bloß und winke Cassie, damit sie mir noch ein Glas Blut bringt. Wenn ich schon über dieses

Gefühlschaos spreche, sollte ich es nicht auf leeren Magen tun. Sonst bringt mich dieses Kribbeln noch um den Verstand.

»Und was die Idioten angeht ...«, sagt Corey, verstummt aber, als Cassie uns mit meiner Bestellung erreicht.

»Ja?«, frage ich, weil ich mit meinem Latein langsam am Ende bin. Mit Chester komme ich klar. Für ihn habe ich nichts als Wut übrig, aber bei Dale ist das eine andere Geschichte.

»Wenn du mich fragst, ist nur Chester ein Idiot, und leider einer von der ganz schlimmen Sorte«, murrt Corey und ballt die freie Hand zur Faust. »Die Sorte, die man am liebsten zu Kleinholz verarbeiten will.«

»Du klingst fast wie Dale«, murmele ich und seufze leise, weil ich mich nur zu gut daran erinnere, wie er versucht hat, mich vor Chester zu verteidigen. »So ein Dummkopf.«

»Finde ich nicht«, entgegnet Corey, was mich überrascht zu ihm aufschauen lässt.

»Wie meinst du das?«

Corey saugt tief die Luft ein und zuckt mit den Schultern. »Mag sein, dass seine Vergangenheit nicht ganz so rosig ist ...«

»Das ist ziemlich untertrieben und das weißt du. Du hast doch bestimmt seine Akte gelesen«, sage ich, doch bringt mich Corey mit einem strengen Blick zum Schweigen.

»Ja, aber im Gegensatz zu Chester macht er sich Sorgen um andere. Um die Rogues ... und um dich«, fährt er fort und ein Lächeln umspielt seine Lippen. »Chester interessiert das alles einen feuchten Kehricht, aber der Jungspund ... Ich mag ihn.«

»Aber vielleicht hat Chester ja einen Grund. Agent van Zicht meinte doch ...«, setze ich an, um nicht noch länger über Dale sprechen zu müssen.

Corey sieht mir mein Ablenkungsmanöver jedoch sofort an.

»Lenk nicht vom Thema ab, Cora«, sagt er und schnipst mir gegen die Stirn wie ich vorhin bei ihm. »Was auch immer da zwischen dir und Dale passiert ist ... Du solltest dich mit ihm aussprechen, anstatt vom Schlimmsten auszugehen.«

Ich schüttle den Kopf. »Nach allem, was ich erlebt habe, ist es besser, vom Schlimmsten auszugehen. Dann wird man am Ende weniger enttäuscht oder verletzt.«

»Aber dadurch gehen dir eine ganze Menge guter Momente durch die Lappen«, entgegnet Corey und klopft sich aufs Herz.

»Du hörst dich ja schon so an wie Felton«, murre ich und nehme einen großen Schluck von meinem Blut.

»Du meine Güte, dann werde ich wohl doch alt«, ruft Corey mit gespielter Panik in der Stimme, ehe er mich breit angrinst.

Ich kann gar nicht anders, als sein Lächeln zu erwidern.

»Ah ja, so gefällst du mir schon viel besser, alte Freundin«, murmelt Corey und lässt sich gegen das Rückenpolster sinken.

»Können wir dann endlich über was anderes sprechen?«, frage ich. Wenigstens für ein paar Stunden will ich nicht über das nachdenken, was zwischen Dale und mir vorgefallen ist.

»Hast du was von Celeste gehört? Hat Chester sie wirklich so übel zugerichtet?«, frage ich nach einer Weile. Meine Erinnerungen an die Ereignisse nach meinem letzten Besuch im *Howling Wolf* spielen sich dabei wie ein Film vor meinen Augen ab. Erinnerungen an meine Suche nach Celeste und wie ich sie schließlich gefunden habe.

»Ein Kollege, der in Silverlock abgestellt ist, meinte, dass sie sich langsam erholt«, erzählt Corey schulterzuckend.

»Wieso musste er überhaupt darauf zurückgreifen? Ist der Inquisitor anderweitig beschäftigt, oder was?«, frage ich, weil das alles keinen Sinn macht. Mag sein, dass der Rat sauer auf Celeste ist, aber deswegen würden sie Chester doch nicht erlauben, sie zu foltern, oder?

»Der kann auch nicht viel ausrichten. Celeste war schlau genug, ihren Verstand magisch zu sichern«, erzählt Corey und schüttelt den Kopf.

»Oder dumm genug«, entgegne ich und will mir gar nicht vorstellen, was Chester mit ihr angestellt hat, um ihr Informationen zu entlocken.

Corey nickt. »Sie dachte halt, dass niemand sie erwischen würde.«

»Maßlose Selbstüberschätzung.«

»Damit ist sie sicher nicht die einzige Vampirin«, entgegnet Corey mit einem vielsagenden Blick.

»Jedenfalls hat Chester die Vollmacht, mit ihr anzustellen, was er will, um an Informationen zu Cross zu kommen«, fährt er fort, bevor ich ihm eine Standpauke geben kann.

»Also glauben sie auch, dass Celeste mehr über ihn und seinen Aufenthaltsort weiß«, murmele ich und muss wieder an die Leiche denken, die ich in Celestes Versteck im *Infierno* gefunden habe. Ein menschlicher Blutbeutel mit Cain Cross' Brandmal am Hals.

»Der Rat und auch das Institut sind schon lange hinter ihm her«, sagt Corey, was ich mit einem Nicken bestätige.

»Ist ja auch kein Wunder nach dem ganzen Chaos, das er angerichtet hat«, wispere ich und verdränge meine ältesten Erinnerungen aus meinem Menschenleben. An den Gestank des Abflussrohrs, in dem ich mich versteckt habe, während Cross und seine Leute mein Dorf zerstört haben.

»Das und die Tatsache, dass er Lilliths Grimoire besitzen soll«, entgegnet Corey und schüttelt ungläubig den Kopf. »Wie er nur daran gekommen ist?«

»Lilliths Grimoire?«, frage ich verwundert. »Das ist doch nur ein Mythos.«

»Wenn es nur ein Mythos wäre, gäbe es keine Taskforce bei uns, um es zu finden«, entgegnet Corey. »Und ich bin sicher, dass es auch beim Rat geheime Suchmissionen gegeben hat. Es soll doch den ursprünglichen Vampirfluch beinhalten.«

»Ja, und geheimes Wissen über die Kräfte von Vampiren, die uns zu Göttern auf Erden machen könnten«, entgegne ich und verdrehe die Augen. »Wer's glaubt!«

»Nimm das lieber nicht auf die leichte Schulter, Cora«, sagt Corey mit ernstem Blick und rückt näher heran. »Woher sollte Celeste sonst von der Wirkung des Totenbluts wissen?«

»Wa... Du meinst ...?«, stammele ich und habe das Gefühl aus allen Wolken zu fallen. Wenn man es so betrachtet, macht es tatsächlich Sinn.

»Warum sonst hätten sie ausgerechnet Chester geschickt, um sie zu befragen?«, entgegnet Corey mit vielsagendem Blick. »Wir wissen doch beide, wie gnadenlos er sein kann.«

Ich schlucke und nicke, wobei ich unweigerlich wieder an Dale und die anderen Ex-Rogues denken muss. »Glaubst du, er wird das auch bei ihnen versuchen?«

Allein daran, wie Corey tief die Luft einsaugt und vermeidet, mich anzusehen, sehe ich, dass er meine Befürchtungen teilt. Dass auch er glaubt, Chester könnte seine Künste einsetzen, um die Ex-Rogues ins Messer laufen zu lassen.

»Schon allein deswegen solltest du dich mit dem Jungspund versöhnen«, sagt Corey nach langem Schweigen. »Um ihn zu warnen, wie gefährlich Chester sein kann, bevor es zu spät ist.«

KAPITEL 26
GEDULD, DALE JONES

DALE

»Riechst du das auch?«, fragt Markos nach einer Weile und lässt seine Axt sinken, um sich im dunklen Wald umzublicken.

»Was denn?«, frage ich und schnuppere wie er in der Luft.

»Blutsauger«, murmelt Markos und dreht sich einmal um die eigene Achse, ehe er einen Punkt irgendwo im Wald fixiert. Nicht weit von dort befindet sich die Grundstücksgrenze.

»Chester wird so spät sicher nicht mehr hier auftauchen und die anderen sind doch alle am Feuer«, sage ich und trete etwas näher an den Alpha heran.

»Nicht Nettleham«, sagt Markos und hebt das Beil zum Angriff. Wieder schnüffelt er hörbar und verzieht das Gesicht. »Der würde nie in eine billige Bar gehen.«

»Billige Bar?«, frage ich, als ich ihn am anderen Ende der Lichtung erreiche. »Oh, okay! Jetzt riech' ich's auch.«

Mit der Hand wedele ich vor meiner Nase herum, um den Geruch nach schalem Bier und Rauch loszuwerden, den dieser

Besucher ausstrahlt. Aber da liegt noch etwas anderes in der kühlen Nachtluft. Etwas, das mir sehr vertraut ist.

»Cora«, wispere ich, als ich den Duft nach Rosen und Jasmin wiedererkenne und ihre leichtfüßigen Schritte höre.

»Die Magie des Halfway House«, sagt Markos mit vielsagendem Blick und klopft mir auf die Schulter. »Scheint so, als wärst du nicht der Einzige, der noch was mit ihr zu klären hat.«

»Was?« Kopfschüttelnd blicke ich zwischen ihm und der Richtung, aus der Coras Duft zu uns herüberweht, hin und her.

»Na los! Worauf wartest du?«, fragt er, als ich mich noch immer nicht bewege, und deutet mit dem Beil auf den Wald.

»Ich weiß nicht, ob das eine so gute Idee ist«, murmele ich, gehe aber trotzdem auf sie zu. Meine Beine bewegen sich auch ohne mein Zutun und tragen mich auf die Grundstücksgrenze zu, bis ich Cora verwirrt und taumelnd auf einem schmalen Trampelpfad wiederfinde.

»Dale?«, wispert sie und erstarrt mitten in der Bewegung.

»Was machst du so spät noch hier?«, frage ich sie, als uns nur noch wenige Meter trennen. Obwohl es hier so dunkel ist, spüre ich ihren Blick auf mir, kann ihn jedoch nicht deuten. Ist sie wütend auf mich, oder froh, mich zu sehen?

Bevor ich sie fragen kann, stürmt sie auf mich zu und wirft sich regelrecht in meine Arme. Mein Herz macht einen Satz und rast in meiner Brust. Ich habe mit allem gerechnet, nur damit nicht.

»C... Cora?«, frage ich, weil sie mich einfach festhält, ohne einen Ton zu sagen. Ich würde lügen, wenn ich behaupte, mich nicht darüber zu freuen, aber warum ausgerechnet jetzt?

Die ganze Zeit war sie so abweisend und jetzt das ...

»Ich glaube dir«, flüstert sie und löst sich zaghaft von mir.

»Was?« Verwundert schüttele ich den Kopf und überlege, ob ich wieder Aussetzer habe so wie während der Genesung. Haben wir uns ausgesprochen und ich habe es vergessen?

»Ich ... Fuck, was mache ich hier?«, presst Cora hervor und weicht plötzlich ein Stück zurück, als hätte sie sich an mir verbrannt. »Ich bin nicht mal betrunken und trotzdem ...«

»Cora, was ist los?«, frage ich, weil mich ihr Verhalten total verwirrt. Nicht nur jetzt, sondern schon seit sie mir vorgeworfen hat, ich hätte sie nur verführt, um sie zu benutzen.

»Ich weiß es nicht«, gibt Cora zu und blickt sich verloren im Wald um. »Ich war auf dem Weg nach Hause, aber dann stand ich hier und habe dich gehört und ... Ich weiß es nicht.«

Ich lache und schüttle den Kopf, weil Markos recht hatte. »Die Magie des Halfway House.«

»Was?« Cora macht einen Schritt auf mich zu und starrt mich kopfschüttelnd an. »Glaubst du ernsthaft, das Haus hat mich hierhergebracht?«

»Warum wärst du sonst hier? Ich dachte, du wolltest nur noch für die Befragungen kommen«, sage ich und kann nicht verhindern, dass sich ein verletzter Unterton in meine Stimme schleicht. »Ich glaube, das Haus will uns damit sagen, dass wir uns aussprechen sollten. Und zwar wirklich, ohne dass einer von uns wütend davonläuft.«

»Ich bin nicht davongelaufen«, murrt Cora und verschränkt trotzig die Arme vor der Brust. Einen Moment lang fürchte ich, sie könnte protestieren, doch nickt sie mir sehr zu meiner Überraschung zu. »Aber du hast recht. Wir sollten reden.«

»Kannst du das nochmal sagen? Ich glaube, ich habe dich nicht richtig gehört«, sage ich mit einem Grinsen, weil es das erste Mal ist, dass sie mir recht gibt.

»Sehr witzig«, brummt sie, aber ihre Mundwinkel zucken.

»Komm, ich kenne einen Ort, an dem wir uns ungestört unterhalten können«, sage ich und strecke die Hand aus.

Cora starrt erst mich, dann meine Hand mit großen Augen an, greift aber danach, was meinen Puls erneut rasen lässt.

»Was machst du nur mit mir?«, frage ich leise und streiche mit dem Daumen über ihren Handrücken.

Cora stößt ein Seufzen aus und drückt kurz meine Hand. »Das gleiche könnte ich dich fragen.«

»Ist das ...?«, fragt sie, als wir ein paar Minuten später die alten Stallungen erreichen. Der Ort, an dem wir *Eternal Survivors* uns von den Auswirkungen des Totenbluts erholt haben.

»Ja, ist es«, sage ich mit einem Seufzen und dränge die Erinnerung an diese Zeit zurück. Es gibt jetzt Wichtigeres zu besprechen und Cora weiß durch Earls Bericht sicher mehr über das, was in den Boxen abgelaufen ist, als jeder von uns zusammen. Auch was das angeht, haben wir ziemlich große Erinnerungslücken.

»Komm«, sage ich und ziehe sie auf die steile Außentreppe an der Seite zu. »Hier oben wird uns niemand hören.«

»Magie«, wispert Cora, als wir über die Schwelle der Dachkammer treten.

Ich nicke. »Galina, Dorians Freundin, hat sie mit einem Zauber belegt. Earl hat hier den ersten Entwurf des Berichts geschrieben und dafür seine Ruhe gebraucht.«

»Ah«, macht Cora nur, ehe sie sich in der kleinen Kammer umsieht, ohne meine Hand loszulassen. Ich weiß nicht wieso, aber irgendwie fühlt sich das ganz natürlich an. Obwohl ich sonst nicht der Typ fürs Händchenhalten bin, will ich Cora am liebsten gar nicht mehr loslassen. Dafür ist die Angst, sie könnte wieder verschwinden, einfach zu groß.

»Es ist nicht viel, aber besser als die Wiese«, sage ich mit einem Schulterzucken und nicke in Richtung des Betts, das an der gegenüberliegenden Wand steht.

»Dale Jones, ist das das Einzige, woran du denkst?«, fragt Cora und dreht sich mit geschürzten Lippen zu mir um.

Erschrocken mache ich einen Satz rückwärts und hebe die Hände. »Nein! So meine ich das doch gar nicht. Ich ...«

Coras schallendes Lachen unterbricht mein jämmerliches Gestammel und lässt mich überrascht zu ihr aufblicken.

»Du bist nicht sauer?«

Cora zuckt die Schultern. »Nicht, wenn du mir die Wahrheit sagst.«

»Die Wahrheit über was?«, frage ich, obwohl ich mir das schon denken kann.

»Über alles«, entgegnet sie und setzt sich auf das Bett. »Ich seh' zwar nicht so aus, aber ich bin zu alt für Spielchen.«

»Ach, was, so alt bist du doch gar nicht«, entgegne ich und winke ab.

»Wenn du dich da nicht irrst ...« Wieder lacht Cora, diesmal leiser. »In Menschenjahren wäre ich neunundfünfzig.«

»Wie bitte?«, frage ich und starre sie mit weit aufgerissenen Augen an. Das kann doch nur ein Scherz sein, oder? So, wie sie hier vor mir sitzt, sieht sie höchstens wie Anfang zwanzig aus, aber doch nicht wie fast sechzig!

»In der Nachtwelt ist nichts, wie es scheint. Ich dachte, Mister Grey hätte euch das längst beigebracht«, entgegnet Cora und verschränkt die Arme vor der Brust. »Du willst gar nicht wissen, wie alt Celeste wirklich ist.«

»Mmmhmmm ...«, mache ich und lasse mich auf dem alten Tisch nieder, der gegenüber dem Bett steht. Diesen kleinen Schock muss ich erst einmal verdauen, hätte es aber kommen sehen müssen. Elinor ist doch auch über fünfzig, obwohl sie das nie laut zugeben würde. Und Celeste ist Earls Mutter, auch wenn sie nur ein paar Jahre älter aussieht als er.

Für jedes Jahr, das wir Vampire äußerlich altern, vergehen zehn oder zwanzig Menschenjahre. Das hat Earl mir, Zoe und Asher erzählt. Als unplanmäßig gewandelte Vampire hatten wir überhaupt keine Ahnung, in was uns Celeste da reingezogen hat. Trotzdem wäre ich niemals auf die Idee gekommen, dass Cora so viel älter sein könnte als ich.

»Hätte ich gewusst, dass ich dich damit zum Schweigen bringe, hätte ich das schon viel eher erzählt«, sagt Cora, weil ich noch immer keinen Ton herausbringe. »Warte mal ein paar Jahrzehnte, dann geht es dir wie mir, wenn du Leuten von deinem wahren Alter erzählst.«

»Wenn ich überhaupt so lange lebe ...«, murmele ich und lasse den Kopf hängen. Ich sehe Chesters Gesicht vor mir, sein boshaftes Lächeln, wann immer er uns gedroht hat.

»Lass uns heute nicht über diesen Idioten sprechen«, sagt Cora und springt vom Bett auf. »Wegen ihm bin ich ganz sicher nicht hier gelandet.«

Ich schlucke, als sie plötzlich vor mir steht und mich fragend ansieht. »Einverstanden?«

Weil meine Kehle in diesem Moment wie zugeschnürt ist, kann ich bloß nicken. Langsam stößt sie die Luft aus und wirkt erleichtert. Dachte sie, dass ich sie deswegen nicht mehr wollen würde?

»So, und jetzt rede«, sagt sie und nickt mir auffordernd zu. »Ich?«

»Ja, du. Und diesmal höre ich zu, anstatt davonzulaufen«, entgegnet Cora und lässt sich wieder aufs Bett sinken. »Also?«

»Ähm ...«, sage ich und räuspere mich. Auch wenn ich mich schon die ganze Zeit mit ihr aussprechen wollte, weiß ich nun nicht, wo ich anfangen soll. Es gibt so vieles, das ich ihr sagen, so vieles, das ich sie fragen will. Unter ihrem wachsamen Blick lösen sich all diese Gedanken jedoch in Luft auf. Jetzt, da wir allein sind und sie mir vergeben hat, würde ich am liebsten nichts anderes tun, als ...

Konzentrier dich!, mahne ich mich und atme tief durch.

Ich weiß, dass das meine letzte Chance sein könnte. Dass ich das nicht vergeigen darf, wenn ich Cora wiedersehen will. Und das tue ich, so sehr, dass ich mich schließlich überwinde und ihr die Wahrheit sage. Nichts anderes hat sie verdient. Es wird Zeit, dass ich die ewige Lügerei hinter mir lasse. Das und all die anderen schlechten Angewohnheiten, die ich mir als Mitglied der *Spitting Vipers* angeeignet habe.

»Es stimmt«, gebe ich schließlich zu, wage es aber kaum, ihr in die Augen zu sehen.

»Was?«, fragt Cora, ihre Stimme so ausdruckslos, dass ich nicht erraten kann, was in ihr vorgeht.

»Dass ich dich …«, setze ich an, bringe es aber nicht über die Lippen. Dafür ist mein schlechtes Gewissen zu stark.

»Dass du mich verführen wolltest, um dir einen Vorteil zu verschaffen?«, fragt Cora, als hätte sie meine Gedanken gelesen. Kein Wunder, dass sie die beste Jägerin des Rats ist.

Ich sauge scharf die Luft ein und schüttle den Kopf. »Nicht für mich. Ich … Ich wollte die anderen beschützen.«

Eine ganze Weile herrscht Schweigen zwischen uns. Aus Angst, was ich in Coras Gesicht lesen könnte, traue ich mich nicht, den Kopf zu heben. So schlecht habe ich mich schon lange nicht mehr gefühlt. Nicht seit meiner Genesung, als ich begriffen habe, dass Mom tot ist. Dass ich mich nie bei ihr entschuldigen kann, weil ich ein so schlechter Sohn war. Dass ich ihr nie werde zeigen können, wie ich mich gebessert habe.

Es ist ein Schmerz tief in meinem Herzen, der mir die Tränen in die Augen treibt und mich wünschen lässt, Chester hätte mich gleich bei unserer ersten Begegnung gepfählt.

»Das habe ich mir schon fast gedacht«, sagt Cora nach einer gefühlten Ewigkeit und lässt mich überrascht aufschauen. Sie klingt nicht wütend, auch nicht enttäuscht. Als sich unsere Blicke begegnen, sehe ich sie sogar lächeln. Ganz schwach nur, aber es ist da. Und das gibt mir Hoffnung.

»Sie sind wie eine Familie für dich, genau wie Felton für mich«, sagt sie mit einem Nicken und beißt sich auf die Lippe. »Und für die Familie tut man alles.«

»Trotzdem war das nicht ... Ich hätte das nicht tun sollen«, presse ich hervor und rutsche vom Tisch. Mein schlechtes Gewissen lastet so schwer auf mir, dass ich mich regelrecht zu ihr hinüber schleppen muss und vor dem Bett zusammensacke. »Das war nur am Anfang so. Als ich dich besser kennengelernt habe, da ... Da wollte ich dich nicht mehr gehen lassen.«

Langsam hebe ich den Kopf und blicke ihr fest in die Augen. »Wir stehen zwar auf zwei unterschiedlichen Seiten und dein Vater steckt mich wahrscheinlich für immer ins Gefängnis, aber ich ...«

Obwohl ich weiß, wie wichtig dieser eine Moment ist, wie wichtig es ist, dass ich ihr erkläre, was in mir vorgeht, seit sie das Gasthaus verlassen hat, wollen mir die Worte nicht über die Lippen. Es wäre das erste Mal, dass ich sie auch so meine.

»Warum sollte dich Felton ins Gefängnis stecken?«, fragt Cora verwundert, bevor ich weitersprechen kann. »Er ist genauso von eurer Genesung überzeugt wie ich.«

Schnell schüttle ich den Kopf. »Nicht deswegen.«

»Weswegen dann?« Es raschelt leise, als Cora vom Bett herruntergleitet und sich neben mich auf die Dielen hockt.

»Um dich vor jemandem wie mir zu beschützen«, presse ich hervor und sacke nun endgültig in mich zusammen. Dorians Zeichnungen gehen mir durch den Kopf. Ich hinter Gittern, Felton Harrows wütendes Gesicht.

Was soll das anderes zu bedeuten haben?

Cora schnaubt leise und legt mir ihre Hand auf die Schulter. »Erstens kann ich mich selbst beschützen, und zweitens bist du kein halb so schlechter Kerl, als du denkst.«

»Wenn du das glaubst, dann ...«, setze ich an, doch packt mich Cora da am Kinn und zwingt mich, sie anzusehen.

»Wärst du wie Chester, könnte ich es verstehen, aber so ...
so bist du nicht«, flüstert sie, wobei sich Tränen in ihren Augen
sammeln. »Es hat viel zu lange gedauert, das zu erkennen.«

»Wie kannst du dir da so sicher sein?«, frage ich und will
vor ihr zurückweichen, doch lässt mich Cora nicht.

»In meiner Zeit als Jägerin habe ich einige fiese Typen ver-
folgt und hinter Gitter gebracht. Ich weiß, wie sie denken, wie
sie handeln, und keiner von ihnen würde sein Leben riskieren,
um anderen zu helfen«, entgegnet sie und legt mir eine Hand
an die Wange. »Keiner würde das tun, was du getan hast, Dale.
Für die anderen, oder für mich.«

»Ja, aber ich ... Ich hätte dich ausgenutzt«, sage ich in einem
letzten Versuch zu protestieren. Ihr zu zeigen, wer ich wirklich
bin, doch scheint Cora ein ganz anderes Bild von mir zu haben.

»Und selbst wenn ... Schau dich doch an, Dale«, entgegnet
sie und schiebt mein Gesicht ein Stück von sich weg. »Hättest
du mich wirklich ausgenutzt, würdest du dich jetzt nicht so
schuldig fühlen.«

»Glaubst du das echt?«, frage ich und spüre, wie die Last,
die ich herumgeschleppt habe, von meinen Schultern abfällt.

»Ja«, sagt sie und streicht mir durch die Haare. »Du hast es
nicht aus Böswilligkeit getan und ...«

Bevor Cora weitersprechen kann, habe ich sie an mich gezogen und meine Lippen auf ihre gepresst. Ich mag es nicht mit
Worten sagen können, aber vielleicht kann ich Cora zeigen, wie
viel sie mir bedeutet. Wie leid es mir tut, was sie durchmachen
musste. Dass ich für sie da sein werde, komme, was wolle.

Einen endlos langen Moment reagiert sie nicht, lässt mich
schon fürchten, ich hätte mich geirrt. Dass sie mir zwar vergibt,
aber wir nie wieder zu dem Moment draußen im Garten des
Gasthauses zurückkehren können.

»Das hat aber lange gedauert«, flüstert Cora gegen meine Lippen, ehe sie den Kuss erwidert und ihre Finger durch mein Haar wandern lässt.

»Was lange dauert …«, keuche ich, als ich sie hochziehe und wir eng umschlungen auf das Bett zu taumeln.

»… wird endlich gut«, beendet Cora meinen Satz lächelnd und stößt mich mit einem kecken Zwinkern auf die Matratze.

»Daran könnte ich mich echt gewöhnen«, sage ich lachend, kaum dass sie sich über mich hockt und zu einem weiteren Kuss herunterbeugt. Als ich sie an mich ziehen will, weicht sie jedoch zurück.

»Langsam, Milchbubi«, sagt sie und umfasst meine Hände, um sie fest auf die Matratze zu drücken. »Das hier ist das letzte Mal für eine ziemlich lange Zeit.«

»Was?«, frage ich und reiße die Augen auf. »W… Wieso?«

Cora seufzt und weicht ein Stück zurück. »Du hast Chester erlebt. Wenn er davon Wind bekommt …«

»… ist es endgültig vorbei für uns«, murmele ich und könnte mich ohrfeigen, weil mir das nicht schon eher eingefallen ist. »Aber was heißt das dann? Für uns, meine ich?«

Ein schwaches Lächeln schleicht sich auf Coras Lippen, als sie sich über mich beugt und mit den Armen neben meinem Kopf aufstützt. »Dass du dich in Geduld üben musst.«

»Geduld?«, frage ich, weil mein Blut gerade anderweitig beschäftigt ist und mein Gehirn nicht ganz mitkommt.

»Bis der Rat euch begnadigt hat, sollten wir das besser sein lassen«, sagt Cora, während sie mit geschickten Fingern die Knöpfe meines Hemds öffnet und über meine Brust streicht.

»Aber das kann noch ewig dauern«, rufe ich empört und stöhne auf, als ihre Hände meinen Hosenbund erreicht haben.

»Deswegen solltest du jede Sekunde genießen«, flüstert sie mir ins Ohr, als sie die Gürtelschnalle löst und den Reißverschluss öffnet. »Damit du noch lange davon zehren kannst.«

»Cora ... Ich ... O shit!«, keuche ich, als ihre Hände tiefer gleiten und dann ganz plötzlich verschwinden.

»Geduld, Dale Jones«, sagt sie, als sie meinen enttäuschten Blick bemerkt.

»Noch nie davon gehört«, entgegne ich und stürze mich mit einem Knurren auf sie. Wenn ich schon Abstand wahren muss, sollte ich wenigstens dafür sorgen, dass sie mich nicht vergisst.

KAPITEL 27
NEUE BEFEHLE

CORA

»Musst du wirklich schon gehen?«, fragt Dale, als ich mich vor dem Morgengrauen aus seiner Umarmung befreie, um meine Klamotten zusammenzusammeln.

»Wenn ich länger bleibe, könnte uns jemand erwischen«, sage ich, auch wenn es mir schwerfällt. Es tut gut, von Dale gehalten zu werden, endlich nicht mehr allein zu sein mit meinen Gedanken und Sorgen. Mich mit ihm auszusprechen, war die richtige Entscheidung.

Es war ein sehr langes Gespräch, über meine Vergangenheit mit Robb und Cross, über Dales Zuhause und das Leben in der Gang, aber auch die wenigen Erinnerungen aus seiner Zeit bei Celeste, die ihm erhalten geblieben sind, immer wieder unterbrochen von dem Verlangen in uns, das diese eine Nacht doch nicht hat stillen können.

»Chester wird bald hier sein«, sage ich, um das Kribbeln, das bei diesem Gedanken aufgekommen ist, sofort wieder im Keim zu ersticken.

»Musst du schon wieder von diesem Typen anfangen?«, murrt Dale und setzt sich auf dem Bett auf. »Was hast du überhaupt in ihm gesehen?«

»Ich weiß nicht, was du meinst«, sage ich und schlüpfe in meine Hose, die ich in der hintersten Ecke der Dachkammer gefunden habe.

»Wollten wir uns nicht die Wahrheit sagen? Über alles?«, erwidert Dale und zieht eine Augenbraue nach oben.

Mit einem Seufzen lasse ich meine Bluse sinken und lehne mich gegen den Tisch so wie Dale gestern.

»Chester war ein einmaliger Ausrutscher«, sage ich.

»Das hast du von unserer ersten Nacht auch behauptet«, erinnert mich Dale mit ernster Miene, doch zucken seine Mundwinkel.

»Wenn du so weiter machst, war's das auch«, entgegne ich und ziehe mich an.

»Okay, ich bin ja schon still«, versichert Dale und hebt abwehrend die Hände. »Aber können wir nicht ...?«

Weil ich weiß, was er fragen will, schüttle ich den Kopf, auch um das Verlangen in mir niederzukämpfen. »Wir warten. So ist es sicherer für euch.«

»Ich weiß aber nicht, wie ich das aushalten soll«, murrt er und steht vom Bett auf. Blitzschnell ist Dale bei mir und zieht mich an seine tätowierte Brust, bevor ich entwischen kann.

»Hast du nach letzter Nacht noch immer nicht genug?«, frage ich ihn lachend und lasse es zu, dass er seine Arme um mich schlingt.

»Noch lange nicht«, brummt Dale dicht an meinem Ohr und schiebt meine wirren Haare zur Seite, um eine Spur Küsse auf meinen Hals zu zaubern.

Ich erschaudere unter seiner Berührung und bin nah dran, meinen Widerstand zu beenden. So nah dran, zuzulassen, dass er mich erneut nimmt mit dieser feurigen Leidenschaft die meinem Leben so lange gefehlt hat.

Aber ich muss nur an die Konsequenzen denken, um das Kribbeln verschwinden zu lassen. Ich könnte es nicht ertragen, noch jemanden zu verlieren, der mir so viel bedeutet. Und Dale gehört definitiv zu den wenigen Leuten, die ich in mein Herz gelassen habe.

Gelassen? Ich schnaube und kann mir ein Schmunzeln trotz dieser ernsten Lage nicht verkneifen. Dale hat sich wohl eher in mein Herz geschlichen, ohne dass ich es gemerkt habe oder etwas dagegen tun konnte.

»Wenn dir dein Leben lieb ist, wirst du damit auskommen müssen«, sage ich und schiebe Dale von mir. »Und lass dir ja nichts anmerken, wenn wir uns später wiedersehen. Chester kann das schon fast riechen.«

»Warum musste der Rat ausgerechnet ihn schicken?«, murrt Dale und schlägt mit der Faust gegen die Wand.

»Weil ich Celestes Festnahme verpatzt habe«, entgegne ich, wobei diese Tatsache längst nicht mehr so schmerzt wie noch vor ein paar Tagen. Mittlerweile habe ich eingesehen, dass das ein furchtbarer Fehler war. »Aber das kommt nicht mehr vor.«

»Versprochen?«, fragt Dale und mustert mich beunruhigt.

»Machst du dir etwa Sorgen um mich?«

»Natürlich«, sagt Dale und baut sich vor mir auf. »Du jagst fiese Vampirverbrecher. Warum sollte ich mir da nicht Sorgen um dich machen, Babygirl?«

»Habe ich dir nicht gesagt, dass du mich nicht so nennen sollst?«, entgegne ich, doch stört mich sein alberner Spitzname lange nicht mehr so wie noch beim ersten Mal.

»Schon, aber ich mag es, wenn du dich darüber aufregst«, entgegnet Dale und gibt mir einen Kuss auf die Nasenspitze. »Babygirl.«

Genervt rolle ich mit den Augen, hauche ihm zum Abschied aber schnell einen Kuss auf die Wange, ehe ich in der Morgendämmerung verschwinde. Innerhalb weniger Sekunden lasse ich die Stallungen und den Garten der Greys hinter mir und stehe keine zehn Minuten später mit verrutschter Kleidung und zerzaustem Haar vor Felton.

»Guten Morgen, Coralie«, begrüßt mein Ziehvater mich mit einem Schmunzeln und hält mir die Hintertüre zum Harrow-Anwesen auf. »Ich dachte du wärst mit Special-Agent Howard unterwegs gewesen.«

»Unter anderem«, sage ich mit einem Schulterzucken und rausche an ihm vorbei. Wenn ich zeitgleich mit Chester bei den Greys ankommen will, muss ich mich beeilen.

»Scheint ganz so, als hättest du noch mehr im Halfway House gefunden als Ruhe und Erholung«, ruft mir Felton hinterher, als ich knapp zwei Stunden später frisch geduscht und in neuen Klamotten das Anwesen verlasse.

»Ich weiß nicht, was du meinst«, entgegne ich, kann mir ein glückliches Lächeln aber nicht verkneifen.

Es wird zwar nicht einfach werden, Dale gegenüberzutreten und so tun zu müssen, als wäre da nie etwas zwischen uns gelaufen, aber das bekomme ich schon hin. Die Frage ist nur, ob Dale auch cool bleiben kann oder in Chesters Gegenwart die Nerven verliert.

Bevor ich über die rote Backsteinmauer steige, die sich quer durch unseren Garten zieht, atme ich ein letztes Mal durch. Voller Optimismus halte ich auf das Gasthaus zu, erstarre aber, als ich Chester mit einem Begleiter auf dem Hauptweg sehe. Mein Sehsinn hat sich inzwischen zwar von Celestes Gift erholt und doch traue ich meinen Augen nicht.

Ist das wirklich der Inquisitor neben ihm?

»Ah, guten Morgen, Coralie«, ruft mir Chester gut gelaunt zu, als er mich auf einem der Seitenpfade entdeckt. »Wir haben Unterstützung bekommen. Ist das nicht toll?«

Ich schlucke hart, als mir Ignacio Ramirez, besser bekannt als Inquisitor, zunickt. Gestern dachte ich noch, Chester würde sein Vorhaben, einen Gedankenleser einzuschalten, nicht so schnell in die Tat umsetzen können. Sie sind unter Vampiren recht rar, und oft sehr beschäftigt. *Da hast du dich wohl geirrt.*

»Das ist ... sicher sehr praktisch«, sage ich, als die beiden mich erreicht haben und zwinge mich zu einem Lächeln. »So werden wir die Befragungen effizienter durchführen können.«

»Genau. Und ich bin sehr gespannt, was unser nächster Kandidat zu berichten hat«, entgegnet Chester mit einem Glitzern in den Augen. Eine schnellere Befragung ist sicher nicht der einzige Grund für Ramirez' Anwesenheit.

»Ah, da kommt ja schon unser erstes Opfer«, ruft Chester, bevor ich ihn darauf ansprechen kann. Er und der Inquisitor wenden sich dem Eingangsportal des Gasthauses zu. Dale steht auf der Schwelle und blickt hinauf in den bewölkten Himmel.

»Das ist der, von dem ich dir erzählt habe«, sagt Chester an seinen Begleiter gewandt und dreht sich dann zu mir um: »Du kannst dann gehen, Coralie.«

»Wie bitte?«, frage ich und reiße die Augen auf. »Ich werde euch natürlich begleiten. Der Rat hat mich ...«

»Du hast seit heute einen anderen Auftrag«, unterbricht mich Chester und reicht mir einen Umschlag. »Celeste ist wach und wartet nur darauf, dir von Cross zu erzählen.«

»Von wegen«, brummt der Inquisitor und wirft mir einen finsteren Blick zu. »Wenn sich der Maestro schon die Zähne an ihr ausbeißt, wirst du es erst recht nicht schaffen.«

Bevor Chester oder ich etwas sagen können, hat sich der Inquisitor an uns vorbeigedrängt und die Stufen zum Halfway House erklommen. Sein langer schwarzer Ledermantel schleift dabei über den Boden, weil er so klein ist. Trotzdem sollte man Ignacio Ramirez nicht unterschätzen. Widersetzt man sich ihm und seinen Fähigkeiten, soll es furchtbar schmerzhaft werden. So sehr, dass man sich den Tod herbeiwünscht.

»Alles okay hier?«, fragt Dale, als er die Stufen zu uns herunterkommt. Kurz sieht es so aus, als wolle er mich umarmen, scheint sich aber nur zu gut an meine Warnung zu erinnern.

»Besser als okay«, sagt Chester lachend und klopft Dale so fest auf die Schulter, dass er vor Schmerz das Gesicht verzieht. »Ich habe gerade Coralies größten Wunsch erfüllt.«

»Ihren größten Wunsch?« Verwirrt schaut Dale zwischen mir und Chester hin und her, bis sich sein Blick auf den Umschlag mit meinen Anweisungen richtet. »Was ist das?«

»Neue Befehle für die beste Jägerin des Rats«, sagt Chester und nickt mir gönnerhaft zu, ehe er sich Dale zuwendet. »Ab sofort werden Sie mit mir Vorlieb nehmen müssen, Jones.«

»Was?«, fragt Dale erschrocken.

»Ich hoffe, das ist kein Problem für euch beide«, sagt mein Kollege mit neugierigem Blick. »Ich dachte, meine Vermutung wäre völlig unbegründet gewesen, aber vielleicht ...«

»Nein, nein«, entgegnet Dale und schüttelt den Kopf, ein bisschen zu energisch. Chester scheint sich jedoch so zu freuen, mich losgeworden zu sein, dass er es nicht merkt. »Ich dachte nur, Miss Harrow müsste sich noch etwas länger ausruhen. Aber was weiß ich schon ...?«

»Ja, was wissen Sie schon, Jones?«, murmelt Chester und mustert ihn von oben bis unten. »Das würde mich wirklich sehr interessieren ...«

»Wenn ihr mich dann entschuldigt«, sage ich und wedele mit dem Umschlag, um endlich von hier wegzukommen. Auch wenn ich Dale durch die geänderten Befehle nicht mehr sehen werde, kommt uns das vielleicht sogar zugute. Wäre ich noch länger im Halfway House geblieben, hätte ich uns am Ende doch noch verraten. Oder die *Eternal Survivors* durch meine Streitigkeiten mit Chester in Schwierigkeiten gebracht. Außerdem ist Ramirez hier, da kann Chester nicht einfach tun und lassen, was er will.

»Befehle sind Befehle«, sagt Dale und nickt mir knapp zu.

»Ach, schade ... Ich hatte mit einem tränenreicheren Abschied gerechnet«, sagt Chester und seufzt theatralisch.

»Wieso das denn? Sie ist definitiv nicht mein Typ, also, was soll's?«, entgegnet Dale so nonchalant, dass ich es ihm fast abgekauft hätte.

»Wirklich?«, fragt Chester und klingt überrascht.

Dale zuckt bloß mit den Schultern und wendet sich dem Gasthaus zu. »Viel zu herrisch, wenn Sie mich fragen.«

»Hm, ich hätte nicht gedacht, dass wir mal einer Meinung sein könnten«, sagt Chester lachend und folgt ihm.

Ein Teil von mir wünschte, Dale würde sich nochmal nach mir umdrehen, doch das tut er nicht.

Und das ist auch besser so, sage ich mir. Sonst hätte ihm Chester diese fette Lüge ganz sicher nicht abgekauft.

Wir beide wissen doch, dass du dominante Frauen magst, Milchbubi, denke ich grinsend, als ich auf das Tor in weiter Ferne zuhalte.

Und wer weiß, was Celeste mir noch zu erzählen hat, denke ich und bin fast froh, endlich ihre Befragung übernehmen zu dürfen. Vielleicht finde ich so auch heraus, woher sie von der Wirkung des Totenbluts wusste. Das könnte auch Dale und den anderen zugutekommen.

Am Ende hatte Corey recht und sie hat dieses Wissen wirklich aus Liliths Grimoire ...

Kopfschüttelnd drücke ich das schmiedeeiserne Tor auf und stehe keine Sekunde später in Feltons Garten. *Ja, natürlich, und Cain Cross ist eigentlich ein handzahmer Teddybär.*

»Cora? Was machst du denn schon wieder hier?«, fragt Felton, als ich an ihm vorbeikomme. Wie jeden Morgen sitzt er mit der *Arcania Gazette* auf der Gartenterrasse und geht die aktuellen Nachrichten durch.

»Deine Ex besuchen«, entgegne ich, woraufhin sich Felton fast an seinem Tee verschluckt.

»Du wusstest wirklich nichts davon?«

»Wovon?«, fragt Felton und stellt die Tasse zurück auf den Glastisch.

»Dass ich seit heute neue Befehle habe«, entgegne ich und hebe den Umschlag hoch, den Chester mir eben überreicht hat.

»Nein, das ist mir neu«, murmelt er und schüttelt den Kopf. »Mir hat niemand etwas gesagt.«

»Wundert mich nicht«, entgegne ich und seufze, spreche aber schnell weiter, als ich Feltons gekränkten Blick auffange. »Chester scheint einen Gönner im Rat zu haben. Sonst hätte er mir nie so schnell eine neue Mission verschaffen können.«

»Würde mich nicht wundern, wenn Silas dahintersteckt«, murrt Felton und faltet seine Zeitung zusammen. »Seit uns der Präsident gedroht hat, ist unser geliebter Ratsvorsitzender besonders darauf bedacht, unseren Ruf zu wahren.«

»Sähe der alten Ratte ähnlich.«

»Cora, bitte!«, mahnt mich Felton, doch weiß ich, dass er ähnlich über den Vorsitzenden denkt.

»Du hast doch hoffentlich keinen Aufstand geprobt, oder?«, fragt Felton nach kurzem Schweigen und deutet auf den Umschlag in meinen Händen.

»Warum sollte ich? Vielleicht schlage ich so zwei Fliegen mit einer Klappe«, entgegne ich mit einem Schulterzucken.

»Zwei Fliegen?«, ruft mir Felton verwirrt hinterher, doch will ich keine Zeit verlieren.

KAPITEL 28
HANDSCHELLEN

DALE

Mit flauem Gefühl im Magen folge ich Chester und diesem anderen Typen in die Bibliothek der Greys. *Ist das etwa der Gedankenleser?*

Auch wenn ich weiß, dass es für uns beide besser ist, wenn Cora ihren Befehlen folgt, wünschte ich doch, sie wäre hier. Denn so, wie mich Chesters Begleiter mustert, wird mir ganz übel. Seine Augen sehen aus wie die eines Falken, scharf und wachsam, als entginge ihm wirklich nichts. Und von Blinzeln scheint er noch nie etwas gehört zu haben.

»Setzen«, sagt der fremde Vampir und deutet auf einen der beiden Stühle, die er gegenüber voneinander aufgebaut hat.

»Sollten wir uns nicht erst ein bisschen kennenlernen?«, frage ich mit einem Grinsen, in der Hoffnung so irgendwie die Stimmung aufzulockern.

Der Falkentyp verzieht keine Miene.

»Nehmen Sie es ihm nicht übel, Mister Jones. Ramirez hat es nicht so mit Reden«, sagt Chester und setzt sich uns gegenüber an den Tisch in der Mitte der Bibliothek. »Zumindest nicht auf diese Weise.«

»Nicht auf diese Weise?«, frage ich und blicke zwischen den beiden hin und her. Mein Verdacht scheint sich zu bestätigen. Der Typ ist wirklich hier, um meine Gedanken zu lesen.

Eiskalte Schauer rinnen mir den Rücken hinab, als ich der Aufforderung des fremden Vampirs folge und mich auf einem der Stühle niederlasse. Ramirez setzt sich auf den anderen, wobei sich unsere Knie fast berühren, so nah beieinander stehen die Stühle.

»Entspannen, nicht dagegen ankämpfen«, sagt der Falkentyp und packt mich plötzlich an den Schläfen. Erschrocken will ich zurückweichen, doch hält er mich so eisern fest, dass ich mich keinen Millimeter bewegen kann.

»Nicht dagegen ankämpfen«, wiederholt er mit mehr Nachdruck in der Stimme. Selbst, wenn ich es gewollt hätte, hätte ich mich nicht mehr aus seinem Griff befreien können.

»Keine Sorge, Mister Jones. Wir wollen nur die Wahrheit erfahren. Wenn alles so ist, wie Sie und Mister Grey behaupten, haben Sie nichts zu befürchten«, sagt Chester und nickt seinem Kollegen zu. »Ramirez ist nur hier, um ein klareres Bild von Ihren Erinnerungen zu erhalten. Das war bei Mister O'Sullivan ohne Gedankenleser leider sehr schwierig.«

»Natürlich«, presse ich hervor und zwinge mich dazu, ruhig zu atmen und möglichst an nichts zu denken. Es ist eine Sache, Cora oder Earl von meiner Zeit als Rogue zu erzählen, aber wenn jetzt jemand in meinen Gedanken rumstochert ...

Welche Wahl haben wir schon?

Ich richte meinen Blick auf die Ketten an Ramirez' Hals. Er trägt einen Rosenkranz, aber auch mehrere Amulette. So habe ich mir Vampire vorgestellt: in dunkler Kleidung, grimmig und verschwiegen. Und extrem stark. Hätte ich meinen Kopf nur einen Millimeter bewegt, hätte er mir den Schädel zerdrückt.

»Nicht dagegen ankämpfen«, wiederholt er nun zum dritten Mal, weil er wohl meine Gedanken gehört hat. Oder gelesen? Wie funktioniert so eine magische Gabe denn überhaupt? Ist das wie ein sechster Sinn oder eher wie Klavierspielen? Wird man besser, je mehr man übt?

Und kann man das einfach so lernen oder muss man damit geboren werden?

»So viele Fragen«, brummt Ramirez und bestätigt damit, dass er längst in meinen Gedanken drin ist. Kein schönes Gefühl, plötzlich nicht mehr allein im eigenen Kopf zu sein und es nicht einmal zu wissen. Aber haben Elinor und Nate nicht von einem Inquisitor gesprochen? Soll der nicht total brutal sein?

»Nicht, wenn Sie kooperieren«, sagt Ramirez und drückt seine Finger gleich noch etwas fester gegen meine Stirn.

»Können wir endlich mal anfangen? Bequem ist das nicht gerade«, sage ich, weil ich nicht will, dass er länger in meinem Kopf bleibt, als irgendwie nötig. Zu verbergen habe ich zwar nichts, aber Privatsphäre ist mir doch wichtig.

»Natürlich«, sagt Chester und ich höre, wie er durch Papier blättert, vermutlich Earls Bericht, in dem er sich vorgestern schon so viele Notizen gemacht hat. *Streber!*

Ramirez schnaubt amüsiert, sagt aber nichts, als Chester ihn danach fragt. Also sind die beiden vielleicht doch nicht so dicke, wie es vorhin aussah.

»Hmpf«, macht Ramirez, wobei ich mir nicht sicher bin, ob er damit auf meine Gedanken antwortet oder nicht.

»Erzählen Sie uns von Ihrer Wandlung. Woran können Sie sich noch erinnern, Mister Jones?«, fragt Chester, als Ramirez' Druck gegen meine Schläfe etwas nachgelassen hat.

Ich atme tief durch und schließe die Augen. Auch wenn der Falkentyp gesagt hat, dass ich nicht dagegen ankämpfen soll, will ich die Erinnerungen daran zurückdrängen. Sie sind zwar verschwommen und bei Weitem nicht vollständig, aber daran zu denken bringt auch immer den Schmerz zurück. Die Trauer um Mom, aber auch um Dad und die restlichen Bewohner des Trailerparks.

»Jones«, mahnt mich Chester streng, während sein Kollege die Finger fester in meine Haut presst.

Ramirez bleibt zwar stumm, doch meine ich seine Stimme in meinen Gedanken zu hören: *Nicht dagegen ankämpfen.*

»Ich war in dieser Nacht in einer Bar und hatte ziemlich viel getrunken«, presse ich schließlich hervor und gebe es auf, mich gegen meine Erinnerungen zu stemmen. »Viel weiß ich nicht mehr, nur dass die Siedlung leiser war als sonst. Totenstill. Total untypisch selbst für diese Uhrzeit … Und da war überall Müll, nein … Leichen. Ich hab' es nur nicht gecheckt, weil ich so zu war.«

Ich sauge tief die Luft ein und will den Kopf zurückreißen, doch lässt mich Ramirez nicht.

»Und dann?«, dringt Chesters Stimme wie aus weiter Ferne zu mir hindurch.

»Dann hat mich plötzlich Diego angegriffen«, sage ich und sehe es deutlich vor mir. Scharfe, lange Fingernägel, zerrissene Kleidung und dieses heisere Knurren. Es ist eine der wenigen Erinnerungen, die nicht verschwommen sind. Als hätte meine Todesangst in diesem Moment dazu geführt, dass sich sein furchteinflößender Anblick in meine Gedanken brennt.

»Diego Rivera, richtig?«, fragt Chester.

Ich zucke mit den Schultern, weil ich keine Ahnung habe, wie sein Nachname lautet. Für mich war er immer nur Diego, derjenige von uns, der am längsten bei Celeste war. Er war der Letzte, der sich von den Auswirkungen des Totenbluts erholt hat. Und derjenige, der sich am meisten Vorwürfe macht.

»Was ist dann passiert? Hat er Sie gebissen?«, will Chester wissen, wodurch sich die Erinnerung an jene Nacht wieder in Bewegung setzt.

Diego packt mich grob an den Schultern. Durch den Alkohol und all das andere Zeug, mit dem ich in dieser Nacht meinen Körper vollgepumpt habe, bin ich langsam, habe kaum noch Kontrolle über mich und meine Bewegungen. Ich schaffe es nicht, ihm zu entkommen.

»Ramirez?«, fragt Chester, weil ich keinen Ton herausbekomme.

»Lass ihn«, kommt es von ihm zurück, während sich die letzten Sekunden dieser Erinnerung vor meinem inneren Auge wieder und wieder abspielen. Die langen Beine einer Frau, ihre dunkelroten Lippen, die dicht über meinen schweben. Warmes Blut, das über meine Haut rinnt und ein leises Schlürfen.

»Celeste«, sagt Ramirez überrascht.

Ich stoße ein Knurren aus. Hat er nicht mitbekommen, was passiert ist? Ich dachte, mittlerweile wüsste die ganze Nachtwelt davon.

»Sie war wirklich da?«, fragt Chester, doch kommt keine Antwort von seinem Partner, zumindest sagt er nichts. Der Druck auf meinen Kopf lässt aber kurz nach und fast fühlt es sich so an, als würde Ramirez nicken.

»Was hat sie getan? Hat sie was über Cross gesagt?«, fragt Chester aufgeregt.

Ramirez' Finger drücken sich fester in meine Schläfen, wie die Krallen eines Raubvogels bohren sie sich in meine Haut und lassen mich vor Schmerz aufschreien.

»Da … ist nichts«, presst er hervor und klingt fast genauso angeschlagen, wie ich mich in diesem Moment fühle. Als hätte er das Ventil für meine Energie gefunden und bis zum Anschlag geöffnet.

»An mehr erinnert er sich nicht?«, fragt Chester ungläubig.

Ich meine Schritte zu hören, doch verhallen sie in der Dunkelheit, die über mich hereinbricht.

Es sind die Lücken zwischen meinen verschwommenen Erinnerungen, vor denen ich mich am meisten fürchte. Weil ich nicht weiß, was ich in dieser Zeit getan, ob ich jemanden verletzt oder gar getötet habe.

»Nein«, pressen Ramirez und ich hervor, woraufhin ein wütendes Zischen aus Chesters Richtung zu hören ist.

»Und danach? Nach der Wandlung ... Er muss doch noch mehr Erinnerungen haben.« Wie Donnergrollen hallt Chesters Stimme durch die Finsternis und bringt Licht und Farbe in meine Erinnerungen zurück, aber nicht viel. Alles ist in dunkle Grautöne getaucht. Dicke Linien liegen in einem Gittermuster vor mir, sodass ich kaum erkennen kann, was vor mir liegt.

»Da ist ein Käfig. Oder ein Gefängnis«, sagt Ramirez und weckt damit weitere Erinnerungen, die ich schon für verloren geglaubt habe. »Und Celeste.«

»Was sagt sie?«, fragt Chester und klingt so nah, als wäre sein Mund direkt an meinem Ohr.

»Es dauert ihr zu lange«, murmelt Ramirez und stöhnt leise, als meine Erinnerungen wieder in Dunkelheit übergehen.

»Was? Die Wandlung?«

»Mhmm«, macht Ramirez und seine Finger drücken sich in meine Schläfen. Der Druck in meinem Gehirn wird stärker, als wühle sich Ramirez durch meine Gedanken. Lange dauert es nicht, bis die nächste Erinnerung in mir aufsteigt. Eine, von der ich gar nicht wusste, dass sie existiert.

»Er konnte ihr entkommen«, murmelt Ramirez und beobachtet mich dabei, wie ich mich aus dem Käfig zwänge und dann durch düstere Korridore und Lagerräume stolpere.

»Unmöglich«, brummt Chester, doch sehen Ramirez und ich es deutlich vor uns. Auch die Rogues, die plötzlich aus den Schatten hervorkriechen und mich jagen.

»Sie verfolgen ihn«, berichtet Ramirez und klingt fast so panisch, wie ich mich in diesem Moment gefühlt habe. Sogar jetzt schlägt mein Herz schneller in meiner Brust.

Keuchend und voller Todesangst renne ich um mein Leben, bis ich in einer riesigen Halle stehe. Von überallher kommen die Rogues. Ich erkenne Lex und Calvin, aber auch Elinor, Mallory, sogar die schüchterne Zoe.

»Es war eine Falle«, presst Ramirez erschrocken hervor und fast meine ich, ihn zusammenzucken zu spüren. »Celeste.«

»*Genug gespielt, meine Kinder. Bringt ihn zurück*«, gibt Ramirez ihre Worte zu Chester durch.

In meinen Erinnerungen grinst sie mich boshaft an und blickt mir hinterher, als mich zwei der Rogues, Lex und Bas, in den vergitterten Verschlag zurückzerren. Erst jetzt merke ich, dass mein Hals wie Feuer brennt.

»Er wurde im Nacken gebissen«, sagt Ramirez, während das Echo schlurfender Schritte durch meinen Kopf hallt. Dann wieder Dunkelheit und Celestes Stimme: *Jetzt dauert es nicht mehr lange.*

»Es muss die verlassene Lagerhalle sein, in der sie Celeste gestellt haben«, sagt Ramirez und meint damit sicher die alte Fabrik, in der Celeste Kitty gefangen gehalten hat. Während die Greys uns Rogues abgewehrt haben, um meine Schwester zu befreien, konnte Celeste ihnen entkommen. Laut Ash und Markos war sie schon darauf vorbereitet. Die ganze Gegend war voll mit ihren Duftmarkern, sodass die Wölfe sie unmöglich haben verfolgen können. Was mit uns passiert, war ihr vollkommen egal. *Warum auch nicht, wenn sie jeder Zeit neue Rogues erschaffen kann?*

Weitere verschwommene Erinnerungen strömen auf mich ein, an Schmerz und Überwältigung. Innerhalb kürzester Zeit haben sich meine Sinne so sehr geschärft, dass ich sogar den

Verkehr auf dem nahegelegenen Highway hören konnte, als stünde ich direkt am Straßenrand.

»Dort wurde Mister Jones' Wandlung vollzogen«, hält Ramirez Chester auf dem Laufenden.

Seit Minuten kommt nichts als unverständliches Wimmern über meine Lippen. Es ist verdammt schmerzhaft, all diese Erinnerungen durchgehen zu müssen. Nicht nur, weil ich darin solch furchtbare Schmerzen erlitten habe, sondern vor allem, weil es ein schreckliches Gefühl war, nicht zu wissen, was mit mir passiert. Ich hatte keinen Earl, der mir erklärt hat, was der Biss in meinem Nacken zu bedeuten hat. Niemanden, der sich um mich gekümmert hat, der für mich da war, während ich diese Pein durchstehen musste.

Und wozu? Damit Celeste einen Handlanger mehr hatte?

Wut erwacht in mir, wie auch schon damals nach meiner Wandlung. Und doch zwinge ich mich, ruhig zu bleiben. Tief atme ich durch und halte mich an der Hoffnung fest, dass es bald vorbei sein wird. Dass Chester und Ramirez mich gehen lassen werden, wenn sie gesehen haben, was während meiner Zeit als Rogue geschehen ist.

»Nein ... nicht ...«, wispere ich, als ich plötzlich etwas in der Dunkelheit aufblitzen sehe. Eine Nadel, die zu einer Spritze gehört, gefüllt mit ...

»Totenblut«, presst Ramirez hervor und stöhnt angewidert auf, weil er offenbar riechen kann, was ich in dem Moment gerochen habe: den Gestank von Tod und Verwesung.

»Was hat sie damit gemacht?«, fragt Chester. Seine Stimme klingt lauter, entweder vor Aufregung, oder weil er neben uns steht, um näher am Geschehen zu sein.

»Initiiert, wie im Bericht beschrieben«, sagt Ramirez und lässt von mir ab, als wäre das Gefühl, das in diesem Moment durch meinen Körper gerauscht ist, zu viel für ihn.

Bis heute fehlen mir die Worte dafür, um es zu beschreiben. Es ist schlimmer, als eine Fahrt mit dem Freefall Tower. Fast so, als würde man für immer und ewig in die Tiefe stürzen. Als kenne der Turm kein Ende. Je tiefer es hinabgeht, umso mehr verliert man jegliches Gefühl für seinen Körper, für sein Selbst. Dafür, wie stark man als Vampir ist. Nur der Durst bleibt noch, stärker und schmerzhafter als zuvor. Er lässt uns Rogues Dinge tun, die meine schlimmsten Albträume verblassen lassen.

»Hilflos«, flüstert Ramirez und saugt die Luft ein. »Und durstig. Nicht brutal oder mordlustig.«

Ich will nicken, weil er es damit genau auf den Punkt bringt. Für Blut hätten wir alles getan, alles, was Celeste uns befohlen hat. Bewegen kann ich mich jedoch nicht, weil mich die Finger des Inquisitors an Ort und Stelle halten.

»Weitermachen, Ramirez. Woran erinnert er sich noch?«, donnert Chesters Stimme zu uns hindurch und reißt mich fort von dieser Erinnerung zurück in die Dunkelheit.

»Da ist nicht mehr viel ...«, murmelt Ramirez, als plötzlich das Chaos um uns herum ausbricht

Heulende Wölfe, die lauten Rufe von Earl, Sel und Dorian. Celestes Stimme, aber auch Kittys, und doch bin ich weiterhin gefangen in Dunkelheit, kann noch immer nicht ausmachen, was sie sagen, bis ich meine Schwester vor mir stehen sehe.

»Er hat nicht ...«, presst Ramirez hervor und seine Finger verschwinden von meiner Stirn.

Erschrocken sauge ich die Luft ein und öffne die Lider. Sofort läuft mir Schweiß hinein und brennt in meinen Augen, doch ist es kein Vergleich zu dem Schmerz, den ich wegen Celeste durchmachen musste und noch immer in mir trage.

»Was hat er nicht, Ramirez?«, fährt Chester seinen Kollegen an und packt ihn grob an der Schulter.

»Er hat niemandem etwas getan. Er war nur kurz bei ihr. Er ...« Ramirez holt tief Luft und lehnt sich mit erschöpftem

Gesichtsausdruck auf seinem Stuhl zurück. »... hat niemandem was getan.«

»Was?«, wispere ich und starre den Vampir an. Nun ist es nicht mehr der Schweiß, der in meinen Augen brennt, sondern Tränen. »Ich habe niemandem wehgetan?«

»Nicht unter Celestes Kontrolle, nein«, sagt Ramirez und holt einen Flachmann aus seinem langen Ledermantel hervor.

»Hier, Junge«, sagt er und reicht ihn mir, nachdem er selbst einen Schluck daraus getrunken hat.

Ich lehne ab und stütze den schmerzenden Kopf auf meinen Händen auf. Ein Gefühl der Erleichterung durchströmt mich und ich wünschte, ich könnte Cora davon ...

Nein, nein, nein! Nicht daran denken!, rufe ich mir schnell in Erinnerung und werfe einen kurzen Blick auf Ramirez. Der scheint mir diesen Gedanken zum Glück nicht angesehen zu haben. Seine Gabe funktioniert wohl nur über Berührung.

»Das kann nicht sein«, murmelt Chester und schüttelt den Kopf. »Geh nochmal alles durch, Ramirez. Langsamer.«

»Nein«, entgegnet dieser und wirft Chester einen wütenden Blick zu. »Wenn ich sage, da ist nichts, ist da nichts. Warum sollte ich lügen?«

»Aber er ist ein verdammter Rogue! Wie kann das sein?«, ruft Chester so laut, dass ich erschrocken zusammenzucke.

»Woher soll ich das wissen, Nettleham? Solange Celestes Verstand gesichert ist, kann ich das nicht herausfinden«, entgegnet Ramirez und reibt sich die Schläfen. »Wir können nur hoffen, dass die Kleine wirklich so gut ist, wie Harrow immer behauptet. Wenn sie zu Celeste durchdringt ...«

»Cora!«, sagt Chester und schnippt mit den Fingern. »Er hatte was mit ihr. Was ist, wenn er ihr wichtige Informationen entlockt hat, um seine Herrin zu befreien?«

»Meine Herrin? Sag mal, tickst du nicht mehr ganz richtig, oder was?«, rufe ich und springe von meinem Stuhl auf. »Ich hasse Celeste für das, was sie uns angetan hat. Und ich werde den Teufel tun und dieser Schlange helfen.«

»Gesprochen wie ein wahrer Untergebener«, sagt Chester und baut sich vor mir auf, ein fieses Grinsen auf den Lippen. »Was hat sie dir dafür versprochen? Geld? Mehr Blut? Sex?«

»Sie hat mir gar nichts versprochen, Mann. Ich arbeite nicht für sie!«, sage ich wütend und packe Chester an den Schultern. »Ich wollte das nicht. Nichts davon! Die anderen auch nicht. Sieh das doch endlich ein, du Arsch!«

»Arsch? Ist das alles, was dir einfällt, Jones?« Er schnaubt und schüttelt den Kopf. »Ich hätte wissen müssen, dass Cora auf einen wie dich reinfällt. Sie hatte schon immer was für die bösen Jungs übrig. Aber dass sie so schnell die Beine breit machen musste ...«

»Hör auf so über sie zu reden, du verfickter Hurensohn!«, brülle ich und stürze mich auf Chester. Dabei habe ich so viel Schwung, dass ich ihn umstoße. Mit einem Krachen landen wir auf dem Boden und reißen einen Bücherstapel mit uns um.

»Du weißt gar nichts über sie oder was sie durchgemacht hat, privilegierter Schnöselarsch«, presse ich hervor.

Gerade will ich ausholen, um Chester endlich die Fresse zu polieren, wie ich es beim ersten Mal schon hätte tun sollen, doch da packt jemand meinen Arm.

»Ah, na endlich! Da haben wir's«, sagt Chester mit einem zufriedenen Lächeln, als Ramirez mich von ihm wegzerrt.

Etwas Kaltes legt sich um meine Handgelenke und als ein leises Klicken erklingt, schwinden meine Kräfte, sogar meine Sinne werden von einer Sekunde auf die nächste schlechter.

»Dale Jones.« Chester springt mit einem Ächzen auf und tritt ganz nah an mich heran. »Im Namen des Rats der Vampire nehme ich Sie wegen Beleidigung und Gewalt gegen einen offiziellen Ratsgesandten fest.«

»Was?«, frage ich erschrocken und versuche, mich loszureißen. Dazu fehlt mir jedoch jegliche Kraft, als hätte man mir meine vampirische Stärke genommen.

Die Handschellen, denke ich und schüttle meine Hände. *Es müssen magische Handschellen sein.*

»Sie mögen unter Celestes Befehl nichts getan haben, aber soeben haben Sie einen Jäger des Rats nicht nur aufs Äußerste beleidigt, sondern auch noch angegriffen«, sagt Chester und verschränkt mit boshaftem Lächeln die Arme vor der Brust. »Ich wusste sofort, dass man Ihnen nicht trauen kann. Einmal ein Rogue, immer ein Rogue.«

»Nettleham«, mahnt Ramirez, doch schiebt Chester seinen Kollegen einfach beiseite.

»Was?«, frage ich, als sich urplötzlich eine eiskalte Angst in mir breitmacht. Hat er das etwa von Anfang an geplant? Coras Abwesenheit? Die anstrengende Befragung durch Ramirez? Und dann diese verdammten Andeutungen und Beleidigungen auf Coras Kappe?

»Damit kommst du nicht durch«, knurre ich und wünschte, Ramirez wäre nicht hier. Dann wäre dieser Flachwichser mir nicht so einfach davongekommen.

Ich hatte ihn, denke ich und mahle mit den Kiefern. Hätte Ramirez mich nicht geschnappt, wäre es nicht so glimpflich für diesen miesen Arsch ausgegangen.

»Cora und ihr Vater werden dich durchschauen«, rufe ich, wobei ich mir bei Letzterem nicht sicher bin.

»Werden wir ja sehen, Jones«, wispert Chester in mein Ohr. »Wem werden sie wohl eher glauben? Ihrem fähigsten Jäger oder einem dreckigen Rogue?«

KAPITEL 29
FOLTER

CORA

»Gib's auf, Darlin'. Ich werde dir nie verraten, was ich weiß«, keucht Celeste und windet sich in ihren schweren Eisenketten, mit denen sie an einen wuchtigen Metallstuhl gebunden ist.

»Aufgeben? Nach nur einer Stunde?« Ich schüttle den Kopf. »Du hast meine Akte wirklich nicht aufmerksam gelesen.«

»Was interessiert mich denn deine verfluchte Akte?«, zischt Celeste und spuckt auf den Boden. »Weder du noch der schleimige Arschkriecher werdet mich kleinkriegen.«

»Schleimiger Arschkriecher?«, frage ich lachend, weil ich genau weiß, wen sie damit meint. »Das muss ich mir merken.«

Celeste stößt bloß ein Knurren aus, rührt sich aber nicht mehr. Nicht einmal ein Wimmern kommt ihr über die Lippen, obwohl sie in den letzten Tagen sehr gelitten haben muss.

Als ich vorhin in Silverlock angekommen bin und man mich zu ihr geführt hat, habe ich sie gar nicht mehr wiedererkannt. Das einst so seidige Haar hängt ihr in schmierigen Strähnen vom Kopf und ist an vielen Stellen aber schon ausgefallen. Ihr

Gesicht ist schmutzig und voller alter Brandnarben. Die Frau, die vor mir sitzt, ist kein Vergleich zu dem Biest, das mich vor so vielen Jahren töten wollte. Äußerlich zumindest nicht, doch scheint die Folter ihrer Durchtriebenheit nichts anhaben zu können.

»Wir können das bis in alle Ewigkeit fortsetzen, Celeste«, sage ich und greife nach dem Hebel vor mir. Mit ihm kann ich eine Spiegelvorrichtung kontrollieren, die einen dünnen Strahl Sonnenlicht auf ihre Haut leitet. Es ist die einfachste Methode, um einen Vampir zum Reden zu bringen, normalerweise. Bei Celeste scheint selbst das nicht viel zu helfen, wie die vielen halb verheilten Brandnarben auf ihrer Haut beweisen.

»Warum schützt du ihn überhaupt? Dir ist doch sicher klar, dass Cross dich und deine Position nur ausgenutzt hat, oder?«, frage ich und hoffe, so irgendwie zu ihr durchzudringen. Was Männer angeht, ist Celeste sehr eitel. Nie würde sie zugeben, dass ein Mann sie ausgetrickst hat.

»Ich tue das nicht für ihn, du dummes Kind«, faucht sie und drückt sich gegen ihre Ketten. »So schütze ich mich selbst.«

»Dich selbst?«, frage ich und lege die Stirn in Falten. »Ich glaube, da hast du etwas falsch verstanden. Recht viel tiefer als jetzt kannst du nicht mehr sinken, Celeste.«

Mit einem Nicken deute ich auf die Ketten, die sie an den Stuhl fesseln, doch zeigt sie sich davon unbeeindruckt.

»Du willst jahrelang nach Cross gesucht haben und dann sagst du sowas?«, fragt Celeste und rollt mit den Augen. »Du hast keine Ahnung, wozu er fähig ist.«

»Stimmt, die habe ich nicht«, gebe ich zu und packe den Hebel fester. »Deswegen bist du hier, um mich aufzuklären. Also? Wo ist Cross? Was hast du mit ihm zu schaffen?«

Celeste verengt die Augen zu Schlitzen, sagt jedoch nichts, wie schon die letzten Male.

Ich seufze und ziehe am Hebel. Metallisches Rattern ist zu hören, dann öffnet sich weit über uns eine kleine Klappe in der Wand. Innerhalb von wenigen Sekunden wird das Sonnenlicht über mehrere verstellbare Spiegel zu uns heruntergeleitet. Es trifft Celeste an ihrem bisher unversehrten Arm.

Ich sehe ihr an, wie sie kämpft, wie sie einen Schmerzensschrei zurückhalten will, doch ein solcher Sonnenbrand ist für uns Vampire extrem qualvoll. So qualvoll, dass sie schließlich aufgibt und ein gellender Schrei durch ihre Zelle brandet.

Nach ein paar Sekunden betätige ich den Hebel erneut und stoppe den Strahl, während Celeste wimmernd und keuchend ihren Arm betrachtet. Die Wunde ist nicht groß, nicht mehr als einen Daumennagel breit, aber der Gestank von verbranntem Fleisch zeigt, wie gravierend sie ist. Es wird Tage, vielleicht sogar Wochen dauern, bis sie verheilt ist, und das auch nur, wenn man Celeste eine erhöhte Dosis Blut verabreicht. Etwas, das in Silverlock absolut verboten ist.

»Hast du wirklich so viel mehr Angst vor dem, was er mit dir anstellen wird?«, frage ich Celeste, weil ich mir das irgendwie nicht vorstellen kann. Kaum jemand weiß besser als ich, wie furchtbar Cross sein kann, aber dass sie selbst bei diesen Schmerzen noch den Mund hält und abstreitet, etwas über ihn zu wissen ...

»Im Gegensatz zu ihm seid ihr alle Anfänger. Der Schmerz ist schlimm, aber nicht von Dauer«, presst Celeste hervor und eine Träne rinnt ihr über die schmutzigen Wangen. »Aber der Tod einer Person, die einem am Herzen liegt ... Sag, wie hast du dich von deinem Hochzeitsgeschenk erholt, Darlin'?«

Statt zu antworten, ziehe ich wieder am Hebel. Wie kann sie es wagen, Robb in all das mit hineinzuziehen?

Celestes höhnisches Lachen erfüllt die düstere Zelle, als das mechanische Rattern erneut erklingt. »Siehst du, Darlin'? Du weißt doch, was ich meine.«

Bevor sie sich weiter über mich und meinen Schmerz lustig machen kann, geht ihr Lachen wieder in einen Schmerzensschrei über. Diesmal warte ich länger, bis ich den Hebel erneut betätige und das Sonnenlicht verschwindet.

Innerlich weiß ich, dass Celeste recht hat. Dass das hier für uns Vampire nur temporär ist. In ein paar Jahrzehnten werden wir uns kaum mehr daran erinnern, aber ein solcher Verlust, wie ich ihn habe durchmachen müssen ...

»Als ob du noch jemanden übrighättest, mit dem Cross dir drohen könnte«, presse ich hervor und schüttle den Kopf.

»Und wenn schon. Sicherer als hier drin, kann ich nicht sein«, faucht Celeste und bläst sich eine Strähne ihrer zotteligen Haare aus dem Gesicht. »Außerdem ist es nicht übel, so viel Aufmerksamkeit zu bekommen ...«

»Du bist doch krank«, wispere ich und schwöre mir, nie so tief zu sinken wie sie. Mag sein, dass sie hier vor Cross sicher ist, aber was ist das denn bitte für ein Leben?

Celeste hat durch ihre Machenschaften sämtliche Leute aus ihrem Leben vertrieben, die sie einst geliebt haben. Felton, Kieran Grey, aber auch ihren eigenen Sohn. So, wie Earl Grey über seine Mutter spricht, könnte man meinen, die beiden wären Fremde.

»Harrow«, ruft plötzlich jemand von jenseits der Zellentür und reißt mich aus meinen Gedanken.

»Ich bin noch nicht fertig«, sage ich, als ich den Schlüssel im Schloss höre und kurz darauf jemand die Tür aufstößt.

»Du hast Besucher«, murrt der Wärter und tritt beiseite.

»Felton?«, frage ich verwirrt, als er eintritt, ohne Celeste eines Blickes zu würdigen. Wenn ich schon mit ihm nicht gerechnet habe, dann erst recht nicht mit seinen Begleitern.

»Earl ...«, wispert Celeste, als ihr Sohn zusammen mit Kitty in die Zelle tritt.

Für den Bruchteil einer Sekunde begegnen sich Celestes und Mister Greys Blicke. Im ersten Moment meine ich Entsetzen in seinen braunen Augen aufleuchten zu sehen, doch als er sich mir zuwendet, wandelt es sich in Sorge und Angst.

»Chester hat Dale«, sagt er tonlos, was auch erklärt, wieso Kitty so bleich ist. Sie hat sogar Tränen in den Augen.

»Was?«, frage ich und taumele rückwärts, bis ich gegen den Stuhl stoße, der vor dem Pult mit den Hebeln steht. »Wieso?«

»Nicht hier«, sagt Felton und nickt in Celestes Richtung.

»Stört euch nicht an mir. Jetzt wird es endlich spannend«, sagt sie und richtet sich mit klirrenden Ketten auf.

Am liebsten hätte ich ihr allein dafür noch einmal die Haut verbrannt, doch wenn es stimmt, was Mister Grey gesagt hat, dürfen wir keine Zeit verlieren. Schnell folge ich ihm und den anderen auf den Gang und von dort aus in einen der kargen, fensterlosen Pausenräume des Silverlock Penitentiary.

»Was genau ist passiert? Was soll das überhaupt heißen? Hat er ihn ... Hat er ihn festgenommen?«, platzen die Fragen aus mir hervor, während hunderte Szenarien durch meinen Kopf rasen, eines furchtbarer als das andere.

»Dale soll ihn angegriffen haben«, sagt Mister Grey und klingt so wütend, wie ich ihn bisher noch nie erlebt habe.

»Das würde er nicht tun, nicht nachdem ...«, murmele ich und schüttle den Kopf. »Scheiße! Ich habe ihm doch gesagt, dass er sich zurückhalten soll, verdammt.«

»Also das war der junge Herr, der dich heute Nacht aufgehalten hat?«, fragt Felton und mustert mich mit undeutbarer Miene. Sollte er deswegen enttäuscht oder verärgert sein, sieht man es ihm nicht an.

»Ist das nicht scheißegal? Dieser Arsch hat meinen Bruder und er behauptet, er wäre noch immer ein Rogue!«, ruft Kitty und schickt noch einen ganzen Schwall Flüche und Verwünschungen auf Chesters Kappe hinterher.

»Wie kann er nur so dumm sein und sich von ihm provozieren lassen?«, flüstere ich und schüttle den Kopf. Ich habe Dale doch so oft gesagt, dass er sich nicht darauf einlassen soll.

»Weil mein Bruder nun mal so ist. Und dieser Chester hatte es doch von Anfang an auf ihn abgesehen«, murrt Kitty und wirft mir einen giftigen Blick zu.

»Wo sind sie jetzt? Hier?«, frage ich und will schon auf die Tür zustürmen, doch hält mich Felton so eisern zurück, dass er mir den Arm ausgerissen hätte, wenn ich mich gewehrt hätte.

»Du kannst jetzt nicht zu ihm. Nicht, wenn du so emotional bist, Cora«, raunt mir Felton zu. »Ich werde gehen.«

»Was?«, fragen Kitty, Earl und ich gleichzeitig.

»Nach allem, was ich von Cora gehört habe, scheint mir Ihr Bruder keine Gefahr darzustellen, Miss Jones. Und auch ich kenne Chester und seine Launen«, sagt Felton und seufzt tief. »Leider.«

»Und das reicht Ihnen? Nach dem ganzen Aufstand, den Sie geprobt haben, als wir ...«, setzt Kitty ungläubig an und auch ich bin etwas überrascht von Feltons Vorschlag.

»Zeiten ändern sich«, sagt mein Ziehvater schulterzuckend und dreht sich dann zu mir um. »Und wenn er es wert ist ...«

»Das ist er«, sage ich im Brustton der Überzeugung, was nicht nur Felton zu überraschen scheint. Kitty und Mister Grey werfen mir verwunderte Blicke zu, aber es bleibt uns jetzt keine Zeit, um sie auf den neusten Stand zu bringen.

»Ich komme trotzdem mit dir. Ich kann hier nicht einfach so untätig herumsitzen«, sage ich und will Felton folgen, doch ist es diesmal Mister Grey, der mich zurückruft.

»Er hat recht, Miss Harrow«, sagt Celestes Sohn und klingt selbst überrascht, dass ausgerechnet er Felton zustimmt.

»So werden Sie Dale nicht helfen«, fügt er hinzu und blickt mich vielsagend an.

Auch wenn ich weiß, dass er recht hat, kann ich das nicht akzeptieren. Irgendwie muss ich doch etwas tun können.

»Kannst du«, sagt Felton und lockert den Griff um meinen Arm. Ob er meine Gedanken gelesen hat, um herauszufinden, was zwischen Dale und mir passiert ist?

»Was denn?«, frage ich verzweifelt.

»Bring Celeste dazu, endlich zu erzählen, woher sie vom Totenblut wusste«, sagt Felton und packt meine Schultern, um mir fest in die Augen sehen zu können. »Finde heraus, was sie noch weiß. Vor allem, ob sie Mister Greys Theorien bestätigen kann. Wenn Chester so versessen darauf ist, die Rogues hinzurichten, wird das ihre einzige Hoffnung sein.«

Ich schnaube und schüttle den Kopf. »Du hast Celeste doch gesehen. Sie wird nicht reden.«

»Mit Ihnen vielleicht nicht«, mischt sich Mister Grey ein und tritt neben Felton. Sein Gesicht ist wutverzerrt, doch liegt ein entschiedener Ausdruck in seinen Augen. »Aber mit mir.«

Überrascht schaue ich zu ihm auf. Sofort muss ich wieder an Celestes Reaktion auf seine Anwesenheit denken. Ist er derjenige, den sie mit ihrem Schweigen zu schützen versucht?

»Einen Versuch ist es sicher wert, Coralie«, sagt Felton und rümpft die Nase. »Celestes Wort wird aber nicht ausreichen.«

Mit einem Seufzen lässt er mich los und blickt erst mich, dann Mister Grey mit verdrossener Miene an.

»Du meinst doch nicht etwa ...?«, frage ich, weil ich es nicht glauben kann.

»Ja, leider«, sagt Felton mit einem Nicken. »Liliths Grimoire. Ich wette, dass Celeste ihr Wissen daraus hatte, also findet heraus, wo es ist.«

»Unmöglich!«, ruft Mister Grey und schüttelt energisch den Kopf. »Das ist doch nur eine alte Geschichte.«

»Auch alte Geschichten haben einen wahren Kern, Mister Grey«, entgegnet Felton und zieht die Augenbrauen nach oben. »Hat das nicht Ihr Vater immer gesagt, wenn man ihn für seine Abenteuer verspottet hat?«

Mister Grey schluckt hörbar und tritt einen Schritt zurück.

»Und ist Kieran nicht immer erfolgreich zurückgekehrt?«, fügt Felton hinzu, was Mister Greys Miene nur noch finsterer werden lässt. Ich sehe, wie er die Hände zu Fäusten ballt. Am Ende nickt er zwar, aber nur verhalten.

»Natürlich«, presst er hervor, aber seine Haltung lässt mich stutzen. Wüsste ich es nicht besser, hätte ich gesagt, er lügt.

»Diesmal ist Kieran schon sehr lange unterwegs, wie mir scheint. Ich bin gespannt, was er bei seiner Rückkehr zu berichten hat«, sagt mein Vater und klopft Mister Grey auf die Schulter, ehe er sich der Tür zuwendet.

»Miss Jones, Sie sollten zurück ins Halfway House und die anderen über die Ereignisse informieren«, weist er Kitty an. »Und ich werde so viel Zeit herausschinden, wie ich kann. Nach den Gesetzen der Nachtwelt haben wir zwar dreizehn Tage, aber ich fürchte Chester wird den Prozess so schnell wie möglich durchziehen wollen.«

»Danke«, rufe ich Felton hinterher, als er uns zum Abschied zunickt und dann die dicke Sicherheitstür hinter sich zuzieht. Es kostet mich alles an Willenskraft, ihm nicht zu folgen. Nicht mit ihm zu Dale zu gehen oder Chester zur Rede zu stellen.

»Glaubst du echt, du kannst sie überzeugen, Earl?«, fragt Kitty mit erstickter Stimme, als Feltons Schritte draußen auf dem Gang verhallt sind.

»Wir sind eine Familie, Kit«, sagt Mister Grey und zieht sie an sich. »Und für meine Familie tue ich alles.«

»Aber Celeste … Sie ist auch …«, setzt Kitty an und will sich schon von ihm losmachen, doch drückt Mister Grey sie nur noch fester an sich.

»Nein. Nicht nach allem, was sie uns angetan hat«, wispert er und fängt kurz meinen Blick auf. Die Entschlossenheit steht ihm ins Gesicht geschrieben und zeigt, dass Mister Grey sein Versprechen halten wird.

Ich hoffe nur, dass er es vor Dales Verurteilung schafft ...

Ein dicker Kloß bildet sich in meinem Hals und schnürt mir die Luft ab, als ich Chester vor mir sehe, wie er erst den Pfahl in Dales Brust treibt und ihm den Kopf abschlägt. Flammen füllen mein Sichtfeld aus, als sie seinen Leichnam verbrennen um auch ja dafür zu sorgen, dass er nicht mehr wiederkehrt.

Ich kann ihn nicht auch noch verlieren, denke ich und spüre das Brennen der Tränen in meinen Augen. Verstohlen wische ich sie weg und zwinge mich dazu, mich verdammt nochmal zusammenzureißen. Für Dale. Ich muss stark bleiben für ihn, aber auch für die anderen *Eternal Survivors*. Wenn Chester erst einmal ihn für schuldig erklärt hat, werden die anderen bald folgen.

KAPITEL 30
HARROWS PLAN

DALE

»Raus aus den Federn, Jones!«, schallt nach drei Tagen Stille und Dunkelheit eine tiefe Stimme zu mir herüber und schreckt mich aus der Trance auf, in die ich nach meiner Inhaftierung verfallen bin.

Blinzelnd öffne ich die Augen und mache jemanden vor dem vergitterten Fenster der Zellentür aus. Eine hochgewachsene Gestalt, über deren Kopf ein glühender Ball aus Licht schwebt.

Sicher nur Einbildung, denke ich und rolle mich wieder auf dem harten Steinboden zusammen. Es ist nicht die erste Halluzination, die mich hereinlegen will. Vor einer Weile habe ich schon Cora vor mir gesehen, wie sie mich mit Chester verspottet hat. Und der Besuch ihres Vaters war bestimmt auch nur Einbildung. Nie im Leben würde Felton Harrow jemandem wie mir helfen wollen.

»Hast du was auf den Ohren?«, blafft die Stimme, bevor ein Geräusch durch meine Zelle hallt, das wie das Klimpern von Schlüsseln klingt.

Als ich nun aufblicke, steht die Gestalt nicht mehr hinter den Gittern, sondern direkt vor mir. Das helle Licht blendet mich so sehr, dass ich die Augen zusammenkneifen und die Hände davor pressen muss.

»Heute wird's ernst, Jones«, raunt mir mein Besucher zu und zerrt mich auf die Füße. Wie von Zauberhand fallen die Ketten von mir ab, nicht aber die silbernen Handschellen, die Ramirez mir im Halfway House angelegt hat.

»Ernst?«, frage ich. Meine Stimme ist kaum mehr als ein heiseres Krächzen. Kein Wunder, schließlich habe ich seit der Verhaftung weder Blut noch Wasser bekommen.

»Der Prozess beginnt in einer halben Stunde«, sagt der Typ und zieht mich auf die Füße. »Nicht, dass es viel Hoffnung gäbe ...«

Ein Seufzen erklingt, dann schleift er mich ächzend und fluchend zur Tür. Wie genau ich von dem feuchtkalten Loch in einen von Kerzen erleuchteten Saal voller teurer Möbel und uralten Portraits an den Wänden gekommen bin, kann ich nicht sagen. Viele Treppen, aber auch eine leuchtende Tür, an mehr kann ich mich nicht erinnern.

»Trink«, fordert mich eine freundliche Männerstimme auf.

Jemand hält mir einen Pappbecher an die Lippen und nickt mir aufmunternd zu. Blondes Haar, ein dichter Bart und ein Paar blaugraue Augen, die vor Neugier glitzern. Ich kenne den Mann zwar nicht, tue aber dennoch, was er sagt, als mir der verführerische Duft von Blut in die Nase steigt.

»Was auch immer sie dich gleich fragen, raste ja nicht aus, Junge«, raunt mir der Mann zu und mustert mich mit bedeutungsvollem Blick. »Harrows Plan hängt davon ab.«

Verwundert weiche ich zurück. »Harrows Plan?«

Meint er Cora damit? Hat sie mich doch noch nicht aufgegeben, obwohl mich ihre Arbeitgeber tot sehen wollen?

»Sag am besten gar nichts«, zischt mir der Fremde zu. Seine eben noch so freundlichen Augen blitzen nun bedrohlich auf, ehe er den leeren Becher zerdrückt und verschwindet.

Durch das frische Blut klären sich meine Sinne und ein Teil meiner Energie kehrt zurück. Meine Vampirkräfte werden aber noch immer von den Handschellen blockiert. Mittlerweile hat sie jemand an den Armlehnen des Stuhls festgekettet. Auch um meinen Brustkorb, sogar um die Beine haben sie mir Ketten gewickelt, sodass ich mich kaum bewegen und dem Schicksal als Sündenbock des Rats nicht entkommen kann.

Harrows Plan? Ich schnaube und schüttle den Kopf. *War das ihr Versuch, mich zum Reden zu bringen? Zu verraten, was zwischen Cora und mir ist?*

Ich schließe die Augen und lasse den Kopf hängen.

Was zwischen Cora und mir war, verbessere ich mich und beiße mir auf die Lippe, um den Schmerz in meinem Herzen erträglicher zu machen. Uns hätte von Anfang an klar sein sollen, dass das zum Scheitern verurteilt ist. Ich hätte mich gar nicht erst auf Coras Vorschlag einlassen sollen. Dann wäre all das vielleicht nicht passiert.

Ich atme ein paarmal tief ein, ehe ich es wage, den Kopf zu heben und mich im Saal umzusehen. An der Wand rechts von mir befindet sich ein Podium. Ein langer Tisch mit knapp einem Dutzend Stühlen steht darauf. Manche davon sind bereits von ernst dreinblickenden Männern in dunklen Roben besetzt. Der Fremde, der mir eben das Blut gegeben hat, hockt mit überkreuzten Beinen auf einer Ecke und hat seine volle Aufmerksamkeit auf das andere Ende des Saals gerichtet.

Als ich seinem Blick folge, erkenne ich mehrere Stuhlreihen hinter einer Absperrung aus kunstvoll geschnitztem Holz. Eine breite Flügeltür dahinter steht weit offen, wobei hier und da Leute hereinkommen und sich auf die bereitgestellten Stühle setzen.

Gerichtssaal, schießt es mir durch den Kopf. Dieser ist zwar nicht komplett gleich aufgebaut wie der letzte, in dem ich als Angeklagter gesessen habe, aber was soll das hier sonst sein?

Können Rogues nicht sofort getötet werden?

Das war es doch, was Earl uns erzählt hat. Dass man Vampire wie uns bisher immer sofort umgebracht hat, anstatt zu versuchen, sie zu heilen. Ohne Kitty wäre auch Earl nicht auf die Idee gekommen, dass es für uns noch eine Chance gibt.

Aber wieso bin ich dann hier? Chester war doch so fest davon überzeugt, dass in mir und den anderen noch immer ein Rogue steckt. Deswegen hat er mich so gereizt. Hätten wir noch immer eine wilde und unkontrollierte Seite in uns, hätten sie uns sicher sofort umgebracht. Oder nicht?

Verwirrt blicke ich zu dem Vampir auf, der mir geraten hat, die Klappe zu halten. Sollte er mich bemerken, ignoriert er mich einfach. Seine Kollegen, die wahrscheinlich zum Rat der Vampire gehören, jedoch nicht. Immer wieder spüre ich ihre hasserfüllten Blicke auf mir. Nur zwei von ihnen scheinen eher neugierig denn wütend zu sein, aber das wird bestimmt nicht reichen, um mich freizusprechen.

Die Ratsmitglieder unterhalten sich miteinander. Wäre ich noch im Vollbesitz meiner Vampirsinne, hätte ich vielleicht hören können, was sie sagen. In diesem Moment dringt nichts als unverständliches Gemurmel an mein Ohr.

Eine schiere Ewigkeit scheint zu vergehen, in der sich der Saal weiter füllt und doch kein einziges bekanntes Gesicht unter den Zuschauern zu finden ist. Keine Kitty, kein Earl und erst recht keine Cora. *So viel zu* Harrows Plan.

Obwohl es schmerzt, dass nicht einmal meine Schwester gekommen ist, um mir heute beizustehen, lasse ich mir nichts anmerken. Ich mag in den Augen der Anwesenden ein Killer, ja vielleicht sogar ein Monster sein, aber ich habe noch immer meinen Stolz.

Und so erwidere ich auch den Blick des Vampirs, der den Prozess gegen mich für eröffnet erklärt, obwohl einer der dreizehn Plätze am Podium leer bleibt. Der Sprecher wirkt alt und tattrig, aber davon lasse ich mich nicht blenden. Mittlerweile habe ich begriffen, dass in der Nachtwelt nichts so ist, wie es auf den ersten Blick scheint.

Während sie meine Anklage verlesen und erklären, wie ich gefangen genommen wurde, bleibe ich stumm. Stur starre ich geradeaus auf die gegenüberliegende Wand.

Was hätte ich auch sonst tun sollen? Protestieren, als sie ihren Verdacht äußern, ich wäre noch immer ein Rogue?

Dann wäre ich sicher gleich tot.

Ich zwinge mich, tief durchzuatmen und ruhig zu bleiben, auch wenn mir das alles andere als leicht fällt, als der tattrige Vampir Chester in den Zeugenstand ruft. Blöderweise befindet sich dieser direkt mir gegenüber, sodass ich seinem triumphierenden Blick nicht ausweichen kann.

Die zwölf Vampire auf dem Podium stellen Chester ein paar Fragen, die er bereitwillig beantwortet und dabei auch noch maßlos übertreibt.

Aber ich sage nichts.

Nicht, weil mir der Typ vorhin geraten hat, die Klappe zu halten, sondern weil ich mittlerweile begriffen habe, dass das sowieso nichts bringen wird. Der Rat will meinen Tod, das hört man schon an der Art, wie sie ihre Fragen formulieren. Und die vielen Zuschauer sind gekommen, um ihre Neugier zu stillen und vielleicht sogar meine Hinrichtung zu beobachten.

»Und ist Mister Jones Ihren Einschätzungen nach genesen, wie es Mister Grey behauptet?«, fragt der tattrige Vampir mit heiserer Stimme, nachdem Chester sämtliche unserer Begegnungen geschildert hat.

»Nein, ist er nicht«, entgegnet Chester voller Überzeugung, was ein paar Anwesenden erschrockene Laute entlockt.

Aus dem Augenwinkel sehe ich, wie einige Ratsmitglieder nicken, aber ich kann meinen Blick einfach nicht von Chesters grimmigem Gesicht abwenden.

Wem werden sie wohl eher glauben? Ihrem fähigsten Jäger oder einem dreckigen Rogue?, hallt seine Stimme durch meinen Kopf.

Er weiß, dass das gelogen ist. Er weiß, dass wir genauso gut einen Platz in der Nachtwelt verdient haben, wie jeder andere Vampir hier. Und doch zieht Chester es vor, zu lügen.

Aber warum, verdammt?

»Sie können sich setzen, Mister Nettleham«, verkündet der alte Vampir und deutet auf eine Reihe Stühle vor der Holzabsperrung. Anders als in den Gerichtssälen der Sterblichen gibt es hier offenbar weder Anklage noch Verteidigung. Niemand wird mir beistehen und überhaupt erst versuchen, mich vor meiner Hinrichtung zu bewahren.

Das wird mir nur noch mehr bewusst, als der Rat Ramirez in den Zeugenstand ruft. Obwohl er kürzer angebunden ist als Chester, bestätigt er doch dessen Worte. Was er in meinen Gedanken gesehen hat, nämlich dass ich als Rogue niemandem etwas getan habe, erwähnt er mit keinem Ton.

Und niemand fragt ihn danach.

Schon mal etwas von Eigeninitiative gehört, Arschloch?, denke ich und fixiere Ramirez mit meinem Blick. Wut wallt deswegen in mir auf und doch dränge ich sie zurück.

Was bringt das schon, Dale? Einmal ein Rogue, immer ein Rogue, oder wie war das?

»Nun, wie es scheint hat sich Mister Grey geirrt«, sagt der tattrige Vampir gerade und lässt sich mit einem Ächzen auf seinen Stuhl sinken. Wie in Zeitlupe dreht er den Kopf und mustert mich aus seinen stahlgrauen, eingefallenen Augen. »Es gibt keine Heilung für einen Rogue.«

»Wenn du dich da mal nicht täuschst, Silas!«, schallt plötzlich eine Stimme durch den Saal, die mir bekannt vorkommt.

Ich bin nicht der Einzige, der sich überrascht nach dem Sprecher umblickt und ihn vor der Flügeltür am anderen Ende des Saals entdeckt. Wie ich waren auch die Zuschauer so auf die Befragung von Ramirez fixiert, dass wir gar nicht mitbekommen haben, wie sich die Tür geöffnet hat.

Als ich den Kopf recke und trotz der Ketten versuche, einen Blick auf die Neuankömmlinge zu werfen, traue ich meinen Augen kaum. All die Leute, die ich zu Beginn des Prozesses vermisst habe, sind hier: Kitty, Earl, Cora, aber auch Do und die restlichen Greys, sogar Markos, Cassie und einige Wölfe. Nur Selena entdecke ich nirgends, auch die anderen *Eternal Survivors* nicht. Angeführt werden meine Unterstützer von einem mir unbekannten Mann in langen schwarzen Roben, wie sie auch die Vampire auf dem Podium tragen.

Ist das Coras Vater?

Eine Welle der Erleichterung durchfließt mich, wird aber gleich wieder von meiner Angst verschluckt. Ich will nicht, dass sie mich so sehen. Dass Cora mich so sieht. So schwach und hilflos, den Launen des Rats ausgeliefert, dem Tode geweiht.

»Felton ... Wir haben uns schon gefragt, wo du bleibst, konnten aber nicht länger warten«, sagt der alte Vampir und klingt verärgert über die plötzliche Unterbrechung.

»Das ist nur verständlich«, sagt Mister Harrow und tritt zwischen die dicht besetzten Stuhlreihen.

Nun, da ich ihn besser sehen kann, muss ich feststellen, dass er exakt so aussieht wie meine Halluzination in der Gefängniszelle. Hochgewachsen und blass, die Haare streng aus dem Gesicht gekämmt. *War das vielleicht doch keine Einbildung?*

»Aber du kommst rechtzeitig zur Urteilsverkündung«, sagt ein weiterer Vampir und nickt in meine Richtung. »Als ob es da überhaupt je einen Zweifel gegeben hätte.«

»Meine Herren, wir sind noch lange nicht fertig«, entgegnet Coras Vater mit mürrischer Miene und eilt auf das Podium zu.

Erst jetzt wird mir klar, dass der freie Platz neben dem Vampiropa seiner sein muss. Statt sich zu setzen, positioniert sich Mister Harrow mitten auf der Freifläche vor dem Podium und richtet seine Worte an die vielen Zuschauer.

Ein leises Raunen geht durch den Saal und als ich nun zu Chester und Ramirez hinüberblicke, wirkt zumindest Ersterer etwas nervös. Ramirez dagegen lächelt schwach, als würde er sich über Harrows plötzliches Auftauchen freuen.

Auf welcher Seite stehst du denn jetzt?

»Wir haben noch längst nicht alle Beteiligten gehört«, sagt Coras Vater und ruft als nächstes Earl in den Zeugenstand. Das will er jedenfalls, doch erhebt Silas, der Vampiropa, Einspruch.

»Wir alle sind mit Mister Greys Theorien vertraut, und sie haben sich als wilde Spekulationen erwiesen«, beharrt er und wirft Earl einen finsteren Blick zu. »Spekulationen, die uns alle in Gefahr gebracht hätten, hätte Mister Nettleham nicht die wahre Natur dieser ... Kreaturen enthüllt.«

»Der gute alte vampirische Starrsinn«, sagt Mister Harrow mit einem Seufzen und stemmt die Hände in die Hüften. »Ich verstehe deine Bedenken, Silas. Hätte ich es nicht selbst miterlebt, würde ich es auch für bloßen Aberglauben halten. Rogues, die von ihrem Wahn geheilt wurden? Davon hat man in der Nachtwelt noch nie gehört.«

Wütend funkele ich Coras Vater an. *Was soll das denn jetzt bitte? Ich dachte, du wärst hier, um mir zu helfen.*

»Es scheint an Wahnsinn zu grenzen, auch nur zu glauben, dass das möglich ist«, fährt Harrow fort und lässt den Kopf hängen. »Wir alle haben jemanden deswegen verloren. Jetzt zu hören, dass es einen anderen Weg gegeben hätte. Dass eine Rettung möglich gewesen wäre ... Selbst wenn wir die Beweise vor uns liegen haben, wollen wir es einfach nicht einsehen. Nicht wahr, Mister Nettleham?«

Während Coras Vater spricht, richtet er seinen Blick erst auf Chester, dessen Miene von Sekunde zu Sekunde finsterer wird. Er sieht fast so aus wie in dem Moment, als Cora ihm eine Abfuhr erteilt hat. Langsam dreht sich Harrow um und schaut nun einem Ratsmitglied nach dem anderen in die Augen. Manche wirken noch immer verärgert, andere dagegen traurig, als hätten sie wirklich jemanden auf diese Weise verloren. Nur der Typ, der mir das Blut gegeben hat, nickt zustimmend.

Harrows Plan ...

Überrascht reiße ich die Augen auf und drehe mich nach Cora und den Greys um. In der Menge kann ich sie nicht ausmachen, aber allein zu wissen, dass sie hier sind, um mir zu helfen, gibt mir neuen Mut. Sie wären sicher nicht gekommen, wenn es aussichtslos gewesen wäre. Haben sie in den letzten Tagen noch etwas herausfinden können?

Mit klopfendem Herzen wende ich mich wieder Harrow zu und zwinge mich dazu, ruhig zu bleiben. Diesmal ist es jedoch die Aufregung, nicht Wut, die mich an den Ketten reißen lässt, bis ich den Blick einiger Ratsmitglieder auffange. Schnell senke ich den Kopf und warte darauf, dass Coras Vater weiterspricht.

»Wenn ihr schon nicht Mister Greys Bericht vertraut, und auch nicht dem Urteil meiner Tochter, dann bleibt uns nur noch Liliths Grimoire.«

»Liliths Grimoire? Hast du jetzt endgültig den Verstand verloren, Felton?«, schallt die Stimme des Vampiropas durch den Saal, während die Anwesenden miteinander tuscheln.

Ich meine mich dunkel an dieses Buch zu erinnern. Elinor und Nate haben am Lagerfeuer der Wölfe davon erzählt, als wir sie nach dem Ursprung für Vampirismus gefragt haben. Angeblich ist das ein Zauberbuch, das sämtliche Geheimnisse der

Vampire enthält. *Aber haben die beiden nicht auch gesagt, es wäre bloß eine Legende?*

»Miss Bocharov, wären Sie so freundlich?«, sagt Harrow mit fester Stimme und deutet auf den Zeugenstand.

Überrascht sauge ich die Luft ein, als Dorians Freundin aufsteht und mit einem in Stoff gewickelten Päckchen auf jenen Stuhl zusteuert, auf dem schon Chester und Ramirez gesessen haben.

»Bitte stellen Sie sich kurz vor«, weist Mister Harrow sie an. Von dem Protest der anderen Ratsmitglieder lässt er sich nicht aus der Ruhe bringen. Galina ebenfalls nicht. Sie nickt mir kurz zu, ehe sie sich an die Menge wendet.

»Mein Name ist Galina Bocharov. Ich arbeite beim Institut als Spezialistin für Schutz- und Transformationszauber«, erklärt sie und enthüllt das Bündel in ihrem Schoß.

Angewidert wende ich den Blick ab, als unter dem dunklen Samtstoff ein Schädel zum Vorschein kommt. Im Kerzenlicht des Saals flackern darauf einige Juwelen auf, was mich nur noch mehr das Gesicht verziehen lässt.

»Was soll der Fae-Müll damit zu tun haben?«, ruft jemand im Publikum, doch lässt sich Galina davon nicht beirren und richtet das Wort nun direkt an den Rat: »Dieser Schädel wurde bei der Durchsuchung des *Inferno* in Celeste Coulters Versteck gefunden. Es handelt sich dabei aber nicht um ein Fae-Kunstwerk, wie man auf den ersten Blick vermuten könnte.«

Sie schaut Felton fragend an. Als er ihr zunickt, breitet sie ihre Hände über dem Schädel aus. Das Knistern von Magie erfüllt den Saal, als Galina ihre Zauberkräfte hervorruft und um den Schädel konzentriert.

»Am Anfang war es nicht leicht, die Transformation umzukehren, oder sie überhaupt zu erkennen, aber wenn man weiß, wonach man suchen muss ...«, murmelt sie mit angestrengter Stimme.

Die Konturen des Schädels beginnen zu flackern. Im hellen Glimmern ihrer Magie verzieht und verformt er sich, bis ein völlig anderer Gegenstand vor ihr liegt.

»Es ist nur eine übersetzte Abschrift in schlechtem Zustand, aber mehrere Spezialisten für antike Grimoires haben uns alle dasselbe bestätigt«, sagt sie und steht auf, um Mister Harrow das Buch zu übergeben.

»Es ist Liliths Grimoire«, verkündet er und hebt das Buch in die Höhe, was in dem Saal eine Welle der Verwirrung und Ungläubigkeit auslöst.

»Unmöglich! Woher …? Woher soll sie das denn haben?«, ruft Silas, während seine Kollegen versuchen, das Publikum zu beruhigen.

»Von Cain Cross höchstpersönlich«, übertönt Coras bittere Stimme den Tumult.

Mein Herz macht einen Satz, als Cora aufsteht und neben ihren Vater tritt. Sie schaut mich nicht an, sondern richtet ihren Blick starr auf Silas und die anderen Mitglieder des Rats.

»Ich sagte doch, dass Celeste weit mehr über ihn weiß, als wir bisher angenommen haben«, sagt Cora, als sie kurz vor dem Podium innehält und trotzig das Kinn herausreckt.

That's my girl!, denke ich und werde von einer Welle Stolz und Dankbarkeit überrollt.

»Und es war eine sehr gute Entscheidung, Mister Nettleham abzuziehen und stattdessen mich mit ihrer Befragung zu betrauen.« Ich meine Cora Lächeln zu sehen, als sie mit leiser Stimme hinzufügt: »Wenn man Ergebnisse will, sollte man die Arbeit den Profis überlassen.«

Ich kann einfach nicht anders und muss laut auflachen, vor allem als ich Chesters wuterfülltes Gesicht sehe. Der Typ hat wirklich einen Minderwertigkeitskomplex sondergleichen und Cora weiß genau, wie sie ihm damit zusetzen kann.

Geschieht dir recht, du Arsch!

»Ruhe!«, donnert Vampiropas Stimme durch den Saal und lässt nicht nur mich erschrocken verstummen.

»Bring das Buch, Felton. Sofort! Es scheint, als hättest du uns einiges zu erzählen«, knurrt er wütend und stemmt sich von seinem Stuhl hoch.

Die anderen Ratsmitglieder tun es ihm gleich und steuern auf einen Ausgang hinter dem Podium zu, doch hat Coras Vater andere Pläne.

»Ich fürchte, das kann ich nicht, Silas«, sagt er und rührt sich keinen Zentimeter von seinem Platz, auch dann nicht, als der Vampiropa ihm einen giftigen Blick zuwirft, unter dem ich längst zusammengeschrumpft wäre. »Das Buch gehört weder mir noch dem Rat.«

»Soll das ein Scherz sein, Felton?«, knurrt Silas, wobei seine Stimme kein bisschen mehr wie die eines alten Mannes am Ende seiner Tage klingt. Eher wutverzerrt und stark.

»Kein Scherz, sondern schlicht Gesetz«, mischt sich Earl ein und nimmt das Buch von Felton Harrow entgegen. »Befindet sich der Besitzer in Haft oder ist er verstorben, so gehen seine Besitztümer ins Eigentum seines nächsten Angehörigen über.«

»Und das ist in diesem Fall Mister Grey«, verkündet Coras Vater und nickt ihm knapp zu.

»Aber es könnte bald dem Rat gehören …«, fügt Earl mit einem Grinsen hinzu. »Fragt sich nur, was Ihnen das wert ist, Ratspräsident Eldridge.«

KAPITEL 31
AUF UNSERE
LETZTE NACHT!

CORA

»Zeit für einen Toast!«, ruft Lex, als die Feierlichkeiten nach Dales Prozess bereits in vollem Gange sind.

Als könnte sie die Zukunft sehen, hat Selena während der Verhandlungen mit den *Eternal Survivors* und einigen Werwölfen ein wahres Festessen angerichtet. Das erste Mal seit meiner Ankunft im Halfway House stehen Tische auf der Terrasse hinter dem Haus. Überall hängen bunte Lampions und Lichterketten, die die nächtliche Dunkelheit vertreiben.

»Auf Dale, der gerade dem sicheren Tod von der Schippe gesprungen ist!«, brüllt Lex und hebt triumphierend die Bierflasche in die Höhe.

Wie die Greys und ihre restlichen Gäste hebe ich mein Glas und proste ihnen zu, bis mein Blick an Dale hängenbleibt. Zeit zum Reden hatten wir noch nicht, auch wenn es so Vieles gibt, das ich ihm gerne sagen würde. Vor allem welch große Sorgen ich mir um ihn gemacht habe. Dass es mir leidtut, weil ich ihn nicht besuchen konnte.

Stunden nach dem Prozess sieht Dale endlich wieder aus wie er selbst. Er lächelt sogar, als ihm ein paar der *Eternal Survivors* auf die Schulter klopfen, doch bleibt das fröhliche Strahlen in seinen blaugrünen Augen aus. Eine heiße Dusche und frische Kleidung können die Erinnerungen an Silverlock nicht vertreiben. Drei Tage in völliger Isolation gehen nicht spurlos an einem vorbei, erst recht nicht, wenn man glaubt, dass der Tod auf einen wartet.

Das ist jetzt vorbei. Er ist in Sicherheit, rede ich mir ein. Trotzdem war es knapp. Viel zu knapp für meinen Geschmack.

»Auf Dale!«, ruft Lex und schwenkt seine Flasche so energisch, dass Elinor neben ihm einen Schwall Bier abbekommt.

»Hoch, hoch!«, johlen die *Eternal Survivors*, wobei Lex, Nate und Bas doch tatsächlich versuchen, Dale hochzuheben. Unter lautem Protest schafft er es aber, ihnen zu entwischen. Stattdessen steigt Dale auf einen der Stühle, die rings um die festlich gedeckten Tafeln aufgestellt wurden, und richtet sein Wort an die Menge.

»Auf Mister Harrow und seine ausgeklügelte Strategie!«, ruft Dale und prostet Felton mit dankbarer Miene zu.

Mein Vater ist zwar normalerweise kein Fan von solchen Aktionen, doch in diesem Fall hebt er tatsächlich sein Glas und neigt leicht das Haupt.

»Und auf Coralie, dafür dass ...«, setzt Felton an und dreht sich zu mir um, wird jedoch von Lex' Ausruf unterbrochen: »Dafür, dass sie die alte Schlange schön gegrillt hat!«

Lautes Gejubel ertönt, wobei die *Eternal Survivors* nun bei mir Anstalten machen, mich hochzuheben.

Schnell folge ich Dales Beispiel und steige auf einen der Stühle, um ihnen zu entkommen. »Und auf Earl Grey, dass er sie zum Reden gebracht hat!«

»Hört, hört!«, antworten Lex und die *Eternal Survivors*.

Einige Wölfe, die sich den Feierlichkeiten angeschlossen haben, stoßen ein feierliches Jaulen aus.

»Das war nun wirklich nicht der Rede wert«, sagt Earl und hebt beschwichtigend die Hände, doch sind Lex und Bas diesmal schneller. Im Bruchteil einer Sekunde haben sie ihn gepackt und sich auf ihre Schultern gesetzt.

»Hey, lasst mich runter, ihr Banausen!«, brummt Earl und versucht verzweifelt, von ihnen loszukommen.

»Noch ein Toast!«, drängt Lex und schlägt ihm fest gegen das Bein. »Wir haben noch lange nicht all unsere Helfer durch, also stiehl ihnen nicht das Rampenlicht, Early.«

»Wer musste mich denn unbedingt hochheben, hm?«, gibt Earl patzig zurück und springt von ihren Schultern herunter. Dabei landet er direkt vor Corey und Agent van Zicht, ohne deren Kooperation wir Dale nicht hätten befreien können.

»Auf euch beide dafür, dass ihr uns den Schädel übergeben habt«, sagt Earl und schließt Agent van Zicht kurz in die Arme. Manchmal vergesse ich, dass sie nicht nur Coreys Partnerin ist, sondern auch Dorian Greys Mutter. Da hat sie sicher auch zu seinen Geschwistern eine enge Bindung.

»Wie du sagtest, wäre er sowieso in deinen Besitz übergegangen«, entgegnet Agent van Zicht und klopft ihm auf die Schultern. Das Lächeln auf ihren Lippen verblasst für einen Moment und macht einem Ausdruck der Sorge Platz. Ich kann mir vorstellen, was in ihr vorgeht. So sehr Mister Grey seine Mutter auch zu hassen scheint, ist und bleibt Celeste genau das: seine Mutter. Etwas, das ihn während unserer Befragung sehr zugesetzt hat. Aufgegeben hat er deswegen jedoch nicht.

»Auf unseren Neuzugang und ihren ersten erfolgreichen Fall!«, ruft Corey in die unangenehme Stille hinein und dreht sich mit einem breiten Grinsen zu Dorians Freundin um. »Auf Scientific-Field-Agent Galina Bocharov!«

Dankbar proste ich Galina zu. Am Ende war sie es, die das Unmögliche möglich gemacht und Celestes verzauberte Ausgabe von Liliths Grimoire in eine lesbare Version verwandelt hat. Noch immer kann ich nicht glauben, dass mir das während der Durchsuchung des *Infiernos* nicht sofort aufgefallen ist. Wie Silas auch dachte ich, der Schädel wäre nur ein Artefakt der Fae. Ein makabrer Aschenbecher, mehr nicht.

»An den Titel muss ich mich noch gewöhnen«, sagt Galina lachend, stößt aber mit Corey und Agent van Zicht an.

»Kommt schon noch, Kleine«, entgegnet Corey grinsend.

»Wen nennst du hier Kleine, hm?«, fragt Dorian und baut sich mit vor der Brust verschränkten Armen vor ihm auf.

»So war das gar nicht gemeint ... Ich ... ähm ...«, stammelt Corey und weicht vor Dorian zurück. »Ich hab doch ... Grace?«

Hilfesuchend blickt er zu Agent van Zicht hinüber, die laut lachend ihre beiden Jungs in die Arme schließt und damit diese kleine Streitigkeit im Keim erstickt.

»Ich kann noch immer nicht glauben, dass wir jetzt frei sind«, sagt Lex, als er sich zu Felton und mir gesellt.

»Noch nicht ganz, junger Mann«, erinnert ihn Felton und meint damit das Rehabilitationsprogramm, das die *Eternal Survivors* durchlaufen müssen. Es hat in den letzten Stunden einiges an Überredung gekostet, Silas und die übrigen Ratsmitglieder zu überzeugen, am Ende hat ihre Gier gesiegt. Unter keinen Umständen hätten sie sich Liliths Grimoire durch die Lappen gehen lassen.

»Schon klar, aber es ist immer noch besser, als noch länger hier rumzusitzen«, sagt Lex schulterzuckend und stößt Earl in die Seite. »Nichts für ungut, Early.«

»Wir sind auch froh, wenn wir euch wieder loshaben«, sagt Mister Grey lachend und blickt hinüber zu den *Eternal Survi-*

vors, die sich um Dale geschart haben oder in Grüppchen mit den Wölfen zusammenstehen.

»Verständlich«, entgegnet Elinor grinsend. »Wir sind euch lange genug auf die Nerven gegangen. Wird Zeit für ein paar neue Gäste, nicht wahr?«

»Es kommt, wie es kommen muss«, sagt Earl mit einem leisen Seufzen.

»Denk an unsere Abmachung, Earl«, mischt sich Agent van Zicht ein und stellt sich zusammen mit Corey zu uns. »Einige von El Rojos ehemaligen Geiseln brauchen eine Bleibe, bis sie sich erholt haben.«

»Natürlich«, sagt Earl und nickt entschlossen. »Das ist das Mindeste, was wir tun können, seit ihr uns das Grimoire überlassen habt.«

»Und dieses alte Krankenhaus, in das wir ziehen sollen ...? Das ist hoffentlich in besserem Zustand als das Halfway House, richtig?«, fragt Lex meinen Vater, der sich prompt an seinem Drink verschluckt.

»Das werdet ihr beim Umzug morgen schon selbst sehen«, brummt er und blickt sich dann suchend in der Menge um. Er flüchtet sich ausgerechnet zu Teddy Walton, unserem einzigen Verbündeten in den Reihen des Vampirrats, den Felton sonst nicht ausstehen kann.

Er will ihnen nur nicht sagen, wie schlimm es um ihr neues Zuhause steht, denke ich schmunzelnd.

Nach allem, was ich über das *Eternal Grace Hospital* weiß, ist es eine ziemliche Bruchbude. Eine Bleibe für Dale und die anderen mussten wir trotzdem finden, und zwar so schnell wie möglich. Es war eine der wichtigsten Bedingungen. Das leerstehende Krankenhaus am Rande der *Old Barracks* in Arcania war die beste Option, die Felton in der Kürze eingefallen ist.

»Wahnsinn, wie schnell das alles ging«, murmelt Elinor und dreht sich mit einem wehmütigen Seufzen zum Halfway House um. »Auf unsere letzte Nacht hier!«

»Auf unsere letzte Nacht!«, rufen die *Eternal Survivors* in unserer Nähe.

»Paaarty!«, plärrt Lex so laut, dass mir danach die Ohren klingeln und ich lieber etwas Abstand von ihm nehme. Er war ja schon immer recht überschwänglich, aber noch nie habe ich ihn und die anderen so ausgelassen erlebt. Sogar Zoe scheint ihren Kummer vergessen zu haben.

Die Ausgelassenheit steigert sich, als jemand Musik auflegt und uns als erster Song *Macarena* entgegendröhnt.

»Hach, Kitty«, murmelt Earl mit einem Grinsen, ehe er sich zu ihr und den anderen Greys gesellt. Lachend und scherzend haben sie sich um Dorian versammelt, der aus irgendeinem Grund plötzlich ganz bleich ist.

»Junge Leute«, murrt Felton, als er auf seinem Weg zur Bar an mir vorbeikommt. Kittys Early Temples scheinen es ihm angetan zu haben.

Ich lache leise und beobachte eine Weile die Feiernden. Dale entdecke ich in all dem Trubel nicht, bis plötzlich die Musik ausgeht und er auf einen Stuhl steigt. »Ähm ... Leute?«

Das Lächeln auf Dales Lippen verschwindet und seine Hand zittert, als er sein Sektglas anhebt. »Danke ...«

Das Wort kommt ihm kaum über die Lippen, weil er mit der Fassung ringt. Ich sehe ihn tief durchatmen, spüre seinen Blick auf mir, ehe er sich zu Felton an der Bar umdreht. »Ohne euch, wäre ich vielleicht nicht mehr ...«

»Sag das bloß nicht!«, ruft Lex dazwischen und zwickt Dale ins Bein. »Schon vergessen, wer wir sind?«

»*Eternal Survivors*!«, rufen Lex, Elinor und die anderen und schaffen es nun doch, Dale auf ihre Schultern zu heben und jubelnd durch die Menge zu tragen.

Dale lacht leise, aber mir entgehen die Tränen in seinen Augen nicht. Er dachte wirklich, dass sein Ende gekommen ist. Dass er den Prozess nicht überleben würde.

Und es ist meine Schuld, denke ich und balle die freie Hand so fest zur Faust, dass sich meine Fingernägel schmerzhaft in meine Haut drücken. *Ich hätte nicht auf Felton hören sollen. Ich hätte zu ihm gehen und ihn beruhigen sollen.*

»Du hast alles richtig gemacht, Coralie«, raunt mir mein Ziehvater zu und drückt mir die Schulter. »Die Strategie hing vom Überraschungsmoment ab.«

»Gib doch zu, dass du Silas nur eines auswischen wolltest, Felton«, entgegne ich und ziehe eine Augenbraue in die Höhe.

Schmunzelnd zuckt er die Schultern. »Wer sagt denn, dass man nicht zwei Fliegen mit einer Klappe schlagen kann?«

Felton prostet mir zu und gesellt sich dann zu Earl Grey und Nate. In den letzten Tagen sind sie durchs Pläneschmieden und Fachsimpeln recht dicke geworden. Das hätte ich nun wirklich nicht erwartet, nachdem Felton immer so über die Greys geschimpft hat.

»Neidisch, weil du nicht mehr Papas Nummer eins bist?«, erklingt Dales Stimme und lässt mich zu ihm herumfahren.

Es ist das erste Mal seit dem Prozess, dass er das Wort an mich richtet, und das erste Mal, dass wir nicht von den Greys, *Eternal Survivors* oder sonst wem umschwärmt werden. Wir stehen allein am Rand der Terrasse, keinen Meter voneinander entfernt, was mein Herz sofort schneller schlagen lässt und das Kribbeln in meinem Bauch zurückbringt.

»Damit kann ich leben«, murmele ich und beiße mir auf die Lippe, weil ich keine Ahnung habe, was ich zu Dale sagen soll.

Ist er mir böse, weil ich ihn nicht besucht habe? Oder weil ich nicht versucht habe, Chester und Ramirez bei seiner Befragung zu begleiten?

»Ach so ... Na, dann brauche ich dich ja nicht damit aufzuheitern, dass du meine Nummer eins bist«, entgegnet Dale und kratzt sich verlegen am Hinterkopf. Auch wenn ihm die roten Haare ins Gesicht hängen, sehe ich seine Augen schelmisch aufleuchten, als er mich angrinst.

»Das ist ja so was von kitschig!«, brummt Mallory, eine der *Eternal Survivors*, die ich vor lauter Aufregung gar nicht bemerkt habe. Genervt rollt sie mit den Augen und nickt dann in Richtung des Gasthauses. »Geht lieber rein. Wenn ich mir noch mehr davon anhören muss, kotze ich.«

»Keine schlechte Idee«, sagt Dale und zieht mich abrupt hinter sich her. »Ich warte schon viel zu lange darauf, endlich allein mit dir zu sein.«

»Haben Sie eine Minute, Mister Jones?«, hält uns im düsteren Foyer eine fremde Stimme auf und Ramirez löst sich aus den Schatten.

»Ähm ... Muss das unbedingt jetzt sein?«, fragt Dale mit einem Blick auf mich, was den Inquisitor lachen lässt. Etwas, das ich noch nie von ihm gehört habe.

»Ich mache es kurz«, verspricht er und nickt mir kurz zu, ehe er sich wieder an Dale wendet. »Ich wollte mich bei Ihnen entschuldigen.«

»Bei mir?«, fragt Dale und klingt genauso überrascht, wie ich mich in diesem Moment fühle.

Ramirez nickt. »Ich hätte es Chester nicht so leicht machen sollen, Sie zu verhaften.«

»Das können Sie laut sagen«, murrt Dale und reibt sich die Handgelenke, als könne er dort noch immer die magischen Handschellen spüren.

»Aber ich musste es tun, Mister Jones. Sie mögen sich nicht in einen Rogue verwandelt haben, aber es war eine Straftat«, sagt Ramirez und verschränkt die Arme vor der Brust.

»Und das soll eine Entschuldigung sein?«

Wieder lacht Ramirez. »Harrow hat mich natürlich zu den Ereignissen befragt, auch zu Ihren Erinnerungen.«

»Und?«, fragt Dale und stemmt die Hände in die Hüften.

»Ich habe ihm gesagt, dass ich Sie nicht für schuldig halte«, sagt Ramirez. »Bei den anderen ... *Eternal Survivors* bin ich zu dem gleichen Schluss gekommen.«

»Ja, und warum haben Sie das dann nicht gesagt, als der Vampiropa Sie befragt hat, hm?«, ruft Dale und scheint kurz davor zu sein, auf ihn loszugehen.

»Weil auch das Teil von Feltons Plan war«, sage ich und greife nach Dales Hand. »Er wollte den Rat in dem Glauben lassen, dass der Prozess längst entschieden ist. Und zwar zu ihren Gunsten.«

»In der Tat«, stimmt Ramirez zu. »Und Nettlehams Gesicht zu sehen ...«

»Das war's wert«, sagt Dale lachend. Er klopft Ramirez auf die Schulter und scheint seinen Ärger vergessen zu haben. »Danke, für alles.«

»Ich habe nur meinen Job gemacht«, murmelt Ramirez und verschwindet in der nächsten Sekunde.

»Was für ein komischer Vogel«, murmelt Dale, ehe er sich mir zuwendet. »Aber ich bin froh, dass wir ihn los sind.«

Seine Augen leuchten auf, als er mich packt und mich über seine Schulter wirft. »Und jetzt weg hier, bevor wir wieder aufgehalten werden.«

»Unsere letzte Nacht hier und wir haben noch nicht einmal das Bett richtig eingeweiht ...«, murmelt Dale, nachdem er die Tür zu seinem Zimmer hinter uns geschlossen und mich abgesetzt hat. Ich spüre seinen Blick auf mir, doch kann ich ihm einfach nicht in die Augen sehen. Dafür fühle ich mich zu schuldig.

»Ich bin weder Ramirez noch dein Vater, also musst du mir sagen, was da oben drin los ist«, sagt Dale, als er mich von hinten in seine Arme schließt und gegen meine Stirn tippt.

»Ich ...«, presse ich hervor und löse mich aus seiner Umarmung. Das alles wäre so viel einfacher, wenn er wütend auf mich wäre. Dass er so gelassen ist, hätte ich nun wirklich nicht erwartet.

»Ja? Du?«

»Es tut mir leid, Dale«, bringe ich schließlich hervor und schaffe es endlich ihm in die Augen zu sehen. Sein Lächeln verblasst und macht einem verwirrten Ausdruck Platz.

»Was denn, Cora? Du machst jetzt nicht schon wieder mit mir Schluss, oder?«, fragt er und weicht ein Stück zurück.

»Nein, ich ...« Ich seufze und schüttle den Kopf, weil ich keine Ahnung habe, was wirklich in mir vorgeht.

»Ich wünschte, ich wäre mitgegangen, als sie dich befragt haben«, sage ich und eine Welle der Schuldgefühle lässt mich rückwärts taumeln. Mit wackeligen Knien setze ich mich auf Dales Bett und verberge das Gesicht in den Händen. »Ich hätte wissen müssen, dass Chester so etwas versucht. Für ihn sind alle Rogues gleich.«

»Wie hättest du denn auch nur ahnen können, dass er mich festnehmen wird?«, fragt Dale und lässt sich neben mir auf dem Bett nieder.

»Weil er Chester Nettleham ist, verdammt«, entgegne ich und rücke von ihm ab. Auch wenn sich alles in mir danach verzehrt, ihn zu berühren, ihn zu küssen, nachdem ich für einen furchtbaren Moment dachte, Dale für immer verloren zu haben, halte ich mich zurück.

»Und wenn schon, ich lebe ja noch, wie du siehst«, erwidert Dale grinsend und stupst mich in die Seite. »Reicht das nicht?«

Ich schlucke und nicke. Er hat ja recht, aber ganz werde ich die Schuldgefühle ihm gegenüber nie loswerden. »Du bist mir wirklich nicht böse?«

»Dir kann ich nie lange böse sein, Babygirl«, entgegnet Dale und grinst mich frech an.

Ich lache leise und lasse es zu, dass er mich an sich zieht und mir durchs Haar streicht. Dabei löst er die vielen Klammern und Zopfgummis, bis mir meine Haare in sanften Wellen über die Schulter fallen.

»Fragt sich nur, ob es andersherum genauso ist«, flüstert er mir zu und haucht eine Spur Küsse auf meinen Hals. »Werde ich dir nicht auf die Nerven gehen, wenn ich dich ab morgen jeden Tag sehe, Frau Reha-Koordinatorin?«

Amüsiert schnaube ich und schiebe ihn ein Stück von mir weg. »Wenn du mir zu sehr auf die Nerven gehst, stecke ich dich einfach in die Ausnüchterungszelle.«

»Damit kann ich leben. Wäre ja nicht das erste Mal«, gibt Dale mit einem Grinsen zurück und küsst meine Nasenspitze. »Ich bin so froh, dass du uns beaufsichtigen und helfen sollst.«

»Und ich erst«, entgegne ich und atme tief durch, weil sich allmählich die Erleichterung bei mir einstellt. »Diesmal kann uns der Rat auch nicht dazwischenfunken.«

Dale nickt und sieht sich nachdenklich im Gästezimmer um. »Aber was ist dann mit deiner Suche nach Cross? Ich weiß, wie wichtig es dir war, ihn zu finden.«

Ich seufze und zucke mit den Schultern. »Wenn ich eins über Cross weiß, dann dass er mir nicht davonlaufen wird. Und nach der ganzen Sache mit Celeste ... Da wird es Zeit, mir einzugestehen, dass ich noch lange nicht bereit bin für ihn.«

»Wenn es mal so weit ist ...«, sagt Dale und streicht mir eine verirrte Strähne hinters Ohr. »... werde ich dir helfen.«

»So?«, frage ich schmunzelnd, weil er so ernst klingt.

»Jep«, entgegnet Dale mit einem Grinsen und schlägt sich auf die Brust. »Wird Zeit, dass ich mich auf die richtige Seite des Gesetzes schlage.«

»Du wirst mir immer sympathischer«, sage ich lachend und blicke zu ihm auf.

»Und ich dachte, du stehst auf die bösen Jungs«, gibt Dale grinsend zurück.

»Musst du immer das letzte Wort haben, Milchbubi?«

»Wieder etwas, das wir gemeinsam haben, Babygirl.«

»Ach, halt doch die Klappe!«, murre ich und verdrehe die Augen.

»Da musst du mich schon zu zwingen«, erwidert er mit diesem schelmischen Funkeln in den Augen, dass ich mich nicht länger zurückhalten kann und ihn küsse.

Als unsere Lippen aufeinandertreffen, stoßen wir beide ein erleichtertes Seufzen aus und klammern uns aneinander fest, damit uns nichts mehr trennen kann. Weder Chester mit seiner Agenda gegen die Rogues, noch der Rat mit seinen Befehlen.

»Ist das alles auch wirklich wahr und kein Traum?«, flüstert Dale und macht sich von mir los. Sein Blick geht ins Leere, als wäre er wieder in seiner winzigen Zelle in Silverlock.

»Die anderen haben mir zwar erzählt, wie ihr mich da rausbekommen habt, aber das ist doch total verrückt!«, murmelt er und schüttelt den Kopf. »Dass der Rat all euren Bedingungen zustimmen würde nur wegen eines alten Buchs?«

»Wissen ist Macht, Dale Jones«, sage ich und drücke seine Hand. »Aber viel werden sie damit nicht anfangen können.«

»Hä? Wie jetzt?«, fragt Dale und starrt mich mit weit aufgerissenen Augen an. »War das nur ein Fake?«

Langsam schüttle ich den Kopf. »Nicht direkt.«

»Ja, was denn jetzt, Cora?«

Ich seufze und lege mich auf dem Bett zurück, weil das eine ziemlich lange Geschichte ist. »Celestes Original ist an einem sicheren Ort. Dafür hat Galina gesorgt.«

»Und was habt ihr dann dem Rat gegeben? Glaubt ihr nicht, dass sie ihre Entscheidung rückgängig machen, wenn sie herausfinden, dass ihr sie alle ausgetrickst habt?«, fragt Dale und mustert mich mit vor Angst verzogenem Gesicht.

»Das werden sie nie merken. Galinas Fälschung hat sogar die Spezialisten vom Institut getäuscht«, erwidere ich. »Und bei alten Büchern besteht immer die Gefahr, dass etwas nicht lesbar ist. Uns mag die Zeit kaum etwas anhaben, aber das gilt nicht für alles auf der Welt.«

»Dass du so gerissen bist ... Hätte ich dir echt nicht zugetraut, Babygirl«, sagt Dale lachend und lässt sich neben mir aufs Bett fallen.

»Nicht ich. Das ist alles auf Feltons und Mister Greys Kappe gewachsen«, entgegne ich und seufze. In den letzten Tagen war ich keine große Hilfe, eher ein emotionales Wrack. So wütend und traurig zugleich, dass ich es bei der Befragung von Celeste übertrieben hätte, wäre Mister Grey nicht bei mir gewesen.

»Was passiert jetzt mit ihr? Und mit Nettleham?«, fragt Dale und rollt sich auf die Seite.

»Celeste wird nächste Woche der Prozess gemacht. Ich vermute mal, dass sie sie in einen Betonsarg sperren und erst in ein paar Jahrhunderten rauslassen«, sage ich und wünschte, sie würden sie bis in alle Ewigkeit in einer der dunklen Zellen Silverlocks versauern lassen. »Was Chester angeht ... Er hat unter Eid gelogen, also wurde er degradiert. Felton meinte, dass sie ihn für eine Weile nach Südamerika versetzen.«

»Ein Glück!«, murmelt Dale und zupft am Saum meiner Bluse herum. »Dann haben wir vor dem endlich Ruhe.«

»Ich verstehe nur einfach nicht, warum er das alles getan hat. Warum war er so starrsinnig?«, wispere ich und reibe mir übers Gesicht. Schon seit Dales Gefangennahme will mir diese eine Frage nicht mehr aus dem Kopf.

»Der ist mir total egal, solange ich ihn nicht mehr sehen muss«, entgegnet Dale und hockt sich mit einem Grinsen über mich. »Ich habe da eher andere Dinge im Kopf.«

»Ach, ja?«, frage ich und stütze mich auf den Ellenbogen ab. »Was denn für Dinge?«

Dales Grinsen wird breiter und lässt seine Augen aufblitzen. »Zuerst einmal muss das hier weg.«

»Hat da jemand heimlich geübt?«, frage ich, als er mein Korsett mit geschickten Fingern öffnet und mich innerhalb kürzester Zeit aus meinen Klamotten befreit.

»Nö, aber mit genug Willenskraft schafft man alles«, sagt Dale und beugt sich zu mir herunter, um mich zu küssen. »Das hast du mir bewiesen, Babygirl.«

EPILOG
IMMER FÜR EINE
ÜBERRASCHUNG
GUT

MARKOS

Gemeinsam mit den Greys stehe ich auf den Stufen vor dem Eingangsportal zum Halfway House. Cora und Dale mit ihren letzten Habseligkeiten vor uns. Nach der Party gestern ist nun die Zeit des Abschieds gekommen. Die *Eternal Survivors* sind längst an ihrem neuen Wohnort, einem alten Krankenhaus in Arcania, eingetroffen.

»Ihr seid hier immer willkommen, vergesst das nicht!«, ruft Kitty ihrem Bruder zu und fast sieht es so aus, als würde die sonst so toughe Vampirin gleich weinen.

»Du hörst dich an, als würde ich ans Ende der Welt ziehen, Sis«, sagt Dale lachend, aber auch ihm ist anzusehen, dass ihm der Abschied von Kitty, den Greys und ihrem magischen Gasthaus alles andere als leichtfällt.

»Wohl eher in die schäbigste Bruchbude der Welt«, murrt Cora missmutig und schultert ihre Tasche mit einem Ächzen. Selbst Wochen nach ihrem Kampf mit Celeste scheint sie noch nicht wieder vollkommen auf dem Damm zu sein. Und die letzten Tage, die sie nonstop damit verbracht hat, Dale vor der Hinrichtung zu bewahren, haben ihre Spuren hinterlassen.

»Hier, lass mich«, biete ich deshalb an und will ihr schon die Tasche abnehmen.

»Markos«, knurrt Dale mit finsterem Blick.

Sicherheitshalber trete ich einen Schritt zurück und hebe die Hände. Ein Rogue mag nicht mehr in ihm schlummern, aber ungefährlich ist ein wütender Vampir für uns Werwölfe auch nicht. »Ganz ruhig. Ich wollte nur nett sein.«

»Mhmm«, macht Dale und verengt die Augen zu Schlitzen, ehe er blitzschnell auf mich zurauscht. Erst denke ich, er würde mir gleich eines überziehen, weil er wirklich keinen Spaß versteht, wenn jemand Cora auch nur falsch anschaut. Als er mich stattdessen fest in die Arme schließt, sauge ich überrascht die Luft ein.

»Ich werde dich vermissen, Bello.«

»Ich dich auch, Blutsauger Nummer zwei«, sage ich und klopfe ihm auf den Rücken.

»Nur Nummer zwei?«, fragt Dale mit gespielter Entrüstung, als er sich von mir löst.

»Entschuldige, aber da war ich wohl schneller«, sagt Earl und tritt mit einem Lächeln neben uns.

»Sei bloß froh, dass Kitty dich so sehr mag, sonst wäre ich schneller Nummer eins, als du *Blutsauger* sagen kannst, Earl«, ruft Dale ihm zu, aber das Zucken seiner Mundwinkel verrät, dass er nur scherzt.

Es ist gut, ihn so gelöst zu sehen. Als ich gehört habe, dass Nettleham Dale nach Silverlock verfrachtet hat, bin ich vom

Schlimmsten ausgegangen, aber langsam scheint er wieder er selbst zu werden.

»Kannst du dich nicht einfach damit zufriedengeben, dass du Coras Nummer eins bist?«, frage ich und stoße ihn lachend in die Seite. »Warum sonst hätte sie so viel auf sich genommen, um dich zu be...«

»*Sie* steht direkt neben euch, schon vergessen, Idioten?«, murrt Cora und wirft einen Blick auf ihre Armbanduhr. »Wir sollten los, Dale, bevor die anderen sich bei der Zimmerwahl noch gegenseitig zerfleischen.«

»Bei der Bruchbude wird es wohl kaum einen Unterschied machen, wer welches bekommt, oder?«, sagt Dale und blickt wehmütig zum Halfway House hinauf.

»Ihr solltet wirklich nicht so schlecht darüber sprechen«, mahnt Kitty und springt die Stufen hinunter, um ihren Bruder ein letztes Mal zu umarmen.

Wenn nur jede Schwester so easy-going wäre wie Kitty, denke ich und mag gar nicht an Cassie denken. Sie ist vermutlich noch immer stinksauer, dass ich ihr verboten habe, im *Howling Wolf* zu arbeiten. Und bei Wölfinnen hält sich ein solcher Groll oft ziemlich lange.

»Kit hat recht. Wir können froh sein, dass Harrow auf die Schnelle überhaupt eine passende Unterkunft gefunden hat«, stimmt Earl ihr zu und greift wie selbstverständlich nach Kittys Hand. Nie hätte ich gedacht, dass ich das mal bei ihm sehen würde, aber die Magie des Gasthauses ist einfach immer für eine Überraschung gut.

»Ihr habt leicht reden. Ihr müsst ja nicht da drin wohnen«, murrt Dale. Wahrscheinlich hat er nach den Renovierungen des Halfway House keine Lust schon wieder Hammer und Pinsel in die Hand nehmen zu müssen.

»Ash, Al und ich kommen morgen mit ein paar der Jungs vorbei, um euch zu helfen«, verspreche ich und klopfe Dale aufmunternd auf die Schulter. »Schlimmer als das Gasthaus kann es ja nicht werden, oder?«

Fragend drehe ich mich zu Cora um, weil sie als einzige von uns das *Eternal Grace Hospital* von innen gesehen hat. Sie stößt ein Seufzen aus und schüttelt den Kopf. »Ach, frag lieber nicht, Markos.«

»Sag bloß, du bist sauer, weil sie dich degradiert haben?«, entgegne ich, weil ihr Ton heute noch ruppiger ist als sonst.

»Es war freiwillig«, sagt Cora, klingt aber nicht so, als wäre sie glücklich darüber.

»Keine Sorge, Babygirl. Sobald das Haus steht, machen wir Jagd auf diesen Bastard«, versichert Dale und zwinkert ihr zu.

Cora rollt mit den Augen, aber ich sehe, wie schwer sie es hat, ein Lächeln zurückzuhalten. »Dafür bist du noch lange nicht bereit, Milchbubi.«

»Och, du kannst mir ja dabei helfen«, sagt Dale und wackelt anzüglich mit den Brauen. »Ein paar one-on-one Trainingseinheiten sollten reichen.«

»Ugh! Sucht euch ein Zimmer, Leute!«, ruft Selena vom obersten Treppenabsatz, was uns alle laut auflachen lässt.

»Spätestens zur Wiedereröffnung kommt ihr aber zurück, oder?«, fragt Kitty und hält ihren Bruder eisern fest.

»Mann, Sis, jetzt mach doch nicht so einen Aufstand. Das ist ja schon fast peinl...«, setzt Dale an, bekommt im nächsten Moment aber sämtliche Luft aus den Lungen gepresst, als Kitty ihn erneut umarmt.

»Mach ja keinen Unfug, Dale Jones«, höre ich sie knurren, als sie Dale am Ohr packt und tief in die Augen blickt. »Sonst haben wir uns alle umsonst den Arsch wegen dir aufgerissen.«

»Ich glaube, das muss ich mir merken«, sagt Cora lachend, während sie die beiden beobachtet.

»Bloß nicht, Cora!«, ruft Dale und verzieht das Gesicht, weil Kitty ihm das Ohr nun sogar verdreht.

»Und sei nett zu Cora. Wenn ich auch nur einen Piep höre, dass du blöde Sprüche ablässt, dann ...«, fügt Kitty hinzu und zieht so fest an seinem Ohr, dass ich fürchte, sie könnte es abreißen. *Armer Kerl!*

»Aua! Lass mich los, verdammt!«, ruft Dale und versucht, sich zu befreien, doch lässt Kitty nicht locker.

»Schwör es«, fordert sie und hält ihm den kleinen Finger hin.

Genervt verdreht Dale die Augen, geht aber darauf ein. »Versprochen.«

»Sehr gut«, sagt Kitty und gibt endlich sein Ohr frei.

»Ich zähl auf dich, Katherine«, sagt Cora mit einem Augenzwinkern, ehe sie Dale packt und hinter sich herzieht. Dabei reibt er sich das Ohr und wirft Kitty wütende Blicke zu.

Vielleicht war ich zu voreilig, was Kitty angeht, denke ich grinsend, während ich den beiden hinterherblicke.

»Hach, endlich wieder Ruhe im Haus«, sagt Kitty mit einem zufriedenen Seufzen. Dale und Cora treten gerade durch das weit entfernte Eingangstor in der Mauer des Anwesens und verschwinden von einer Sekunde auf die nächste.

»Wer hat sich gerade noch die Augen ausgeheult?«, fragt Earl und zuckt erschrocken zurück, als Kittys Hand nun auf seine Ohren zu saust.

»Wie war das?«, fragt sie und zieht eine Braue nach oben.

»Nichts, nichts«, murmelt Earl und eilt die Stufen zum Haus hinauf, bis er Sel und Ash erreicht hat.

»Wann wollte Grace nochmal mit den Neuankömmlingen eintreffen?«, fragt er an Selena gewandt, was mich überrascht aufblicken lässt.

»Ist das schon heute?« Natürlich habe ich mitbekommen, dass das Institut um die Aufnahme neuer Gäste gebeten hat. Offenbar zwei von El Rojos Geiseln.

Ob sie *dabei ist?*, frage ich mich nicht zum ersten Mal, seit ich gehört habe, dass Grace und ihre Kollegen den Nachtclub des wohl gefährlichsten Kriminellen Americas geräumt haben. Bisher sind kaum Informationen über die Opfer an die Öffentlichkeit geraten und Grace hat mich jedes Mal abgewimmelt, wenn ich sie nach Louise gefragt habe.

Ich schlucke und lasse den Kopf hängen. *Wahrscheinlich, weil* sie *nicht dabei war ...*

»Jap. Sie sollten gleich hier sein«, reißt Sel mich aus meinen trüben Gedanken. »Endlich richtige Gäste. Seid ihr auch so aufgeregt wie ich?«

»Und was waren wir dann?«, fragt Galina, die neben Dorian auf den Stufen sitzt, und deutet auf Kitty, Selena und Al.

»Schicksal«, sagt Selena mit einem breiten Grinsen und quietscht leise auf, als Ash sie in die Seite kneift.

»Jetzt solltet ihr euch besser ein Zimmer suchen«, bemerkt Rose mit einem Augenrollen und nickt in Richtung Haus.

»Und mir die Ankunft unserer Gäste entgehen lassen?«, fragt Selena entrüstet und schüttelt den Kopf. »Niemals!«

»Ein Sukkubus, der Se...«, setzt Do mit einem Grinsen an, duckt sich aber sofort, als er Selenas zorniges Gesicht sieht.

»Wage es ja nicht, Scherze über mich und meine Art zu machen, Dorian Wendelin Grey«, faucht sie und bringt uns alle zum Lachen. Nur Dorian nicht. Der sieht noch immer so aus, als hätte er eine Heidenangst vor ihr. Verständlich, wenn man bedenkt, zu was Sel als Sukkubus in der Lage ist. Da hatten wir Glück, dass sie so anders ist als andere ihrer Art.

»Wendelin?«, fragt Rose kichernd. »Kein Wunder, dass du mir nie deinen zweiten Namen verraten hast, Bruderherz.«

»Ach, sei doch still«, murrt Dorian und verschränkt trotzig die Arme vor der Brust. »Als Geist warst du mir echt lieber.«

»Hey!«, ruft Rose und will einen Satz auf ihn zu machen, als ein leichtes Beben durch den Boden geht und uns alle sofort zum Tor hinüberblicken lässt.

»Sie sind da!«, ruft Selena und springt aufgeregt die Stufen hinunter, um die drei Frauen in Empfang zu nehmen, die durch das Tor treten.

»Haltet euch lieber zurück, Jungs«, sagt Kitty an Ash, Al und mich gewandt. »Grace meinte, sie wären bei Männern sehr ängstlich. Vor allem, wenn sie so ... muskulös sind.«

»Hallo? Was ist mit mir?«, fragt Dorian empört und springt von seinem Platz auf.

»Dein wichtigster Muskel ist hier drin«, sagt Galina lachend und klopft ihm gegen den Kopf.

»Sicher?«, fragen Earl und Ash zweifelnd, aber ein mahnender Blick von Kitty lässt uns zurückweichen.

»Kommt, wir gehen in die Küche. Zu viele neue Leute auf einmal ist sicher nicht gut für sie«, schlägt Ash vor, was uns allen zustimmendes Gemurmel entlockt.

Während sie sich schon umdrehen und auf das Halfway House zusteuern, kommt ein leichter Wind auf, der plötzlich einen Geruch zu mir herüberträgt. Seit fast zwei Jahren ist er mir nicht mehr in die Nase gestiegen.

Wildrosen und Tannennadeln, denke ich und wirbele zu den Neuankömmlingen herum. *Kann das sein?*

Augenblicklich beschleunigt sich mein Puls, während alte Schuldgefühle in mir aufkommen, weil ich ihr damals nicht helfen konnte. Weil ich nicht länger geblieben bin, um sie zu beschützen.

Mit zugeschnürter Kehle betrachte ich die vier Frauen, die den Schotterplatz vor dem Halfway House nun fast erreicht haben. Selena geht ihnen voran, erzählt sprudelnd wie ein Wasserfall von der Gründung des Gasthauses und was seitdem hier geschehen ist. Grace läuft direkt hinter ihr und winkt ihrem Sohn und Galina zu, die vor der Eingangstür des Gasthauses warten.

Die zwei Frauen, die Grace aus dem Krankenhaus Arcanias mitgebracht hat, sind langsamer. Sie gehen schwerfällig, als hätten sie kaum Kraft, sich auf den Beinen zu halten. Sie wirken mager und blass, als hätte man ihnen sämtliche Farbe ausgesaugt.

Nicht Farbe, sondern Lebenskraft, denke ich, weil ich mich nur zu gut daran erinnere, was El Rojo diesen Frauen angetan hat. Als Inkubus hat er ihnen die Lebenskraft ausgesaugt und sich so von ihnen ernährt.

Und wer weiß, was dieser Bastard noch alles mit ihnen angestellt hat, denke ich wütend und fletsche die Zähne. Wenn ich mich recht erinnere, sind es ein knappes Dutzend Geiseln, das Grace und ihre Kollegen befreien konnten. Und diese beiden sind die Ersten, die soweit stabil sind, dass sie sich im Halfway House ausruhen und neue Kraft tanken können.

Je näher sie uns kommen, umso deutlicher wird der Duft von Wildrosen und Tannennadeln. *Ihr* Duft. Der Duft der Frau, die mir vor knapp zwei Jahren nicht nur den Atem, sondern auch mein Herz geraubt hat, bevor sie verschwunden ist.

Entführt wurde, berichtige ich mich und recke das Kinn, um erkennen zu können, ob sie es wirklich ist.

Die beiden Frauen haben die Köpfe gesenkt. Graues Haar hängt ihnen in dünnen Strähnen ins Gesicht, sodass man fast meinen könnte, es wären Greisinnen, die die Greys bei sich aufnehmen.

Erst als sie den Schotterplatz vor dem Haus erreichen, ruckt der Kopf der einen in die Höhe. Sie schnuppert in der Luft und bleibt dann abrupt stehen.

»Ryan?«, höre ich sie mit erstickter Stimme fragen.

Ich schlucke und blinzele ein paarmal, weil meine Augen brennen. Tränen verschleiern mir den Blick, doch hätte ich diese Stimme überall wiedererkannt.

»Wer zum Teufel ist Ryan?«, fragt Do hinter mir, während Galina mich an Kittys Bitte erinnert, aber ich kann nicht. Ich kann mich jetzt nicht zurückziehen. Ich muss es selbst sehen. Muss mich vergewissern, dass ich mir das alles nicht einbilde. Dass sie es wirklich ist.

Nur am Rande höre ich Grace und Sel meinen Namen rufen, als ich an ihnen vorbeistürme, bis ich die beiden Frauen erreicht habe. Die zweite stößt ein leises Wimmern aus und duckt sich hinter ihre Begleiterin. Ihr spitzes Kinn und die dunklen Augen erkenne ich trotzdem sofort wieder.

»Giana«, flüstere ich, während die Hoffnung in mir steigt.

Ich presse die Lippen festaufeinander und atme tief durch die Nase ein, ehe ich mich zu der anderen umdrehe. Zu der, die duftet, wie *sie*. Zu der, die mich Ryan genannt hat, weil ich dieses Missverständnis nie aus dem Weg räumen konnte.

Sie ist es wirklich.

»*Louise*«, wispere ich und sacke auf die Knie. »Endlich ...«

E N D E

LUST AUF WEITERE MAGISCHE ABENTEUER?

Die Geschichte der Greys und ihrer Gäste geht weiter!
Uns erwarten noch einige spannende Abenteuer im
magischen Halfway House und noch mehr Happy Ends!

Weitere Informationen zur Reihe und zu den Fortsetzungen
findest du hier:

www.katesstark.com/greyshalfwayhouse

Du willst keine Neuerscheinung mehr verpassen?
Dann abonniere meinen kostenlosen Newsletter und bleibe
immer auf dem Laufenden, was meine Bücher und Rabatt-
Aktionen angeht!

www.katesstark.com/newsletter

NACHRICHT DER AUTORIN

LIEBE LESERINNEN, LIEBE LESER,

endlich gibt es auch Band 5 als Taschenbuch! Danke, dass ihr den Greys und mir so lange treu geblieben seid!

Irgendwie sage ich das immer, aber dieses Buch war gegen Ende wirklich schwer zu schreiben. Ich dachte, ich müsste die komplette zweite Hälfe noch einmal umschreiben, nur um dann festzustellen, dass es doch gar nicht so schlimm war.

Falls es euch gerade ähnlich gehen sollte und ihr das Licht am Ende des Tunnels nicht sehen könnt, hilft euch das vielleicht. Oft hält man es für schlimmer, als es eigentlich ist. Das hat mich zumindest dieses Buch gelehrt.

Und ich bin schon sehr gespannt, welche Lektion Lou und Markos im nächsten Teil für mich haben.

Wir freuen uns auf unser vorletztes Abenteuer mit euch!

EURE KATE

(und die Greys)

PS: Keine buchigen Neuigkeiten mehr verpassen? Dann solltet ihr meinen Newsletter abonnieren:
www.katesstark.com/newsletter

ÜBER DIE AUTORIN

Kate S. Stark hatte schon immer ein Faible für alles Übersinnliche und Magische. Als Kind war sie fest überzeugt, eines Tages auf einem Besen durch die Weltgeschichte fliegen und mit Tieren sprechen zu können. Weil sie mittlerweile eingesehen hat, dass ihr das wohl nicht vergönnt sein wird, hat sie zunächst eine Ausbildung bei einem Verlag abgeschlossen, im Online-Marketing gearbeitet und konzentriert sich nun aufs Schreiben. Wenn man schon nicht hexen kann, erschafft man eben Charaktere, die diese Fähigkeiten besitzen, und einen ganzen Haufen gefährlicher magischer Wesen.

Website: www.katesstark.com

WEITERE BÜCHER

WITCH'S WORLD SERIE

Hexen, Nachtwesen und jede Menge gefährliche Intrigen an einer Akademie für junge Hexen in Schottland.

www.katesstark.com/witchsworld

DEINE SEELE TRILOGIE

Seelenführer, gefährliche Geheimnisse und ein alter Konflikt, der über das Schicksal aller Seelen entscheiden könnte.

www.katesstark.com/deineseeletrilogie